文庫

長編刑事小説

無《む》間《げん》人《にん》形《ぎよう》

新宿鮫4

新装版

大沢在《あり》昌《まさ》

光 文 社

この作品はフィクションであり、特定の個人、団体等とはいっさい関係がありません。

著者

無間人形《むげんにんぎょう》

新宿鮫4

解説　桜井哲夫《さくらいてつお》

1

夕暮れの靖国《やすくに》通りに、三人の少年が立っていた。向かって右端がジーンズの上下を素肌に着け、中央が七分袖《そで》のTシャツに黒のショートパンツ、左端は裾《すそ》を落としたトレーナーにコットンパンツをはき、長く束ねた髪をキャップの後ろから垂らしている。

三人とも銀製のネックレスや指輪をたっぷりと身に着けていて、通りの向かいから見つめている鮫島《さめじま》の耳にも、ジャラジャラと音が聞こえてきそうだ。

年齢が十八歳より上ということはありえないだろう、と鮫島は思った。

いきがっているようにも、つっぱっているようにも、見えない。退屈しているわけではなく、しかし興奮してもいない。

そこにいることをごくあたり前の、日常の生活の一カットとしてうけいれている。

交差点を渡って自分たちのほうへおしよせてくる人波にときおり目を向けているが、その視線に緊張はない。

人を待っているようにも見えるし、単に暇つぶしをしているようでもある。

ジーンズがジャケットから煙草《たばこ》の箱をとりだすと、手慣れた仕草で一本ふりだし、くわえた。ラッキー・ストライクだった。

ジッポのライターのヤスリを太腿《ふともも》でこすって着火し穂先にもっていく。

三人とも、小刻みに体を揺らしている。

踊っているのだった。ヘッドホンステレオをつけているわけではない。ゲームセンターの騒音を除けば、どこからも音楽は流れてこない。しかし、踊っているのだった。

彼らにしか聞こえない、彼らだけの音楽で踊っているのだ。

三人とも、視線をばらばらにとばしていた。

三人はチームだった。よくできたチームだ。三六〇度全方位をカバーしあっている。

歩行者用の信号が赤になり、車が流れだした。三人の姿が車のかげになる。

鮫島は畳んだ新聞をわきにはさんだ。

薬屋の角を抜けてきた、ミニスカートのワンピースを着たふたり組の少女が信号で立ち止まった。

ひとりは脱色した髪をソバージュにして垂らしている。もうひとりは刈りあげに近いくらい、短くカットしていた。ふたりともよく陽《ひ》にやけ、過ぎたばかりの夏の名残りを素肌にたっぷりとどめていた。白いソックスを足首の位置でたるませ、スポーツシューズをはいている。

歩行者用の信号が青になった。ふたりは歩きだした。まっすぐに横断歩道を渡っていく。十六歳、と鮫島は見当をつけた。

煙草をとりだし、火をつけた。

ふたりの少女は、三人組に近づいていった。歩道にあがる。刈りあげの娘が右の拳《こぶし》をさっとつきだした。長髪の少年が左の掌《てのひら》でぱっとうけとめた。向かい合ったふたりは、無言のまま、残るほうの掌を上下から打ち合わせた。

そこで再び車の流れが動きだした。

ひとかたまりになった五人は、近くのゲームセンターに向かって歩きはじめる。

鮫島は、地下道の入口の階段をゆっくりとおりた。三人組の全方位カバーから逃れられるまで、急ぐことはしなかった。

階段の壁が視線をさえぎるまで下におりると、猛然と走りだした。地下道をまっすぐつっきり、二段おきに階段を駆けあがる。

ゲームセンターの前で地上にでた。入口のクレーンゲームにソバージュの娘とショートパンツ、長髪の三人がとりついていた。ショートパンツと長髪はあいかわらず全方位カバーをつづけている。

駆けあがった鮫島の顔をショートパンツが見つめた。赤茶色をしたさらさらの髪を額《ひたい》の中央で分けている。頬《ほお》にニキビの跡が残っていた。

無表情にその視線がそらされた。ゆっくりと体の向きを変え、鮫島に見えない顔の位置で何かをいった。

長髪の背がこわばる。

まただ、と鮫島は思った。自分の写真が流れているのか、それともこいつら十代の連中には、お巡りを一瞬で見抜く超能力が備わっているのか。

やくざたち、大人の犯罪者が絶対に見抜けない、鮫島の正体を、この連中は一発で見破る。

通りの向かいにいたのは、だからだった。一〇メートル以内に近づくと、この連中は、さも悪臭を放つ汚物がそこに現われたかのように、ばらばらになって歩き去るのだ。

鮫島に横顔を向けていたショートパンツがくるりと向きなおった。長髪は、ゲームセンターの奥の暗い一角に入りこもうとしていた。

鮫島はまっすぐにそちらへ向かった。

「まあまあまあ」

ショートパンツが立ち塞《ふさ》がるように踏みだしてきた。唇に、にやけたような薄い笑いをはりつけている。

「どけ」

「まあ、そういわないで」

鮫島はショートパンツの肩に手をかけた。

「おっと」

その手を見つめ、わざとらしく鮫島を見あげる。鮫島はいった。

「いくつだ、お前」

「十七ざんす」

ショートパンツはおどけたようにいった。ソバージュの娘はいちはやく姿を消していた。

「成人式、刑務所《ムショ》で迎えたいか」

「冗談きついざんす」

「だったらどけ」

唇をすぼめ、肩をすくめた。鮫島はその体をおしのけ、ゲームセンターの内部に入った。まっすぐ奥に向かう。

ゲームセンターの中は、時間帯もあって十代の若者がいっぱいだった。週に二度以上、同じ防犯課の少年係が狩りこみをかましている。が、この時間帯だと、喫煙以外では何の点もあがらない。

三分の一は、学校の制服を着ていた。

長髪と刈りあげが、もっとも奥の、コイン販売機の前にいた。長髪が壁についた手に、よりかかるようにして、刈りあげが体をくねらせている。

ジーンズの姿がない。

このゲームセンターの造りはよく知っている。右奥の競馬マシンのわきに、細いドアがあり、ビルの裏口へと通じているのだ。

鮫島はすっとそちらに向かった。長髪が壁から手を離し、同じ方向をめざした。

ドアにたどりついたのは、長髪のほうが一歩早かった。鮫島と向き合うようにしてもたれかかり、ショートパンツとまったく同じような薄笑いを浮かべた。左手をコットンパンツのポケットにさしこんでいる。

「やっほう」

今度は鮫島は容赦しなかった。右手で襟首《えりくび》を引き、左手で相手の右肩をおしながら、足払いをかけた。

長髪の体が半回転して床に叩《たた》きつけられた。相手の反応を待たず、またぎ越え、ドアをおし開けた。

右手に狭い非常階段がある、細長い廊下だった。正面のガラス扉に、ジーンズジャケットの背中がとりついていた。

鮫島は走りだそうとした。瞬間、左の足首をつかまれ、よろけて框《かまち》をつかんだ。

「おっじさーん、痛《いて》えよう」

ふりほどいて向きを変えると、長髪が立ちあがったところだった。

ジーンズはそのすきにガラス扉をくぐり抜けた。

長髪がコットンパンツから左手を抜きだした。その手もとで金属製の羽がくるくると回転し、カシャッという音をたてて、ナイフになった。

「刺しちゃうよ」

低い位置から、鮫島の太腿あたりをめがけて、無雑作《むぞうさ》につきだした。ファッションでなく、刃物を扱い慣れた手並みだった。

鮫島は素早くとびのいた。

長髪の目の底に光が宿っていた。

「あんた、どこの誰だか知らないからさ。いきなりおし倒されたからさ。かっときて刺しちゃうわけ」

鮫島はじりじりと後退した。一刻も早く、ジーンズを追いかけたかった。

長髪は右手を高くさしあげ、掌を鮫島に向けていた。爪先に力を溜《た》め、ふっと前にでる真似をする。

そのフェイントに、鮫島は背を向けることができずにいた。

「ほっ」

長髪が息を吐き、またもフェイントをかけた。高い位置の右手に気をとられると、低い場所からナイフが襲ってくる。

狭い廊下では、前後にしか動けない。

鮫島は決心して、右手を腰の後ろに回した。皮ケースに入れて吊った特殊警棒の握りをつかんだ。

それを待ちかまえていたかのように、長髪が襲いかかってきた。

鮫島の目は長髪の左手の動きに釘づけになっていた。

が、長髪の右手がキャップを鮫島の顔に叩きつけたとき、思わず離れた。体をひねろうとしてひねりきれず、左の臀部《でんぶ》をチクッとした痛みが駆けぬけた。

鮫島は歯を食いしばりながら、引き抜いた特殊警棒を握りなおし、長髪の左手にふりおろした。

ガツッという鈍い音がして、長髪が呻《うめ》いた。ナイフが廊下に落ちる。

「馬鹿野郎がっ」

鮫島は怒鳴って、長髪の額に肘打《ひじう》ちを浴びせた。長髪は壁に体をあて、半回転してすわりこんだ。

「痛《い》ってえ!」

叫んで右手で左手をかかえこんだ。頬をふくらませ、それきり言葉を失って、目を丸くみひらいている。

鮫島はそのまま走りだした。左足を踏みだすたびに、疼痛《とうつう》が臀部を駆けぬける。

ガラス扉をおし開け、裏通りにとびだした。追われる者は習性として、歌舞伎町《かぶきちよう》の奥へ奥へと向かう。人通りの密な場所に逃《のが》れこもうとするのだ。

わずかに足を引きずりながら鮫島は走った。自分の傷がどれほどかはわからなかったが、ジーンズをはいているせいで、出血はあるていどおさえこまれるはずだ。場所からいっても、さほど心配する必要はない。

職安《しよくあん》通りの手前までに追いつけなければ、鮫島の負けだった。もちろんそれ以前に、ジーンズの少年が品物を処分する可能性もある。

が、それほどの余裕はまだないはずだ。今は必死に、歌舞伎町を逃げのびることしか考えていないだろう。処分するゆとりが生まれるのは、とりあえず追っ手の目が届かない位置を確保してからだ。

同じ理由で、どこかの店に入ることも、少年は避けるにちがいなかった。追われる者の本能は、一カ所にとどまることを嫌う。

よほど親しい人間のいる店でもあって、その厨房《ちゆうぼう》などに逃げこもうと考えないかぎり、まだ路上にいるはずだ。

東急文化会館《とうきゆうぶんかかいかん》の前で、その姿を見つけた。ハンバーガーショップの店先の人ごみの中に立っている。

ジーンズは、逃亡の第二段階に入ったところだった。店頭に並べられた、金属製のダストボックスのひとつから、離れようとしていた。

鮫島との距離は、三〇メートルほどあった。ジーンズは鮫島に気づいていない。別のものに気をとられているのだった。

コマ劇場《げきじよう》の前を二名の制服巡査が徒歩で巡回していた。

鮫島はヒップポケットから呼び笛をとりだし、思いきり吹いた。

ピリリリという鋭い音が響き渡った。歩行者の目がいっせいに自分に注がれる。即座に反応したのは、制服の巡査たちだった。

ダストボックスの前で凍りついているジーンズの目が、鮫島を認め、まん丸くなった。

巡査たちは、鮫島に向かって走りだした。鮫島は首をふり、右手を伸ばした。

「そのジーンズの上下だ！」

弾《はじ》かれたように、ジーンズが駆けだした。ふたりの巡査がぱっと分かれ、前と後ろからはさみ撃ちにかかった。

三塁ランナーの突入を阻止するキャッチャーのように、巡査のひとりが立ち塞《ふさ》がる。くるっと回れ右したところを、もうひとりの、後ろからきた巡査が組みついた。

「離せよ！　何だよっ」

ひとかたまりになって地面を転げ回りながら、ジーンズはわめき声をあげた。

「立てっ」

巡査に引きずり起こされ、ジーンズは手をふりほどいた。

「離せよ、何したってんだよ」

鮫島は左足を引きずりながら近づいていった。ふたりは警ら課に属する若い巡査だった。どちらも、二十代の半ばだ。

ひとりが鮫島の怪我《けが》に気づいた。

「警部、血が――」

「大丈夫だ」

「刺したのはこの男ですか」

「冗談じゃねえよ!」

ジーンズはわめいた。人だかりができつつあった。

「身体検査」

鮫島はいった。

「ここでですか!?」

驚いたように、鮫島の怪我に気づいた巡査がいった。ふつうは、最寄りの派出所でおこなう。

「そうだ」

鮫島は頷《うなず》いた。ふたりはけげんな表情をしながらも、従った。

「まっすぐ立て。両足を開いて、手を高く上げろ」

「おい、人権蹂躙《じゅうりん》じゃねえかよ。やめろよ」

少年は叫んだ。

「いいから、いうとおりにしなさい」

公衆の面前でおこなう身体検査を意識してか、巡査の言葉がやわらかくなった。

「いい言葉知ってるな」

鮫島は少年に詰めよった。少年は鼻孔《びこう》をふくらませ、鮫島をにらみつけた。

「何したっつうんだよ。え？　おじさんよ」

鮫島は無言で巡査たちの検査を見守った。手袋をはめた巡査の手が、ジャケットのポケットから、財布、ライター、煙草、キイホルダー、ポケットベルをとりだした。

「以上です」

巡査がいった。表情は冷静を装おうとしていたが、かすかな当惑の色がその目にはあった。

「煙草ですか、お巡りさん」

皮肉たっぷりに少年は、口を歪《ゆが》めた。

「黙ってろ」

もうひとりの巡査がいった。

「煙草もってただけで、こうなわけ？　お巡りさんだったら、そういうことしたっていいわけ？」

少年はひるまなかった。ゆらゆらと顔を動かしながら、歩みよってきた鮫島の顔をにらみつけた。目もとが赤くなった。いきなり大声をだした。

「ふざけんじゃねえよ！　俺が何したってんだよ！」

「静かにしろ」

両側から腕をつかみながら、ふたりの巡査は鮫島を見あげた。

「何やったつうんだ、いってみろ！　ほら！」

「手袋貸してくれ」

鮫島は巡査のひとりにいった。

「はっ」

巡査は制服から白手袋をとりだした。四人の周囲には、数十名の人だかりがすでにできている。

「こっちへ」

鮫島はいって歩きだした。白手袋をはめる。少年が口をつぐんだ。

「はい、いって。いきなさい」

四人の移動とともにくずれ、再構成されようとしている人垣に、巡査が散らそうと声をあげた。が、いっこうに野次馬の数は減らず、増える一方だった。あきらめた巡査は、肩につけている携帯受令器で応援を要請した。

鮫島がハンバーガースタンドの前に並んだダストボックスのかたわらに立ったとき、新たに四人の巡査が駆け足でやってきた。

四名はただちに散開し、半径五メートル以内に野次馬を立ち入らせない輪をこしらえた。

鮫島は近づいた。

中央のダストボックスの上に紙コップをおき、ハンバーガーを頬ばっていたカップルに、

「すいません、ちょっとよろしいですか」

ふたりはあわててあとじさった。

ダストボックスは、ステンレス製の、高さ一メートルほどの箱だった。スイング式の投入口が前と後ろの二カ所にある。

鮫島は手袋をした手でダストボックスの蓋《ふた》をもちあげた。

中には水色をした、大判のビニール袋が固定されていた。投入されたゴミはその中に落ちる仕組みになっている。

コーラやシェイクの紙コップ、発泡スチロールのハンバーガーケース、包み紙が三分の

一ほど詰まっていた。飲みかけや、角氷を残したままのコップを投入するので、中味は湿っている。

外したダストボックスの蓋を地面におき、鮫島は少年の顔を見やった。

「何だよ」

口を尖《とが》らせていったものの、汗をかき、顔色が青ざめている。

鮫島はビニール袋の中に手をさしこんだ。ペーパーナプキンや、散らばったポテトフライ、紙コップなどをかきわけた。

折り畳んだグレイのビニール袋をやがて見つけた。大きさは、煙草の箱ふたつぶんくらいで、厚みはひとつぶんくらいだ。

袋の上から、指先の濡れた手袋ごしに中味を確認した。親指の腹にすっぽりとおさまる大きさの円型が押しかえしてくる。

袋を開き、中をのぞいた。裏がアルミ箔で表が透明なシートに包まれた錠剤のシートが五段になって入っていた。

「これは何だ？」

「知らねえよ。俺んじゃねえもんよ」

「お前の指紋がでたらどうする？」

鮫島はいって、袋を畳み、巡査に渡した。一拍、間をおいて、少年が怒鳴った。

「知らねえっていってんだろうが！」

「そうか」

鮫島はいって、静かに少年の目を見つめた。少年は荒々しく息を吐き、鮫島を見あげた。

ふたりはつかのま、見合った。やがて少年が目を落とした。

「署にいこう」

鮫島は告げた。


取調べには、鮫島と新宿《しんじゅく》署防犯課長の桃井《ももい》があたった。鮫島が拾いあげたビニール袋と、ダストボックスの中味は鑑識係に回された。少年は新宿署に到着してからは、ひと言も口をきかなくなった。

黙秘状態のまま、指紋を採取され、その指紋は、ビニール袋と中味の錠剤シートから採取されたものと一致した。

報告は、医務室で臀部の治療を受けていた鮫島のもとにもたらされた。傷は深さ三センチ、長さ八センチで、全治二週間と診断された。

その間少年は、監視役の巡査二名とともに、空《あ》いている取調室におかれていた。

治療を終え、署内のロッカーにおいた着替えのスラックスにはきかえた鮫島は、桃井とともに取調室に入った。

巡査一名を記録用に残し、鮫島と桃井は取調べを開始した。

「まず名前から訊《き》こう。私は、新宿署防犯課の鮫島。この人は、課長の桃井さんだ」

机をはさみ、少年の向かいにすわって、鮫島はいった。

少年は無言だった。じっと机の表面をにらんでいる。

「名前は、黙っていてもわかっているんだ。中山道弘《なかやまみちひろ》、年齢は十七歳。財布の中に、自動二輪の免許証が入っていたからね」

桃井がいった。桃井は、五十代初めの警部で、鮫島と階級は同じ。いつも油けのないごま塩の頭に、地味な、茶かグレイのスーツを着ている。ふだん口数は少なく、存在を主張するような発言はめったにしない。

鮫島が、警視庁本庁公安部外事二課から、五年ほど前、この新宿署防犯課に転属を命ぜられたとき、すでに桃井は防犯課の課長だった。

当時、桃井は、「マンジュウ」と署内で渾名《あだな》されていた。「マンジュウ」とは死人の意で、十数年前、交通事故で一人息子を死なせて以来、すべてのことに情熱を失ってしまったかのように思われていたからだった。

その桃井が、決して警察官としては死んでいなかったことを証明したのが、二年前の、拳銃密造犯の射殺だった。それがなければ、署内で孤立していた鮫島は、犯人の手で拷問《ごうもん》死《し》に遭うところだったのだ。

以来、鮫島と桃井のあいだには、口にこそだすことはないが、深い信頼関係が築かれていた。

「君は、自分が何の容疑で取調べを受けているか、知っているかね」

桃井は静かに訊《たず》ねた。少年は答えなかった。

「未成年だから、黙秘していれば、いずれ家裁処分だと思っているとすれば、大まちがいだぞ」

鮫島はいった。

「説明しておいてやろう。未成年者が犯罪を働いた場合、家庭裁判所で審理を受けたあと、保護観察処分になり少年院に送られる。だがこれは、犯罪の内容が比較的軽微、つまり軽い場合だ。もっと重い罪を犯している場合は、家裁ではなく検察に送致される。刑事裁判だ。有罪になれば少年刑務所だ。こっちは、保護観察でもなければ少年院でもない。刑務所だ。わかるか」

少年は目だけをあげた。

「おどしたって駄目だよ」

「おどしじゃない。この刑事さんがいっているのは」

桃井が穏やかにいった。

「君の仲間は、逃亡したが、この刑事さんに怪我を負わせている。これは傷害罪だ。それがこの人を刑事と知ったうえで、君を逃亡させるためであったということになれば、公務執行妨害罪も適用される」

「俺じゃねえ」

少年――中山道弘は強い口調でいった。

「そのとおり。君には別の容疑がある」

「薬事法違反だろ」

中山道弘は先回りしていった。

桃井はちらっと鮫島を見た。

「なぜ薬事法違反だと思うんだ？」

「あの薬だよ。決まってんじゃねえか。薬剤師でもないのに勝手に薬を売ってた、そういてえんだろ」

「その件については認めるかね」

桃井が訊ねた。

「認めねえよ。証拠がねえもんよ。指紋がでたってよ、もってたって証拠にはなるけどよ、売ってたって証拠にはなんねえさ」

「なるほどな」

「未成年だからって、甘く見んなよな。やってもいねえ罪、おっかぶらされちゃ、たまんねえよ」

桃井は頷き、背広から煙草をとりだした。

「吸うかね」

「何だよ、今度は罠《わな》にはめようってのかよ。薬事法じゃ小《ち》っちぇえんで、煙草もつけ足そうってか」

「そんなことは考えていないよ」

桃井は首をふった。

「あの錠剤が何だか知ってるか」

鮫島が訊ねた。

「知らねえや。友だちから預かっただけだもんよ」

中山道弘はうそぶいた。

「じゃ、試したことはないか」

「ないね」

「尿検査、したいんだけどな」

「尿検査？　なんで。冗談じゃねえよ。小便とってどうすんだ。お断わりだよ」

桃井は吸いかけの煙草を灰皿におしつけた。

「もし君が拒否すれば、我々は裁判所の判事さんから鑑定処分許可状と身体検査の令状というのをもらう。それから泌尿器科というところのお医者さんにきてもらって、君の尿道にゴムのパイプをさしこむ。カテーテルという奴だな。これをやると、おしっこをしたくなくとも、膀胱《ぼうこう》に溜まっている尿は自動的にでてくる。ただし、尿道にパイプをさしこむのはちょっと痛いかもしれんな」

中山道弘は息を吸いこんだ。

「どうしてそんなことすんだよ」

「君があの錠剤を飲んでいるかどうかを確かめるためだよ」

桃井はいった。

「飲んでねえってばよ」

「検査をしましょう」

鮫島は桃井にいった。

「冗談じゃねえよ。そんなことされてたまるかよ！　拷問じゃねえか」

「自発的に君がおしっこをすれば、カテーテルは入れない」

中山道弘は喉《のど》を鳴らした。

「飲んだっていえばいいのかよ」

鮫島と桃井は答えなかった。

「飲んだって認めりゃいいのかよ！　たいした薬じゃねえじゃねえか。ちょっとすっとするだけだよ！　すぐに切れるしよ。オモチャだよ、あんなもん。ハルシオンのが効くってもんだよ」

「ハルシオンとはちがうだろう」

鮫島はいった。ハルシオンは睡眠薬だ。

「そりゃちがうよ。あれは、睡眠薬じゃねえもん」

「じゃ、何だ？」

「知らねえよ。最初、俺ら『ぶっとび』っていってってさ。今は、キャンディっていってんだろう」

「キャンディ？」

「『アイスキャンディ』っつうんだよ。飲むとさ、すうっとして、頭冴《さ》えっからさ。メンソールみたいなもんじゃん」

「一錠いくらだ？」

「五百円」

いってから、中山道弘ははっとしたように目をみひらいた。

「売ってたわけじゃねえぜ。知り合いから聞いたんだよ」

桃井は、息を吐き、新たな煙草をくわえた。

「飲むとどれくらい効くんだ?」

「一時間くらいだよ。すぐさめちまうよ」

「どんなときに飲む?」

「別によ。つまんねえときとかさ。踊りいったり……。女とやってるとき」

「飲んでやるといいだろう」

鮫島はつっこんだ。

「何でもそうだろ。酒だってそうじゃん」

「酒なんかより、よっぽどいいんじゃないか」

「何いわせたいんだよ!」

「何もいわせたくはないよ。流行《はや》ってんのか。仲間で」

桃井が訊ねた。

「最近な」

「どうやって手に入れた?」

「預かったんだよ」

「誰から」

中山道弘は黙った。目がこずるげに動いた。

「知らね」

「そうか」

鮫島は低い声でいった。

「課長、教えてやったほうがいいんじゃないでしょうか」

「そうかね」

「本人、知りませんよ。これで懲役十年じゃ――」

「何だって⁉」

いきなり中山道弘は叫んだ。

「なんで懲役十年なんだよ！　ふざけんじゃねえぞ！」

鮫島は中山道弘の顔を見つめた。無言で上着から、証拠保存用の袋に包まれた「アイスキャンディ」をだした。

「なんで十年なんだよ、答えろよ！」

「知らなかったんだな」

桃井がそれを手にとり、いった。

「何を⁉」

「これはな、君らがアイスキャンディと呼んでいる薬だ。この三カ月くらいのあいだに、渋谷《しぶや》や新宿、六本木《ろっぽんぎ》あたりで広がっている。飲むと、十分くらいで効きだして、一時間は効き目が持続する。さっき君がいったように、だいたい一錠五百円から六百円だ。そして、売っている君らのような連中も」

「売ってねえって！」

「聞けよ」

鮫島はおどしをきかせた声でいった。

「――君らのような連中も、この薬の正体は知らない。アメリカから入ってきた、新しいぶっとびもんの薬だ、そう聞いている。お洒落《しゃれ》だってな。そうだろ？」

「だから？」

「だから尿検査をしようといったのさ。この薬に入っていて、君らをすっとさせるのは、メタンフェタミンという成分だ。メタンフェタミンは、ちっとも新しい薬じゃない。もう五十年以上も、この国では使われている。見かけと効き方がちょっとちがうだけだ。これは、しゃぶだよ。覚せい剤なんだ」

中山道弘は、愕然《がくぜん》としたように目をみひらいた。

「嘘だろ！」

「嘘じゃない」

鮫島はいった。

「馬鹿いってんなよ。しゃぶなんてのは、やあ公が扱う、馬鹿の薬じゃねえかよ。そんなもんよ、そんなもんよう、扱うわけねえじゃん」

「扱ってんだよ」

中山道弘の顔が青白くなった。表情が失われ、唇が半分開いた。

「聞いてねえよ……」

「だろうな。しゃぶなんか射《う》つのは、ださい奴のやることだからな」

「だってよ、ちがうじゃねえか。しゃぶは注射だろ」

「飲んでも効くんだ。それにこのアイスキャンディにはちょっとした仕掛けがあって、短時間に吸収されて、メタンフェタミンの量が少ないんで、効き目も長くは保《も》たない。わかるか？ 街で注射用のしゃぶを買えば、五千円から一万円だ。それに比べりゃお手軽だ。なんたって、五百円玉一こですむ。中学生だって小遣いで買える。ただしな、しゃぶはしゃぶだ。安いからってんで、毎日のように食らっててみろ。あっというまに中毒だ。一こじゃ効かなくなって、いっぺんに二こ、三こ食うようになる。そいつを、何時間かおきにやるんだよ。利口なふりはしないことだな。本当に利口な奴は、アイスキャンディを作って、こいつは新種の薬だとか何とかいって、お前らに売らせている奴だ。馬鹿が売人やって、それよりもっと馬鹿が買う。わかるか？ 覚せい剤取締法によれば、許可なく、所持し、あるいは譲渡し、あるいは使用した人間はだ、七年以下の懲役。営利目的ならば、十年以下の懲役になるんだよ」

鮫島はいっきにしゃべった。

「わかったろう。だから煙草なんか関係ないっていうんだ」

中山道弘は絶句していた。目を大きくみひらいて、鮫島と桃井の顔を交互に見つめた。喉仏がひくひくと動いた。顔色が青をこえ、灰色になった。何かをいおうと、あるいは息をあわてて吸おうとするように、口を大きく開いた。喘《あえ》いだ。

鮫島と桃井は何が起きるか、すぐに察知し、体を引いた。

中山道弘は激しく嘔吐《おうと》した。その胃の中味が、取調室の机の上にぶちまけられた。

検査のための自発的な尿提供に中山道弘は応じた。尿検査の結果、覚せい剤使用の陽性反応が出た。

覚せい剤取引の流れは、大きく分けると五つの段階がある。

まず第一番めが製造者である。これは現在、ほとんどが日本国外で密造されている。理由はふたつあって、ひとつは日本国内では現在、覚せい剤の原料になる薬品の大量入手が難しいこと、もうひとつは、覚せい剤の製造過程で塩化水素が発生するため、その刺激臭によって近隣住人に不審を抱《いだ》かれやすい、ということだ。

製造者は、台湾《たいわん》、韓国《かんこく》などや東南アジア圏の組織が中心だが、ここ数年は摘発される覚せい剤の九割近くが台湾から密輸入された品である。

二番めが、密輸入された覚せい剤の元売り組織である。この中に、日本側の密輸入者や国内における運び屋、保管役などが含まれる。

三番めはこの元売りから密売人へと覚せい剤を卸す、中間卸売り組織である。ここで、元売りから買った覚せい剤を小分けしてパッケージにする。

四番めは小売りの密売人で、この密売人と五番めの中毒患者の境界は、ひどくあいまいな部分がある。つまり小売人から覚せい剤を買うのが中毒患者なのだが、中毒患者は使用する薬の代金を稼ぐ手段が必要なため、それまでの職業の収入のみでは足りず、自ら密売人となって周囲の人間に覚せい剤を売るようになる。

このように、売人と薬を買う患者との境界がぼやけていて、ほとんどの末端売人が自分の扱う薬の中毒患者であることが、覚せい剤事犯の特徴であり、根本的な摘発、事犯の根絶を難しくさせている。

中毒患者が売人となってしまうかぎり、卸売り組織は、患者の数だけの小売人をかかえているのと同じで、これでは何人、末端の売人を逮捕しても、とりかえはいくらでもきく。したがって、効果はあまり期待できないというわけだ。

それだけに、卸売り組織と小売人のあいだには、しっかりとガードフェンスが張られている。小売人のほとんどは、扱う品を別の小売人から購入する者ばかりだが、まれに卸売り組織と覚《おぼ》しい人物なり場所で入手する者がいたとしても、相手の名前や顔を知らないか、知っていてもまず、捜査員にはそれを告げない。なぜなら、卸売り組織がひとたび割れれば、元売り組織、製造者まで捜査の手がいっきに及ぶからだ。この三者のあいだでは大金が動くため、連絡が比較的緊密である。それだけ、捜査を進めやすい、ということになる。したがって当然のこととして、卸売り組織は、自分たちに関する情報をできるかぎり制限する。捜査員に洩《も》らす者に対しては、まちがいなく死が訪れる。

これらの状況に対抗するため、捜査員がとる、もっとも有効な手段は、引きあげた密売人を情報提供者、すなわちスパイに仕立てることだ。

一度スパイ、つまり「S《エス》」になった密売人は、自分の生命を守りぬくために、永久に警察に協力せざるをえなくなる。Sであることがばれたとき、守ってくれるのは警察官しかいないからだ。

このSの存在は、捜査員ひとりひとりのものであり、仲間の刑事に対しても簡単にはその正体を告げない。泳がせ、今までどおりの密売行為を黙認している以上、どこから卸売り組織に、Sであることがばれないともかぎらないからだ。

だが鮫島は、自分が逮捕した密売人をSに仕立てる方法が、あまり好きではなかった。

結局、Sは、刑務所に入るか、自由でいるかのどちらかの選択を迫られるのだが、自由でいることには常に、死の危険がつきまとう。たとえ子飼いのSといえども、その正体がばれたときに、一〇〇パーセント、刑事が身を守ってやれるという保証はない。それどころか、Sに仕立てられた密売人は、Sでいることの危険におびえ、恐怖から逃れようと今まで以上に覚せい剤に依存するようになる。

そうした生活は、どこかで破滅をきたす。覚せい剤中毒は悪化すれば、被害妄想を起こしやすく、その点ではSでいることほど、被害妄想におちいりやすい環境はないともいえる。

――殺し屋が襲ってくる

――誰かが監視している

やがて、ぎりぎりまで引っぱられていた精神の糸が切れる。

凶器をふり回して暴れ、ときに無関係な人間を傷つけ、死に至らしめ、やがて自滅する。だが、そこに至るまで、覚せい剤を使っていれば、その間は、超人的な体力を発揮することがある。覚せい剤は、命を先取りして、寿命を縮めるぶん、短期間に異常燃焼させるような薬品である。車のエンジンにジェット燃料を注ぐようなもので、一瞬だけ、すさまじいパワーを発し、焼きついてしまうのだ。

そうなった人間には、肉体的にも精神的にも、絶望的な未来しか残されていない。

使っていたSが、Sでいることのストレスから、やがて暴走し破滅する姿を、捜査員たちは、一度ならず見ている。

が、

――奴もこれでパンクだ、別のをさがさなきゃなといった、冷徹な言葉を吐く者すらいる。

確かに、自業自得といえばそれまでだろう。しかし、Sに仕立てることでそこまで追いつめていった刑事の道義的な責任は、決して問われることはない。

Sを使わないで、覚せい剤組織を取り締まることは非常に困難ではある。だが鮫島は、何とかそうせずにいきたいと願っていた。

2

中山道弘の取調べが終わったのは、午後八時過ぎだった。中山道弘を留置し、鮫島と桃井は新宿署をでた。

「何か食べていくか」

珍しく、桃井のほうから誘いの言葉を口にした。桃井は、めったに同僚と私的な時間を共有しないことで知られていた。課の忘年会などでも、一次会が終われば、ただちに帰ってしまう。

つきあいが悪い、暗い、などという部下たちの評判はまるで気にしないタイプの人間のように見られている。

「いいですね」

鮫島は応じた。

「新宿は避けよう」

さりげなく桃井はいい、鮫島は頷いた。

所轄署の警察官は、その地域の飲食店で顔を知られている。ために、プライベートで食事に入ることがあっても、その店はひどく気を使う。料金を支払う段になると、要求されたわけでもないのに、実際より少額しか請求をしなかったりする。

——いいんですよ、いつもお世話になっているんですから

警察官の給料は、確かに決して高くない。心と体をぎりぎりまでふり絞って使う職業でありながら、そのストレスを解消するために使える小遣いはたかが知れている。誰よりもそのことは、警察官自身が知っている。

——悪いね

——いいんですよ。またきてください

それを饗応《きようおう》とは、決していうことができない。食事を提供する側も、政治家がいくような高級料亭やレストランなどではない。町の居酒屋であり、小料理屋だ。そこにあるのは、厳しい職業を黙々とこなす男たちへの、善意であり、敬意ですらある。

しかし、それがいつか貸し借りになることも事実だった。

交通違反のもみ消しや微罪の見逃しである。それ自体は、本当にとるに足らないことだ。だがときに、とるに足らない微罪が、重要犯罪のきっかけになることもある。

それを誰よりも知っているのも、また警察官なのだった。

鮫島と桃井は、四谷《よつや》三丁目にあるステーキハウスに入った。ふたりとも独身なので、それくらいの余裕はある。

桃井がフィレを、鮫島がサーロインをそれぞれ注文し、ふたりはワインで乾杯した。

「すまんね、じじむさいのとこんなところで食う羽目になって」

桃井は苦笑していった。

「本当なら彼女を連れてきたら喜ばれたのだろうが……」

「いや、最近はあまりでたがらないんです。たまに互いの休みがあっても、部屋でごろごろしていることのほうが多くて」

鮫島は、最初にでてきたサラダに手をつけながらいった。店の中は、時間が遅いせいか、わりに空《す》いていた。

「レコードは――いや、今は、CDか、売れているのかね」

「なかなか難しいようです。いっとき、それで落ちこんでいました」

今度は鮫島が苦笑する番だった。晶《しょう》のバンド、「フーズハニイ」がデビューして、じき一年になろうとしている。確か近いうちに、「一周年記念ツアー」に「フーズハニイ」は出る予定だった。

「不思議なものだ。バンドをやっているというと、我々はつい、薬に手を出していやしないかとか、格好が奇抜だからと、色眼鏡で見てしまう。私が彼女に会ったのは一度だけだが、まっすぐな気性だというのを感じただけで、悪い印象は何もなかった」

「まっすぐすぎて手を焼くことはあります。ただ、あいつとつきあうようになって、確かにそういう色眼鏡からは少し自由になったような気がします。もっとも向こうも同じでしょうが」

「ポリ公にも少しはまともなのがいると？」

「ええ」

ふたりは顔を見合わせて笑った。

「中山だが――」

桃井が話題を変えた。

「どうするつもりかね？」

「どうもしません。未成年者です。家裁に送ります」

「確かに十七ではSには無理だな」

「Sを使うのは、好きではないんです」

鮫島は首をふった。

「以前、県警の公安にいたことがあって……」

桃井は頷いた。覚せい剤、麻薬事犯と並んで、捜査員がSを使うことが多いのが、公安捜査だった。

鮫島は二十七のとき、ある県警の公安三課に主任警部として配属された。そのとき、その課の警部補と公安調査官とのあいだで、過激派団体のSをとりあう事件が起こった。警部補は、団体のあるメンバーに公安調査官が身分を偽って接触していることを知り、メンバーにそれを明かしたうえで、自分のSにならなければ接触の事実を団体に〝密告〟してやると恫喝《どうかつ》したのだった。

そのことを知った鮫島は、卑劣な方法に怒りを感じ、部下を叱責《しっせき》して、メンバーとの接触を禁じた。

ところが不満に思った警部補は、メンバーがSであると思われるような写真を団体に送りつけた。

凄惨《せいさん》なリンチ殺人がおこなわれた。結果、捜査一課との共同捜査で、過激派団体は潰滅《かいめつ》した。

リンチ殺人の引き金が、警部補の密告であることをつきとめた鮫島は、それを咎《とが》め、乱闘になった。

警部補は模造日本刀で鮫島に怪我を負わせて退職した。

鮫島は桃井にその話をした。無言で聞いていた桃井は、鮫島の話が終わるといった。

「今回も同じようなことが起きると?」

「商売敵《がたき》がいるという点では」

「商売敵か。確かにそのとおりだな」

公安警察官にとって公安調査官が商売敵であるように、覚せい剤、麻薬事犯を追う刑事にも、商売敵がいる。厚生省麻薬取締官だ。

麻薬取締官は、厚生省麻薬課に属し、麻薬取締法によって、特別司法警察職員としての身分を保証されている。覚せい剤取締まりに関しても、法律でその所持が許可されているため、オトリ捜査をおこなうことができる。

その一点で、警察官と麻薬取締官の立場は大きくちがう。

麻薬取締官の獲物は、まず麻薬であり覚せい剤である。厚いガードに阻《はば》まれた卸売り組織以上の組織をあばくため、彼らは身分を偽って潜入し、捜査をする。そのため、警察官との接触をひどく嫌う。正体が割れれば、Sと同じような危険があるし、何よりもそれまでの潜入工作がすべて徒労となってしまうからだ。

「アイスキャンディは、まちがいなく流行《はや》ります。連中は必ず動いています」

鮫島はいった。

アイスキャンディの存在が最初に司法関係者に知られたのは、まだわずかひと月前だった。渋谷の路上で、少年補導員が〝てんぱった〟状態の女子高生二名を補導したのだ。薬物を使用していると見破った補導員は、二名の身体検査をして、四錠のアイスキャンディを発見した。二名はこれを、ディスコで知り合った男の子にもらったと供述した。

次に見つかったのが新宿だった。警視庁の保安二課と新宿署防犯課の合同捜査隊が、トルエンの密売組織を摘発した。そのとき逮捕されたメンバーのひとりが、自分の楽しみのために、アイスキャンディを十錠所持していた。成分分析の結果、覚せい剤であることが判明した。

逮捕されたメンバーは、知人の暴力団員からもらったと供述した。暴力団員は、キャンディを、路上で売人をやっていた高校生らしい若者グループからとりあげたのだと話したという。

この暴力団員には覚せい剤の使用歴があり、とりあげた薬を自分が試して、すぐに成分が覚せい剤であることに気づいたのだった。

値段が安価なこと、外見がシルバーグレイの透明な錠剤で「カッコよく映る」ことから、アイスキャンディは急速に若者、特にミドルティーンからハイティーンのあいだに浸透しつつあった。

警視庁保安二課はその状況を憂慮し、アイスキャンディの卸売り組織、元売り組織、さらには製造者をつきとめようとやっきになっていた。だが、今のところ検挙されているのは、ほとんどが卸売り組織の下の、そのまた下にあたるような末端の密売人ばかりで、小売人にすらたどりつけない状態だった。

このままつづけば、アイスキャンディが流行となって、爆発的に十代の若者のあいだに広がる可能性は高い。それは、一時期流行った、アメリカ、アップジョン社系の睡眠薬遊びより、さらに深刻な事態を引き起こすことが見えている。

何といっても覚せい剤は、睡眠薬とは逆で、精神的な依存性がひどく高いのだ。睡眠薬は、これを本来の目的、つまり眠るために使用するのなら依存性を招くが、いわゆる〝ラリる〟ために使う場合は、肉体的なダメージはともかく、覚せい剤のような依存性はない。覚せい剤が効いている状態と睡眠薬が効いている状態は、そういう意味では正反対ともいえる。

覚せい剤は、頭をすっきりさせ、体が軽くなって、自分が万能の人間になったかのような高揚感を使用者に与える。睡眠薬は、体の動きを鈍くさせ、判断力を奪い、酒に酔ったのと同じような幸福感を使用者に与えるのだ。

そして薬の効力が切れたとき、覚せい剤の使用者は、反動でひどい疲労感に襲われ、指一本動かすのすら嫌になる。結局そうした疲労感を厭《いと》うことから、覚せい剤を再使用するのだ。

中毒が進めば、幻視、幻覚、妄想を引き起こすようになり、さらにこれが悪化すると、持続性の錯乱状態におちいる。

そして覚せい剤のもっとも始末が悪い点は、この錯乱状態が、覚せい剤を使用していないとき、あるいはやめてから一年近くも経過したあと、突然、再発するところにある。

これがフラッシュバックである。フラッシュバックを起こす薬剤は、覚せい剤のほかには、L・S・Dがある。

アイスキャンディは、これまでに若者のあいだにあった、シンナーやトルエンなどの有機溶剤遊びより、さらに安く、手軽で、しかも危険なオモチャだった。

小売人や卸売り組織に関する情報がなかなかつかめないにしても、鮫島はアイスキャンディが広がっていくのを見過ごすわけにはいかなかった。

だから街で、たとえば末端であるとわかっても、売人を見つければ、ただちに逮捕した。

もちろん根もとを断つ捜査も必要である。だがぐずぐずしていれば、アイスキャンディの常用が進んだ若者たちから、真性の覚せい剤中毒患者がでてくるだろう。

そのとき、アイスキャンディの卸売りや元売りの組織を叩いたとしても、彼らは別の組織から手にした覚せい剤を注射していることになるのだ。

ならば、たとえそれがイタチごっこに等しい検挙だとしても、鮫島はつづけるつもりだった。

二課がアイスキャンディの出現に危機感を抱く理由は、まだほかにもある。

「シノギの問題だな」

アイスキャンディが流行る、といった鮫島の言葉に応じて、桃井がいった。鮫島は頷いた。

「マルBは今、ほとんどがあっぷあっぷです。この不況と新法のために、経済がらみの仕事ができなくなっていますからね」

事実だった。土地価格が急落し、しかもこれまでのように土地担保で銀行から金を借りだせなくなった、不動産関連の多くの業者が、回転資金を確保するために、街金融に走った。当然、こうした街金融の中には、暴力団の資金力をバックにした高利貸がいる。

こうした店では、月の利子が三〇パーセント以上にも及ぶ高利の金を貸しつける。担保も、場合によっては、二番、三番抵当といった不利な物件であっても応じる。

理由は簡単で、バックに暴力団がいる以上、借りた人間は、収入があれば、まずどこの債権者に対してより早く払うこと、そしてその利子が高額に及ぶため、元金をはるかに上回る入りがその払いによって確保できるからだ。

早い話、そうした高利貸は、元金を返してもらおうなどとは考えていない。利子だけで、三カ月分も払ってもらえば、元金に及んでしまうのだ。ならば、一年、二年と、なるべく長く利子を払わせつづければ、貸元の利益があがる。

もちろん、中には、その利子すら滞《とどこお》ってしまう債務者もいる。全財産を処分し、それでもどうにもならないということになれば、高利貸の背後にいる暴力団が動く。

危険な物品の運び屋、内臓の切り売り、そして最後は保険金殺人である。一円でも多く絞りとろうと、文字どおり、骨までしゃぶりつくす。

債務者ももちろんそれを知っているので、必死になって利子だけは払おうとするのだ。

ところが、不況と新法が、今、その暴力団を強烈に締めつけている。

まず第一に、新法の施行で、こうした経済的なトラブルに、暴力団は容易につけこめなくなったことがある。

払うものを払わそうと、暴力団のぼの字でもチラつかせれば、ただちに逮捕されてしまうのだ。さらに債務者もそれを知っているので、払えないものは払えないと強気にでる。かつてならば、そんな奴はさらって埋めてしまえ、が単純な暴力団のやり口だった。ところが今は、殺人となると、いかに暴力団員であっても躊躇《ちゅうちょ》する傾向がある。

理由はやはり新法である。暴力団に対する締めつけがかつてないほど厳しいものであることは、誰よりも現場の構成員が知っている。殺人を、組のために犯し、それが発覚して服役する羽目になったとき、これまでなら、しゃばに残していく家族や愛人の面倒を組がみてくれた。そして出所したときには、組のためにツトメたということで、それなりの手厚い保障が待っていたものだ。

しかし今は、組にそれだけの余裕がなく、下手《へた》をすると服役中に、組そのものがなくなってしまう可能性すらある。それでは、何のために服役し前科を負うのか、まったく意味がない。

借りる側もそこらの事情をよく知っていて、初めから返せないとわかっていて、暴力団がバックにある街金融から金を引き出す者までいる。中には、対立するふたつ以上の組の高利貸からわざと金を借りる豪の者もいる。

返せなくなり、万一、片方の組がその身柄をさらって何とかしようと企てれば、相手だけにいい思いをさせまいと、もう片方の組も動く。そうなれば抗争は必至で、抗争を起こせば、警察は雪崩《なだれ》のように襲いかかってくる。容易には動けないというわけだ。

いわば「抑止力」だった。暴力団の中には、こうしたしたたかな人物に引っかかり、

「カタギがいちばんタチが悪い」

とこぼす者すらいる。

したがって、山のような借金を暴力団に対して作りながらも、恐れおののくことなく平然としている人物すらいる。事業が完全にゆきづまっており、もはや回収がいかんともしがたいことを知りながら、やくざも手をだせずに歯がみをしているというわけだ。

桃井が笑った。

「この前、高利貸をやってるマルBに街で会ってな。こぼしていたよ。客の半分近くが塩漬けだ、と。貸し倒れの状態で、にっちもさっちもいかんらしい」

「それが危ないんです」

鮫島の言葉に桃井も頷いた。

高利貸などの商売《シノギ》は、やくざにとってみれば、比較的正業に近い領域である。相手がきちんと払ってくれるなら、あえてこちらから犯罪の部分に足を踏みこまずにすむ。

また賭博のテラ銭なども、景気がよくて、あぶく銭がだぶついている連中を相手にすれば、イカサマなどの仕事をしなくとも、ひと晩で何百万というもうけがでる。

しかし不況になり、暴力団もそうした〝楽なもうけ〟ができなくなっている。

一度身についた派手な生活を、もちろんやくざたちが簡単に改められるわけがない。勢い、より犯罪性の高い金もうけへと走らざるをえなくなる。

資産家を誘拐し、おどして全財産を巻きあげたうえ、殺してしまう、などという仕事は、これまでの暴力団犯罪には見られなかった。

そして、殺人にまで及ばなくとも、効率のよいシノギがある。

麻薬、覚せい剤である。

これらを扱うことは、警察の目の敵《かたき》にされ、捕まれば罪は重い。しかし、経済がらみの仕事でこれまでのような稼ぎができないとなれば、そちらに力を傾けざるをえない。

「中毒患者は、自分が売人に落ち、さらにはひったくり、恐喝、窃盗をやってでも、薬代を用意してきます。しゃぶのあがりに、焦《こ》げつきはありませんからね」

「増えるだろうな」

「ええ、アイスキャンディが流行るとなれば、どこもこぞって扱いたがるでしょう」

「売人も増え、中毒も増えるというわけか」

鮫島は頷いた。

「風が吹けばの喩《たと》えではありませんが、バブルが弾ければ、しゃぶ中が増える、ということです。アイスキャンディは、まさにこういう時代にぴったりの商品として登場したんです」

「しかし五百円とはな。安すぎるとは思わないか」

「相当量の供給があるとみていいでしょう。小売りの儲けが五割とすれば、一錠二百五十円です。卸値は五十円くらいかもしれません」

「そんな値段では作れまい」

「ええ、もし輸入しているとなると、製造者は、一錠を数円で作っていることになります」

「じゃあ、いったい――」

「しゃぶは今、一回分が、五千円から六千円といったあたりです」

「一回、〇・〇三グラム前後だったな」

「ええ。アイスキャンディの成分分析では、確か、ブドウ糖が九〇パーセント以上で、メタンフェタミンの含有量は、〇・〇〇八くらいでした」

「四分の一としても、千円はとらなければ、ワリに合わないだろう」

鮫島は頷いた。

「とてつもなく頭のいい奴がいるのだと思います」

「頭のいい？」

「五百円は、いわば出血大サービスなのです、開店記念の。おそらくごく近いうちに、アイスキャンディは極端な品薄状態がきます。そして倍以上、値あがりするでしょう」

桃井は目をみひらいた。

「安い値段で普及させておき、使用者を増やすだけ増やしたら、値あげをする、というのかね」

「そうです」

「しかしそんなことをしたら、元売りや卸売りが黙っていないだろう。少なくとも、小売人が騒ぎだす」

「ええ」

鮫島は息を吐いた。

「ですが考えてみると、そうなるんです。製造者が、原価数円で、いつまでもアイスキャンディを作りつづけているはずはありません。仮に十円としても、百万錠で、ようやく一千万です。その中には原材料費や製造者の人件費も含まれているんです。となると儲けは、百万かそこらだ。設備投資をして、それだけしか稼げないのなら、カタギの仕事をしたほうがよほどましです」

「それなら、中国とか、物価の安いところで作っているのかもしれん」

鮫島は首をふった。

「結晶や粉末とちがい、錠剤はひどくかさばります。密輸をするには、効率が悪すぎます。スーツケースいっぱいにもちこんでも、しゃぶの粉末に比べると、価格が低すぎる」

「国籍の特定はまだだったな」

桃井はうなるようにいった。

日本で出回っている覚せい剤の成分分析をおこなうことで、製造された国、あるいは地方を特定する検査方法が、北里《きたさと》大学で開発された。

この検査は原材料のエフェドリンの残留量を測定したり、結晶化させる段階での温度などから、生産地の特色をつかみ、「薬物指紋」として登録し、押収された覚せい剤と照らし合わせる方法をとっている。

アイスキャンディは、押収量がまだ少なく、その覚せい剤成分の含有量も微量なことから、まだ生産地を特定できずにいた。

生産地さえ特定できれば、卸売り組織の所在地が、あるていど絞りこめる可能性がある。

「まず台湾製とみていいだろうが」

桃井の言葉に鮫島は領かなかった。

「台湾製ならば、いちど輸入した結晶を、錠剤にするために再処理していることになります。それでは金がかかりすぎます」

「とすると、君はどう考えているんだ」

「まったく新しい製造者です。たぶん、出血大サービスを考えたのも、製造者でしょう」

「――どこの国だ」

桃井は低い声でいった。

「日本だと思います。アイスキャンディは、日本のどこかで作られていると」

鮫島は答えた。

「日本」

桃井は絶句した。現在、日本国内では、ほとんど覚せい剤は密造されていないだろうという確信が、警察の関係捜査官にはある。

それは、安価な外国製覚せい剤が大量に出回っていることに加え、製造工場が発覚しやすい、という理由による。

そして、〝国内生産〟がないという事実は、密輸ルートさえ叩けば、覚せい剤の供給を食いとめられるという、気持ちの上での〝安心〟にもつながっている。

しかし、もしアイスキャンディが日本国内で生産されているとなれば、その〝安心〟は崩壊する。

「薬物指紋の判定が、今回の押収品で可能になればいいのですが」

鮫島はいった。

「なぜだね」

「課長は、たぶんキャンディが日本製であったら、たいへんだと考えているでしょうが、私はちがいます」

「その理由を訊こう」

桃井は鮫島をじっと見つめた。

「キャンディが国産であれば、今のところ製造者は一カ所の工場であるということになります。つまりそこを叩けば、キャンディをなくせます。しかし、外国製であった場合、これからひっきりなしに密輸入されてくる可能性があります」

「だが、売れるとなれば、製造を手がける奴は、ほかにもきっとでてくる」

桃井はいった。

「そうです。ですから、キャンディの工場を叩くのを急がないと、たいへんなことになります。キャンディの日本での流行を知った、外国の製造者が、実際にキャンディを手に入れ、同じものを生産するようになってからでは、まにあわない」

「もう作っているかもしれんな」

桃井は暗い表情になっていた。

「ただ、今の値段ではもとがとれんので、現在の供給者が値を吊り上げるのを待っている……」

「そうです。その可能性は十分にあります」

鮫島は桃井の目を見つめ、頷いた。

「そうなれば最悪だ」

桃井は低い声でいった。

3

　翌日の夜、晶が鮫島のアパートを訪れた。晶は、所属するバンド「フーズハニイ」の二枚めのアルバムからシングルカットされることになったCDの、ジャケット写真撮影のために、三日ほど海外に出ていた。その土産《みやげ》を届けがてら、泊まりにきたのだ。

　晶は今、髪を伸ばしていた。かつては男の子のように短く刈り、メッシュを入れていた髪が、今、肩に届くほど伸びている。晶は知らないが、鮫島はその髪型を、ずっと以前に流行った「マッシュルームカット」に似ていると思っていた。中学時代、好きになった女の子で、同じ髪型をしていた子がいる。

「はいよ、おみやげ」

　晶は、夜七時過ぎにアパートに着くと、寿司チェーンのビニール袋をさしだした。手にはもうひとつ、大きな紙袋をさげている。

　鮫島は中を見た。折詰らしい箱が割箸とともに包装されている。

「こいつをフィリピンで買ってきたのか」

「アホか。これは晩飯だよ。そっちのほうのみやげはこれ」

「ゆっくり見せてもらおう」

ふたりは、キッチンテーブルで向かい合った。ジーンズの上下にTシャツを着た晶が、冷蔵庫に立った。

「ビール、ある？」

「ある。ギネスもあるぞ」

「ラッキー」

鮫島が寿司の折詰を広げる間、晶は、冷蔵庫からギネスの缶と、ふつうの国産ビールの缶をだした。グラスをふたつ、テーブルに並べる。

初めにギネスをグラスに半分ずつ注ぎ、そこにふつうのビールを残り半分を満たすようにつぐ。

鮫島が好きな飲み方だった。今では晶もすっかりかぶれている。

「食おうぜ」

晶は乾杯をすると、早速、箸に手を伸ばした。

「先に、おみやげ、見ていいか」

「ああ」

いきなり、イクラの握りを頬ばって、晶は頷いた。

鮫島は紙袋を開いた。免税店の袋に入ったウイスキーのほかに、Tシャツと野球帽が入っていた。

「何だこりゃ」

鮫島が野球帽をとりだすと、晶はうれしそうに、くっくと笑った。

濃いブルーの野球帽は、正面のエンブレムなどをつける位置から、はりぼての鮫が首をつきだして、鋭い歯をむいている。その長さは、下のツバと同じくらいあった。

「いいだろ。見つけてすぐ、ヒットだと思ったよ。かぶってみ」

鮫島はかぶった。プラスティック製のはりぼてとはいえ、軽い帽子にとりつけられてあるとけっこう重みがある。晶は笑い転げた。

「似合いすぎるぜ」

「よせよ」

「鏡見ろよ」

鮫島は立って、バスルームに入った。鮫の表情はリアルで、その頭が、鮫島の額からつきでている。

「どうしろってんだ、これで」

晶はビールにむせながら、首をふった。

「別に。気が向いたら、それかぶって新宿歩いてくれりゃいいよ」

「馬鹿いうな」

鮫島はいって、晶をにらんだ。だが少なくとも今夜は、ベッドに入るまで、これをかぶらされている羽目になりそうだと思った。

「こっちはTシャツだろ」

「本当はさ、いってる時間が短くて、ろくに買い物できなかったんだ。帽子買ったらTシャツも欲しくなっちゃって、いっしょうけんめいにさがしたんだぜ」

鮫島はTシャツを広げた。鮫の絵が描いてある。ただしこちらはリアルな絵ではなく、サングラスをかけた鮫だった。

「それなら、着て外にいけるだろう」

「まあな」

鮫島は苦笑いした。晶がにっと笑った。

「同じの、買ったのか」

「うん。ツアーにもってく」

晶は頷いて、新たな握りを頬ばった。

「撮影はどうだった」

「別に。アイドルじゃないんだから、楽しいってこともないよ」

ＣＤの売りあげがもうひとつなので、所属する事務所では、「フーズハニイ」を、晶の魅力で売りだす方向も検討しているようだった。今回の撮影はそのためで、シングル盤のジャケットには、晶の写真しか載らない。

晶はそれをひどく嫌がり、事務所側と衝突した。得意の癇癪《かんしやく》を起こして、事務所をやめる、というのを、バンドの他のメンバーが説得したのだった。

〃一度だけ〃と晶はいった。メンバーは、一度だけ、そうしてシングルを売ってみようと、晶を納得させた。

「フーズハニイ」のアルバムは、なかなかヒットしてくれなかった。音楽性や、ボーカルも含めた技術的な部分は、それなりに高く評価されているのだが、きっかけがつかめないのだった。

バンドのメンバーも、何とかきっかけをつかみたいと、強く願っている。そのことが、今回の撮影に晶を向かわせたのだ。

「三日じゃな」

鮫島はいった。

「もう愚痴《ぐち》いってもしようがないけど、カメラマンがアイドルタレントと同じに扱うから、何度もぶっとばしてやろうかと思った」

鮫島は晶を見た。

「迫られたのか」

実際にはどうなのかは知らないが、海外でのロケで、カメラマンがモデルに肉体関係を迫る、などといううわさがあることは知っていた。

晶は鮫島を見かえした。挑戦的な笑みを浮かべている。

「もしそうだったら？」

「お前がやるとは思えんな。もし本当にそんなことがあったら、お前は今ごろ、フィリピンの留置場の中だろうさ。殺人未遂でパクられて」

晶の笑みがうれしげなものに変わった。

「自信あんじゃん」

「あたり前だ、馬鹿」

「へんだ。すげえいい男だったら、あたしもくらっとくるかもしれないだろ」

「そうか？」

「これだよ」

晶は舌打ちした。

「あたしがベタ惚れしてると思ってやんの」

「俺がもし、お前はそれほど俺に惚れてない、といったら、お前は怒りまくると思うがな」

「きたねえよ、そんないい方」

「じゃ、どうなんだ?」

晶はわざとふくれっ面《つら》をしてみせた。

「国家権力には勝てねえ」

「よそでそんなこというなよ。俺が警察手帳でお前をたらしこんだと思われる」

「冗談じゃないよ。彼氏がマッポだなんていったら、ファンがひとりもいなくなっちまわあ」

嘘だった。晶のバンド「フーズハニイ」のデビューアルバムのタイトルは「コップ《警官》」だった。晶は自らふれて回らないが、恋人がいること、そしてその恋人が刑事であることを隠さないのを、鮫島は知っていた。

「ガキ扱いされるのが嫌だったのか、フィリピンで」

「うん。でもさ、あれって結局、お互いわかってんだよね」

「何が」

「アイドルだって、本当にガキばっかりじゃないじゃん。けっこう苦労したり、水商売やったりしてから、タレントになったりするわけだ。なんとかちゃーん、なんて、マジでカメラマンにいわれたらムカつく子もいると思うんだ。だけど、知ってて知らないふりをするっていうのか、本当の中味はガキじゃないってわかってても、ガキのように呼ぶし、答えるほうも、はーい、なんていうわけだよ。結局、そうやってなんだか、互いにぼかし合ってるような感じなんだ」

「ぼかし合っちゃまずいのか」

「いや。でも、あたしは好きじゃない」

「そのへんはちゃんと説明したのか」

「今回はしなかった。今度のことは、何ていうか、一回きりの話だからさ。全部、ガマン！ て決めたんだ」

「なるほど」

「えらいとかなんとかいわないのかよ」

「茶化したら、マジで怒るだろ」

「うん。また、人の考え先回りする」

最後にイクラがひとつ残った。

「あんたのぶん」

「お前のぶんだ」

「あたしいっこ食った」

「お前のぶんだ」

鮫島はくりかえした。晶が顔をほころばせた。

「惚れてんな、あたしに」

「お前はいつも、いちばん好きなものを最初にとる。俺はどっちかというと、最後までとっておく。最初と最後の両方で、好きなものを食うのもいいだろう」

「じゃ、食べりゃいいじゃん」

「だから最初と最後の両方、食えよ。そのイクラを食うと、俺は買収されたことになる」

「あたしがあんた買収して、何させるんだよ」

「ロッククイーンの欲求不満の解消」

「おーっ。よし、ムチとロウソク、用意しようぜ。ケツをびしばし叩いてやる」

「ケツはやめてくれ。怪我してる」

「なんで」

「オモチャのナイフで刺された」

晶の表情が一変した。

「誰に!?」

「子供だ。街で薬売ってるのを嚙もうとしてな」

「いくつぐらい？」

「十七」

「薬って？」

「アイスキャンディ。知ってるか」

「聞いたことある。飛ぶんだって？　すげえ」

「飛ぶのとはちがう。すきっとするのさ。中味はしゃぶだからな」

「しゃぶ⁉」

「そうさ。頭のいい奴が、しゃぶを錠剤にして売り出した」

晶は、ドラッグ類はすべて嫌っている。それは鮫島とつきあうようになる前からだった。

「パクったの、それで」

「売ってた奴は、な。俺を刺したのには逃げられた」

「マヌケじゃん」

「キャンディのほうが大事だ」

「ひどいのかよ、怪我」

「いや、犬に咬《か》まれたより軽い」

晶が知っているだけでも、数回、鮫島は重い怪我を負ったことがある。そのたびに晶は怒り狂った。

晶は腕組みして鮫島をにらんでいたが、いった。

「あとで見せろよ、ちゃんと」

「ああ」

「ちゃんとだぞ！」

「わかってるよ。そうだ」

鮫島は思いついたようにいった。

「なんだよ」

「あとで風呂入るとき、頼むことがある」

晶はけげんな顔をした。鮫島はにやついた。

「傷のまわりだけ、痛いんでちゃんと洗えてないんだ」

「洗えっての？」

鮫島は頷いた。

「ひょっとしたら、ウンコがついてるかもしれん」

「キタネエ！」

晶が叫んだ。

4

中山道弘を中心にする、十代の末端密売グループにアイスキャンディを供給したのは、筈野《はずの》浩《ひろし》という、中山にとっては、中学の先輩にあたる男だった。

中山の供述によると筈野は、今年十九歳になる会社員で、外車の中古車販売会社に勤めている。携帯電話をもち、スーツに身を固め、自分のものか、会社のものかはわからないが、メルセデスを乗り回しているという。

夜は、渋谷や六本木で飲むことが多く、ディスコだけではなく、ホステスをおいたクラブにも出入りしているようだ。

中山らにとり、二歳上のこの筈野は、ある種、憧《あこが》れの対象となっているらしかった。

筈野が、暴力団の構成員であるなら、アイスキャンディの卸売り組織として、ひと息に網を絞りこむことができる。が、中山の話を総合すると、筈野が組員である可能性は低かった。

理由は、まず筈野の年齢である。十九歳で暴力団員であるとすると、まだ行儀見習いの、研修生ていどの地位でしかないのがふつうだ。メルセデスを貸し与えられたり、クラブに出入りさせて飲ませるほどの待遇を、組側がするはずはなかった。組に関係しているとすれば、幹部、それも組長クラスの肉親くらいのものだ。

筈野は、中山らにアイスキャンディを百錠、三万円で売っていた。中山らは、三カ月ほど前に、筈野から声をかけられ、キャンディをさばくようになったという。三カ月のあいだに売ったキャンディの総量は、五千錠にのぼると見られた。鮫島が現場をおさえた密売行為を、月に十回、三十回ほどおこなっていて、一日に百五十錠以上の売りあげがあった。

もし筈野が、組幹部の肉親であるなら、自己消費するには多すぎる数の錠剤を、扱っている組から提供されていたことになる。それはありえないことだった。組長の息子が、覚せい剤の密売にからむことを許す組など存在しない。現在は、どこの暴力団であっても、組員が覚せい剤の取引に手をだすことを、公《おおやけ》には禁じている。

組がらみで覚せい剤の取引をしていたということになれば、検挙されたときに、組長以下幹部の多くを〝もっていかれる〟ことになり、組は崩壊する。組員が上から求められるのは、上納金である。

上納金をおさめるために、覚せい剤の取引をおこなうことについては、幹部は、見て見ぬふりをする。扱っていた組員が逮捕されても、「しゃぶは組の法度《はっと》」だからと、組長は関与を否定する。

ところが実際には、複数の幹部の下に、それぞれ十人単位の組員がいて、各グループで競争しながら覚せい剤をさばき、利益の半分は組長に上納されるシステムとなっているのだ。この場合でも、組長は絶対に覚せい剤の取引に立ち会わないし、組の事務所などにも品物をおかせない。

だから笘野浩が、暴力団幹部の肉親であるなら、むしろ覚せい剤には近づけまいとするのが組織の生理なのである。商売にするほど大量のアイスキャンディを、肉親が所属する組から得ているとは、考えにくかった。

そうなれば、笘野もまた、末端の売人のひとり、ということになる。

次の段階に進むためには、笘野をおさえ、その口から、笘野にキャンディを譲った人物の名を吐かせるほかない。

全国の検察庁には、覚せい剤事件を扱うための専任の検事が配置されている。覚せい剤事犯の逮捕の際には、逮捕状のほかに、捜査令状の発行が不可欠なため、迅速な対応が要求されるからだ。こうした検事たちは、「しゃぶ係」と呼ばれている。しゃぶ係の検事もまた、買い手ばかりの検挙を嫌い、売り手を逮捕することに情熱を燃やしている者が多い。

鮫島が笘野浩の逮捕状と捜査令状を受けとったのは、中山道弘の逮捕から三日後だった。

笘野浩は、渋谷区初台《はつだい》のマンションに住んでいた。京王《けいおう》線の初台駅から徒歩で十分ほどの距離にある、賃貸専門のマンションである。

通常、犯罪容疑者の逮捕に、警察官がひとりで向かうことはない。抵抗、逃亡のおそれがあるし、覚せい剤事犯ならば、そのときに証拠となる覚せい剤を処分されてしまうからだ。

鮫島は、だが、多くの場合、単独で容疑者の逮捕におもむいていた。鮫島が協力を要請する警察官がいるとすれば、それは制服の警察官であって、同僚の新宿署防犯課刑事ではなかった。

課長である桃井を除いて、防犯課員と鮫島のあいだには、信頼があるとはいえなかった。鮫島の階級は警部であり、その意味では〝上官〟となるにもかかわらず、鮫島は命令で防犯課員を動かすこともしなかった。命令による行動は、軍隊にも似た組織である警察の人間にとっては、忌避《きひ》できぬものであり、本人の意志を無視する。

そのような状態で現場に駆りだされた警察官ほど、危険な立場はない。

抵抗を受け、受傷したり、犯人の逃亡を許したりしてしまうからだ。

鮫島がもっとも避けたいのが、そういう事態だった。怪我もミスも、本人にとっては警察官としての経歴にかかわる結果をもたらす。同僚としての信頼をもたない相手に命令で押しつけられた任務で、経歴に傷を負う警察官を、鮫島は生みだしたくなかった。

もちろん、鮫島自身にも、同じことはいえる。もはや、警察官としての経歴には、なんら希望を抱いてはいないが、失敗によって、別の犯罪を引き起こしたり、それによる被害者を作ることだけは、避けなければならない。

したがって鮫島は、犯人の逮捕には、なるべく丸腰ではのぞまぬようにしていた。拳銃携帯は別としても、特殊警棒は必ず所持し、相手に抵抗するスキを見せないよう、留意した。

笘野浩の逮捕に、鮫島は拳銃を携帯していった。覚せい剤事犯は、被疑者が中毒患者である場合、思いもよらぬ抵抗を受けることがある。

また笘野浩の背後関係がはっきりしない以上、拳銃などの不法所持も可能性としては否定できないからだ。一度とり逃がした覚せい剤事犯が、武装し、しかも覚せい剤を摂取しているとなれば、二次犯罪がどのような広がりをもつか、予想はつかない。

鮫島は、笘野浩の住むマンションの前に止めた、自分のＢＭＷの中から、笘野の帰宅を待ちうけていた。

ＢＭＷは、中古で買ったものだった。国産の乗用車は、張りこみ、尾行の際に、刑事のものと見破られやすいため、無理をして外車にしたのだ。

マンションは、横長の三階建てで、一階部分に、六台分ほどの駐車場があり、笘野は、向かって左端を使用していた。

笘野を逮捕したなら、鮫島はその身柄をただちに新宿署に連行するつもりでいた。新宿署で尿検査をおこなったあと、桃井に取調べを任せ、すぐに笘野のマンションに戻って、家宅捜索をおこなう。家宅捜索には、防犯課の他の刑事も同行する。これには、受傷や逃亡などの危険がないからだ。

桃井には、午後十時を過ぎた場合は、帰宅してくれるように頼んであった。すでに、午後九時を三十分ほど回っている。

笘野の帰宅が何時になるかわからなかったし、被疑者を深夜に逮捕したときには、取調べを翌朝からにせざるをえないことがあるからだ。

笘野が午後四時に、勤務する中古車販売会社をでたことは、すでにわかっていた。そのあとの足どりはつかめていない。

飲み歩いているのか、それともどこかでアイスキャンディの取引をおこなっているのか。

鮫島は迷っていた。それは、笘野が帰宅した場合、即座に逮捕するべきかどうか、だった。笘野が中山らにとり、アイスキャンディの供給元であったことは、これまでの調べでわかっている。だが、笘野が中山ら以外にもアイスキャンディを供給していたかどうか、そしてどこからその品を入手していたかは、逮捕し自供を待たなければ、明らかにはできない。

こうした場合、日本の警察は、おおむね、まず逮捕し、じっくり調べることで、容疑をひとつひとつ固めていく傾向にある。

が、相手の執拗《しつよう》な抵抗——黙秘——にあったときには、この方法は困難になる。

刑事は、被疑者の顔を見たときに、まず勘で、「クロかシロか」を判断する。そして「クロ」ということになれば、「カタいかどうか」を推し測る。

カタい、というのは、簡単には容疑事実を認め自供しない性格を意味する。笘野が、ひと目見て、カタくないタイプであれば、鮫島は躊躇《ちゅうちょ》せず逮捕するつもりでいた。が、カタそうなタイプであったら、どうするか。

覚せい剤のルートをさかのぼるには、被疑者の自供が不可欠である。しかし、生命の危険などを感じた被疑者が黙秘してしまい、さかのぼれなくなることは往々にある。それを避ける方法はひとつしかない。

被疑者を徹底的にマークし、ルートの解明になる手がかりを、先におさえてしまうことだ。これが内偵である。

笘野は、中山の逮捕を知っているにちがいなかった。となれば、自宅にはアイスキャンディをおいていないかもしれない。

十九歳という、笘野の若さが、鮫島の判断を迷わせていた。

笘野が警察を甘く見ていれば、キャンディを自宅に隠しもっている可能性も十分にある。

逆に、年齢よりもはるかに狡猾《こうかつ》で、警察の動きを予測できるだけの頭があれば、すべてを処分して、ルートの解明を阻《はば》むだけの作り話を用意しているかもしれない。

もしそうなら、笘野の逮捕で、アイスキャンディのルート解明は終了してしまう。鮫島は、また別の売人をたぐっていく方法をとらなければならない。

それはすべて、笘野の顔を見た瞬間に、決めなければならない判断だった。

噛むか、泳がせるか。

そうした判断に苦しむのもまた、鮫島が、警察官としてのキャリア、目先の点数稼ぎにこだわっていない証拠だった。目先の点数を求めるなら、笘野を噛むだろう。

十時を過ぎた。

鮫島は、ダッシュボードの灰皿に煙草をおしつけ、息を吐いた。少なくとも今夜は、笘野が帰宅し逮捕しても、取調べを開始することはできない。

コンビニエンスストアで買ったコーヒーの紙コップを口に運んだ。ぬるくなり、底に溜まった粉が舌先につくと、ひどく苦い。

笘野を内偵するにしても、その期間が永久にあるわけではない。逮捕状にも期限があり、一定期間を過ぎれば失効してしまう。もちろん、容疑事実に疑いがなければ、再度発行してもらうことも可能だ。

笘野が頭のきれる男なら、今は息を潜《ひそ》めているはずだ。が、警察の動きを予測し、待ちかまえているとしても、それが起こらないとなると、やがては心にゆるみが生じてくる。

それにいったいどれだけ時間が必要か、だった。一週間、十日、それともひと月か。一年たっても気をゆるめない、ということはないだろう。一年間、キャンディとのかかわりを断つ男なら、それでこの商売をあがってしまうことすらある。

鮫島は、笘野の、十九という年齢に心をとめていた。

十九歳。二十《はたち》になれば、成人として、犯した罪に対する刑もまったくちがってくる。未成年の犯罪者には、それをはっきりと認識している者が少なくない。

――俺ら、未成年だからよう、人殺しても、死刑にはなんねぇんだよな

鮫島自身、何度、そううそぶく若者を相手にしてきたことか。

笘野は、中山らから、ある種の尊敬を得ていた。それは単に金をもっていて、大人の遊びの世界に首をつっこんでいるからだけではない、と鮫島は思っていた。

笘野は、頭がきれるのだ。中山らは、アイスキャンディの販売を、笘野の指示を受け、始めた。その方法も、笘野から教わった、といった。

笘野が密売人であるとしても、少なくとも笘野は、自分の下に密売人グループを組織するだけの頭をもっているのだ。

頭がきれる笘野が、十九歳という、少年法を適用される最後の、自分の年齢を意識しないはずはないのだ。

笘野が、いつ二十歳になるかはわからない。が、今、息を潜めているとしても、二十に

なる前——もちろん、あとひと月以内に誕生日がくる、というのなら別だ——に、必ず、キャンディの密売を再開するにちがいない、と鮫島は思っていた。

十九歳の若者を、それも会ったこともない若者を、自分は過大に考えているだろうか。

中山道弘は十七歳だった。そして、自分が路上で売っていた錠剤が覚せい剤だと知ったとき、取調室で嘔吐した。

笘野浩は、その中山とたったふたつしかちがわない。

ヘッドライトがBMWの正面からさしこみ、鮫島は顔をあげた。

午後十一時五十八分だった。あと二分で、逮捕状の有効期間は六日間になる。

白のメルセデス190が、マンションの駐車場に進入しようと、切りかえしを始めていた。

メルセデスは車首を道路の方向に向け、バックで駐車場に入った。ライトが消え、エンジンが停止する。

鮫島は体を低くした。

メルセデスのドアが開いた。茶のソフトスーツを着けた男が降り立った。長身で、年齢にしては、スーツを着こなしている。

左わきには、濃いグリーンのセカンドバッグをかかえている。

メルセデスのドアをロックし、向きなおるとあたりを見回して歩みだした。さらさらに見える髪を、首をそらして後ろにはねあげ、手で整える。癖になっている仕草のようだ。

マンションの入口まで歩くあいだに、街路灯が立っていた。男は鮫島のＢＭＷを気にするようすはなく、その下を歩き過ぎた。

鮫島は見つめていた。

笘野浩は、切れ長の目に整った鼻すじをもち、薄い唇をしていた。目の中には、鮫島の想像を裏づける光、意志とそして目標に一歩でも近づくためにはあらゆる能力を働かせるであろうという、年齢には不釣り合いな、ふてぶてしさがあった。

笘野浩が漂わせていたのは、自信だった。

本当ならば、笘野の心には、恐怖や警戒心が渦巻いているべきなのだ。

笘野の部屋は、マンションの二階左端で、自分が止めた車のま上だった。

その部屋に明かりが点《とも》るのを、鮫島はＢＭＷの中から見つめていた。

自信は、十九という年齢のせいなのか。何かひとつがうまくいきはじめたとき、世の中のすべてが自分のためにあると思えてしまうような、その若さのせいなのか。

それとも、年齢をはるかに上回る頭の働きと行動力が、笘野に、落ちつきとゆとりを与えているのか。

鮫島は、明かりは点ったものの、カーテンは引かれたままの窓を見あげながら、煙草をくわえた。

ひと筋縄ではいかない相手。筈野浩は、まだ若かったが、鮫島にそんな印象を与えた。噛んで揺さぶりをかけたとしても、簡単にはアイスキャンディの卸売り組織に関する情報を吐くとは思えなかった。

仕方がない。

鮫島は煙とともに大きく息を吐き出した。相手もひとり、こちらもひとりだ。何か尻尾《しっぽ》がつかめるまで、とことん監視をするまでだ。

手もとにある、この逮捕状の期限が切れることになっても、それをつづける。アイスキャンディをこれ以上広めないためには、どれだけの忍耐でも、自分はうけいれなければならない。

鮫島は、待つことの苦痛に耐える心がまえをした。

5

新幹線がプラットホームにすべりこみ、完全に停止するのを待って、香川進《かがわすすむ》は立ちあがった。午後二時に東京駅に到着する上り列車のグリーンはひどく空いている。左腕にはめたコルムに目をやり、網棚の上のアタッシェケースをおろした。ジュラルミン製で、かなりの重さがある。

頭の中で、今日のスケジュールを反芻《はんすう》した。タクシーでホテルに向かう。チェックインしたら、電話をかけ、シャワーを浴びて、沙貴《さき》がくるのを待つ。

沙貴は、夕方には帰さなければならない。食事は、角《すみ》とする約束だ。たぶんホテルの中国料理店の個室になるだろう。今日の話し合いには時間がかかる。

進は、なるべくひとりでくるようにと、角に伝えていた。もし角が、手下まで連れて多人数できたら、追いかえさなければならない。

そのことを考えると、少し気分が重かった。角は、特に好きでも嫌いでもない。何より、頭がさほど悪くないのが助かる。だが、角の下には厄介な連中がいる。そいつらの頭の悪さにはうんざりしていた。奴らときたら、頭の先から爪先まで、自分がやくざだと宣伝して歩かなければ気がすまないような馬鹿ばかりだ。
いつだったか、角とふたりで、沙貴の店で飲んだとき、文句をいったことがあった。
――すごみゃいいってものじゃないだろう、え、角さんよ
あのときのことは忘れない。進は、少し角をなめていたのだ。角は、やくざには珍しい、色白の男前で、パーマでウェーブをかけた髪をまん中で分けている。背が高いし、洋服の趣味も悪くないから、まずやくざには見えない。いつだったか、好みの洋服のブランドをいい合ったら、ふたつも重なっていた。
――原田《はらだ》さん、僕ら、恐《こわ》がられてなんぼですよ
すでにヘネシーを二本近く空けていたにもかかわらず、そのときの角には、まったく酔ったようすがなかった。
進はかなり酔っていた。
――でもあんただって、恐そうには見えないよ
角はにっと笑った。その笑いは特に忘れられない。笑っただけなのに、進と角のいた席を含む、あたりのテーブルが静まりかえった。
――恐がらせて、ほしい、すか？

た。

角は妙に抑揚のない、静かな声で訊《たず》ねた。それを聞いたとき、進は思わず首をふってい

角はまた笑った。今度の笑いは、周囲を凍りつかせるものではなかった。

――僕ら、人を恐がらせるのが商売です。でも芝居で恐がらせていたら、そのうちバレますよ。芝居で銭稼げるくらいなら、役者になってますから

進は頷いた。それ以上、こういう会話をしたくないと思った。

進は、やんちゃ坊主だと、子供の頃からいわれてきた、我が強く、折れることを知らない、と。兄の昇《のぼる》とは年が開いているので、両親も進には、まるでひとりっ子のように接した。

高校から東京の私大付属に入学したのも、地元の中学でさんざん暴れ、ある暴走族に目をつけられていたからだった。

地元では恐いものはない――中学三年になるまで、進はそう思っていた。香川の家は、進の家こそ分家だが、建設、運輸、テレビ局と、地元の財界を牛耳《ぎゅうじ》っている。地元のやくざにも、顔がきいた。

暴走族など、ほとんどがやくざの下部組織のようなものだった。したがって、進自身は暴走族をやる気はなかったが、いくら目だって悪くても、手をだしてくるような馬鹿はいなかった。進は体も大きいし、格好も、いわゆるツッパリとはちがう派手さがあったので、

目をつけ〝シメよう〟と暴走族の奴らが考えても不思議でも何でもない。

だが、その暴走族にトルエンを売りつける、地元やくざの組長クラスが、進の父には頭をさげるのだ。手をだせば、どんな責めが待っているか、いくら頭の悪い族連中でも想像はつく。

しかし、中学三年のときに、地元に誕生した、新しい族「狂闘会《きょうとうかい》」はちがっていた。アタマが、県外からやってきた奴で、やたら喧嘩《けんか》に強く、転校してきたその日に、新しく通うことになった高校の番をシメてしまったのだ。「狂闘会」は、単車ばかりの族だったが、アタマの方針で、アンパン禁止だった。そして、武闘派を名乗り、他の族の集会に殴りこみをかけては、怪我人をださせた。

その「狂闘会」が進に目をつけている、といううわさを聞いたのが、中学三年の夏休みだった。

「狂闘会」のアタマは、進の父親が大物であると聞かされても、ひるまなかったという。

――だからどうしたってんだよ、てめえら、やあ公恐くて、よく族やってられんな
メンバーにそうすごんだと聞いて、進は初めて恐くなった。が、それを誰かに話すわけにはいかなかった。

「香川家の進ちゃん」は、恐いものなしでいなければならなかったのだ。

夏休み、進は両親に、東京にいきたいと願いでた。兄は、東京の大学の四年生だった。

兄は、その年の夏を東京で過ごすと、両親に宣言していた。

兄の昇は、親のコネを借りずに、東京で就職を決めようとしていたのだった。だが、ちょうどその少し前に日本を襲ったオイルショックとドルショックの余波で、就職はかなり難しい状況だった。特に兄が望んだテレビ局などのマスコミ関係は、難関といわれていた。

その兄と、進はひと夏を東京で過ごした。兄弟がまともに会話を交わしたのは、その夏が初めてだったかもしれない。

七歳上の兄は、進から見ると、妙にインテリくさくて、線が細い人物だと思っていた。が、香川の家に反発をもち、自分の力で運命を切りひらいていこうとしているのだと知ったとき、進は尊敬の念を抱いた。

兄がテレビ局の下請けプロダクションに独力で就職を決めたとき、父親は怒り狂った。父親は元来病弱で、兄の昇が大学を卒業したあかつきには、経営する運送会社を昇に譲り渡そうと考えていたのだ。

さらに両親を失望させたのは、進の、東京の高校への進学希望だった。

地元の高校に入れば、まずまちがいなく「狂闘会」に狙われることが進にはわかっていた。袋叩き、土下座、そして傘下に入ることを強要される。それから逃れるには、東京の高校に入るのがいちばんだった。

渋る父親を説得したのは、進には甘い、後妻の母親だった。この母親は、進と昇の実の母が進を産んだ直後に亡くなったのを機に、妾から本妻に昇格したのだ。

進は晴れて、東京で兄との共同生活を送ることができるようになった。本家のコネで名門私大の付属高校に入学したのだ。

母親は、昇と進の兄弟のために、四谷にマンションを買い与えた。しかしその三DKでの共同生活は二年しかつづかなかった。

父が死んだのだ。胃癌だった。父の死を契機に、兄は田舎に戻った。

二年のあいだに兄弟は結束を固めていた。兄が東京で就職をしたがった理由も、弟が東京の高校に入りたがった理由も、兄弟は互いに知った。

兄が東京に残りたがったのは、本家に対する反発だった。というより、何かといえば、本家と分家を比べ、分けへだてたがる父親に対する反逆だった。

父親の事業を継いでも、その父親が生きているあいだは、何かと本家を立て、自分は一歩ひかなければならないそんな前近代的な関係が嫌なのだ、と昇は進に語った。

兄が地元に戻ったあと、進は、東京でひとり暮らしをつづけた。父の死は、何ら経済的な問題を生じなかった。

兄は、田舎の因習に対する批判を胸に呑んだまま、父の跡を継いだように見えた。

一年後、その兄がふっと電話をかけてきて、いった。

——お前が昔いってた、「狂闘会」とかいう族な、今はもうないぜ

——どうしたの

——アタマが死んだのさ、事故ったのだと。国道走ってて、後ろからきたトラックか何かに追突されて、ガードレールつき破ってそれきりさ

——そうか……

——だからいつこっち帰ってきてもいいぞ

兄は淡々といった。そのとき、なぜだかわからないが、進は、「狂闘会」のアタマを兄が始末させたのではないか、と思った。

その気になれば、兄にはそれができた。

そしてそれを思ったとき、進には、東京での生活がこれまでほど楽しいものに思えなくなってきた。

地元に帰れば、また恐いものなしなのだ。しかも、地元には、父の代わりに今や、兄の昇がいる。

とはいえ、進は、大学に進学し、卒業に五年間をかけた。たっぷりと学生生活を楽しんだ証《あか》しだった。

マンションでひとり暮らし、大学一年のときには車も買った。身長が一八〇あって、身に着けるものにも贅沢《ぜいたく》をしたので、女には不自由をしなかった。大学二年、三年と、ナンパ師の異名もとった。女子大生だけでなく、ホステスや、タレントの卵などともつきあい、

いろいろな遊びもひとわたりやった。

が、それでも進の心には、地元に帰ってからのほうがもっと楽しい、とささやきかける声があった。

大学を卒業して、もう八年が過ぎた。進の期待はまちがっていなかった。

が、本当に楽しくなるのは、これからだ。

高輪《たかなわ》にあるホテルにチェックインをすませた進は、アタッシェケースを手に十六階の部屋まであがった。

東京にきたとき使うホテルを、決めてはいない。昇が、同じホテルばかりにするな、と進に命じたのだ。予約は必ず入れるが、本名ではない。

ツインルームに入ると、まず電話の前にすわった。

最初にかけたのは、香川運送の社長室だった。昇しかでない直通電話だ。

「はい」

昇の、暗く憂鬱《ゆううつ》そうな声が応えた。めったに感情の変化を表に出さない兄は、電話だと、まるで死期が間近の病人のようだ。

「着いたよ」

「わかった。携帯、スイッチ入れとけ。何かあったら連絡する」

「はい」

「角は手こずりそうか」

「わからない。まだこれからなんだ」

「なるべく、奴にひとりでこさせろよ。それからもしこじれたら、ホテルに泊まるな。四谷にいけ」

「わかってる」

「腹すえろよ」

「わかってるって」

昇は電話を切った。フックをおし、進は息を吐いた。昇が自分のことを心配してくれているのが、痛いほどわかった。

だがこれは兄弟で決めた役回りだった。

昇は地元をでない。東京でやくざと交渉するのは、すべて進の役目だ。

四谷のマンションはいつでも使える。だがそんな〝隠れ家《が》〟が東京にあることを、やくざたちは知らない。

つづいて、別の番号にかけた。

「はい！　関東共栄会藤野組《かんとうきょうえいかいふじのぐみ》！」

威勢のいい若い声が応える。

「原田といいます。角さん、おいでですか」

いることはわかっている。前もって昨夜のうちに確認したのだ。

「お待ちください」

「八十日間世界一周」が受話器に流れた。やくざの事務所には、あまり似合わない。

「角です」

甘みのあるバリトンがそれを中断した。

「原田です」

「どうも」

「どうも」

「何時くらいにうかがいましょうか」

角が訊ねた。進は腕時計をのぞき、素早く計算した。

「七時でどうです」

「七時ね。はい、けっこうです。ロビーですか」

「いや、ここの二階に中国料理屋があるんで、そこの個室を予約しておきます」

「高輪でしたね、ホテルは」

「ええ。それで、できればおひとりでいらしてください」

「ああ、はい。わかってますよ。駐車場で待たせときます」

「すいません」

「いやいや。じゃ、あとで……」

角はいって、電話を切った。

とりあえず、これで角とさしの話し合いはできる。

進は息を吐き、脱いでベッドにおいたジャケットから、煙草とライターをとりだした。

火をつけ、一服してから沙貴の部屋の番号をおした。そろそろ目を覚ます頃だ。

「はい、もしもし」

むずかる子供のような、眠たげな声が答えた。

「目、覚めてるか。昼間っからオナってたんじゃないだろうな」

「馬鹿ぁ。もう、着いたの」

ふあっとアクビの声を受話器に送りこんで、沙貴はいった。

「ああ、着いた」

「どこぅ、ホテル」

「高輪だ」

「ふうん。今年の夏、プールいったな。五回っくらい」

「ハゲといっしょにか」

「ちがうって、もう。変なことばっかしいって、ススムくんは」

「さっさと起きて、こっちこいよ」

「同伴してくれんの」

「今日は駄目だ。仕事の相手と飯食わなけりゃならん」

「なーんだ」

「終わったら店に顔をだす」

「何時に？」

「何時だっていいだろう。客だますホステスみたいなしゃべり方すんなよ」

「だってホステスだもーん」

沙貴は甘えた声でいった。

「やめたきゃやめたっていいぜ、ホステス」

「やだ」

「食ってけるだろう」

沙貴には、毎月百万を渡している。それにポルシェ911を、無期限で貸してやっていた。

「退屈しちゃうもん。それよかさ、今日店休むから、ディスコでもいこうよ」

「ディスコか」

「いい女いたら、ナンパしてやっから」

「お前よりいい女いるかな」

沙貴は喉の奥でくっくと笑った。

「うれしがらせてこの。遊び人が」

「田舎者《いなかもの》だからな。東京の女の子には目がくらむよ」

「へぇー。そうなんだ」

進はじれてきた。沙貴の見事な体が昨夜から脳裏に浮かんで離れない。

「早くこいよ」

「何時まで時間あんの」

「六時半」

「たっぷりじゃん。死ぬほどいかしたげるよ」

「本当だな」

「うん。その代わり、仕事終わったらつきあってよお」

「仕方ない。電話する」

「オッケー。じゃ、今からいく」

沙貴は電話を切った。

受話器をおろし、進はネクタイを外した。沙貴のマンションは五反田《ごたんだ》だから、三十分もあれば着くはずだ。それまでにシャワーを浴びておきたかった。

沙貴がこの部屋にきたら、その場でおさえこみ、洋服を着たまま四つん這いにさせてやる。

進は、洋服を着ている女とセックスをするのが好きだった。

そのあと、沙貴にはたっぷりと口でしてもらおう。沙貴は、進を口で喜ばすのが得意なのだ。豊かな胸をもてあそばれ、息を荒くしながらも、進がいいというまでは、決して離さない。そのときのことを考えると、もう股間が固くなってくる。


沙貴は進の好みを知っていた。黒のガーターストッキングにスパンコールの入った、大胆なボディコンのワンピースを着てやってきた。胸のふたつのふくらみがのぞける深い襟《えり》ぐりには、サングラスのつるが引っかかっている。このスタイルでサングラスをかけ、赤のポルシェを飛ばす沙貴は、さぞほかのドライバーの目を惹《ひ》いたにちがいない。

沙貴を部屋に迎え入れたとき、進はバスローブ姿だった。

「ちわっす」

いってドアを後ろ手に閉めた沙貴を、進はものもいわずに押し倒した。

「やめてよ、もう……」

いいながら、沙貴のそこはもうすっかり潤《うるお》っていた。ミニスカートの裾《すそ》をまくりあげ、パンティを膝まで引きずりおろすと、沙貴は甘えた鼻声を出した。

「ずいぶん濡《ぬ》れてるじゃないか」

沙貴は床に手をついたまま進をふり仰ぎ、にっと笑って舌をだした。銀色の錠剤がのっていた。

「なめながらきたんだ。効くんだ、これが」

「馬鹿」

「こんな体にしたの、誰よ」

「もともとだろう」

いいながら沙貴の体に押し入った。沙貴は甲高《かんだか》い悲鳴をあげた。バスローブの前をはだけ、進は激しく腰を動かした。一分とたたないうちに、沙貴は最初の頂きに達した。アイスキャンディの効き目はすばらしかった。

「まったく……」

しばらくしてベッドの上に横たわったまま、進はいった。全裸の沙貴が進の膝のあいだにうずくまり、子猫のように舌を動かしている。

「エニタイム、エニウェア女だな」

「何よ、それ」

くぐもった声で沙貴がいった。直後にすっぽりとくわえこまれ、進はため息を吐いた。

「いつでもどこでもオーケー、ってことさ。黙ってすましてりゃ、絶対にわからんだろうがな」

「馬鹿いわないで、あっ、切れてきちゃった」

沙貴は顔をあげ、いった。

「切れたって、何が」

「決まってんじゃん。ちょっと待って」

沙貴は進の体の上で手を伸ばした。下敷きになった進は呻《うめ》いた。ベッドサイドのテーブルから、沙貴はシャネルのバッグをとりあげた。中からアイスキャンディを一錠だし、舌の上にのせた。

「なめながらくわえてあげよっか。すっごい効くよ」

「もうさっきのが切れちゃったのか」

「うん。三十分保《も》たないね。すっときて、すっと終わっちゃう」

沙貴はいって、再び進の股間に顔を埋めた。進は不安になった。

沙貴がこれほどはまるとは、思ってもみなかった。沙貴にキャンディを教えたのは進だった。沙貴は高校を中退して、六本木のクラブでホステスになって以来、葉っぱやコークなど、いろいろなドラッグを試した、といっていた。その中で、いちばん気に入ったというのがアイスキャンディだった。セックスの好きな沙貴を、もっとも喜ばせるドラッグがアイスキャンディだったのだ。

沙貴とは一年前に、沙貴が前にいた店で知り合った。店をやめたがっていたので、月百万で三カ月ほど面倒を見た。三カ月後、今の店で働きはじめてからも、月々の金は渡しつづけている。

今の進にとって、沙貴こそが、東京そのものだった。東京にでてくる理由は、沙貴ではない。しかし、東京にきた証しは、沙貴と過ごすこうした時間だった。

短くて一泊二日、長ければ一週間を東京で過ごすあいだ、進はできるだけ多くの回数、沙貴とセックスを楽しむ。

地元に、沙貴のような女はいない。単に淫乱なだけならいるかもしれない。見てくれがいいだけの女もいる。だが、見てくれもこれだけよくて、しかもセックスが大好きで、そのうえ、アイスキャンディを呑む女となると、絶対に見つからない。

昇は、沙貴とのことは知らない。知ればひどく怒るだろう。特に沙貴にキャンディをやらせていることを知ったら、怒り狂うかもしれない。

が、もうしばらく、沙貴の体とは別れられそうもなかった。

不意に手足の指先がすっと冷たくなるのを進は感じた。同時に髪の毛が逆立つような気分がして視界が明るくなり、頭の芯で下半身からくる快感の波をとらえた。

(きた)

進はまばたきした。沙貴の唾液にとけたキャンディが、進の性器粘膜から吸収され、効いてきたのだ。

同じように効いてきたらしい沙貴が、せつなそうな鼻声をだし、体をくねらせた。くっきりと水着の跡が残ったその胸に進は指先を伸ばした。乳首は、まるで石のように固くなり、尖っている。その先端部に触れた瞬間、沙貴は甘い悲鳴をあげた。

(もう止まらない)

進はとてつもない怪力を得た気分で、沙貴の体を両手で抱え上げた。

早く、早く、と沙貴の目が叫んでいる。屹立《きつりつ》した自分の上に沙貴をまたがらせ、おさえこむ。

沙貴のきれいな喉が反りかえった。ふたりは壊れた機械仕掛けの人形のように、激しく体をぶつけ合いはじめた。

6

角は約束の時間より早く現われた。これまでのつきあいで、進は、やくざとはそういうものなのだ、と知っていた。

一人前のやくざが、必ず、カタギの人間より勝《まさ》っていることがひとつだけある。それは心理戦のエキスパートだということだ。

たとえば、待ち合わせ。約束の時間よりかなり早めに現われる、あるいはじれるほど待たせる――そのどちらにも理由がある。待たせる場合も、連絡を入れながら待たせるのと、まったく連絡なしで待たせるのとでは、相手の気持ちに与える効果がちがってくる。

そして現われたとき、相手の意表をつく多人数できたり、それを予期されている場合はたったひとりできたり、と、常に相手の心理を読み、裏をつく方法をとる。

すわる場所も計算する。上座、下座といった単純な分け方ではなく、相手を気分よくさせたいとき、逆に追いつめたいとき、と心理的な効果を考えるのだ。どんなときも、相手に対し、精神的な優位に立って、こちらの望む結論が自然に相手の口からでてくるような演出を心がけている。

一人前のやくざはまちがいなくこうしたテクニックを身につけている。その方法論は、学校で学んだものではもちろんない。兄貴分や親分のやり方を目で見、肌で感じて身につけたのだ。

学歴や理屈では渡っていけない世界で、しかし直接的な暴力をなるべく行使することなく、目的に達するために編みだされた戦術なのだ。

心理戦の中で、もっとも単純かつ、効果が早いのが、暴力を背景にした恫喝《どうかつ》であることは、進も角らとつきあうようになる前から知っていた。が、その暴力の見せ方も、世間の人間が思っているほど簡単ではないのだ。おどそうと思う人間に直接暴力をふるうのは、頭の悪いやくざのすることだった。もう少し頭のいい連中は、自分たちの身内に、対象となる人間と近い存在を作っておく。たとえば、進にとっての角だ。

そして、進に何らかの圧力をかける必要が生じたとき、角に対して暴力をふるう。

――ちょっといきちがいがありまして
あるとき、角が怪我を負って進の前に現われたとする。その理由を進が訊ねても、角はすぐにははっきりと答えない。が、暗に進とは無関係でないようないい回しをする。

気になった進が角を問いつめる。するとようやく角は、不承ぶしょうといった口調で、組が進に何かを求めている、しかし進はそれに応えるのが難しいという返事を、自分がした、と話す。その結果、組は角に対して、進への〝監督不行き届き〟の咎《とが》による制裁を下した、というのだ。

進はショックを受ける。角はいわば、自分をかばって責めを負うたのだ。なのに角は進には恨《うら》みごとひとついわない。

――忘れてください、これはいわば身内のことで、ちょっとしたボタンのかけちがいってやつですよ

が、間をおかず、角は進を呼びだす。そしてそのときは、進に組が望んでいる本当の要求を告げる。

――前回はね、私のところで何とか止められました。でも今度はちょっと……

このとき、進がそれを蹴《け》れば、進をかばって怪我を負った角のメンツが丸つぶれになる。その場合、進は、組だけではなく角個人の怒りを買うことも覚悟しなければならない。

ここに至る過程がすべて仕組まれたものであったことに気づいても、進にはもはや、どうすることもできないのだ。

やくざは、人間のそういう心理のあやをついてくる。一度はまれば、すべてそれがテクニックであったことに気づくが、そのときはもう、相手に望むものをさしだすことでしか、抜けでる方法はない。

もちろん、警察という、もうひとつの逃げ道もあるが。

角は進が約束の時間より二十分も早くきていたことに、苦笑いを浮かべた。

「原田さんには参りますね」

「角さんはいつも早いから――」

進は同じように笑みを浮かべていった。

「注文なんですが、とりあえず適当に頼んでおきました。よかったですかね」

「ええ、そりゃ、もう」

運ばれてきたおしぼりで顔と手をふき、角はにこやかに頷いた。今夜の角は、紺のブレザーに千鳥格子のスラックス、白いシャツに赤金のレジメンタルタイ、といういでたちだった。進のほうは、イタリア製のソフトスーツだ。

「じゃ、ま、ビールいきましょう」

進はいって、手つかずでおいていたビール壜《びん》を手にとった。

「いや、それはまずいですよ。原田さんのほうから」

いって角はビール壜を奪いとった。進のタンブラーにビールを注ぐ。

ピータンとクラゲの酢の物、蒸し鳥の前菜がテーブルに並べられた。

「じゃ」

いって、ふたりはタンブラーを合わせた。

「おひとりできていただいて本当にすいません」

進は一杯めをひと息で飲み干すと、テーブルに頭をつけた。

「いやいや、そんな。何いってんですか、原田さんと俺の仲じゃないすか」

突然頭をさげた進に、角は驚いたようにいった。

「いえ。今日の話し合いは、ふたりきりでないと、いろいろ難しいだろうと思いまして。ですからどうしても、角さんにはひとりできてほしかった」

進は角の目を見ていった。それを聞き、角の目が冷たくなった。冷ややかというのとはちがう。冷静になったのだ。

「いったい、どうしたんですか」

ウエイターが次の料理を運んできた。鳥とカシュウナッツのいためものに、塩ゆでした車エビだった。

ウエイターが去るのを待ち、進はいった。

「とりあえず今日、品物を十万ほどもってきました。ですが、これで当分、もってこれそうもないんです」

角はすぐには答えなかった。じっと進の顔を見つめていた。

やがて口を開いた。

「やめるんですか」

「いや」

進は首をふり、いいよどんだ。

「やめたくは、ないんです。ただ……」

「コスト、ですか」

角は頷いた。

「はっきりいえば、そういうことです」

「でしょうね。今までの値じゃ遅かれ早かれ、無理になると思ってた」

そしてまっすぐに進を見た。

「いってください。いくらならいいんですか」

「今までの四倍です」

「四倍？」

一瞬、角の温和な表情が崩れそうになった。目の中に鋭く怒りが走るのを、進は見逃さなかった。

「……うちへの卸値が百六十円になるってことですか」

角は低い声でいった。

「そうです。でも、それはいくらなんでも無理だと――」

「いや、待ってください」

角は進の言葉をさえぎり、目を閉じた。頭の中で素早く計算をしている。

「……うちは今、二百二十から五十で卸してる。それが千になる、ということか」

「ええ」

利ザヤは増えます、という言葉を進は呑みこんだ。

「――その値段なら、いつから再開できるんですか」

「来年の――」

「駄目だ、遅すぎる。いいですか、今のところ、物はおたくだけでしか作ってない。が、来年といったら、半年近くある。そんなに物が市場に回らなかったら自分で作る奴が必ずでてくる」

「しかしあの値段では絶対に作れませんよ」

「わかってます。それは、わかってます。だけど、あいだをあけるってのは危険なんだ。そいつはマズい」

「もし類似品が出回るとすれば粗悪品だ」

「そりゃそうでしょう。だが、ほとんどの客にはそんなことわかりゃしない。いや、それより問題なのは、プッシャー連中だ。奴らも生活がかかってる。うちからの供給が止まれば、よその品にクラがえする奴がでてきます」

「その間、別の線で……」

「そいつはできないんだ」

角は首をふった。

「なぜです？」

「原田さん、あんたほど俺たちのことをわかってる人でも、考えちがいをするときがあるんだな」

進は無言で角を見た。

「シノギってのは、必ず縄張りがある。早い話、屋台ひとつとったたって、きのうタコ焼きをやったが売れなかったんで、今日は焼きソバにしようってわけにはいかないんだ。そんなことをやったら、元から焼きソバをやってる奴に喧嘩を売るのと同じだ」

「おたくはじゃあ――」

「うちはね、しばらくそのてのシノギはやってなかったんだ。何年か前にトラブルがあってね。それまで扱っていたトルエンからも手を引いた」

低い声で角はいった。

「トラブル……」

角は頷いた。そして箸をとりあげた。

「まあ、食べましょうや。その話をお聞かせしますよ。ちょいと息抜きだ」

進も箸を手にした。新たにアワビが運びこまれる。

「お兄さん、老酒《ラオチュー》もってきてくれよ。燗《かん》して」

角がウエイターに命じた。

「かしこまりました」

ウエイターが立ち去ると、角はタンブラーに残っていたビールを、投げこむように喉の奥にほうりこんだ。息を吐く。畳んだおしぼりで口のまわりをふいた。

「俺の兄弟でね、真壁《まかべ》ってのがいるんです。気合いの入った野郎で、俺より年は少し若いけど、俺は奴なら頭はってもついていこうかって気になる男です」

「お会いしたことないですね」

角は小さく頭をふり、いった。

「旅、いってるんです」

「旅」

くりかえしてから進は気づいた。服役しているのだ。

「直接の理由は別の件です。許せねえ外国人の野郎がいて、そいつらのところに話をつけにいった。結局、ひとり死んで、ひとりが大怪我をした。兄弟も刺されまくってね、死にかけました」

「何年ぐらい……」

「もう三年近く前ですよ。マエがあったんで、あと三年くらいかかるかもしれません。その頃のうちのシノギは、トルエンと女でした。そいつらともめたのは、女のほうの件です」

「だったら、なぜ」

角は唇をすぼめた。迷っているようだったが、口を開いた。

「兄弟が本当に仕切ってたのは、トルエンのほうでした。ただいろいろあって、そんときは、兄弟がいくことになったんです。で、その件のちょっと前に、うちの縄張りでトルエンの売をやった素人《しろうと》の小僧のグループがいました。そいつらに挨拶《あいさつ》の仕方を教えたんですが、うちの若いのがちょっとやりすぎた。で、新宿署が動いて話がでかくなっちまったんです」

「やりすぎた……」

「死人がでたんですよ。うちはすぐ、やったのを自首させました。ところが、殺しのほうじゃなくて、トルエンのほうで動いてるデコスケが新宿署にいましてね。そいつがしつこくうちを追いかけ回した。鮫って渾名《あだな》のついてる嫌な野郎です。野郎は、そんときのことを機会にうちのトルエン売を根こそぎにしようと考えていやがった。とにかく嫌な奴で、話は通じねえ、頭はくそ固いで、サツの中でも嫌われ者って男なんです」

「鮫、ですか」

「名前なんですよ。鮫島っていうんですが、誰もそうはいわねえ。新宿鮫、ってね。新宿歩いてる、どんなチンピラでもいいから、やくざ者に訊いてごらんなさい。知らない奴はいませんよ」

角が口にした、鮫という言葉の響きにはどこか凶々《まがまが》しいものがあった。進は、初めて耳にする刑事の具体的な名前に、足もとが寒くなるような不安感を一瞬、感じた。

「だけど結局、そんときは野郎はうちを根こそぎにはできませんでした。ただ、兄弟が旅にでることになった件が、それから間なしに起きたんでね。うちは自然、トルエンからも手を引かざるをえなくなった。あの頃は、うちがいちばん苦しかったときですよ」

「その真壁さんを逮捕したのも、鮫島という刑事なのですか」

「兄弟は自首です。ただ、どういうわけか、その野郎のことを兄弟は妙に気に入ってました。気合いが入ってる、てんですよ。俺はそうは思ってません。鮫はただしつこいだけの馬鹿です。みんなに嫌われてるのを、恐がられてると図《ず》にのってるんです。あんな馬鹿を、本当は恐がってる奴なんかひとりもいません」

進は深く息を吸いこんだ。

「で、そのことがあって、おたくはトルエンから手を引いたわけですね」

「そういうわけです。うちが欠けた穴は、あっというまに埋まりました。ただあとからきたところには、うちはいつでもトルエンを扱えるんだってことは通じてる。だからどうしても別の線という話になれば、トルエンのパイプを開くしかない。ですが、トルエンはよくても、しゃぶは駄目だ。しゃぶはしゃぶで、やっている連中がいますからね。既得権て奴です」

「キャンディはちがったんですか」

ふたりの声は、自然にひどく小さくなっていた。

「あれはこれまでにない物です。ですから、最初に始めたうちに既得権がある」

「既得権。なるほど」

「原田さん。さっき俺はパイプを開くといった。しかしね、いちどバルブを閉めちまったパイプを何年もたってから開くのはたいへんなんだ。それと、トルエンのシノギは、俺の兄弟の仕事だった。できりゃ、兄弟がでてくるまで、俺はそのままとっときたいんです。錆《さ》びついたパイプかもしれないが、やっぱりそいつは俺のものじゃない、兄弟のものなんだ。俺はそういうことは大事にしたいんです」

進は唇をなめた。ウエイターがあたためた紹興酒《しょうこうしゅ》の入ったポットを運んできた。

進は無言で角に酌をし、自分にも注いだ。

ふたりはしばらく会話を交わさなかった。角は盛んに箸を使いだし、進もそれに合わせた。

食欲はあまりなかった。理由は話のせいではなく、さっきまでいっしょにいた沙貴と使ったアイスキャンディだった。

やがてテーブルにのった皿があらかた空《から》になった。見はからったようにウエイターが、巻いた北京ダックとフカヒレのスープを運びこんだ。

「これ、フカヒレですよ」

進はいい、角と顔を見合わせて笑った。

「野郎もいつか煮こみにされちまうとおもしろいんですがね」

角はいった。

北京ダックを頬ばり、角は指についたタレをなめた。

「原田さん。値あげの件は、プッシャーを説得できると思う。あれは人気商品だ。そりゃいっきに四倍は、いろいろとモメるだろうが、他の物だって、これまでには値あげがあった。だけど、半年も供給が止まるってのはマズい。マズすぎる」

「どれくらいなら待てますか」

「いいとこ、二、三カ月。できりゃ一カ月だ。あんたがもってきた十万なんて、二、三週間もかからない。あっというまにさばけちまう。もし供給が止まったら、困ったプッシャーは、よそにいく」

「しかし既得権があると、今——」

角は首をふった。

「そいつは供給できる品物があっての話だ。なけりゃ、既得権もくそもねえ。さっきいったトルエンと同じで、再開することはできるが、あとから入ってきた連中を追いだすわけにはいかない。排除できるのは、商売をちゃんと維持していてこそ、なんだ」

「そんなにすぐ、プッシャーが流れると？」

「あんたは奴らを知らない。奴らはクズだよ。銭のためなら何でもする。俺たちやくざだって、ちっとはきれいな顔をするときがあるが、奴らにそれはない。平気で裏切るし、恩も忘れる」

「じゃあ、ほかの組はどうなんです。キャンディが角さんのところだとは知らないにしても、どこかの組だとは思っているのでしょう。粗悪品をもしこしらえてバラまいたら喧嘩になるって――」

「時期が悪い」

角は短く、断ち切るようにいった。

「原田さん、今、日本じゅうのどこを探しても、儲かって笑いの止まらない組なんてありませんよ。それどころか、吹けば飛ぶような小さな組なんか、皆、廃業ぎりぎりんところまで追いこまれてる。そんな奴らにとっちゃ、戦争もごめんだろうが、多少不義理をこしらえたって、何とかシノがなきゃならないんだ。逆にいや、今、多少不義理をしても、簡単には戦争にはならないってことですよ」

「にらみをきかせて――」

「にらみなんかきかせたら、うちが卸しだって宣伝するようなものです。そりゃ木っ端《こっぱ》組は手をださんでしょう。しかし代わりにデコスケが群がってきます」

進は息を吐いた。角はその顔をのぞきこんだ。

「いいですか。キャンディに関しちゃ、おたくとうちは、今までうまくいっていた。あんたの知恵のおかげだとも、重々承知している。特に、あれの値段をおさえて、若いの中心にさばかせるってアイデアは本当に買いだった。そのせいで、あれは今、流行《はや》りって奴だ。だから逃がしたくない。絶対に逃がしたくないんだ。値段はともかく、供給を止めるのはやめてくれ」

進は黙っていた。昇の読みどおりだった。角は、昇がこういうだろうと予想してみせたとおりのことをいっていた。

――次は奴は土下座する

不意に角はテーブルをおしのけ、立ちあがった。床に膝をついた。

「頼む、原田さん」

「やめてください。わかりました」

進はいった。

「本当か。本当にわかってくれたんですか」

疑いのこもった目を、角は進に向けた。

「ええ。ひと月、それでどうです？」

「ひと月なら、品物が実際に切れるのは二週間だ。それくらいならおさえられる。いや、それくらいだったらむしろ、値あげにはいい口実になるだろう」

角は早口でいった。進は頷いた。

「だったら、急いでその手配をします」

「恩に着るよ、原田さん。俺は、あんたの後ろにいるのが誰だかは知らないが、あんたたちは、本当に頭がきれると思う」

「知りたいですか」

「知りたかない。お互い、知らないほうがいい。話がうまくいっているあいだは」

「角さん、ご迷惑をおかけするおわびです。今回の十万錠、二百でけっこうです」

「なんだって。それじゃ半値だ」

「ええ。でも、これを私にもたせた人はそうしろ、と」

角は信じられないように首をふった。

「原田さん、あんたたちは、義理人情にあついね。俺は惚れちまいそうだよ」

進はもう少しで笑いだしそうになった。角がそういうであろうことを、まさしく昇はいいあてたのだ。

実際、角の目は少し赤くなっていた。

――信用するなよ。奴らはいつでも本気で怒れるのと同じくらい、本気で泣いてみせるんだ

角は手を伸ばし、進の手をつかんだ。

「――原田さん、今夜、とことん飲みましょうや」

わかってはいても、そうきた角を進はむげには断われなかった。

「わかりました。その前にちょっと電話をかけさせてください」

「ええ」

進は個室をでた。沙貴と合流できるのは、早くても十二時過ぎになりそうだ。

中国料理店にある電話は使わず、進はロビーにある公衆電話ボックスに入った。

「はい」

会社にいた昇は一度めのベルが鳴りやまぬうちに受話器をとった。

「予定どおり、話がついたよ」

「ひと月か」

「ひと月」

「二百万の件は？」

「泣きそうって奴」

「気をつけろ。今夜は適当なところで奴と離れろ。ホテルには戻るな。深入りされるチャンスを作るな」

「わかってる」

「ほかに何かあるか」

「刑事の話がでた。新宿署の鮫島。すごく嫌ってるみたいだ」

「新宿署の鮫島だな。わかった。使えるかもしれん」

メモをとっている気配があった。

「じゃ戻るよ」

「気をつけろ」

電話を切り、進は中国料理店に戻った。キャッシャーで払いをすます。現金でその場で精算した。サインですませないのは、突然チェックアウトしたとき、デポジット（前渡し金）ですまなくなるからだ。デポジットさえ多めに渡しておけば、でかけたきり部屋に戻らないことがあっても、ホテルは問題にしない。

個室に帰った。角は何ごともなかったかのように、杏仁《あんにん》豆腐を食べていた。

鮫島が笘野浩の監視を開始してから四日間が過ぎた。笘野浩が監視に気づいたようすはなかった。しかし、この四日のあいだにアイスキャンディの密売を裏づける行動を発見することもまるでできなかった。

7

笘野の勤務する外車の中古車販売会社は、世田谷《せたがや》の千歳台《ちとせだい》、環状八号線沿いにあった。欧州車を専門に扱っている業者で、従業員はそう多くはない。

笘野が勤務を終えるのは、たいてい午後の八時過ぎで、四日のあいだ、いちどもまっすぐには帰宅していなかった。

出勤は十一時前後と、決して早くはない。外回りらしき仕事にでることは多く、十二時から四時くらいまでは、必ず動いている。もちろん鮫島ひとりで、笘野の動きをすべてカバーすることは不可能なので、この間は監視の〝穴〟になる。

鮫島は、勤務終了後の笘野の行動に重点をおいて監視をつづけていた。

筈野が外回りのあいだに物を仕入れていない、とは断言できない。しかし出入りする人間が不特定で、同僚の目もある勤務先に、仕入れてきたアイスキャンディを保管しているとは思えなかった。

四日間のうち、筈野は二日間を渋谷で、あとの二日を、六本木と自由《じゆう》が丘《おか》で遊んでいる。筈野の夜遊びのパターンは、ひとつの街ではまることがなく、その点では暴力団員ではないと推定できた。暴力団員ならば、当然、ショバとそうでない街があるわけで、通う遊び場は限られてくる。

また、暴力団員らしき人間との接触もなかった。筈野が四日のあいだに足を運んだ店は、ディスコが二軒、スナックが三軒、クラブが二軒だった。クラブは六本木と自由が丘、ディスコは渋谷と六本木、スナックはそれぞれ二軒のクラブのホステスを連れて、近くの店に入っている。

その遊び方を見るかぎり、かなり羽振りがいいことは確かだ。が、一方で、四日間のうち同じ店に二度以上、足を運んではいない。またディスコへは、会社の同僚らしい人間といちど、髪の長い二十代前半の女といちど、いっていた。この女とは、ディスコをでたあと、ラブホテルにも入った。

鮫島は、午前四時にラブホテルからでてきたふたりを尾行した。筈野は女を住居まで送っていった。そこは、砧《きぬた》にある看護婦寮で、女は私大病院に勤務する二十三歳の看護婦だった。鮫島は半日を費やして、その看護婦について調査をした。二人が愛人関係にあるなら、アイスキャンディの仕入れにかかわっている可能性もあるからだ。

だが、鮫島の調べた範囲では、その看護婦はシロだった。確かに遊び好きで、筈野以外にも交際している男友だちが複数いた。が、反面、現在は経済的にかなり逼迫《ひっぱく》しているようすで、同僚に、水商売のアルバイトをしようかと考えている、と告げている。

彼女がキャンディの密売にかかわっているなら、当然それによる報酬も得ているはずである。鮫島がシロと考えた根拠はそこにあった。それに何より、訊きこみで知ったその看護婦に対する周囲の人物評価が、隠しごとのできない性格、というもので、共犯者として選ぶには不向きなのだ。

ひとりきりでおこなう監視は、自己不信との戦いだった。筈野が実際はどこかでキャンディを仕入れているのを、見落としているのではないか。この短い睡眠時間や疲労との戦いは、まったくの徒労ではないのか。

しかし、筈野が、仕入れ活動をおこなっていない、と鮫島が思うのには、もうひとつの理由があった。

それは、筈野が仕入れをおこなわないのと同様に、小売りもおこなっていない点だった。

もし、この四日のあいだに筈野が、すでに逮捕した中山のような末端密売人にキャンディを小売りする場面を目撃するようなことがあれば、鮫島の監視には見落としがあったことになる。

　ふつう笘野のような小売人は、物を仕入れたならば、長く手もとにおくことはしないものだ。手もとにおいていても一円にもならないし、危険なだけだからだ。したがって、笘野が、末端密売人らしき少年グループなどと接触していないという事実は、逆にいえば物を仕入れていないことを意味していた。


　五日め、鮫島は新宿署に出署した。笘野浩の監視活動に入ったことは、上司である桃井には告げてあった。鮫島が署に出勤したのは、そろそろアイスキャンディの成分分析の結果がでる頃だったからだ。

　昼前に防犯課の部屋に姿を現わした鮫島を迎えたのは、課長の桃井ひとりだった。課員は、食事と外勤ででははらっていた。非行防止月間にあたっているので、少年係の応援にでているのだ。

「その顔では、つかめていないな」

　桃井はずりおろした老眼鏡のフレーム越しに鮫島を見あげ、いった。

「たった四日です」

　鮫島は答えた。桃井は小さく頷き、デスクから書類ホルダーをとりだした。

「ひとりじゃきつい」

鮫島は無言で微笑《ほほえ》んだ。それをわかっていて、自分はやっているのだった。桃井も承知していることだ。

桃井はホルダーを鮫島にさしだした。

「君の勘を裏づける結果がでてる。大学も科警研も、キャンディの国籍を特定できなかった。既存の薬物指紋には該当しない、という話だ」

鮫島をじっと見つめた。

「本庁保安二課もこの結果にはショックを受けている。キャンディのための特別チームを再編成しようか、という話もでているそうだ」

「手があるんですか」

「今はない」

桃井は首をふった。

「保安二課はかかえている件で手いっぱいだ」

麻薬、覚せい剤捜査は、内偵に膨大な時間と手間がかかる。ひとりの密売人、いっこの密売組織をつぶすのに、ときに半年から一年の時間を要することも珍しくない。それは捜査の大半が、現在鮫島がおこなっているような地道な監視活動に頼っているからだった。

密売所を仮に特定できたとすれば、ただちに踏みこむことをせず、出入りする人間をビデオカメラなどを使って記録し、可能なかぎりの広い範囲にわたる検挙をめざす。これがために、大がかりな検挙は、年に一〜二度がせいぜいで、あとはただひたすら人員は内偵に忙殺される。

「もちろん、ちっくりがあれば別でしょうね」

鮫島の言葉に桃井は頷いた。

麻薬・覚せい剤捜査のとば口は、大多数が密告によるものから始まる。組織同士の競争、仲間割れ。犯罪者、特に麻薬・覚せい剤事犯の世界には、仁義も友情も存在しない。

彼らをつないでいるのは、薬を手に入れるための情報のみなのだ。しかも、やめたい、やめなければいけない、という思いを例外なく全員がもっているため、足を洗った人間に対しては、劣等感に似た感情から発する憎しみすらいだくことがある。

「覚せい剤、やめますか。人間、やめますか」という名標語がある。

人間をやめているあいだ、彼らは〝仲間〟である。そこには自己憐憫にも似た連帯感が存在する。しかし、人間に戻った者は、〝仲間〟ではない。スポイルされる。このことは、多くの麻薬・覚せい剤常用者が語っている。

中毒患者であるために社会から疎外された者を、唯一〝仲間〟として迎え入れてくれるのが、同じ中毒患者たちなのだ。

それが錯覚であったことを、薬をやめる勇気をもったとき、彼らは知る。この傾向は、十代のトルエン中毒者にすら見られる。学校や家庭から疎外され、トルエンの吸引仲間だけが、〝友だち〟だった、と告げる少年たちの数は多い。自己不信や不安がそれを助長させるのだ。

麻薬・覚せい剤中毒者の胸には、底なし沼のように、果てしない自己嫌悪と人間不信が巣食っている。どの犯罪よりも、密告による発覚が多いゆえんである。

「問題は、ちっくりがあるほど、キャンディでもうけたという組の話をまだ聞いていない、ということだ」

不況と新法が暴力団を痛めつけている。

そんな中にあってアイスキャンディは、誰かの、どこかの組の、懐《ふとこ》ろをあたためているにちがいないのだ。

鮫島が異例だと思うのは、そうしたうわさがどこからも聞こえてこないことだった。

暴力団はかつてない冬の時代を迎えようとしていた。どこの組織も、末端は、あえぎ苦しみ、のたうち回っている。そんな状況では、もし羽振りのいい組があれば、まちがいなくうわさにのぼるはずなのだ。

――あそこは景気がいいじゃねえか、こっちは息を止められる寸前だってのによ

――これはうわさだけどよ、例のアイスキャンディ、あそこが扱っているらしいぜ

羨望《せんぼう》からくる憶測でも、そうしたうわさが流れないのが不思議だった。

「組は絶対に噛んでいます。これだけの密売組織を広げるのは素人には不可能です。逆に

いえば、素人がこんなにおいしい商売をするのを奴らが見過ごすはずがありません」

「だがどこの組なんだ？　二度めの検挙のときも横槍《よこやり》を入れた組はなかった。やくざどもですら、キャンディをどこが扱っているのかを知らないってことだ」

桃井がいった二度めの検挙とは、路上の少年密売人からとりあげた、アイスキャンディの所持で捕まった暴力団員のことをさしていた。もしこの暴力団員が、アイスキャンディを、どこかの組のシノギだと知っていれば、こういうケースは起こらない。その組に対し喧嘩をしかけたのと同じことになるからだ。指がとぶ。

「組の中に頭のいい奴がいます。同じ組の人間にすら、キャンディを扱っていることを秘密にしているような奴です」

鮫島の言葉に、桃井は重い息を吐いた。

「新宿の組か」

「おそらくは」

「若い連中相手なら、六本木や渋谷の線もある。笘野浩は初台に住んでいるのだろう」

「笘野もキャンディを扱っている組を知らないと思います」

「君が新宿だと考える根拠は？」

「しゃぶだからです。コカインやL・S・D、マリファナなら、新宿以外も考えられます。しかしアイスキャンディはしゃぶです。そのうえ、しゃぶでありながらしゃぶではありません。私の考えでは、アイスキャンディを扱っているのは、これまでしゃぶをシノギにしていなかった新宿のどこかの組です。しゃぶの縄張りを侵さずに、しゃぶを売れる。こんなにおいしい商売はありません」

「だがどうやって秘密を守っているんだ？　キャンディがそれほどおいしい商売なら、手をだしたがる組がほかにもいておかしくない」

「ネタ元です。薬の供給元が一カ所にしぼられているのです。前にもお話ししたように、キャンディの値段が異様に安いのは、製造者が国内一カ所にしか存在しないことを意味しています。どんな商品でも流通経路が複雑化すればするほど、中間マージンによってその価格は吊りあがっていきます。キャンディの秘密が保たれていることと、値段が安いことは、どちらも、製造者が一カ所で、しかも一本のルートを使ってしか卸売り組織に流れこんでいない事実を意味しているんです」

「どこかの組がキャンディを作らせている？」

「いいえ。もし組がかりの事業なら、情報は必ずどこかから洩れたと思います。製造者と卸売りの組は別個の存在だと考えていいでしょう」

「まさかそこも目隠しの取引ではないだろうな」

「それはありえないと思います。やくざは自分たちが金を出すときは、そんな取引方法をうけいれませんから」

鮫島はいった。目隠しの取引とは、卸売り組織が小売人に品物を売る場合に用いられる方法だった。

小売人が卸売り組織に、品物を分けてもらおうとする場合、決まった卸し売場があってそこへいけば手に入るというものではない。たいていは、電話番号を頼りに、何カ所もたらい回しにされ、あげくに金を、コインロッカーや手荷物預かり所においていくことを要求される。品物は、別のコインロッカーや、無人駐車場に止められた車のトランクなどから回収するよう、指示されるのだ。卸売り組織は、小売人が〝消耗品〟であるのを知っているので、小売人に顔や名前を知られることを極端に嫌う。仮に知った場合は、生命をかけた守秘義務を負わせる。

それでも密告がある、というのがこの世界の病理的な側面を象徴していた。

「窓口は一カ所か」

「ええ。品薄状態を演出して値あげをおこなうためにも、そのほうが便利です」

「だから笘野を嚙むのを待ったわけだな」

「そうです。たぶん笘野は、別の売人ではなく、卸売り組織から物を仕入れています。目隠しの取引であっても、笘野さえ張れば、卸売り組織がつかめると思うのです」

「逮捕状の有効期限はあと一日か。嚙んで叩く方法もあると思うが――」

「奴は吐きません。吐かせたとしても、卸売りにまでいきつくのは無理です」

桃井は息を吐き、老眼鏡を外した。

「ずっとそれをひとりでやるつもりかね。いつになるか、見当もつかないぞ。それより嚙んだほうがいいと思うのだがな」

「奴はやけに無警戒で、毎晩遊び回っています。嚙まれることをまるで考えていないように見えます。これはたぶん、奴の手もとに今、キャンディが一錠もないことを意味していると思います。だから奴は安心しているんです。ガサ入れを食っても何もでない、と。ですが奴が売人であるかぎり、必ずいつかは仕入れに動きます。これだけ遊んでいるのなら、それはそう遠くない先のことです」

桃井は考えこむ表情になった。鮫島は無言で桃井を見つめた。

そのとき防犯課の部屋に入ってきた人間がいた。ふたりは顔をそちらに向けた。

鑑識係の藪《やぶ》だった。藪は署内きっての変わり者だといわれていた。服装に無頓着《むとんちゃく》で、思ったことをはっきりいい、捜査にもたつく刑事に対しては、それがたとえ本庁から派遣された人間であっても、能なし呼ばわりする。だが鑑識の手腕、特に弾道検査に関しては抜群の知識と技術をもっていた。

鮫島にとっては、桃井と並ぶ数少ない理解者だった。藪はいつもよれよれのスラックスにだぶだぶで型くずれした上着をつけ、小さすぎるネクタイの結び目を喉にくいこませている。顔が異様に大きく、年は鮫島とたいして変わらないのに額がかなり後退している。

ヘビイスモーカーなのだが、自分では煙草を買わず、やたら人にたかる癖があって、署員を閉口させていた。

「久しぶりじゃないか、でてくるのが」

鮫島を見やり、藪はいった。

「どうしたんだ？」

鮫島の問いに、藪は、いや、と答えて顎《あご》をなでた。

「邪魔だったか」

「そうでもないが――」

鮫島はいって、藪を見つめた。伝えたい情報でもなければ、悪趣味で統一した鑑識部屋をでてくる人間ではない。

桃井も無言で藪を見ている。

やがてあきらめたように藪はいった。

「錠剤のしゃぶ、追っかけてるんだって？」

近寄ってきて、右手の人差し指と中指を交差させた。鮫島は煙草を差し出した。

「ありがとよ」

例によって一本くわえ、残った箱は自分のポケットにしまいこんだ。これだけはもち歩いているライターで火をつけた。

「早いな」

「署でうわさになってるわけじゃない。別のルートから聞いたのさ」

「別のルート？」

「売人の逮捕令状《フダ》、とったのだろ」

藪はいい、鮫島のデスクに尻をのせた。

「よく知ってるな」

藪は頷き、うまそうに煙を吹きあげた。

「俺の友だちでな、薬学部いったくせに薬剤師にならなかった奴がいる。そいつから問い合わせがあったんだ」

藪は常々、本当は医者になりたかったのだが名前で断念したのだといっていた。

「問い合わせ？」

「あんたのことだよ」

いって煙草で鮫島をさし、藪はゲップをした。食用蛙の鳴き声のようだった。

「鮫島って刑事を知ってるかってな。知ってるっていったら、どんな奴か訊かれた。腕はいいのか、しつこかないか、しゃぶに関しちゃどんなものだ、とな」

桃井が口を開いた。

「君の友人というのは、麻薬取締官か」

「そうです」

答えて、藪は鮫島を見た。

「地検のしゃぶ係から逮捕状のことを聞いたらしい。麻薬取締官に知り合いはいるか」

「いや」

鮫島は首をふった。

「何だったら紹介する。あんたとは話が合うかもしれん」

「薬学部出身か」

「今、関東《こっち》の麻取は、ほとんど薬学士だ。大学をでていれば半年で研修がすむ」

鮫島は桃井をふりかえった。

「麻取もやはり動いていたんですね」

「向こうはあんたがどのくらいつかんでいるか、知りたがっている。まあそれは、あんたのほうも同じだろうが」

藪はいった。

「何という人かね」

桃井が訊ねた。

「塔下《とうげ》といいます。山の峠じゃなくて、塔の下って書くんですがね。高校の理系クラスでいっしょだったんですよ。薬局の次男坊なんで薬学部いきましてね。あと継ぐのかと思ったら麻取になっちまった。どうやら薬大でスカウトされたらしいんです」

通常、麻薬取締官になるには、高校卒業で厚生省に入った場合は、四年の研修期間が必要とされる。

「連中は二種合格か薬学士が多い。結局ほとんど大卒ということだ」

桃井がいった。二種とは、国家公務員試験第二種で、第一種を合格している鮫島に比べると、準キャリアということになる。

「インテリはインテリだ。このへん歩いている刑事に比べれば、ものもよく知ってるしな」

藪は桃井を前にずけずけといった。

「もっとも連中は、日陰者だって意識が強い。俺が鑑識だって知ってても、ふた言めには皮肉をいわれるよ。『警察《サツ》はいいな。人も銭もたっぷりあって』とな」

麻薬取締官は肩書こそ厚生省の職員ではあるが、一般職員として採用されるわけではない。募集は厚生省ではなく、各地区の麻薬取締官事務所でおこなわれ、採用される。したがって、厚生省内部での出世が望めるわけではなく、退官までずっと麻薬取締官事務所に身をおきつづけることになる。

退官後は製薬会社に再就職することが多い。

「麻取も筈野をマークしていたのか」

鮫島の問いに藪は首をふった。

「詳しいことは知らん。ただあんたのことを問い合わせてきただけだ」

「何と答えたのかね」

桃井がわずかにおもしろがっているような表情で訊ねた。

「新宿のワルは、鮫の名前を聞いたらションベンを洩らすって」

鮫島は顔をしかめた。

「本気か」

「ああ、いった。ついでにあんたがパクった悪党の話も少ししてやった。ひねくれ者だが、頭の固い刑事じゃないともいっておいた」

藪はにやつきながらいった。

「何といった？」

「そうか、さ」

「何だと？」

「そうか、だよ。それだけいって切っちまいやがった。昔から頑固な野郎でな。決めたらテコでも動かないような奴さ。薬品会社なんかにいったら一生出世できないだろうとは思っていたよ」

「噛んだら取調べに立ち会わせろとでもいうのでしょうか」

「どうかな」

鮫島の問いに桃井も首をひねった。

「あんたが令状《フダ》をとっているにもかかわらず、ずっとパクらないので疑問をもったのさ」

藪がつけ加えた。

「何か握ってるのか……」

鮫島はつぶやいた。

「さあな」

「会いたいとしたら、向こうから接触してくるだろう」

桃井がいった。藪は、鮫島のデスクの上にある灰皿に煙草をおしつけた。

「実際のところ、どこまでつかんでるんだ、あんたは」

「藪くん、それは麻取のスパイとして訊いているのか、新宿署の同僚として訊いているのか」

桃井が冗談とわかる口調でいった。

「もちろん同僚ですよ。麻取にいくら情報くれてやったって、一文《いちもん》にもなりません」

「ほとんど何もつかめてないのと同じだ。筈野というのは、このあいだ現行犯逮捕《ゲンタイ》した末端の小僧がキャンディを仕入れていた相手だ。令状はとったが、嚙んでもその先にいくのが難しそうなので迷っているのさ」

「小僧ってのは、例のあんたのケツを刺した奴か」

「の仲間さ」

鮫島は渋い顔になった。

「惜しかったよな。あんたの命《タマ》をとれば、いちやく新宿じゃいい顔になれたのに」

「冗談でもやめてくれ。マジでそう思う奴が現われちゃたまらない」

「わからんぞ。そのうちどっかの組が賞金をかけるかもしれんぜ」

「そんな余裕のある組は今どきないさ」

桃井が否定した。

「どこも、それどころじゃない」

「キャンディ扱ってるところはどうだ」

鮫島は藪をにらんだ。

「それがわからないから苦労しているんだ」

「うわさもでないのか」

「ない。まるきりわからない。どこのシノギか、な」

「だったらよそでも手をだす組がでてくるだろう。物さえあれば、真似して作るのは簡単だ」

「今の値では無理だ。だからほかが手をだせない」

「安いのか」

「五百円だ」

「そいつは安い。いい気になってやりまくると、しゃ、しゃぶ中だらけだ」

「だから焦《あせ》っているんだ」

「令状の期限はいつ切れるんだ」

「明日さ」

藪も考えこんだ。

「――以前、しゃぶ中の板前の殺しの現場にいったことがある。ひどかった」

「進、進んでたのか」

桃井が訊ねた。

「一日、五、六回、射っていましたから。パクられたとき、自分の左手の指を三本切り落とし、四本めをやっている最中でした。アパート暮らしだったんですが、いってびっくりしましたよ。洗濯機、冷蔵庫、テレビ、時計、ありとあらゆるものが分解されて部屋の隅に積みあげられてました。まるで機械のスクラップ屋みたいでした。アパートの隣りの部屋に住んでいた二歳の子供とその母親を刺したんです。母親のほうは助かりましたが、子供は駄目でした」

桃井は頷き、目を閉じて息を吐いた。

「思い出した。大久保《おおくぼ》三丁目のアパートだな。母親は確かフィリピン人だった」

「ええ。かわいそうでした。ほしは泡ふいてやがってね。もし俺が刑事だったら、撃ち殺してやったと思います。やったことをしゃぶのせいにするほしが多いですが、しゃぶをやればそうなることを初めからわかっているんだ。殺してから反省したって遅いですよ」

「もっと悪質なのは、それを売って銭を儲ける奴だ」

鮫島は低い声でいった。藪は小さく頷いた。

「しゃぶ中の殺しだけはたまらない。しゃぶが頭にきてるから、まるで関係のない子供だって平気で殺《や》る」

「笘野が自分でやっている可能性はどうなんだ?」

桃井が訊ねた。

「今のところ低いような気がします。やっているとしても、それほど進んだ状態ではないでしょうから。奴がキャンディを扱う狙いは、やはり金だと思われます」

「金、か」

「私が張りこんでいる間だけでも、四日で二十万近くを使っています」

「そこまで荒い使い方をしていれば、すぐにまた金が必要になる」

「ええ」

「じゃあ、もうしばらく頑張るか」

「そのつもりです」

藪の言葉が、鮫島の監視続行を、桃井に納得させる結果となった。

8

結局、笘野浩に対する逮捕状の期限は切れた。が、九日め、ついに笘野は動いた。

その日は月曜日だった。前日の日曜、笘野は一日を、自宅の初台のマンションを一歩もでずに過ごしていた。前の日曜には、自由が丘のクラブに勤めるホステスを連れ、横浜にでかけ、中華街のレストランで豪遊する姿を、鮫島は見ていた。

遊びの軍資金が尽きたのではないか。一歩もマンションからでない笘野を、鮫島はそう思いながら監視していた。

翌、月曜日、笘野はいつもより早い午後六時半に勤め先をでた。

車ででた笘野は、自宅にも盛り場にも向かわなかった。

見慣れた白のメルセデス190が中古車屋をでて、環状八号線を走りだすのを、鮫島は追っていた。

そのメルセデスが甲州《こうしゅう》街道に入るのを知って、鮫島は緊張した。これまでの監視の中で、こんな早い時間に筈野が退社するのも初めてなら、甲州街道を走るのも初めてだったのだ。

とうとう動いた――鮫島は確信した。

筈野のメルセデスが甲州街道に入ったのは、環状八号線よりもやや都心部に寄った場所だった。都心に向かうわけではない。甲州街道の下り車線を走っているのだ。

甲州街道に合流してすぐ、首都高速の永福《えいふく》入路が見えてきた。メルセデスがウインカーを点《つ》け、そちらに寄った。

首都高速四号線の下りは、永福の次、高井戸《たかいど》から先が中央《ちゆうおう》自動車道となっている。高井戸に下りの入口はなく、そのために筈野は永福まで戻ったのだ、と鮫島は知った。

中央自動車道下り線は、八王子《はちおうじ》の料金所を過ぎると車の数がぐっと少なくなった。メルセデスはいっきにスピードをあげた。追い越し車線を一四〇から一五〇キロの速度で巡航していく。

鮫島は尾行に気づかれるのではないかと、冷や冷やしながらあとを追った。

筈野のメルセデスと鮫島のBMWはまたたく間に小仏《こぼとけ》トンネルを抜け、相模《さがみ》湖インターを過ぎた。さらに快調に飛ばし上野原《うえのはら》を過ぎ、大月《おおつき》ジャンクションでは、河口《かわぐち》湖方面ではなくまっすぐな勝沼《かつぬま》・諏訪《すわ》湖方面へと向かう。やがて、全長四・七キロの笹子《ささご》トンネルに入った。

鮫島はその少し前から距離をおくようにしていた。大月ジャンクションの先の初狩《はつかり》パーキングエリアを過ぎれば、次の勝沼インターまで、出口もないし止める場所もない。

高速道路ではどうしても、同方向に進む車は覚えられやすくなる。もしこれがアイスキャンディの売買にからんだドライブであるなら、当然、笘野は尾行に神経を尖らせているにちがいなかった。

笹子トンネルに入ると、全体に車の流れが悪くなる。下手をするとま後ろにぴったりとつく羽目になるかもしれない。

メルセデスの尾灯は、国産車に比べると赤い輝きが強く、暗くなってからでも容易に見分けがついた。

長い直線のトンネルを走っていると、対向車が見えないせいもあって、しだいに垂直な穴を落下しているような錯覚をおぼえる。あまりにまっすぐな道というのは、周囲を閉ざされているとかえって走りにくい。

笹子トンネルを抜けた。勝沼インターまで約五キロだった。八王子料金所から六〇キロを走っている計算になる。

トンネルをでると、走行車線に大型トラックが一台いるきりで、メルセデスの姿がなく、鮫島はスピードをあげた。もし勝沼インターで降りられれば、行き先を見失う。

アクセルを踏みこみ、一六〇キロ近くまでスピードをあげた。あっというまに勝沼インターの表示が近づいてくる。

メルセデスの姿はない。

降りたのか、走り去ったのか、鮫島は歯を食いしばり、前方を凝視した。

勝沼インターの出口を通り過ぎた。前方にも後方にもライトのかげはない。

が、通り過ぎた瞬間、鮫島はフルブレーキを踏んでいた。ちらりと見えた勝沼インター出口料金所方向に、水銀灯の光に映《は》えた白い車体を見たような気がしたのだ。

アンチロックブレーキが作動し、BMWのタイヤは白い煙とともに、鋭い悲鳴をあげた。

鮫島はサイドミラーを確認し、左車線を越え、路肩に入った。シフトをバックに入れる。

BMWは中央高速道の路肩を数百メートル逆走した。勝沼インターの出口まで戻る。

かたわらを笹子トンネルの出口で追い越した大型トラックが轟音《ごうおん》とクラクションを浴びせながら走り過ぎていった。

鮫島は料金所に車首を向けた。幸い、料金所は一カ所しか開いていなかった。窓をおろすと、通行券と警察手帳を同時に係員に示した。

「白いベンツが今さっきでていきませんでしたか。若い男がひとりで運転している」

係員は六十代初めの男性だった。風邪なのか、排気ガスよけか、マスクをかけている。

「ベンツかどうかは覚えてないけど、白い車はでていきました。若いのが乗ってた」

「どっちへいきました？」

「ついそこでUターンして、上りに入っていきました」

「上りに？」

「ええ」

係員は頷いた。筈野だ。あとからきた車が高速道路の料金所でUターンをすれば、まちがいなく尾行であるとばれる。単純だが頭のいいやり方だ。

鮫島は礼をいい、料金を払ってBMWをUターンさせた。上りの料金所で通行券を受けとり、上り車線に合流した。

上り車線は、下り車線よりも車の数が多かった。笹子トンネルに近づくにしたがい、流れは下り車線より悪くなる。

鮫島は走行車線と追い越し車線を縫うように走った。車線変更禁止違反を犯し、メルセデスに追いつこうと試みた。

が、笹子トンネルの内部で、ついに動きがとれなくなった。トンネルを抜けるまでは、車線の変更もできないほど車の流れが悪くなってしまったのだ。

筈野のとった行動は、明らかに尾行を警戒し、キャンディの売買におもむくための安全措置だ。

下り車線から上り車線に入りなおしたことは、上り車線のどこかで、売買をおこなう予定である事実を意味している。

どこだ。

考えられるのは、サービスエリア、パーキングエリアのどこかだった。笘野は携帯電話をもっている。それを使えば、受け渡しの場所を流動的に決定できる。

勝沼でUターンしたのであれば、たぶん勝沼にもっとも近いサービスエリアかパーキングエリアである。勝沼より先でUターンすれば余分な距離を走ることになり、手前であればいきつけない場所。

初狩パーキングエリアだ。笹子トンネルをでてから約七キロの地点にある。

鮫島はじりじりと笹子トンネルを抜けでるのを待った。トンネルを抜け、流れがよくなるとスピードをあげる。

パーキングエリアは、巨大な駐車場である。不特定多数の人と車が出入りし、目隠しの取引にはぴったりの場所だった。

初狩パーキングエリアの案内板がヘッドライトを浴び、走り過ぎた。鮫島は左のウインカーを点け、初狩パーキングエリアに進入した。

パーキングエリアは、サービスエリアとちがって、ガソリンスタンドやレストランなどを擁してはいない。トイレとちょっとした売店ていどである。したがって家族連れの食事などは、大月ジャンクションの先の談合坂《だんごうざか》サービスエリアに人気がある。

パーキングエリアでは主に休憩と用足しが中心になる。

初狩パーキングエリアの駐車場は、それでも夕食の時間帯ということがあって、六割ていどが埋まっていた。

鮫島はBMWのスピードを落とし、駐車場をゆっくりと横切っていった。縦長の駐車場では、駐車密度が高いのはトイレと売店に近い区画である。そのあたりは、ぎっしりと車が止まっていた。

トレーラーやトラックなどの大型車は、そこを少し離れた場所に整然と並んでいた。仮眠をとっている車もいるようだ。

取引をおこなうならば、なるべく人目につかない位置を選ぶはずだ。たぶん電話で連絡をとり合い、このサービスエリアの中の、どこか指定された場所で笞野は物を受けとるのだろう。

白のメルセデスを、駐車場の出口寄りで発見した。ライトが消えているが、エンジンはかかっている。

鮫島はそのかたわらを走り過ぎた。笞野は乗っていない。

メルセデスの数台横でBMWを止めた。ゆっくりとあたりを見渡した。売店やトイレから距離があるので、止まっている車はまばらだ。まばらだが一台だけ、ということはない。

この時間、中央自動車道の上り線を走るのは、家路を急ぐ人々が多い。トラックであろうと乗用車であろうと、パーキングエリアに止まっている車に注意を向ける者は少ない。

鮫島は煙草をくわえた。

ここで取引がおこなわれるなら、戻ってきた筈野に職質をかけ、キャンディ所持の現行犯で逮捕することはたやすい。

が、筈野がもし目隠しの取引をしていたとなると、筈野にキャンディを卸した人間をつきとめるのが困難になる。

仮に、車や人の姿を見ていたとしても、それをこの場で吐くことは絶対にない。この場で吐かせなければ無意味なのだ。

ならば、取引の最中をおさえるほかなかった。

だが当然、こうした取引には、しきてんと呼ばれる見張りが立っている。しきてんは、駐車場内の何カ所かに分散し、不審な動きをする人間がいないかをチェックしているはずだ。

鮫島は、筈野の車以外の高級車に注意を向けることにした。特に東京ナンバーの外車に注意する。

トイレの近くに、一台の濃紺のメルセデスがあった。メルセデスは目だつので、取引そのものには使われていないだろう。たぶん卸売り組織の人間は三台くらいに分乗し、その中のもっとも目だたない車を取引に使っている。

駐車場の中に筈野の姿はなかった。鮫島はＢＭＷを降りたいのをこらえていた。

新宿に巣食うやくざの多くに、鮫島の顔は知れている。もしぶらぶらと歩き回れば、笘野はとにかく、しきてんにはすぐ張りこみがばれてしまう。

どこの組かだけでも知りたい。それには濃紺のベンツのナンバーをチェックすることだ。

鮫島ははっとした。一〇〇メートルほど前のワゴン車から笘野が降りてきたのだった。商用車に多い、目だたないベージュ色の車体をしている。その横腹についたスライドドアを開いて、笘野は降り立った。手に、売店で渡されるような白いビニール袋をもっている。

笘野はゆっくりとメルセデスに歩みよった。かすかに頬が上気しているように見える。左手に携帯電話をもっていた。

メルセデスのドアを開け、乗りこんだ。白い袋は無雑作に助手席においた。たぶんこのあとは、東京までおとなしく走り、都内のどこか安全な場所にアイスキャンディを保管するのだろう。

鮫島は笘野が降りてきたワゴン車を注視した。ナンバーは、別の車のかげになって見えない。

笘野がメルセデスを発進させた。これまでとはうって変わった安全運転で、出口に向け走っていく。

笘野がパーキングエリアをでていくまで、ワゴン車には誰も近寄らないだろう、と鮫島は思った。ひょっとしたら、中に人は乗っていないかもしれない。

その場合の取引の手順はこうだ。

まず筈野は前もって取引をおこないたい旨《むね》を、電話でどこかに知らせる。かけた先は転送機と留守番電話の連結で、筈野が相手の声を聞くことはない仕組みになっている。筈野は一方的に自分の希望するキャンディの量と金額、そして連絡先を告げる。

相手に取引に応じる気があれば、連絡が折り返し入る。おそらくきのうの日曜日、一日を外出せずに過ごしたのは、連絡を待っていたせいもあるのだろう。

この時点でも、筈野はまだ取引場所を知らない。知らされたのは、中央自動車道の下り車線を走っているときだ。Uターンもあるいは電話による指示かもしれない。もちろん携帯電話や自動車電話は盗聴を受けやすいので、すべて隠語が使われただろう。

指示にしたがってこのパーキングエリアに入った筈野は、再び待たされる。尾行や張りこみの有無を確認するまで動くな、といわれるわけだ。

安全が確認されて初めて、一台の車を教えられる。筈野はその車に近づき、ドアを開ける。

中には取り決めた量のキャンディがおかれている。筈野はそれをとり、金をおく。あとはまっすぐに車に乗りこんで走り去るだけだ。

筈野は自分が見張られていることを知っている。おかしな真似をすれば、ただちに取引は中止されるし、場合によってはどこかで報復もおこなわれる。したがって慎重に行動せざるをえない。そして卸売り組織の人間は、自分たちの姿をいっさい、笘野には見せない。

かつて摘発された例で、暴力団がマンションの一室を改装し、パチンコの景品買い場のように人の姿をまったく見せない窓口を作っていたことがあった。窓以外は鉄板で補強され、簡単に破ることはできない。客は窓口で金を払い、引き換えにしゃぶを手にするのだ。

だがそうした固定した取引場はどうしても存在が発覚しやすくなる。また映画にあるような、武装した大人数同士での面と向かった取引は、まずおこなわれない。どこであろうと人目を引きすぎるし、武装していればそれだけで警察に引っぱられる理由を作る。何のための武装であったかを厳しく追及されることになる。

駐車場で、しきてんとワゴン車の持ち主が合流することはあるだろうか――鮫島は考えた。まずない。ワゴン車の運転手はひとりで、たぶん車を運ぶ役だけの人間だ。

何時何分までに初狩パーキングエリアに車を着け、ロックせずにおいて、指示があるまでレストランにいろとでもいわれているのだろう。運転手がレストランにいるあいだに、別の人間がワゴン車にキャンディをおく。そして取引が終了すればその人間が金を回収し、レストランの運転手を電話で呼びだして、帰ってよいと告げる。

だから万一、ワゴン車の運転手が逮捕されても、何も情報が洩れる心配がない。

チャンスは、ワゴン車から金を回収する人間をおさえることしかない。

鮫島は全神経を集中し、ワゴン車を見つめていた。

近づく者はなかなか現われなかった。あの車の中には今、何十万、あるいは何百万という現金が無雑作におかれている。誰でもドアを開け、それをつかんで持ち逃げすることができるのだ。長時間、放っておくはずはない。

売店の方角から、ジャンパーを着け、ジーンズをはいた男が歩みよってきた。三十代の半ばくらいで、眼鏡をかけている。

奴か。

が、男はワゴン車のかたわらを抜け、まっすぐ鮫島の乗るBMWに向け進んでくると、後方へ歩き去った。

次に、一台の白いクラウンがすべるように駐車場を横切ってきて、ワゴン車の横についた。クラウンのナンバープレートは練馬《ねりま》だ。運転席のドアが開き、皮のブルゾンを着けた男が降り立つ。後ろ姿で顔は見えないが、パンチパーマ風のヘアスタイルをしている。

男はまっすぐに売店の方角に歩いていった。

鮫島は息を吐いた。掌が汗ばんでいた。ひょっとしたらこのままワゴン車の運転手が戻ってきて金を積んだまま走り去るのではないか。となれば、運転手はかなり信用度の高い人間で、卸売り組織の一員と見てよいことになる。

鮫島は再び煙草をくわえた。長時間この位置に止まっていると、しきてんの注意を引く可能性がある。早く、早く動け、とワゴン車を見つめた。

ワゴン車に金を回収にきた人間が現われても、その人物に何らかの容疑をかけることは難しい。もしあるとすれば、窃盗の現行犯容疑だが、笘野が立ち去った今、キャンディの密売と関連づけることは困難になる。

笘野を泳がせている目的は、キャンディの卸売り組織をつきとめることにあった。したがって笘野を逮捕するのは、卸売り組織のメンバーを少なくともひとりでもつきとめてからでなくてはならない。それをせずに笘野を逮捕すれば卸売り組織は電話番号を変え、深く潜ってしまう。次に笘野のような卸売り組織と直接つながる密売人を見つけるまで、糸が断たれるのだ。

鮫島がやろうとしているのは、先の見えない糸を一本一本たぐる作業だった。糸が次のもう少し太い糸につながっていれば、さらにそれをたぐる。そうして順ぐりにたぐっていって、最後にアイスキャンディの製造元にいきつく。途中で関係者を逮捕するのは、いわば賭けに近い。逮捕した人間が、次の糸へのつながりを与えてくれればよいが、笘野のように本人ですらはっきりと次の糸を知らなければ、逮捕はハサミを入れる行為に等しい。

卸売り組織のメンバーがやくざならば、それがどこの組の人間であるかを知るだけで、鮫島にしてみれば、笘野を泳がせた価値があった。できればそれを知ったうえで、もうしばらく笘野を泳がせ、卸売り組織の全容を解明する機会をうかがう。

鮫島が恐れられるのは、目先の点数稼ぎをせず、じっくりと待てる刑事だからだった。

狙った犯罪者を観察し、そのもっとも弱い急所に鋭い牙《きば》を立てるがゆえに「新宿鮫」と呼ばれるのだ。鮫に嚙まれることは、犯罪者にとって致命的な結果をもたらす。

不意に助手席のサイドウインドウがノックされた。ガラスを指で叩く固い音に、鮫島は虚をつかれた。ワゴン車に注意を奪われ、近づいてくる人間にまったく気づいていなかったのだ。

鮫島は鋭い目を助手席のサイドウインドウに向けた。見知らぬ男が左手に煙草をはさみ、かがんでいた。眼鏡をかけ、濃い青のジャンパーを着こんでいる。煙草に火はついていない。

その男がさっきＢＭＷのかたわらを歩き過ぎた人物であることに鮫島は気づいた。

鮫島の手がとっさに右腰に伸びた。筈野の監視を開始してからは、拳銃を携帯している。男は、鮫島の監視を妨害しようとしているしきてんかもしれない。もしそうなら、窓をおろしたとたんに撃たれる可能性もあった。

鮫島は右腰の後ろに留めたニューナンブのグリップを握りしめながら、左手で細めに窓をおろした。

「何だ？」

「すいません、火貸してもらえますか」

「悪いがほかにいってくれ」

そういいながらも、ワゴン車に近づく者がいないかが気になった。窓をあげようとすると、男がいった。

「そうはいわないで。話があるんです、鮫島警部」

鮫島は男の顔を凝視した。驚きが全身を駆けぬけた。

「誰だ、あんた」

「僕の同級生から話を聞いてませんか。藪って男です」

「知らないな」

鮫島は嘘をついた。

男はワゴン車の方角を見やり、首をふった。色白で、大学の研究生のような顔つきをしている。

「頼みます。話がしたい」

鮫島は一瞬考えた。が、この男がここにいるということは、同僚が初狩パーキングエリア全体を張っているのを意味している。

鮫島は息を吐き、ドアロックを解いた。男はするりと助手席に乗りこんできた。

「ありがとう、警部」

「身分証を」

鮫島はワゴン車のほうを向いたままいった。男がさしだした。

「関東信越地区麻薬取締官事務所、取締官、塔下修《おさむ》」

鮫島は身分証を返した。

「声をかけたときは勇気がいりましたよ。もってるでしょう。撃たれるかと思った」

塔下はいって、煙草をジャンパーのポケットにしまった。

「失礼した。火はいらないんですか」

「ああ、これはカムフラージュです。僕は煙草を吸わないもんで。同僚から一本、借りてきて」

やはりこの駐車場に張りこみが入っているのだった。

「誰を狙ってるんです？」

「同じですよ。ただ、鮫島さんは、筈野の線からここに来た。我々は――」

いって塔下は顎でワゴンをさした。

「あれをずっと追っている」

「じゃあここで取引がおこなわれることを――？」

「ええ。申しわけないのですが、ここを離れてもらえませんか」

鮫島は顔をあげた。

「この場から手を引けと？」

「いいにくいんですが、そうなります。あの車で物を回収したのは、笘野が三人めです。ワゴンはこの先の釈迦堂《しゃかどう》パーキングエリアと境川《さかいがわ》パーキングエリアでも、売人に物を卸しています」

鮫島は塔下を見た。およそ麻薬取締官には不向きな、やさ男に見えた。

「そこまでわかっていて、なぜ――」

「逮捕しないか、ですか」

「ええ。卸売り組織についてつかんでいる、ということだ。それなら」

「つかんでいます」

あっさりと塔下は頷いた。

「少なくとも一部のメンバーはね。我々は望遠レンズをつけたビデオカメラをずっと回しています。あのワゴンを出入りする奴は、すべておさえている。いつでも引きあげられますよ、そいつらなら」

鮫島は無言で塔下を見つめた。塔下は何かをつかんでいる。卸売り組織以上の何かを。

「ここをでましょう。バックミラーで、横っ腹に絵を描いた大型トラックが見えますか」

ＢＭＷの斜め後方二〇メートルの位置に止まっているトラックだった。弁天の絵が吹きつけられている。

「ええ」

「しきてんです。さっきから運転手がこの車を気にしています。でてもらえないと、我々の張りこみもパーになる」

鮫島はサイドブレーキをおろした。

「あなたを連れていっていいのですか」

「どのみち僕もこれで奴らにマークされました。この車に乗ったのでね。あなたがでていっても、僕が降りてどこかにいけば、奴らは今度はそっちを気にします」

「わかりました」

鮫島はBMWを発進させた。ようやくの思いでつきとめた取引が、すべて麻薬取締官事務所の監視下にあったというのはショックだった。

鮫島は初狩パーキングエリアをでると、中央自動車道の走行車線に合流し、制限速度を守って走った。

塔下は後方を確認し、ジャンパーのポケットから携帯無線機をとりだした。イヤホンを耳にさしこみ、しゃべりかけた。

「こちら塔下。初狩パーキングエリアを出た。新宿署員も同行」

イヤホンに耳をすませ、

「了解」

と返事を吹きこんだ。塔下が手にしているのは、警視庁仕様と同じデジタル無線機だった。盗聴の心配がない機種だ。

「失礼しました。張りこんでいたのは、鮫島さんおひとりでしょうか」

「そうです。そっちは？」

「うちはここに十人をつっこんでいます。関東全部の四分の一です」

「四分の一？」

「うちは四十人しかいません、だからやるときは一件に全員でかかることもある」

鮫島は軽い驚きを感じた。関東信越地区をカバーする麻薬取締官事務所に、わずか四十名しか取締官がいないというのは信じられない。警察は、新宿署だけで六百名の警官がいる。

「その代わり、とことん追っかけます」

鮫島の驚きを見すかしたように、塔下は静かにいった。

「警察のように、タマの大小にかかわらず、かたっぱしからアゲることはしませんから。やるときは根こそぎやる」

その口調には警察への強いライバル心がにじんでいた。

「どうして私がわかったんです？」

「この車のナンバーです。あなたが筈野の令状をとったことは地検から聞きました。ですがなかなか奴を引きあげないんで、これは監視に入っている、と思ったんです。そういうタイプの捜査員かどうかを、たまたま同級生だった藪が新宿署にいたんで訊きました。藪は、あなたがどれだけしつこいかを教えてくれました。そうなると我々としては放っておけない。途中であなたが入ってくると、いささか問題がややこしくなる」

「で、私について調べた?」

「ええ。あなたが筈野を張りこんでいたんで、この車のことはすぐわかりました」

鮫島は唇を嚙んだ。

「キャンディの件はどこまでいってるんです?」

「それは私の口からはいえません。気を悪くしないでほしいのですが、この件についてはうちが先なので、できれば全面的に手を引いてもらえませんか」

「協力態勢はとれないのですか」

「残念ながら。上司の方針ですので」

塔下は短くいって首をふった。

「卸売り組織を割っているのに、どうして泳がせているんです?」

「だから答えられません」

「何もわからないまま、手を引けといわれて引く人間はいませんよ。あなた方の努力はわかるが、私も筈野をマークしつづけていたんだ。卸売りにどこの組がからんでいるかだけでも、つきとめなければやっていられない」

「鮫島さんがそれを知れば、そこをマークし、ゆさぶりをかける、ちがいますか」

「当然です。キャンディを扱っているのは、今一カ所だけだ。そこをつぶせば、ネタ元まで一気にいく」

「そうはいかないんです」

塔下は低い声でいった。

「なぜです」

鮫島は塔下を見た。右耳にイヤホンをさしこんでいる。

塔下は迷っているように見えた。赤い尾灯が連なる高速道路の前方を見つめていた。

「――あなたがどんな捜査をするか、藪から聞きました。あなたが新宿署でどんな立場にあるか、もね。あの偏屈な男が、あなただけは手放しでほめた。最高の刑事だといっていました。奴がそこまでいうのなら、きっと最高なのでしょう」

「そんなことを私は訊いていない。なぜ卸売り組織を泳がせているかを知りたいんです。私が筈野を泳がせているのとは、わけがちがう。いいですか⁉ キャンディはもうすぐきっと品薄になって、そのあと値あがりし、それからは大量に市場に出回ります。そうなってからでは遅い。高くなったら、あちこちの組が類似品を扱うでしょう。日本で商売になると思えば、台湾で作る奴もでてくるかもしれない。今ならネタ元はひとつだ。つぶすなら今しかない」

「そこまで見抜いているんですね」

「当然だ」

「でもキャンディはきっとまた出回ります」

「なぜです」

塔下は皮肉げな目つきで鮫島を見やった。

「もともと我々がどういう組織なのか、鮫島さんはご存じですか」

「いっている意味がわかりません」

「我々は麻薬取締官だ。麻薬なんです。しゃぶは麻薬じゃない」

「しかし今、麻薬は——ヘロインは、ほとんど出回っていない」

「ええ。体質なんですよ、日本人の」

「どういうことです」

「日本人には麻薬よりも覚せい剤が合っているんです。かつて、日本が高度成長期に入るまでは、私の先輩たちが追っかけていたのは、阿片、モルヒネ、ヘロインでした。笑い話にもなりませんが、その当時、何人もの取締官がヘロインで命を落としています。彼らは物を押収するたびに、純度を知るために歯茎に塗りましたからね。

ところが、日本が豊かになると麻薬は姿を消した。おもしろいものです。日本人はやはり働き者なんです。豊かになって、のんびりする薬《ヤク》よりも、もっと猛烈に働いたり遊んだりする薬《ヤク》を欲しがった。しゃぶってのは、日本人のためにあるような薬なんです。だから、仮にキャンディのネタ元がひとつで、そこをつぶしたとしても、必ずまた同じものが出回ります。第一、キャンディでなければ、しゃぶはいくらでもあるじゃないですか」

「キャンディが問題なのは、子供のあいだに広がっているからです。キャンディがしゃぶであると知らずに売ったり買ったりしている子供は大勢いる。その子供らは、ほっておけばあっというまに立派なしゃぶ中だ」

「そのとおりです。だから我々が今、いちばんぶちこんでやりたいと思っているのは、アイスキャンディを作った奴です。しゃぶに甘い味つけをして、子供でも遊べるオモチャに仕立てた奴です」

「――日本人ですね」

「そうです。我々はそいつをパクりたい。パクって、長六四《ながむし》をしょわせてやりたい。そのために手を出してほしくないんです」

塔下ははっきりといった。

「卸売り組織とそいつの関係はどうなんです？」

鮫島は訊いた。ゆっくりと走っていたが、大月ジャンクションはとうに過ぎ、談合坂サービスエリアが、あと二キロ地点に迫っていた。

塔下はゆっくりと首をふった。唇のはしから苦笑のような笑みがこぼれていた。

「駄目です。あなたは結局、手を引く気はない。こうして話していても、キャンディをさばく連中をアゲたくて仕方がないんだ。談合坂で降ろしてください。仲間に拾いにきてもらいます」

鮫島は言葉を失った。いらだちがこみあげてきた。麻薬取締官事務所は、警察への対抗意識で協力を拒んでいるとしか思えない。

無言でウインカーを出した。談合坂サービスエリアの入路が左前方にあった。塔下がいった。

「腹が立つのはわかります。ですが私はセクショナリズムでいっているわけではありません。私たちは警察とはちがうんです」

「どういうことです⁉ 警察とはちがう、とは！ 警察が麻取の邪魔をしたとでもいうんですか！」

鮫島は怒鳴った。混《こ》んでいる駐車場の隅に車を止め、塔下に向きなおった。

「大切なことは、いいですか、大切なことは、一刻も早く、キャンディの供給を止めることなんだ。それには卸売り組織を叩き、ネタ元を追いつめるのがいちばんだ。なぜそれなのに、卸売り組織を叩いてはいけないんです」

塔下は無言だった。自分でロックを解き、ドアノブに手をかけた。鮫島はその肩をおさえた。歯を食いしばり、いった。

「待て」

塔下は無表情に向きなおった。

「何です？」

「俺はいわれたとおり、あんたたちの邪魔をしないよう、あのパーキングエリアをでていった。それに対して、あんたは手を引けとくりかえすだけで、何の情報もよこそうとしない。こいつはひどくアンフェアだ。納得がいかない」

鮫島は塔下とにらみ合った。

「――そのときがくればお教えします」

「それじゃ遅い！」

「じゃあ、ひとつだけ。卸売り組織とネタ元の関係は、筈野と卸売り組織と似ている。これならどうです？　あなたはこの意味がわかるはずだ」

鮫島は塔下の顔を見つめ、首をふった。

「そんなことはありえない。卸売りの連中がマルBなら、目隠しの取引などに手をだすはずがない」

「目隠しではありません。ですが結局は同じなのです。ネタ元は、頭がひどくきれる奴です。だから卸売りを叩いても、決してネタ元まではいきつけない」

「理由はそれだけじゃないはずだ。それが理由なら、卸売りを泳がせているのは意味がない」

「手を引いてください」

塔下はいった。

「引けない。協力しろ、というならする。だが、目も鼻も耳も塞《ふさ》ぐのはお断わりだ」

鮫島はいった。塔下の目が鋭さを帯びた。塔下が決して見かけどおりのやさ男でないことを、その瞬間、鮫島は知った。

「決裂だ」

塔下はいって、BMWのドアを開け、降りた。そしてふりかえった。

「初狩には戻らないように。もし戻ったら、公務執行妨害で告訴します」

鮫島は思いきりハンドルを殴りつけた。塔下は無線機に話しかけながらBMWを遠ざかり、一〇メートルほど離れたところで立ち止まった。

鮫島は怒りをこめて塔下をにらみすえた。塔下の目にもいらだちがある。

一瞬鮫島は、この次のインターまでつっ走り、Uターンして初狩パーキングエリアまで戻ろうか、とすら思った。

が、そんなことをしても何にもならなかった。公務執行妨害を適用されるのが恐いわけではなかった。戻ったとしても、ワゴン車が残っている可能性は低いし、もし残っていたなら、しきてんはまちがいなく鮫島を刑事と見破るだろう。腹いせで麻薬取締官事務所の張りこみをぶちこわすわけにはいかない。そんなことをしても、アイスキャンディを扱っている連中を利するだけだ。

鮫島は結局、ていよく追い払われたのだった。が、そんなことよりも卸売り組織に関するかなりの情報を握っていながら、彼らが動こうとしないことに腹が立った。

彼らの目的が麻薬――この場合はアイスキャンディ――であることは、はっきりしている。彼らはキャンディの製造元をおさえること、それだけを考えている。鮫島にしてみれば、それも当然必要だが、子供の売人にキャンディをばらまいている卸売り組織をつぶすことも大切なのだ。卸売り組織が暴力団なら、キャンディで得た資金をバックに、さらに別の犯罪へと手を広げるだろう。

塔下の言葉を嘘である、と断ずる根拠はない。卸売り組織を叩いても、製造元に関する情報は入らないかもしれない。が、少なくとも卸売り組織も窓口が一本化されている以上、製造元に打撃を与えることだけは確かなのだ。もしそれがむやみにはおこなえないというのなら、納得のいく理由さえあれば、鮫島は待つ。理由さえあるなら。

キャンディをなくすことだけが望みで、それにかかわって懐ろをあたためた連中には興味がない、というのは理由にはならない。

翌日、新宿署に出署した鮫島はさらに愕然《がくぜん》とする情報をつきつけられた。

その朝早く、麻薬取締官事務所が筈野浩の自宅を急襲し、覚せい剤取締法違反容疑で逮捕した、というのだった。

「そんな馬鹿な！」

鮫島は叫んでいた。

「私も信じられないが、本当のことだ。地検のしゃぶ係もどうなっているんだと首をひねっていた。君がとった筈野の逮捕状が失効して、まだ何日もたっていないのだからな。麻取とのあいだに何か約束があったのか、と訊ねられた」

桃井がいった。筈野逮捕の知らせは早朝、検事から桃井のもとにもたらされたのだ。

「本当のことなんですか」

「目黒《めぐろ》署に確認をとった。確かに預かっているそうだ」

関東信越地区麻薬取締官事務所は中目黒《なかめぐろ》にある。が、事務所には拘置設備がないので、逮捕した被疑者は近くの目黒署に預けられる。ただし、取調べは、事務所において取締官がおこなう。

麻薬取締官の取調べが苛烈《かれつ》なことは、やくざたちのあいだでも音に聞こえていた。刑事以上に、被疑者を人間扱いしないといわれている。もっともそれは、逮捕される被疑者の多くが何らかの薬物中毒におちいっているため、取調べの最中に、それらの禁断症状やフラッシュバックを起こすせいもあった。

鮫島は天井を仰いだ。筈野の逮捕は、意図的な妨害工作としか思えなかった。鮫島が握っていた唯一の糸を、麻薬取締官事務所は切断したのだ。

「はじき出す気です、私を」

桃井に前日のできごとを告げ、鮫島はいった。

「いったいなぜ、そこまで君の介入を嫌がるのだ？」

「わかりません。私が知らないところで彼らの獲物をかっさらったとでもいうなら別でしょうが。連中については課長のほうがご存じでしょう」

「確かに彼らは我々と仲がいいとはいえない。組織も資金も我々のほうがある、という目で見ていることは事実だ。それに人数の少ないことが非常に強いチームワークを生んでいるから、他者を寄せつけないところもある」

「自分たちは警察とはちがうんだ、といっていました」

「君も本庁にいたことがあるから知っているだろうが、彼らは警察よりもむしろ税関と仲がいい。互いに大蔵省、厚生省と、所属官庁こそちがうが、少ない人員と小さな組織でけんめいにやっているという自負がある。比べて警察は、たとえば麻取が情報を入手し税関に連絡して成田《なりた》で引っかけた容疑者であっても、身柄を預かるのは警察で、発表も警察の記者クラブでおこなわれることが多い。そのため、手柄を横取りされたような気分にはいくどもなっているだろう。警察とうまくいかない理由はほかにもある」

「何です？」

「肌合いのちがいだ。保安の刑事はほとんどが叩きあげで、理屈よりも勘を重視する。が、麻薬取締官は、どちらかというと科学者や技術者に近い。特に関東は、この前藪くんもいっていたように、大学で薬学を勉強した人間ばかりだ。捜査や逮捕に関する研修も警察官に比べると短く、叩きあげの刑事とはまったくちがった肌合いの人間になる。刑事はそうなる前に現場で制服警官の仕事を叩きこまれるが、彼らは研修を終えた時点で即、私服の捜査官だ。人数が少ないから新人であっても、薬物についての知識があれば戦力になる」

「つまり、こういうことですか。刑事は犯罪者に関する知識はあっても薬物そのものには弱い。が、彼らは現場経験が少なくても、薬物に強い」

「いわば、そうだ。現場経験は、追う犯罪がすべて同じなのですぐ積むことができる」

だからうまくいかない――確かにそうかもしれない、と鮫島は思った。警察は、いってみれば軍隊だ。兵隊は、頭ではなく体を使うことを要求される。頭を使うのを許されるのは、よほどのベテランか幹部警察官だ。

それに比べ、組織も小さく学歴の高い麻薬取締官事務所では、ひとりひとりが頭と体の両方を使うことで、小ささをカバーする。

チームを組んでもうまくいきっこない、と双方が考えても不思議ではない。

「はっきりいって、拘置設備がないことでもわかるように、彼らは警察に比べ、決して恵まれているとはいえない。厚生省の中でも、いわば鬼っ子だ。そういう彼らを支えているのは麻薬を撲滅するのだという使命感だ」

「しかし二種合格なら――」

いいかけ、鮫島は口を閉じた。確かに準キャリアの身分ではあるが、それも警察のように、ノンキャリアの巨大集団を下にかかえてこその地位である。

「塔下は、上司は警察とは組まない、といっていました」

「たぶん、さっきいったようなことで本庁の保安二課に手柄を横取りされたと感じた経験があるのだろう」

「しかし、それだけで筈野を嚙むでしょうか。私に対する嫌がらせだったら、いくら何でも馬鹿ばかしすぎます」

「もちろん、それだけではない。何か理由があるはずだ。彼らが、アイスキャンディに関しては何としても別の捜査員の介入を拒む、何かの理由が」

「何なのでしょう」

「わからない。君は手を引くのか」

「引きません。卸売り組織がどこなのか、必ずつきとめます。メンツとかそういうことではなく、やりかけたからには、最後までやりたいんです」

「そういうだろうと思った。手始めに何からいくつもりだ?」

「車です。きのう、初狩パーキングエリアで見た、しきてんの車を洗います」

桃井は頷いた。

「いいだろう。麻取がねじこんできたら、私が責任はとる」

そして微笑んだ。

「キャンディは奴らに渡してやっても、キャンディで肥えた連中には、君がとどめを刺すんだ」

9

区役所《くやくしょ》通りにあるバー、「ママフォース」は、いつものように空《す》いていた。元炭鉱員のママがひとりで切り盛りしている、カウンターだけの店だった。先客はひとりもいない。

ママは入ってきたのが鮫島と知ると、わざとらしくため息をついた。

「どうした？　嫌なことでもあったか」

「いいことがあったら教えてほしいわ。不景気で不景気で、相手がでかでも何でも、客ときたらとびつきたいわよ」

カウンターの隅に腰をおろした鮫島は苦笑した。

「今日は不景気なツラが集まりそうだな」

「何それ。待ち合わせ？」

「そうさ。いつもの相手だが」

「あの子だったら、不景気ってことないのじゃない？」

「そうでもない」

鮫島は、ママがラックからおろしたアイリッシュウイスキーで、濃い水割りを作った。

ふた口ほどすすったところで扉が開き、晶が現われた。長袖の派手なTシャツに、黒のぴっちりとしたジーンズをはき、ムートンのコートを着ている。Tシャツには唇から血を滴《したた》らせたモンスターの絵が描かれ、英語で「食わせろ！」と吠えていた。

鮫島は無言で頷いてみせた。晶は隣りにかけ、煙草をショルダーバッグからとりだした。

「どう、売レてる？」

「ぜんぜん」

ママの問いに答え、鮫島のグラスを横合いから奪って、ひと口飲んだ。

「えらい濃いじゃん」

「そうか？」

晶は答えた鮫島の顔を、ぐいとのぞきこんだ。

「何だよ。何ムクレてんだよ」

と訊ねる。

「うまくいかないこともある」

「大人ぶってんじゃねえよ」

いいかえしたが、それほど強い調子でもなかった。

それからしばらく、ふたりは無言だった。ママもカウンターの内側の椅子にかけ、本を手にしている。

「ツアー、いつからだ」

「明日の夕方、でる。夜行で」

「いつまでだ」

「二週間。ひょっとしたら二十日」

「そうか。どこにいくんだっけ」

「北。四カ所回って、最後、知り合いのライブハウス、のぞいてくるかもしんない」

「お前のライブもずいぶん見てないな」

晶は鮫島を見やり、微笑んだ。

「くる？　いっしょに」

「そうもいかない」

晶はあきらめているように頷いた。

「たぶん、それほど盛りあがんない」

「なぜそう思うんだ？」

「あたし」

晶はぽつっといった。

「あたしが今いち、なんだ。何となく、バンドのみんなに、気おくれしてる」

「撮影の件が尾を引いてるのか」

「みんなはそう思ってないようなふりしてる。けれど、あたしはちがう。何か、ちがうほう、ちがうほうに、自分やバンドがいってるような気がして」

「同じことをバンドの連中が感じてると思うか」

「わかんない。もしそうだったらヤバい」

晶はいって、唇を嚙んだ。

「今のバンドになって、どのくらいだっけ」

「じき三年。その前のバンドは一年ちょっとで壊れた」

「壊れた理由てのは何だったんだ？」

「よくある奴。みんなプロをめざしてたんだけど、それはとりあえずのプロって奴で、なってからのこと何も考えてなかった。で、プロの口がちょっとかかったとたんに、バラバラなこといいだした。要はバンドがプロになることよりも、ひとりひとりがプロになることしか思ってなかったんだ。でも、向こうはさ、最初はバンドとして見てるじゃない。全体としてどうかって、具合で。だけど、口がかかると浮き足だっちゃって、自分から別のレコード会社へ、ソロを売りこみにいったり、へんにプロダクションに相談したり、足並みがてんでんばらばらになっちゃった。それで一回、話し合ったら、結局、プロになってからやろうと思ってることが、全員まるでちがうってことがわかってさ」

「なんだかもったいないような話だな」

「それでもとりあえずやってみようかってときもある。プロになって、バンドとして何年かは我慢しようかって。でも、そんときのメンバーは皆、我慢できる連中じゃなかった」

「その連中は今、何してる？」

「ふたりプロになって、ふたり足洗った。ひとり、東京にいない」

「連絡をとり合うことはあるのか」

「たまにね。今度のツアーの帰りに寄ろうかと思ってるライブハウスがそう」

「ふうん」

鮫島は頷いた。

「何考えてんだよ」

「何、とは？」

「あたしとそいつのこと疑ってんの」

少しのあいだ黙り、鮫島は、

「いや」

といった。

「何だよ、今の間《ま》は？」

「昔はどうか知らんが、今はないな、と思っただけさ。だろ」

「嫌な奴」

晶はいって、酒をあおった。

「あたしがそいつんとこ、泊まるかもしんないっつったら？」

「泊まるだけだ」

晶はほっと息を吐いた。

「しょっちゅう、ザコ寝してたよ。今のバンドのときも、昔のバンドのときも。曲作りやって、音合わせやって、いろいろ話して。ひとつ部屋でみんな」

「誰かとやったことあるか、バンドの」

鮫島が訊ねると、晶は驚いたように見た。鮫島がそういう質問をするのは初めてだった。

「――あるよ」

「くっつかなかったのか」

「なんか、そういうのとはちがう。惚れてやったというより、友情の確認が急に盛りあがっちゃって、って感じだった。だから一回しかなかった」

「そうか」

「怒る？」

鮫島は向きなおった。

「昔のこと怒ってどうする」

ママが急に立ちあがった。

「何か、変な晩ね。どんぱちでも始まるんじゃないの?」

「ここで?」

晶が訊いた。

「ちがうわよ、外で。あんたたちがどんぱちやんなら、あたしは外いくから、鍵かけてやってよ」

「近頃、やくざはおとなしいって話だ」

鮫島はいった。

「ま、今だけよね。やくざにもペテンがいいのはいるから、そのうち盛りかえしてくるのじゃない?」

「景気のいい奴はどこかにいるかな」

鮫島の問いに、ママはふんと笑ってみせた。

「ペテンのいいやくざは、景気がよくったたって、いいって顔は見せない。反対にペテンの悪いやくざは、スカンピンになったたって馬鹿な見栄はってるから、悪いとはいわないわよ」

「それもそうだ」

「何追っかけてんの」

ママが訊ねた。鮫島は笑った。

「なるほど、変な晩だ。ママが仕事のことを俺に訊く」

「しゃぶ」

晶がいった。

「しゃぶ？　ルーティンワークじゃない」

「そうさ。ただし新製品でな。アイスキャンディって知ってるか」

「もちろんよ。あれ、しゃぶなの。チーマーみたいな小僧がさばいてるでしょ」

「どこから仕込んでいるかがわからない」

ママは目を宙に向け、ほっと息を吐いた。

「聞いたことないわ。やくざじゃないのじゃない」

「やくざじゃなかったら、やくざが放っておかない」

「でも隠し通せばいいじゃない。末端の小僧には、名前なんか教える必要ないんだし」

「確かにそうだ。だが、売人のネットワークを作るには、ノウハウがいる。そこら辺で、通行人にあたりかまわず売りつけるような阿呆を集めても、もうけがでるどころか、パクられて自分のケツに火をつけるのが落ちだからな」

「それがやくざのノウハウ？」

「そういうことにかけては、連中はプロだ」

「新宿でしゃぶを扱っている組はごまんとあるわ。場所割りはちがうけど」

「そうだ」

いってから鮫島は気づいた。しゃぶを扱っていない組を洗ったほうが早いかもしれない。もちろん、同じ組うちでも、表向き、しゃぶが法度《はっと》になっているところでは、自組が扱っているのを知らない組員もいるので、扱っていない組、とひと言でいっても簡単には割り出せないが。

「アイスキャンディがしゃぶだなんて知らなかった。今の若い子は、しゃぶなんてあまりやらないと思ってたから」

「それが狙い目だ」

「葉っぱやコークに比べると、オヤジくさいからね」

晶がいった。ママが晶を見た。

「晶ちゃんはやったことないの？　そういうクスリは」

晶はおもしろくもなさそうにグラスをかかげた。

「あたしはこれ一本。別にカッコつけてるんじゃなくて」

「そのほうが利口よ。体にいい悪いもあるけど、何せ、ちょっと気持ちよくなったくらいでブタ箱入りじゃ、ワリに合わないもの。比べたらマイナスのほうが大きすぎるわ」

いって、ママは鮫島を見た。

「炭鉱《やま》じゃ、やってる人、多かったわ。それと漁師ね。冬の夜中、起きて、まっ暗な海にひとりで漁にでてくでしょ。しゃぶでも射ってなきゃ、寒いしおっかないし、やってられないって」

「そういう弱さにつけこむ薬だ」

勢い、漁船を使った密輸が横行する。かつて韓国産の覚せい剤が大量に日本に流入していた一九八〇年代の前半は、日韓の密輸船が公海上で落ち合い、品物の受け渡しをおこなう、「パッチギ」と呼ばれる取引方法が盛んにおこなわれた。現在でも、海上取引によって日本に船便で運びこまれる覚せい剤は大量にある。

「しゃぶがさ、なんであんなにひどいことになんのか、知ってる?」

ママが晶に訊ねた。

「ひどいことって、おかしくなって暴れたりする奴?」

「そう。あたしは聞いたことある。あれはさ、もともと薬として、日本では薬局で売ってたじゃない。昔は、受験生が一夜漬けのときに飲んだり、特攻隊の兵士に飲ませたり、今でいや栄養剤みたいなものだったんだって。もちろんそれだって体によかないわよ。でも、もっとひどいことになったのは、法律で禁止され、やくざが扱うようになって、混ぜ物で量を増やしだしてからよ」

「化学調味料だって聞いたことある」

晶がいうと、ママは首をふった。

「そんなかわいいものじゃないわよ。しゃぶの結晶をガンコロっていうのだけど、それとそっくりで簡単に手に入るものがある。何だかわかる？」

晶は鮫島を見た。

「知ってる？」

「ああ。詳しいな、ママ。樟脳《しょうのう》だ」

「ショウノウ？」

晶は鼻の頭に皺《しわ》をよせた。

「ショウノウって、あの防虫剤の？」

「そうよ。あれを砕いて混ぜるの。見分けはまるでつかないわ。でもそんなもの体に射っていいわけがないじゃない」

「樟脳は強心剤の原料にもなる。だからどっちにしても射ちすぎれば、あの世いきだ」

鮫島はいった。

「虫よけなんて注射したら、おかしくなる」

晶がいった。

「でしょう。それをあたしに話してくれたのは、しゃぶ中の仲間よ。やめたい、やめたいって、涙ぼろぼろこぼして射つの。そんなに嫌なら死んだ気になってやめろっていったわ。けど駄目だった。そのあと、小さな落盤事故があって死んだわ。とっくに女房に逃げられてたから、葬式は仲間でだした。火葬場で骨揚げしてびっくりした。骨をね、箸でつまむと、ぼそって崩れちゃうのよ。骨までぼろぼろになってた」

「そんなに……」

晶が目をみひらいた。

「しゃぶはさ、最低の薬よ。セックスがよくなるったって、あたしがいうのも変だけど、世の中にはセックスのほかにも楽しいことはいっぱいあんのよ。そりゃセックスもいいけど、楽しみのひとつなのよね。今、しゃぶをやる連中は、体に無理をきかすために射つんじゃなくて、セックスがよくなるから射つってのばっかりよ。馬鹿だよね、一回のセックスがよかったって、それで体おかしくしたら、結局、一生のあいだにできるセックスの回数が減っちゃうんだからさ」

「まったくだ」

鮫島は微笑んだ。ママはいった。

「あたしも何回か、やってみたことあるんだ。最初んときは、頭痛くなって、いいと思わなかった。二度めのときはすごく元気になったわ。あれってさ、一発めの注射ではまっちゃうのもいるし、何回かやってるうちにっていうのもいるみたい」

「アンパンとかやってると、わりに早くはまるみたい」

晶がぼそっといった。知り合いにしゃぶ中がいたことを認めるひと言だった。鮫島はちらっと晶を見た。が、何もいわなかった。

晶が鮫島をふりむいた。

「バンドやってる奴が全部、クスリにはまってるって、昔、思ってただろう」

「全部とはいわないが、少なかない」

「そうじゃないよ。ミュージシャンがパクられると、すぐ新聞が騒ぐからみんなそう思ってるんだ」

「あれはわざと、だ」

「わざと？」

「いわゆる有名人を、麻薬や覚せい剤でパクると、必ず警視庁は記者クラブを通じて発表する。結果、日頃は肩で風を切っていた有名人が手錠をかけられてしょんぼりしているような写真が流れる。ふつうの、そのあたりにいるようなチンピラを薬物でパクっても写真は流れない。つまり、パクられたらどんなにみじめかっていうのを、国民に見せしめとして流すわけだ」

「きたねえやり方じゃん」

「きれいとはいえない。だが、そうすることで、薬物は恐い、パクられるとあんなみじめな思いをする、という先入観が生まれる」

「それで近づくなっていうわけ」

「そうだ。だがそれも近頃は、あまり効果がなくなってきている」

「なんで？」

ママが訊ねた。鮫島は説明した。

「今もママがいったように、以前はしゃぶは、低所得層や、肉体を酷使する、いわゆるブルーカラーの労働者に、中毒者が多かった。彼らにとっては、生活手段である過酷な労働を維持していく〝気つけ薬〟として、しゃぶがあったからだ。だが今は、全体に豊かになり、労働時間の短縮などがあって、しゃぶを射ってでも仕事をするというライフスタイルが少なくなっている。むしろ、もうひとつのしゃぶの効用、セックスのために使うのが多い。そういう連中は、しゃぶに金を使っていたとしても、食事や衣服にまで金が回らないというわけではない。だからしゃぶ中であっても、見たところは、ふつうの人間と変わらないような印象を与える。すると、先々の恐ろしさを知らない人間はこう思う。『なんだ、しゃぶをやったたって、回数を多くしないで、食うものもちゃんと食ってれば、体にはそう悪くないんだ。酒だって煙草だっておんなじだ』と。

もちろん、それはちがう。しゃぶは、内臓を確実に痛めるだけではなく、脳にもくる。いってしまえば、そういう考え方で自分を納得させようとすること自体が、すでにしゃぶにだいぶやられている証拠なんだ」

「――たまんねえな」

晶が吐きだした。

「そうさ。しゃぶや麻薬は、自分が楽しみでやっているあいだは被害者のない犯罪だ、という考え方がある。自分で自分の体を壊しているだけだから、誰にも迷惑をかけていない、とな。そう思う人間は、自分がある日おかしくなって通行人を刺したり、ガソリンをまいて火をつけることなどない、と信じている。だがちがう。誰でもそうなるんだ。しゃぶをやっているかぎり」

「やめようぜ。吐きけがしてくる」

「そうね。お酒がいいわ」

ママがいって、自分のグラスに氷を足した。

「酒も飲みすぎると中毒になる」

「うるさいの」

ママは鮫島をにらんだ。

10

「K＆K」の表のネオンは、午前零時になると消される。だがこの街では遅くまでやっている店が少ないため、客はたいてい二時、ときには三時近くまで長っ尻をすえることがある。

ネオンが消えると国前耕二《くにさきこうじ》は「ララバイ・オブ・バードランド」を弾き、歌う。本当はジャズのスタンダードなど弾きたくはない。

が、オーナーの趣味とあっては仕方がない。

今夜は客が少ない。というより、ひと組だけだ。市会議員の延田《のべた》がカウンターで、上海《シャンハイ》から出稼ぎにきたホステスを連れに粘っている。ジャズが好きだとかで、耕二がスタンダードを弾くと、すぐに、アーとか、ウーとか、うなり声とも合の手ともつかない、みっともない声をあげて首をふるのだ。自分では格好いいと思っているのだろうが、耕二からすれば、オヤジくさい、みっともない仕草だった。

延田は、古くからある造り酒屋の倅《せがれ》で、東京の大学をでたのが自慢の、ダサい中年男だった。耕二が東京からの出戻りであることを知ると、いつも連れてくるホステスに聞こえよがしで、新宿や銀座《ぎんざ》の話をしたがる。服装は、いまだにアイビーファッションで、お洒落といえなくもないが、こんな田舎で何を気どってやがるんだ、というのが、耕二の本心だった。

だがオーナーがやってくれば、延田は腰をあげる。大物ぶってはいるが、しょせん香川の本家には頭があがらない。この街で、いやこの県で、香川の本家に頭があがる者はいない。政治家もテレビ局も、新聞社も、大きな病院に至るまで、主だった産業とマスコミは、すべて香川の本家が大株主として実権を握っている。

その本家の長女が、「K&K」のオーナーなのだった。

「ララバイ・オブ・バードランド」の第二コーラスに入ったとき、ワインの積まれた廊下をくぐって景子《けいこ》が現われた。いつものようにたっぷりとブランデーを飲んでいるのだろうが、これっぽっちも酔っているようすはない。

こげ茶系のパンツスーツにシルクのスカーフを大きく巻きつけている。おそらくは、この街でいちばんのファッションセンスの持ち主が、香川景子だろう。年に四回、春・夏・秋・冬すべての季節にヨーロッパにでかけ、主にミラノとパリで、ごっそりと洋服を買いこんでくる。

一七〇センチの長身に恵まれているから、ヨーロッパ直産の洋服も簡単に着こなせる。東京の女子大に通っていた頃は、モデルのアルバイトを親に内緒でしていたほどだ。

景子が入ってくると、白いシャツにバタフライをつけたふたりの若いウエイターが、主人にじゃれつく子犬のようにすっとんでいった。景子からジャケットを受けとる。

景子は女王のように軽く頷いただけで、まっすぐ耕二のいるステージの方角に進んできた。

ホステスを抱きよせていた延田は気づくのが遅れた。延田がホステスの頬に唇をおしつけようとしたその瞬間、景子がステージに落ちるスポットライトの中に入った。

その目に、景子の形のよい瓜実顔《うりざねがお》がとびこんだとたん、延田はぴょこんと立ちあがった。ホステスはつきとばされたようになり、カウンターに手をついて体を支えた。

「こんばんは、景子さん」

景子はいるのを知っていたのだろうが、延田に目もくれようとしなかった。グランドピアノに肘をつき、耕二の顔をのぞきこむ。額から落ちてきた髪をかきあげ、薄いピンクに塗った唇をほころばせた。

「いやあ、漁連ビルのパーティ以来ですな」

延田がうわずった声でいうと、景子はゆっくりとそちらをふりむいた。

微笑んだまま、人さし指を唇にあて、

「シーッ」

といった。延田は顔を赤らめ、ストゥールにどしんと腰をおろした。

「ララバイ・オブ・バードランド」が終わるまで、景子はその位置を動かなかった。耕二が最後のフレーズを弾き終わると、笑みを大きくし、

「パチパチ」

と口でいった。そして流れるように長い髪をはねあげ、延田に向きなおった。

「いらっしゃいませ、こんばんは。延田さん」

「ど、どうも」

延田は立ちあがり、頭を下げた。景子は頷き、

「こちらは？」

とホステスを手で示した。

「いや、あの、二丁目の『フォーション』の新人の、ゆかりです」

「ゆかりさん？」

わけのわからぬまま、中国人のホステスは笑みを浮かべ、ぎごちない日本語で、コンバンワ、とつぶやいた。

「きれいな方ね。気をつけて。延田さん、プレイボーイでいらっしゃるから」

その手を軽く叩き景子がいったので、延田はまっ赤になった。

「いや、お嬢さん、そんな……」

「いいんですよ、延田さん。ここはお酒を飲む店ですもの。どうかゆっくりなすっていってください」

景子は優雅に頭を下げ、耕二のほうに戻ってきた。

耕二は鍵盤に指をのせた。ポロンと音を出す。

「また飲んで運転してきたんでしょう」

「そう。帰りは耕二くんに送ってもらえるから」

景子はまっすぐに耕二の目を見つめていった。

「しようがない人だ。恐いものなしなんだから」

店の裏手の駐車場には、きっと黒のカレラが無雑作に止められているにちがいない。

「それより何か弾いて。ジャズじゃなくてもいいわ。あなたの好きな歌で」

耕二は首をふった。

「ひとりじゃ、ね」

「ギターでもいいのよ」

景子はステージを示した。「K&K」のステージには、月に二度、東京からメジャーのジャズバンドを呼んでいる。

「今日はピアノにしておきますよ。何かリクエストは？」

好きではなくとも、主だったスタンダードナンバーはこの二年のあいだに弾けるようになった。二年間というのは、耕二が景子と初めて寝てから過ぎた時間と一致している。耕二は求人広告を見て、この「K&K」を訪れたのだった。「K&K」という名がつくまでは、この店は箸にも棒にもかからないスナックだった。景子の父親が愛人のひとりにやらせていたらしい。が、その愛人が交通事故で死に、店の管理が景子の手に委《ゆだ》ねられたのだ。

父親としてみれば、景子に新しいオモチャをあてがったようなものだったろう。実際、景子はこの店の改装と新しいコンセプト作りにかなり入れこんだ。別にこの店でもうけようなどという気が、景子にあったわけではない。この店にたとえ客がひとりも入らない状態が百年つづこうと、香川の家はおろか、景子本人の懐ろですら、びくともしないだろうと耕二は思っていた。

香川の本家の財産がいったいどれほどあるのか、景子ですら知らないのだった。

景子は、この街には今までなかったような店を欲しがった。従業員も含めて、若い連中が集まり、しかも上品さも残して酒を飲める店。

「K&K」は、昼間の営業していない時間を、地元のアマチュアバンドに貸していた。彼らには公民館や学校の体育館などのほかは、練習する場所がないからだった。この街には、東京のような貸しスタジオは一軒もない。

アマチュアバンドに店を貸すことを考えだしたのは景子だった。耕二がかつて東京にいた頃にロックバンドをやっていた話を聞いて思いついたのだ。

耕二はもう、プロになりたいという希望とは、とうに別れを告げていた。が、かつてプロから誘われたという誇りは、心の中にあった。その話をしたとき、景子は強く心を動かされたようだった。

——この街にもきっと、以前のあなたのような子がいるわ。その子たちに練習の場としてお店を開放しましょう

耕二は反対した。どれほどの腕かもわからない連中に店を預けたら、こりにこって景子がそろえた店のサウンド装置をめちゃくちゃにされるかもしれなかった。

——大丈夫よ。耕二くんがちゃんと見てくれれば

——俺が見るんですか

——そうよ。そしてあなたがいける、と思った子たちがいたら教えて。わたしとあなたでプロデュースして売り出しましょう

たぶん、生まれたときからたっぷりと金と地位に恵まれていた景子にとって、大衆を熱狂させるスターを生みだすことこそ、魅力ある冒険に思えたのだろう。

だがさすがに、この街にあってはあらゆる願いごとがかなう景子にとっても、それは〝夢〟でしかなかった。

この二年のあいだに何十というアマチュアバンドの演奏を、「K&K」のステージで耕二は見てきたが、どれひとつをとっても、プロはおろか、小さなライブハウスを満席にできるような技量も魅力もない連中ばかりだった。歌が下手でテクニックがなくても、ルックスがよいとか、それなりの雰囲気がある、というのなら、まだ救いはある。が、何ひとつ売りがないくせに、東京制覇を夢見る田舎の小僧どもにはうんざりだった。

彼らの、音ともいえないような、こきたない不協和音を聞かされていると、耕二はかつてのバンドが懐かしくなった。今から思えば、それほどのものではなかったかもしれないが、この連中よりは、数段、上だった。

かつてのバンドではギターを弾き、今はピアノも弾く耕二だったが、そのピアノですら、ほとんどのバンドのキイボードより、まだましだった。ピアノなど、耕二は、駅前で映画館と食堂を経営していた父親が羽振りのよかった、ほんの五年ほどのあいだだけ教室に通わされたにすぎないというのに。

要は根性の問題なのだ。田舎で変人を気どり、髪型や服装で目だつだけでよしとしている連中には、東京の安アパートでバイトのその日暮らしを経験しながら、ビッグをめざす奴らほどの根性もセンスもない。

バンドに根性論をもちだすのは、自分でもじじくさいと思う。が、バンドをやらなくなった今、つづけているかつての仲間を思うと、やはり根性も必要だったのだと気づくのだ。

自分には、つづけられる根性がなかった。「K&K」は、景子のイニシアルをとってつけられた名だった。しかし、耕二のイニシアルもまた、K・Kなのだ。
景子から誘われ初めて寝た夜、景子はいった。
——「K&K」の、Kのひとつ、あなたにあげるわ
——俺に？
——あなたが東京で見つけられなかったものを、ここで見つけるといい
景子は耕二の腕を買ったのだ。弾き語りの腕だけでなく、飲み屋のマスターとしての腕も。
景子の中には、ひどくシビアな部分とロマンティックな部分が矛盾なく共存している。シビアな部分は、本家の長女としてこの街に君臨し、延田のような田舎者を痛烈にやりこめるところに表われる。毎夜、女だてらに（と、この街ではいわれる）飲み歩き、この街のマスコミや数少ない在住の芸術家たちを牛耳《ぎゅうじ》るフィクサーのようにふるまいながら、本家の長女としての昼間の顔もそつなくこなしているのだ。
ロマンティックな部分では、東京に傷つき、敗けた（と景子が思いこんでいる）耕二を拾いあげ、その東京での悪戦苦闘ぶりを聞いては、
——みんながんばってるのね、自分の夢に
と、涙ぐむような面がある。満ち足りて、不自由が何ひとつない女王様は、他人の悲劇

に涙する、というわけだ。耕二にしてみれば、東京で自分がたどった道は、別に悲劇でも何でもなく、ありふれた、今この瞬間でも何百人、何千人という、同じことをやっている連中がいるにちがいない経験でしかない。

だが、東京の有名女子大付属高への進学が決まったとたんマンションを買い与えられ、巨額の仕送りと、香川財閥東京支社での保護のもと、ひとり暮らしを送った景子には、想像はできても目《ま》のあたりにすることの決してない、それは東京生活だったのだ。

景子は、耕二の思い出話に、自分が送ることのかなわなかった貧乏暮らしを思い、感傷にひたる。そして耕二の挫折に罪の意識を感じているかのように、耕二に「Ｋ＆Ｋ」を預けたのだ。

恵まれすぎた人間の気まぐれ、というべきかもしれない。すべてに恵まれた人間は、何かひとつでも恵まれていない人間を見ると、見下すか、罪の意識を感じるのだ。しかし罪の意識からくるのは、しょせん憐れみでしかない。

自分がこの店と同じように、景子にとってはオモチャであることを、耕二はわかっていた。

だからといって、もちろんこのままでは終わらない。

景子を利用し、この街でのしあがる。そのための方法は、漠然とだが、あるような気がしていた。

景子は、「K&K」の経営のほかにも、さまざまなオモチャをもっている。中には、景子ひとりのものではないオモチャがあり、いっしょに遊ぶ〝仲間〟もいる。その〝仲間〟は、景子がただひとりひざまずかせることなくその存在を認めている人物だ。

家柄もよく、頭もきれる男。耕二と同じように、東京からの出戻りでありながら、戻ってきてたちまちのうちに、この街で自分の小さな帝国を築きあげた男。

景子はその男にだけは、〝対等〟を許している。

が、景子は気づいていないことがある。

その男は、景子を憎んでいる。景子が気づかずに、男に対し、許している、という態度をとることに我慢ならないのだ。

しかもその男は、弟と組んで、とても公にはできないようなある商売を営んでいた。

その商売には、とてつもないうまみと危険の両方があった。

耕二は、その商売を乗っ取ることができれば、と思っていた。そうすれば、女王様がいずれ自分に飽きたとしても、優雅にこの街で暮らしていくことができる。

法を犯すことになるだろう。だが今さらそれが何だというのだ。

耕二の父親は、耕二が戻って間もなく脳梗塞《のうこうそく》の発作を起こし、倒れた。退院はしたものの、後遺症が残っているので、母や、この街で嫁《とつ》いだ姉の介護なしでは、食事もおぼつかない。家を除けば、財産と呼べるものはもはやなく、田舎に戻ったからといって、とりあえず暮らしていけるという甘い夢は、すぐに捨てなければならなかったほどだ。

耕二に、この街におけるその危険な商売の存在を教えたのは、中学の同級生だった男だ。高校を中退し、地元の暴走族から暴力団に入った。やがて足を洗ったようだが、これといった職につくわけでもなくぶらぶらしている。

この男、平瀬《ひらせ》と、平瀬がバーテンダーの仕事をしていたときに知り合った石渡《いしど》という男が、耕二の、〝乗っとり〟の夢の仲間だった。石渡は薬科大学を中退し遊び人になったという流れ者で、今はこの街で、保険の外交員をやっているらしい。どこか底の知れないところのある男だが、石渡のもつ知識が、耕二たちには必要だった。

この〝乗っとり〟計画が、そうは簡単にいくものでないことは、耕二には嫌というほどわかっていた。

景子ひとりならともかく、景子が唯一その存在を認める香川昇を相手に回さなければならないのだ。

これがふつうの事業なら、香川の家を敵にして戦うことなど、耕二には思いもよらなかったろう。しかし〝乗っとり〟を三人が計画している香川昇の商売とは、決して表沙汰になってはならないものだった。万一、表沙汰になるようなことがあれば、香川家の威信はあとかたもなく崩壊する。すなわち、失うものの多すぎる危険な商売に、香川兄弟は手をだしているのだ。

その商売とは、たぶん覚せい剤の密造だった。まだはっきりと、耕二たちはその内容をつかんではいなかった。平瀬がやくざ時代に小耳にはさんだうわさ話にすぎない。

この街では暴力団にも香川家の力は強く及んでいる。したがって地元のやくざたちも薄々感づいてはいるらしいが、真相を確かめようという動きはしていないのだ。平瀬の話では、県内にある温泉場と市内の盛り場などから十分なアガリがあるため、しゃぶに手を出すことは組うちの法度になっているらしい。小さいが結束力のある組なので、今のところそれを破る者はおらず、また他県の暴力団がこの街に進出をはかる動きもない。

要するに無風地帯なのだ。選挙があっても当選するのは、香川家の後援を受けた保守党員ばかりだし、暴力団の世界でも何十年と同じ組が土地ににらみをきかしている。

今、耕二にひとつだけわからないことがあるとすれば、景子がなぜそんな危険な商売に加担しているかだった。

景子が何も知らずに香川兄弟に利用されているとは思えない。本家の長女であることは別にして、景子は頭のいい女だった。兄弟が手がけている危険な商売の内容にまるで気づいていないはずはないのだ。

景子が今の景子になったのは、東京での高級官僚との結婚に失敗してからだといわれている。

女子大をでたあと、短期留学を含む二年の〝花嫁修業〟を経て、景子は通産省の役人と結婚した。総理大臣も招待されるような結婚式だったらしい。だがたった一年半でその結婚生活は壊れ、景子は両親が用意した麴町《こうじまち》の豪華マンションを出てこの街に戻ってきてしまったのだ。

もともと向こうっ気の強いお嬢様であったことは確かなようだ。それが今では、どこか人生を投げてしまったような向こう見ずさに変わっている。

投げている——その言葉こそ景子にぴったりの表現だった。美人で大金持ちで頭もよいくせに、たったいちどの結婚の失敗で、人生を投げてしまったのだ。

景子は以前いったことがある。

——父はね、ずっとわたしのことを叱るなんてなかった人なの。いつもいつも、景子、景子ってかわいがってくれた。それがたったいちどだけ、わたしを殴ったほど怒ったことがあるわ。それが亭主と離婚したとき

世の中にはバツイチの人間などごまんといる。男でも女でも。特に東京ではまったく珍しくはない。

なのに無風地帯のこの街では、本家の長女が結婚に失敗したことは、決定的な事実なのだ。街の誰もが、景子を見るとき、その点を胸においている。

それはある意味では不公平なことでもある。にもかかわらず景子がこの街を再びでていこうとしないのが、耕二には不思議だった。

たぶん景子にとっても香川兄弟にとっても、耕二には思いもよらないような、特別な何かがこの街にあるのだろう。それは政治・経済・犯罪の領域においてすら、実権のすべてを握るような〝名家〟に生まれなければ、決してわかりえない、何かなのだ。

そして、耕二とふたりの仲間が、その〝名家〟を手玉にとろうとするならば、失うものをもたないことこそが、三人にとっての唯一の武器になるはずだった。


「じゃあ、『バーモントの月』、いいですか」

耕二は景子を見つめかえし、いった。

「いいわ。好きよ、その歌」

景子はいって、こっくりと頷いた。

きれいだった。きれいすぎて、何を考えているのか推しはかるのが、ときに難しくなる。抜けるように白い肌、くっきりとした二重瞼《ふたえまぶた》をもつ切れ長の瞳、色香を感じさせるふくらみのある頰。一七〇の長身が決してぎすぎすして見えないバランスのとれた肉づき。

全裸になった景子は、まったく日本人のものとは思えない体つきをしている。これほど形のよい胸は、女に関しては恵まれてきた耕二の人生の中でも、ひとつかふたつしか見たことがない。

年齢は、確か三十二。だが、三十を越えているとは、誰も思わないだろう。

なぜ芸能界に進まなかったんだ、という問いをいちどならず、耕二はした。笑うだけだ。最近ようやくわかってきた。景子のような階級に位置する人間にとっては、芸能界などははるか下の存在なのだ。プロデュースに興味をもつことはあっても、自らを商品とするなど、思いもよらないにちがいない。

「バーモントの月」を弾いているあいだに、延田がこそこそと立ちあがりでていくのが見えた。耕二は延田の目をとらえ、小さく頭をさげた。延田の顔に狼狽《ろうばい》の表情が浮かぶ。

耕二のその仕草の意味は、そちらに背を向けている景子にもわかったはずだった。が景子はふりかえりもしなかった。

耕二の顔をじっと見つめているだけだ。

それは知らない者の目には、景子が耕二に恋をしているとさえ映る姿だった。

実際、景子は、耕二によく、好きよ、とささやいた。が、その思いが、かわいがっているペットへのそれに近いものであると耕二は気づいている。

景子は気づいているだろうか。

ひょっとしたら気づいていないかもしれない。あるいはそういう感情こそを、景子は男女の愛だと思っているのかもしれなかった。

耕二は弾きおえた。

「よかったわ。すごく」

景子は微笑みを浮かべた。ウエイターのひとりが、クラッシュアイスに注いだヘネシーのX・Oを運んできた。それを手にとり、景子はひと口すすった。

「今日はどこに回ったんです？」

耕二は椅子に背中を預け、煙草をとりだしていった。

「いつものところよ。ロイヤルホテルで、陶芸家のパーティがあったの。それで新聞社の文化部やテレビ局の連中といっしょだったわ。ここにきたがってたんだけど、ふっちゃった。酒癖の悪いのが多いんだもの。今日はどうだったの？」

「静かでした。延田さんのほかは、早い時間に五組くらい。ああ、島崎《しまざき》先生がみえて、よろしくと」

「元気そうだった？　あのお爺ちゃん」

「ええ。来年、なんか息子さんが東京の大学病院からこっちへ戻ってこられるそうで」

「跡継ぎね。きっと東京でくっついた看護婦を連れて帰ってくるわ」

「知ってるんですか」

「まあね」

景子はあいまいな笑みを浮かべた。景子が飲み歩く合間に拾ってくるそうした情報は、この街のゴシップの核心を常にとらえている。

「それから」

切りだすチャンスを見はからっていた耕二はいった。

「来週だと思うんですが、昔の俺の仲間がここにきます」

「昔の仲間？」

「バンドやってたときの」

「その人は今何してるの？」

「プロです。コンサートが仙台であって、その帰りに寄るって」

「プロ……。何ていう人？」

「いっても知らないと思います。晶っていいます。水晶の晶」

「ひとりでくるの？」

耕二は頷いた。景子の目に何かが宿った。だがその何かが何であるか、見きわめられない。

「女の子ね」

「ええ、新しいバンドでボーカルをやってます。『フーズハニイ』ってところです」

「『フーズハニイ』？」

景子は小首をかしげた。

「聞いたことないわ」

「まだ、アルバムを一枚出したきりですから」

「売れてるの？」

耕二は首をふった。景子はさらに言葉を待っている。仕方なく耕二はいった。

「でもいい声です。抜群に歌はうまかった」

「きて、泊まるの？」

さりげない訊き方だった。耕二はだが急いで首をふった。

「うちには泊まりません」

「馬鹿ね。そんなこと訊いてないわ。この街で泊まっていくのってこと」

「あ、それは……はい。で、よかったら少し歌ってもらおうかなって。ギャラは別に払わなくていいと思いますから」

「あら、それは駄目よ、プロなんだから。歌うんだったらちゃんと払わないと……」

「いいんです」

耕二は強くいった。

「奴は歌ってくれますし、ギャラなんかきっととりません」

「どうして？　プロになったらちがうかもしれないわ。いつも連絡をとってたの？」

「いいえ。この店オープンするときに案内だしたくらいで。このあいだ久しぶりに電話で話しました」

「じゃあ、変わってるかもしれない。その娘《こ》のこと、そんなによく知ってるの、耕二くんは」

「まあ……。ずっとやってましたから、いっしょに」

景子は楽しそうにグラスをもてあそんだ。

「きれいな娘？」

「ふつうですよ」

「どんな感じ？」

「何ていうか、つっぱってます」

「つっぱってる？　ヤンキーみたいなの？」

「いや、そうじゃなくて、もっと個性的で、火の玉みたいな」

「寝たの？」

「え？　いや、寝てないですよ」

嘘だった。今では本当にあったかどうかわからないような気分だが、一度だけ、夜明けに、あっというまのできごとがあった。

「ふうん」

寝ていない、という答えを、景子は不満そうに聞いた。

「でもひとりで会いにくるんでしょ」

「なんていうか。昔のバンド仲間って、妙に懐かしいみたいなんです。四六時中、いっしよにいたのに、ある日からぜんぜん会わなくなったりして」

「耕二くんも懐かしい？」

「それはまあ……」

景子はじっと見つめていたが、やがてふっと唇をほころばせた。

「いいわ。じゃあ、もしうちでやってくれるのなら、歌ってもらいましょう。バックはどうするの？　カラオケ？」

「いや、俺が弾きます。それにあいつは前はキイボードやってましたから」

「楽しみね。それといくら何でも、歌ってもらってノーギャラとはいかないから、ホテル代をうちでもつわ。ロイヤルのほうにいって、部屋を用意させとくから」

「すいません。それだったら、あいつも大丈夫だと思いますから」

景子は頷いた。体を揺らすようにしてピアノを離れ、数歩、歩いた。それからふりかえり、訊ねた。

「でも、今、なぜくるの？　単に近くまできたから？」

「それもあると思います。あと……」

「あと、何？　あなたを引っぱりたいとか、今のバンドに」

考えてもみなかったことをいわれ、耕二は驚いた。

「いや、それはないですよ、絶対に。今のとこのギターは、俺より上ですから。それより、たぶん……、少し煮つまってんじゃないかと思うんです。それで昔のメンバーと会って、自分が音楽始めたときのことを考えてみようっていうんじゃないですか」

景子は無言で頷いた。

そしてくるりと背を向け、レジのところへ歩いていった。レジでは、キャッシャーが景子のチェックを待っている。

歩いていく景子の横顔が、ひどく冷たいように見え、耕二は一瞬、後悔を味わった。やきもちだろうか。

少しはそれもある。だが景子が警戒したのは、晶と自分が、ひと晩かふた晩、昔あったかもしれない関係をとり戻すことよりも、男と女の気持ちとは関係なく、仲間《メンバー》として自分をスカウトし東京へ連れ帰る可能性であったにちがいない。

お気に入りのペットを連れ去られるのを心配したのだ。

晶は、そうした自分と景子の関係を見抜くだろうか。

見抜くにちがいない。異常に勘の鋭い女なのだ。

そしてどう思うだろう。

わからなかった。自分がこの街に帰ってきてからなったほどの大人に、晶が果たしてこの二年半でなったのか、耕二は知る術《すべ》がなかったからだ。

11

きっかけとなる手がかりは、車のナンバーではなく、筈野浩の顧客のひとりから与えられた。

筈野が高校を中退してすぐに就職したのは、現在の会社とはちがい、同じ外車の中古ディーラーながら、高金利金融の担保流れを扱う、怪しげな店だった。筈野は約八カ月でその店をやめ、今の会社に移っていたが、そこで知り合った客のひとりに、小さな芸能プロダクションの社長がいた。

そのプロダクションには、元暴走族のメンバーで構成されたロックンロールのバンドがいた。そのバンドのメンバーと筈野が、偶然知り合いであったことを、鮫島はつきとめた。

メンバーの名は、日野原圭太《ひのはらけいた》といった。

鮫島は車のシートから体を起こした。手もとにあるプロフィールノートの写真と、歩いてくる皮の上下を着けた男を見比べる。

ノートは、プロダクションが、映画やテレビなどへの売りこみのために作ったものだ。それによると、日野原圭太の年齢は二十二歳で、身長は一八二センチ、体重が八〇キロ、特技は、オートバイの限定解除免許と空手、とある。二十《はたち》のときの暴行傷害の現行犯逮捕歴は記されていない。うわさでは、大叔父か何かに右翼の大物がいて、恐いものはないと豪語しているらしい。

実際、現在の前にいたプロダクションでは、同じく所属する十九の女性タレントに暴行を働き、告訴寸前にまでいったという情報がある。俺はやくざにも警察にも顔がきくと、仲間に自慢している。筈野浩とは、筈野が短期間いた暴走族の先輩にあたる関係だった。

日野原は、あちこちに鋲《びょう》を打った黒皮のパンツスーツにブーツをはいていた。鮫島のBMWから少し離れたところに止めた大型バイクに向かって歩いている。法規違反のチョッパーハンドルをとりつけた一〇〇〇ccだった。

場所は六本木交差点から飯倉片町《いいぐらかたまち》に向かう通りを一本入った路上で、時刻は午前三時だった。

街灯の光の下をよぎったとき、日野原の目もとが赤らんでいることに鮫島は気づいた。

日野原はくわえていた煙草を火も消さずに投げすて、バイクにまたがった。

鮫島は車をおり立った。ドアを閉める音に、日野原は無関心げな目を向けた。

「日野原圭太さんですね」

鮫島がいうと、下顎をつきだし目を細めた。

「何だよ」

つぶれた、しかし妙に高い声で日野原は答え、鮫島が提示した警察手帳を見つめた。

「お友だちのことでちょっとうかがいたいことがあります。十分ほど、お話しさせていただけませんか」

「疲れてんだよ。明日にしてくれよ」

いって、日野原はバイクにキイをさしこんだ。

「わかります。ただ拝見したところ、お酒を飲まれているようだし、その状態でバイクを運転するのはちょっと危険じゃないですか。すぐそこの、朝までやっている喫茶店でコーヒーでも飲んで少し酔いをさまして」

「ごちゃごちゃうるせえな。お前、どこの署だよ。麻布《あざぶ》の交通課か」

日野原は大声を出した。

「新宿の防犯課です」

「新宿ぅ？　だったら管轄ちがうだろうが。なに偉そうにガンたれてんだよ。てめえトバすぞ」

「トバす？」

「派出所勤務にしてやろうかっていってんだよ。お前らみたいな平デカにいちいちかまってられっかよ」

「ちょっと大事な話なんですよ、それが」

「うるせえ。どけ、そこ」

バイクの前に立ち塞がった鮫島に、日野原は首をふった。エンジンをかける。

「バイクを一センチでも動かしたら、飲酒運転の現行犯で逮捕する」

鮫島はいった。日野原の顔色が変わった。

「何だとこの野郎。おどす気か？　俺を」

「おどしじゃない。あんまりつっぱらかっていると、ロクなことにならないと教えたんだ」

「野郎……」

日野原はキイをひねり、エンジンを切った。ゆっくりとバイクから降りる。恫喝《どうかつ》するように鮫島の顔をのぞきこんだ。

「おい、お前の名前なんてんだよ」

「鮫島」

「防犯課つったよな」

「そうだ」

「新宿の署長、今、誰だっけな。なんだったら、署長通してやろうか」

「署長に会いたいのなら、今からいくか。あと五、六時間すればでてくる」

「馬鹿。そんなにつきあってられっか。いっとくけどな、本庁の警視正クラスは、みんな俺のこと知ってんだよ。てめえトバされるぞ」

「けっこうだ。話さえしてくれるなら、どこへトバされてもかまわないがね」

日野原はうんざりしたように空を仰いだ。

「いいか、帳面ちらつかせてビビらそうったって、そうはいかねえってんだよ。お前と話す気なんかないんだ。消えろよ」

「笘野浩を知ってるな。先週、覚せい剤取締法違反で逮捕された」

「知らねえよ。話す気ねぇつったろう」

鮫島はかまわずつづけた。

「あんたは笘野とは先輩後輩だ。『帝都連合《ていとれんごう》』というマル走で。おまけに、あんたの所属しているプロダクションの社長は、以前、笘野からベンツを買っている」

「そうかい。そいつは知らなかった。で？」

鮫島はじっと日野原を見つめた。

「あまりお巡りをなめないほうがいいと思うがな……」

「ざけんじゃねえぞ」

日野原はかすれた声でいった。

「ちょっとそこの壁に手をついてくれるか」

「何でだよ」

日野原の表情が変わった。もっている、その瞬間、鮫島は確信した。そのための虚勢だったのだ。

「職務質問に切りかえる。所持品を検査させてもらいたい」

いい終わらぬうちに日野原は鮫島をつきとばした。いきなりの馬鹿力に鮫島はつき倒された。日野原はバイクにまたがり、エンジンをかけた。

日野原がスタンドをあげる前に起きあがった鮫島は、その首を締めつけた。バイクが倒れそうになり、その重量の下敷きになるまいと、日野原はとびのいた。

「てめえ！」

日野原は鮫島の腕をふりほどき、肘打ちを鮫島のわき腹に見舞った。バイクがゆっくりと倒れ、大きな音をたててミラーが砕けた。

鮫島はよろめいた。日野原は一歩踏みだすと、鮫島に背中を見せようとでもするように体をねじった。

皮の上着の背に描かれた青いドクロマークの絵が鮫島の目にとびこんだ。その動きの意味するものを悟り、鮫島は両腕をあげて身を低くした。

重みのある回し蹴りが、鮫島の腕に命中し鮫島は弾かれた。建物の壁に背中を打ちつけ息が詰まる。

日野原はくるりと背を向けた。走りだそうとする。

「待て！」

鮫島は叫んだ。

「待たんと撃つぞ」

日野原の動きが止まった。鮫島は手にしたニューナンブの銃口を空に向けながら、体を起こした。

「ふざけやがって……。てめえ訴えてやるからな。丸腰の人間にチャカ向けたって」

日野原は目をみひらき、にらみつけた。

「そこに手をつけ！」

鮫島はとりあわず、自分が叩きつけられた壁をさした。日野原がそれにしたがうと拳銃をしまい、近づいた。

手袋をはめ、手早く日野原の体を探った。一五センチほどのバタフライナイフ、そしてビニール袋でアルミ箔を包んだ品を発見した。

「これは何だ、え？」

日野原は無言で答えなかった。鮫島は袋を開け、畳まれていたアルミ箔を開いた。コーヒーシュガーを砕いたような半透明な結晶の入ったビニールの小袋と小さなドナルドダックの顔が大量に印刷されたミシン目入りの紙片が現われた。

「ガンコロにペーパーアシッドか。立派なお荷物だな」

ガンコロは覚せい剤の結晶、ペーパーアシッドは、L・S・Dを紙に染み込ませたものだ。アルミ箔に包んでいたところを見ると、ガンコロは、アルミ箔の上におき、ライターの炎で下から炙《あぶ》って蒸気を吸入して服用するつもりだったらしい。

「知るか」

日野原はそっぽを向いた。鮫島はふたつをビニール袋に戻し、手錠をとりだした。

「覚せい剤並びに麻薬取締法違反の現行犯容疑で逮捕する」

「わかったよ！」

日野原は不意に叫んで、鮫島をふりむいた。

「しゃべってやるよ。だから勘弁してくれよ」

「何をしゃべるんだ？」

「筈野のことだろう」

「筈野の何をだ」

「あれを調べてんだろう。筈野の売《バイ》を」

「お前もやってたのか」

「俺はやってねえよ。銭に困ってねえからよ。それは俺が自分で楽しむためだよ。人に売るようなことはしねえ」

「笞野はなんでやってたんだ」

「金に決まってんじゃねえか。野郎が前の会社にいたときに、いい銭もうけがねえかっつうから紹介してやったんだよ」

「誰に」

「古賀《こが》って、金貸しだよ、新宿の」

「古賀？」

「古賀武夫《たけお》。『海鮮楼《かいせんろう》』って中華屋の上で事務所やってる」

鮫島はゆっくりと息を吐いた。手がかりがつかめたのだった。

初狩パーキングエリアで見た濃紺のベンツは、その「海鮮楼」の経営者である中国人の所有になっていた。訊きこめばあの日運転していたのが所有者本人であったのか、それとも借りた誰かであったかわかったかもしれない。だが警戒されることを恐れ、鮫島はその線をそれ以上は追わず、笞野の周辺を調査しはじめたのだった。

関東信越地区の麻薬取締官事務所が笞野を逮捕してから十日以上が過ぎていた。麻薬取締官事務所が笞野の取調べから得たであろう情報は、何ひとつ鮫島のもとにはもたらされていなかった。そこで仕方なく鮫島は、今の調査をおこなってきたのだ。

それがようやく報われた。

古賀武夫は、「マルセイ金融《きんゆう》」という高利貸会社の社長だった。籍こそおいてはいないが、企業舎弟と呼ばれる、暴力団を資金源にした稼業で食っている。

「マルセイ金融」のバックも鮫島は知っていた。

関東共栄会系藤野組だ。売春とトルエンの密売でのしてきた組だった。覚せい剤は扱っていなかったはずだ。

「古賀は笘野にどんな金儲けを教えたんだ?」

「そこまでは知らねえよ」

日野原はそっぽを向いた。

「古賀とあんたのつきあいは?」

「族やってたときにメシ食わしてもらったり、酒飲ましてもらったんだよ。今はカタギだから近づかねえ」

「カタギ? どっちがだ」

「俺がさ」

「じゃあこれは何だ」

「だからいってんだろ。自分が楽しむためだってよ」

「古賀から回してもらったのじゃないのか」

「ちがうよ。古賀さんには俺はずっと会ってねえ。電話で笘野を紹介しただけだ」

「じゃ、これはどこで手に入れた」

「渋谷のプッシャーから買ったんだよ」

「古賀のバックを知ってるか」

「やくざだろ。どこの組かは知らねえけど」

「そうか」

いって鮫島は日野原の腕に手錠をはめた。

「何すんだよ⁉」

日野原は大声を出した。

「ちゃんと話したじゃねえかよ！　見逃してくれよ」

「誰が見逃すといった」

「てめえ！」

日野原は手錠をはめられた手で鮫島の襟をつかんだ。引き寄せる。

「覚えてろよ。上にいって首トバしてやるからな。てめえみてえなゴミマッポなんか、吹けば飛ぶんだからよ」

「やりたきゃやれ。その代わり、ケツから血もでなくなるほど叩いて、懲役しょわせてやるからな」

鮫島は日野原の目を見つめ、静かにいった。日野原の顔から血の気が引き、蒼白になった。

鮫島は手錠の鎖をつかみ、ＢＭＷに引っぱっていった。

「藤野組」

桃井が動きを止めた。日野原を新宿署に連行し、とりあえず留置して、桃井の出署を待った鮫島の報告を聞いたのだった。

桃井は朝刊を手に出署してくると、鮫島の報告を無言で聞いていた。自らお茶をいれ、上着を脱いで椅子の背にかける。その動きが途中で止まった。

「そうです。古賀が笘野にキャンディの密売の仕事を紹介したとすると、キャンディの卸売りは藤野組である可能性が高くなります」

桃井は腰をおろした。しばらく考えていたが口を開いた。

「真壁は入っていたな」

「ええ。あと三年は最低でもでられません」

「あいつならそれぐらいの頭はあったが……」

真壁は、藤野組でいちばんの器量といわれたやくざだった。かつて鮫島が追い、桃井が射殺した拳銃密造犯の作った銃を使い二名の外国人犯罪者を殺傷したかどで服役している。

自らも刺され、半死半生の血だるまの姿で新宿署に車を乗りつけ、鮫島を呼べといって失神したのだった。

「真壁が入ったあと、いっときツブレかけたのじゃなかったか」

桃井の問いに鮫島は頷いた。

「ええ。トルエンの売が駄目になって、シノげなくなったのがきいたんです。しかし女のほうがバブルでウケに入《い》って、それで盛り返しました」

「最近の動きはどうなんだ」

「特に目だってはいません。あいかわらず、ホテトルを中心にしたシノギだと思っていましたが……」

「古賀のところはだいぶ苦しいのじゃないか」

「貸し倒れはかなりあるはずです。今のところいかれたという話は聞きませんが」

「古賀か……」

桃井は考えこんだ。

「その日野原がキャンディにかかわっている可能性はどうだ」

鮫島は首をふった。

「奴がもっていたのはガンコロとL《エル》でした。もしそうならキャンディももっていたと思います」

「とりあえず調べてみるか。麻取は日野原には手を出していないのだな」

「ええ。筈野が自白《ゲロ》していないのか、例の調子で触らずにいるとしか思えません」

「自白《ゲロ》していないとは思えんな。日野原をとばしていっきに古賀に内偵をかけているか……」

「古賀にちょっかいをだせば、藤野組には筒抜けになります」

「古賀と藤野組のパイプを知ってるか」

「いえ」

鮫島は首をふった。

「マルB担当に情報があるかもしれん。問い合わせてみる。そのあいだに日野原の取調べをやろう」

「よく吠えますよ。親戚に大物がいるとかで」

桃井はちらっと鮫島を見た。

「何といっていた？」

「トバしてやると」

桃井は小さく頷いた。

「それは楽しみだ」

所轄署刑事課の四係、暴力団担当者は、管内で事務所をかまえたり、シノギをおこなっている組の主だったメンバーのことをよく知っている。組うちでの小さな人事の動きやちょっとした組員の旅行などにも目を配り、シノギの方向性や方針の変化などを見逃さない。どこの組にも、何人かの若手幹部候補生がおり、その数名に特ににらみをきかせることで、近い将来に起こりそうな戦争や大きな取引などを予測する。

「マルセイ金融」の古賀と藤野組のパイプをつとめているのは、そうした若手幹部候補生のひとりだった。

「角という男だそうだ。真壁とは兄弟分で、真壁がしゃばにいるあいだは、その陰で目だたなかったらしいが、入ってからはいっきに頭角をあらわしたらしい」

「角……」

桃井の言葉に鮫島は首をかしげた。聞いたことのない名だった。

「年はいくつくらいなのです」

「三十を過ぎたかどうかだそうだ。真壁より年上、ということになる。資料は請求しておいた」

初めて会ったとき、真壁は二十五、六で、その時点ですでに藤野組の若頭を越える力量を備えていた。藤野組の上部組織、関東共栄会は、南関東に勢力をもつ広域暴力団である。

こうした広域暴力団には、やはり小さな組などとはちがい、若いうちから力量を備えた、優秀な組員がいる。彼らはやがて本家本部の目にとまり、引き抜かれ出世していく。

真壁がその典型になるだろう、と鮫島は思っていた。出所したらまちがいなく、本家から声をかけられ、きのうまでの兄貴分や組長が足もとにも及ばないような地位へと引っぱりあげられる。そういう点では、やくざ社会は実力主義であるともいえた。

大企業は最初から入社試験などで優秀な社員を選ぶので、その下請け会社の社員が本社で出世することは稀有《けう》である。が、やくざ社会ではそれが起きる。傍系であろうと本家であろうと、入組したときは横一線というわけだ。

実力のある者を引きあげない組は結局、衰弱する運命にある。

「角はおよそやくざには見えん男らしい。大学を中退しているとかで、組うちでは評判が分かれているようだ。できるか、できんか、はっきりいって四係も判断しかねている。真壁が強烈だったからな」

「真壁が兄弟分に選んでいたのなら、器量がないはずはありません」

桃井は考えるような目を向けた。日野原の取調べは一段落していた。いちおう芸能人ということもあって、本庁保安二課がその身柄を欲しがっていた。鮫島はあっさり了承した。日野原には不運だが、どんなコネがあったにせよ、さらし者の運命はまぬがれられそうにない。

「角を内偵するか。麻取が始めているかもしれんが」

正面からぶつかっても容易には尻尾をつかませない相手と見ての言葉だった。

「麻取の塔下は、卸売り組織の連中はキャンディの製造元と目隠しの取引をしている、といいました。もしそうなら、角は自分の取引方法を組うちには絶対教えていないはずです。なめられている、と思われますからね」

「別件で角を引っぱって叩く手はあるぞ。こっちは麻取とちがってほかの件でも動けるからな」

　そうすれば麻取の鼻はあかせる。だがしくじれば、製造元との線が切れることになる。

「角が切れる人物なら、製造元には気づいていないふりをしてその正体をつかんでいるのではないでしょうか」

「じゃあ引っぱる手はあるな。どっちだと思う？」

「探ってみます」

12

「あの男です。まん中の背の高い――」

四係の巡査部長、田久保《たくぼ》が鮫島に教えた。田久保は鮫島と同じ年くらいで、鮫島が角の面割りのための協力を要請すると、固い表情でついてきたのだった。ふたりは百人町《ひやくにんちよう》のマンションの前に止めた、鮫島のＢＭＷの中にいた。

角は四人ほどの若い衆に囲まれるようにして、マンションの入口からでてきたところだった。ひときわ背が高く、地味な色のソフトスーツを着こなしている。両手をポケットに入れているが、その仕草と周囲の男たちがなければ、確かにやくざには見えない容貌をしていた。

「ありがとう。もう署に戻ってください」

鮫島が告げると、田久保は拍子抜けしたような表情を浮かべた。

「いいんですか」

「このあとは私ひとりで大丈夫です」

邪魔者、ハネあがりという風評のたえない鮫島に協力することを、田久保が望んでいないことは明らかだった。他の署員の手前、しぶしぶといった格好でついてきたのだ。

「やさづけするんですか」

「いや、自宅の住所はわかっています、引っ越していないのなら――」

「早稲田鶴巻町《わせだつるまきちょう》のマンションです。女房がいます」

「じゃあそこです」

鮫島は頷いた。角には、三年前に恐喝未遂の逮捕歴があり、住所はその頃と変わっていない。

田久保は、ほっとしたような顔で、助手席のドアを開けた。

「ご苦労さまでした」

「いえ。また協力できることが何かあったらいってください」

口ではそういっているが、鮫島と二度とかかわりたくないと思っていることがわかった。桃井と藪を除けば、署内で鮫島に親しげにふるまう人間はいない。秘《ひそ》かに尊敬していると いった、外勤の巡査はいた。が、それを態度に示せば、他の署員から村八分のうきめにあうだろう。

ＢＭＷを降りた田久保は素早くあたりを見回すと、急ぎ足で、角らが歩いていったのとは反対の方角に歩き去った。

鮫島はＢＭＷの時計を見た。午後九時四十分だった。飲みにでようというのか。

角の周囲を固めていたのは、いずれも角よりは若い、子飼いの部下と覚しい連中だった。自分の子分ばかりを連れて飲み歩く形を許されているということは、それなりに組うちでの足場を固めているのを意味している。さもなければすぐに、上の人間からいやみをいわれ、ときには焼きを入れられるだろう。

角の連れている連中にも、鮫島の知った顔はなかった。角とはちがい、四人ともひと目でやくざと知れるタイプばかりだ。鮫島がその四人の顔を知らないからといって、四人が鮫島の顔を知らないとはかぎらない。むしろ鮫島が街を歩いているときなど、知らぬまに彼らのほうも面割りをしていて不思議はなかった。うかつに車を降りて近づくのは避けなければならない。

角らは、西武《せいぶ》新宿《しんじゅく》駅に近い焼き肉屋に入っていった。そこをでたのは、午後十一時近くだった。その後、二軒のクラブをはしごするのを、鮫島は注意して尾行した。午前一時二十分、取り巻きのひとりが先に店をでて、車をとりに走った。駐車場におかれた白のメルセデスを駆って、店のある雑居ビルの前につけた。

やがて三人の部下とともに角が現われた。

「どうもご苦労さまでした！」

「ありがとうございました」

若い衆の太い叫び声と、送りだしにでてきた若いホステスの華やかな声が重なる。三人の部下は、メルセデスの後部席に乗りこむ角をその場で見送った。メルセデスの後部からは自動車電話のアンテナがつきでている。

ようやくご帰館か、鮫島は思った。メルセデスは歌舞伎町二丁目を明治《めいじ》通りの方向に走りだした。鶴巻町の自宅に戻るなら、明治通りをつっきって、抜弁天《ぬけべんてん》から大久保通りを越えるコースをたどるはずだ。

が、ちがっていた。メルセデスは明治通りを右折し、さらに靖国通りとの交差点を左折した。

遠回りをして帰ろうというのか。鮫島は慎重にそのあとを追いながら思った。

が、次にメルセデスがたどったのは、外苑西《がいえんにし》通りを右に折れるコースだった。自宅とはまるで反対の方向だ。

メルセデスは車の少なくなった外苑西通りをかなりのスピードで下っていった。四谷四丁目を過ぎ、右カーブを越えて左のウインカーを点滅させる。大京町《だいきょうちょう》から慶応《けいおう》病院のわきにでる道をとった。さらに外苑東《がいえんひがし》通りを右折して、青山《あおやま》一丁目の方角に向かう。

どこへいこうというのか。青山一丁目の信号を右折すれば渋谷、左折すれば赤坂《あかさか》、そして直進すれば六本木だ。

メルセデスは直進した。青山一丁目の交差点を過ぎて最初の信号を左折し、すぐにT字を右折する。六本木へ向かうコースだった。

まだ飲みたりない、というのだろうか。だが、六本木は明らかに藤野組の縄張りではない。もちろん、やくざが自組の縄張り外で飲むということが、まったくないわけではない。しかし、自宅の近所でもなく、待ち合わせでもないとするなら、それは異例なことといわざるをえない。

待ち合わせなのだろうか。鮫島は緊張した。もし待ち合わせなら、六本木を縄張りとする組の人間か、キャンディの製造元の関係者である可能性すらあった。

メルセデスは乃木坂《のぎざか》の交差点を過ぎ、防衛庁の正門前を通り過ぎた。六本木の交差点のつい手前までできたところで左に寄った。

ハザードを点滅させている。

運転手が開くのを待たず、角が後部席のドアを開け、降り立った。鮫島はそのかたわらを走り過ぎた。車道に立った角は、まるで一滴も酒を飲んでいないかのように、さめた表情を浮かべていた。

メルセデスから約一〇〇メートルほど先に、麻布警察の交番があり、パトカーが止まっていた。鮫島はその後ろにBMWを止めた。

交番からものいいたげな表情をして、巡査が顔をのぞかせた。が、鮫島が警察手帳を提示すると、敬礼をして引っこんだ。交番の内部では、アポロキャップをさかさにかぶったふたりの少年が、別の巡査から何かの聴取を受けている。

その夜の鮫島は、明るいグレイのジャケットにジーンズをはいていた。急ぎ足で歩道を防衛庁方向に戻る。

角はちょうど歩行者用信号が青に変わるのを待って、通りを横断しはじめたところだった。運転手は同行しておらず、ひとりだ。

横断歩道の一〇メートルほど手前を、鮫島はガードレールをまたぎ越え、横断した。

歩道は人通りがまったく絶えている、というわけではないが、歩いている人間は決して多くない。

角とは顔を合わせないように、鮫島は渡ったところにある電話ボックスに入った。受話器をもちあげながらふりかえると、角は横断歩道の目の前にある雑居ビルに入っていくところだった。一階に終夜営業の喫茶店がある。

鮫島は受話器を戻し、電話ボックスをでた。喫茶店はガラス張りで、中の客を外から見ることができる。角の姿はなかった。

ビルの入口から階段を四、五段降りた位置にエレベータがあった。

鮫島はエレベータの表示盤を見た。黄色いランプが二階から三階へと上昇し、止まった。

「club menuetto」と記されている。他の階は、ふたつ以上の店名表示もあり、大きな箱の店だと知れた。

鮫島はエレベータの前を離れた。角がひとりで入っていったということは、この「メヌエット」というクラブで、誰かと待ち合わせている公算が高い。その相手を、鮫島はどうしても知りたかった。

この前で待っていたら、いっしょに現われるだろうか。もし相手が関係を知られたくない人物だとすれば、入るのもでるのも別々、ということもある。

角が鮫島の顔を知っている可能性は五分五分だった。慎重に行動すれば、角に見られずにすむかもしれない。

鮫島は決心して、エレベータのボタンをおした。

三階でエレベータを降りた鮫島は、厚い金属製の扉をおした。スポットライトの輪が、扉に浮き彫りになった「club menuetto」の文字を輝かせている。

「いらっしゃいませ」

髪をべったりとなでつけた、黒服の男がふりかえった。入口のクロークには、黒人とのハーフと覚しいきれいな女がいて、大きな瞳を鮫島に向けた。

「おひとりでいらっしゃいますか」

「待ち合わせだ」

とっさに鮫島はいった。

「かしこまりました。こちらへどうぞ」

黒服が先に立って、紫色のライトのあたる通路を進んだ。

大胆なミニのスーツを着た、二十から二十二、三くらいまでの若い娘たちが、通路をはさんだ両側のボックスにいた。店内は暗く、皮製のボックスに囲まれたテーブルだけに埋めこみ式のライトが光を落としている。ときおり娘たちが動くと、ブレスレットやネックレス、深い襟ぐりからのぞく白いふくらみが光を反射した。

笑いや嬌声《きょうせい》、低い話し声と、生演奏のピアノが広い店内を満たしていた。高級で、しかもどこかいかがわしげなクラブだった。ホステスは皆、若く、美しく、そして半数が白人や黒人だった。どの娘たちも、とうてい表を歩けないような、セクシーで派手なコスチュームを身にまとっている。コの字型のボックスはひとつひとつが大きく、ガラス製の仕切りによって独立していた。全体の三分の二くらいが埋まり、ひとつのボックスに最低でもふたりのホステスがついていた。

通路の正面に白いグランドピアノがすえられ、両肩をむきだしにしたドレスを着けた女が弾いている。

「こちらへどうぞ」

通路を半ばまで進んだところで、黒服はあいている左手のボックスをさした。鮫島はソファに腰をおろした。半分近くまで尻が沈むほどの柔らかさだ。

黒服はひざまずいた。

「ご指名の方は？」

「いや。いない」

鮫島は首をふった。クレジットカードをもっていてよかった、と思った。たぶんボトルを入れなければならないだろうし、入れれば十万円近くがとぶにちがいなかった。

「お待ち合わせのお客さまはどなたさまでしょう」

「田久保という」

「田久保さま……。ボトルは田久保さまのお名前で、それともお客さまのお名前で？」

「田久保はどうかわからない。私は初めてだ」

「承知いたしました。しばらくお待ちを」

黒服が歩き去ると、いれかわりにふたりの娘が現われた。ひとりは黒人で、スパンコールをちりばめた、へそ近くまでV字の切れこみの入ったドレスを着けている。もうひとりは、かがむとまちがいなく下着が見えるほどの超ミニをはいた、二十《はたち》くらいの娘だった。

ふたりともめったに見かけないほどの美人で、しかも屈託がなかった。

「いらっしゃいませ」

「いらっしゃいませ」

黒人の娘は、訛《なま》りがあるものの流暢《りゅうちょう》な日本語をしゃべった。ふたりは両側から鮫島をはさみこむように、太腿と太腿をぴったり密着させてすわった。

すぐ隣りのボックスで歓声とともに大きな笑い声があがった。鮫島は思わずふりかえった。雑誌やテレビでいくども見たことのあるレーシングドライバーが娘たちに囲まれていた。ふたりの男の連れがいた。

鮫島が首を戻すと、黒人の娘と目が合った。彼女はにこっと笑った。

「盛りあがってる、ね」

黒服が歩みよってきた。

「田久保さまというお名前でのボトルのお預かりはございませんが、いかがいたしましょう」

「じゃあとりあえず、ビールでももらっておいて待つよ」

一瞬の間をおき、

「かしこまりました」

と黒服はいった。目にちらりと見下したような表情が浮かぶ。

鮫島は気づかぬふりをして、煙草をとりだした。ミニの少女がさっとライターをさしだす。

「あおいです、よろしく」

「鮫島だ」

「わたしは。ケイ」

　黒人の娘がいった。

「ケイさんか、日本語がうまいね」

「お店で、学校通わせてくれるよ」

「学校？」

「日本語学校。お店が授業料だしてるの」

　あおいが説明して、運ばれてきたビールの小壜をとりあげた。ビールは三本運ばれてきており、ほかにも煮貝や酢のものなどの通しが凝ったガラス鉢に盛られて運ばれてくる。同じサービスを新宿のスナックがやれば、まちがいなくキャッチバーの手口だ。ひょっとすると料金もさほどちがわないかもしれない。

「お店が授業料だしてくれるとはすごいね」

　鮫島はケイにいった。

「でも、お給料から引かれるよ。だからわたし、いつも貧乏」

　ケイは白い歯を見せ、片目をつぶった。

「いいパパ、見つけないと、ね」

　本気とも冗談ともつかない口調だった。

「ねえ、鮫島さんは何してる人？」

あおいが身をのりだして訊ねた。

「何してると思う？」

鮫島は訊きかえしながら、クラブの中を見渡した。自分も含め、大半の客はテーブルに落ちる強い光の柱の向こうにいるので、なかなか顔を見きわめられない。

「カメラマン」

あおいがいった。

「じゃなきゃデザイナーとか。ふつうのサラリーマンじゃないでしょう」

「そんな感じ、するかな」

「うん。目つきがけっこうきついしさ」

「やくざ屋さんとか」

「しーっ」

あおいが人さし指を立てた。

「駄目よ、大きな声でいっちゃ。うちの店もくるのだから」

「今もいる？」

「わかんない。でも暗いからどこにいたってわかんないよ。それに六本木は、はやってる店なら、たいていお客さんにやくざ屋さんいるよ」

「恐くないのか」

「だって、こういうとこくる人ってだいたい幹部じゃない。暴れたりしないし、お金もちゃんと払うよ」

「なるほど」

鮫島は苦笑した。

「鮫島さんもそうなの？」

「ちがう」

「でしょう。ちょっと恐そうだけど、そうは見えないもの」

黒服が歩みよった。

「あおいさん」

ひざまずいてささやく。あおいは頷き、自分の飲みかけのグラスに布製のコースターで蓋《ふた》をした。

「どうもごちそうさまでした」

いって立ち上がる。

「もう行っちゃうのか」

「ごめんね。お客さんがきたみたいで」

あおいは笑顔を向けると、形のよいヒップを鮫島に向け、ボックスをすべりでた。

鮫島はケイを見やった。

「人気があるんだな」

「あおいちゃん？　そう。とってもよ」

「君はアメリカ？」

ケイはこっくりと頷いた。

「サンフランシスコ」

それだけは歯切れのよい発音でいった。

ようやく角の姿を鮫島は見つけた。鮫島の位置からは斜め向かいにあたるボックスだった。

角はひとりで、白の超ミニを着け抜群に胸の大きな娘をはべらせている。胸の大きさなら、晶とでも張り合えそうだ。テーブルにはブランデーのボトルが立っていた。

「初めて、ですか。このお店」

ケイが鮫島の太腿に触れ、いった。

「そう。友だちと待ち合わせたのだけれど、こないな。ここは何時まで？」

「今、何時？」

ケイが鮫島の腕時計をのぞきこんだ。と、不意に店内が明るくなった。

「オウ、二時ね」

天井の照明が一気に輝きをとり戻した。ぎりぎりまで絞っていたのを、最大限に解放したようだ。

「明るいな」

鮫島はまばたきしていった。

「お店、終わりよ。ラストの時間」

まるで夢からさめたかのような光景だった。が、客は誰も席を立とうとはしない。

「みんな、帰らないいな」

ケイは肩をすくめた。

「お店、二時。でもお客さんはいっぱいいるよ。四時までいたことあるね」

鮫島は頷き、あらためて店内を見回した。客の大半は、サラリーマンではない職業の者たちだった。スーツを着ている者は少なく、トレーナーやカーディガン、スポーツジャケットといったいでたちだ。どの客もお洒落で金のかかったなりをしていた。

「すいませーん、電話ください」

角の隣りにいた白のミニの娘が黒服を呼びとめた。角は両腕をソファの背もたれに伸ばし、脚を組んでいる。

鮫島は娘と顔を合わせた。二十《はたち》そこそこのようだが、切れ長でぞくっとするほど淫蕩《いんとう》な輝きのある目をしている。娘はつかのま鮫島を見つめたが、黒服がコードレスホンを運んでくると、すっと視線を外した。

「彼女、きれいだな」

娘は受けとったコードレスホンを、角の言葉に合わせて押しはじめた。

「誰？　ああ、サキちゃん。とても人気あるよ」

ケイがいった。サキという娘はコードレスホンを耳にあて、呼び出し音を確認したのか、角に手渡した。

角が脚をほどき、受けとった。

待ち合わせではなかったのか。鮫島はふたりの姿を見つめながら考えた。閉店まぎわにひとりできて、あのサキという娘を指名したのだとすると、愛人なのかもしれない。

「横のお客さんはよくくる人？」

鮫島はケイに訊ねた。隣席のレーサー一行が立ちあがり、

「ありがとうございました！」

黒服がいっせいに声をかけた。

「誰？　知らない。わたし、ついたことない」

ケイが答える。鮫島は角に目を戻した。角がこちらを見ていた。隣席の一行に目を惹《ひ》かれ、ついで鮫島のほうにもなにげなく視線を向けた、という表情だった。

鮫島はさりげなく目を外した。これほど店内が明るくなるとは予期していなかっただけに、緊張感がじわじわと胸のうちに広がった。

もういちど角を見た。角はまだこちらを向いていた。鮫島に顔を向けたまま、横のサキという娘に話しかけている。サキが首をふった。

潮どきだった。鮫島は黒服に合図を送り、勘定をするように命じた。

運ばれてきた勘定書きには、六万二千円と書きこまれていた。鮫島はクレジットカードを手渡した。

「ありがとうございます。領収証は？」

「いらない」

黒服は一礼し、立ち去った。桃井ならばあるいは経費として認めてくれるかもしれない。が、鮫島にその気はなかった。

サインをすませ、鮫島は立ちあがった。角の視線が自分を追っているのがわかった。角は鮫島の顔を知っていたのだ。

クロークの前を歩きぬけた。いっしょについてきたケイがエレベータのボタンをおし、待った。

鮫島はクラブの入口に背中を向けていた。鮫島のほうを向いていたケイの表情が変わったので、背後に人が立ったのを知った。

不意に耳もとで声がした。

「何か、用ですか」

鮫島はゆっくりとふりかえった。エレベータがちょうどあがってきて扉を開いたところだった。

角が立っていた。わずかに脚を広げ、両手をスラックスのポケットに入れている。すぐ後ろにサキが立っていた。

「俺か？」

鮫島は訊きかえした。角はゆらゆらと首を上下させた。

「そうすよ」

「俺が誰に用事があるんだ？」

角は薄ら笑いを浮かべた。

「決まってるじゃないすか。俺ですよ」

そしてサキの肩を抱き寄せた。サキは角の腰に腕を回しながら鮫島を見あげた。舌先が半ば開いた唇のあいだから見えかくれしている。

「サキよ、覚えときな、このお客さんの顔」

「うん。でも、なんで？」

舌足らずな口調でサキが訊ねた。

「いいんだよ、覚えときゃ。またきたら、俺に教えてくれや」

いって角はサキの顔に自分の顔をかぶせた。唇と唇で高い音のするキスを交わした。

鮫島はそれを見届け、エレベータに乗りこんだ。ケイが目を丸くして、肩をすくめた。

「送んなくていいぞ」

角がいい、鮫島を見た。にやりと笑い、

「いっしょに乗っていってていいですかね」

と訊ねる。

「どうぞ」

鮫島は無表情でいった。

角は鮫島の横に立った。

「ありがとうございましたぁ」

娘たちの合唱に送られて、エレベータの扉が閉まった。角は一階のボタンに触れ、天井を見あげて息を吐いた。

「お互いに、妙なとこで会いますよね」

「前に会ったことがあったかな。あんたと」

「一回だけね」

角は笑った。

「俺の兄弟の裁判んときに」

そうか、と鮫島は思った。真壁の裁判を角は傍聴にきていたのだ。鮫島はそのとき、証言台に立った。

「警部ってのは給料がいいんすね。あんな店で飲めるとは。それとも捜査費って奴ですか」

角は笑いを消さずにいった。

鮫島はゆっくり向きなおった。正面から角の顔を見すえた。角の顔から笑みが消えた。

「そういうあんたこそ、景気がよさそうじゃないか。どこの組もシノギが苦しくて悲鳴あげてるってのに」

「俺たちが遊び心なくしちゃ終わりでしょう。女房沈《ばした》めても遊ばなくっちゃ」

「沈めたのか」

「喩《たと》えですよ、喩え」

「じゃ何でシノいでる？」

「稼業ですよ。地道なね」

エレベータが一階に着き、ドアが開いた。エレベータホールには角の運転手が立っていて、鮫島の姿を見ると顔色が変わった。

「送りましょうか、鮫の旦那」

角は余裕をとり戻した顔でいった。

「いや。けっこうだ」

いって角を見つめた。

「何すか」

角は鼻白《はなじろ》んだ。

「今のうちいい酒をいっぱい飲んどけよ」

「どういう意味ですか、それは」

「じき、兄弟に会わせてやる」

「何だとこの野郎！」

運転手が声を荒らげた。

「やめろ、馬鹿」

角が制した。そして鮫島を見かえし、告げた。

「いいすよ。そんときは同じ房にしてください」

13

むし暑い晩だった。そよとも風が吹かない。じっとりと湿りけを含んだ空気は、海上では白っぽい靄《もや》となってたちこめている。

「くそムカつくぜ」

平瀬が中古のクラウンの灰皿に煙草を押しこんだ。無精ヒゲとパンチパーマをかけた髪が伸びている。スウェットの上下を着け、素足にサンダルをつっかけた姿で運転席にすわっていた。

「野郎らちっとも動きやがらねえ。いい加減馬鹿くせえぞ」

いって缶ビールをあおった。助手席にいる石渡はひと言も口をきかない。この無口な男が保険の外交員をやっているとは妙な話だ、と耕二は思った。コメディアンには家に帰るとぶすっとして口もきかないようなのが多いというが、案外石渡もそんなタイプなのかもしれない。客の婆あどもの前ではへらへら笑って、もみ手をし、つまらない冗談をひっきりなしにしゃべっていたりする。

黒縁の眼鏡をかけた石渡は、髪を七・三に分け、トレーナーにジーンズを着けていた。ジーンズがまるで似合わない。商売がらスーツばかり着ているせいだろう。身体は一七〇あるかどうかで体つきもほっそりしている。平瀬の話では、麻雀や競馬などの博打《ばくち》に目がなく、それで大学やあちこちの勤め先をしくじったらしい。

平瀬は大きくげっぷをして、スウェットのポケットからハイライトの袋を出した。ヤニだらけでやたら歯並びの悪い口にさしこむ。中二のときから高校退学になるまで、トルエンばかりをやった報いが、その歯に表われている。

「耕二よ」

いってどろんとした目をバックシートに向けた。

「おめえんとこのママ、さらっちまおうか。おどかしゃしゃべるんでねえの。どこにあっか」

「ママが知らなかったらどうすんだよ」

「なわけねえだろう。つるんでんだもんよ。いとこ同士だってよ、ひょっとしたらお前、あの兄弟両方とできてっかもしんねえじゃん。え？　3Pなんちゃってよ、おい」

平瀬は石渡の腕を小突き、くっくと下卑《げび》た笑い声をたてた。

「やってるって、絶対。お前は、ツバメだもん。ペットの耕二ちゃん、てなもんよ」

平瀬はまた、くっくっくと笑った。石渡も声をたてずに笑った。笑うとよけい陰気くさい顔つきになる。

「さらったって駄目だよ。ものがどこにあんだか確かめなくっちゃよ」

「だってお前、もう一週間以上、俺、あのタコ社長のあと追っかけてんだぞ。家ん中にないんだったら、どこにあんだよ」

「家の中にはおいてないよ」

石渡がぽつりといった。

「なんでわかんだよ」

「ヤバいからさ、そうだろう、石渡」

耕二の言葉に石渡は頷いた。

平瀬は大きなため息とともに煙を吐き、開いた窓から吸いさしを投げだした。

「とにかくもう、代われよ。お前らのどっちかが……」

「俺は無理だよ、店あるもん」

「一日くれえいいじゃねえかよ。サボっちまえよ」

「そうはいかんさ。ママはあれでけっこうシビアなんだぜ」

「ケツに敷かれてんじゃねえよ。女房でもねえのに、なあ……」

平瀬は石渡をふりかえった。石渡はにやにや笑っている。

これでもう一週間、平瀬は、香川運送の社長を追いかけ回しているのだった。社長の香川昇が会社をでていくところから尾行を始め、家に帰るまでつづける。そして夜中の三時近くまで、家をもうでていかないことを確かめて、帰るのだ。平瀬が眠るのは、香川が会社にいるあいだの時間だった。香川昇が朝、家をでて出社するまでは、石渡が毎日、見張っている。土曜、日曜は、交代で朝から晩まで見張っていた。

目標は、しゃぶだった。三人の計画では、香川兄弟と景子が、しゃぶを密造している場所をつきとめ、証拠になるしゃぶを盗みだして兄弟と景子を強請《ゆす》る予定だった。金なら腐るほどもっている連中なのだ。ひとり頭一億で手を打つ。それが駄目なら、しゃぶの現物支給でもいい。石渡が、しゃぶを金にかえるルートを他県にもっているのだ。

「やれよ、耕二。てめえだけ楽すんじゃねえよ」

「何いってんだよ。物が手に入ったら、交渉すんのは誰だよ。いちばん危ねえ役やんのは俺なんだぞ」

「大丈夫だよ。あの兄弟は組関係とは、なしなんだからよ。ヤバいことなんか何にもねえよ。何かあったら俺が寄居《よりい》さんと話つけてやっからさ」

寄居とは、平瀬の組員時代の兄貴分だった。しゃぶの話を聞きつけてきて、平瀬に教えた男だ。

「あの兄弟はよ、しゃぶをうちの組通さねえで、直《ちょく》、東京へ卸してんだよ。あれがお前、ふつうのカタギだってみろよ、今ごろ、そこに浮かんでるよ」

平瀬はクラウンが止まっている埠頭《ふとう》の先端を顎でさした。漁港とマリーナがいっしょになった大きな港だ。漁業組合連合会が半年ほど前に二年がかりの工事を完成させた。国と県から莫大な工事資金が支払われ、そのすべてが香川建設に流れこんだといわれている。

「なんでしゃぶなんか作ってんのかな」

耕二はつぶやいた。

「銭だろ。税金かかんねえ銭」

「だって腐るほどもってるじゃねえか」

「金持ちってのはよ、もちゃもつほど銭が欲しくなるの。貧乏人にはわからねえよ」

「それだけかな」

「訊いてみりゃいいじゃねえか、あのタコ社長に。取引すっときに。なんですっカタギのあんたがしゃぶなんか商売にしたんですかって」

「ああ……」

腕時計を見やり、耕二はいった。もうすぐ夜が明ける。いつものように景子をマンションまで送っていき、自宅に戻ったところへ、平瀬と石渡が迎えにきたのだ。三日に一度、こうやって集まっては会議をしているのだった。

「俺、じきいかねえと」

石渡が重い口を開いた。

「そうだな。車、どこ止めたんだ?」

「国道の自販機んとこ」

「じゃそこまで送ってくわ。耕二よ、いい加減代われって、マジで」

「来週からやるよ」

「来週!? なんで」

「今週、昔のバンド仲間がくんだよ。そいつの面倒見てやんなきゃいけないから」

「何だ、それ」

平瀬らにはあまり話したくなかったが、いった。

「プロになってんのがいるんだ。デビューしたばっかりだけど、『フーズハニイ』ってバンドで」

「何? バンド全員くんのかよ」

「いや。ボーカルの女だけ。そいつが昔、仲間だった」

「女。マブいのかよ」

「まあまあ、な」

「やったの、お前」

平瀬が身をのりだした。この男の頭の中には、うんざりするほど、女とやることしか詰まってない。

「え？　やってねえよ」

「本当はやったんだろ、お前。ロックバンドなんて、やりまくりなんだろう」

石渡の肩を肘で小突き、笑った。

「やってねえって」

「気どんなよ、お前、東京にいたからって。紹介してくれよ、俺らによ。な」

「店こいよ」

「店ったっていけねえじゃん。俺はあのタコについてんだもん」

「くるよ、きっと。香川社長も」

昨夜、昇が「K&K」を訪れた。二週間に一度くらいの割合で訪れるのだ。そのとき景子が昇に話し、昇は興味を示した。

「ラッキィ！　じゃいけるわ」

平瀬は高い声をだした。

「好き者なんだろ、その女」

「知らねえよ！」

「いいじゃねえかよ。お前んとこ泊まんの？」

「ママがうちで歌うギャラの代わりにロイヤルホテルに部屋とった」

「いいじゃん。終わったあとよ、俺、紹介してくれよ。仲よくなっちゃうからさ」

「仲よく？」

平瀬の図々《ずうずう》しさにいらだちを感じながら耕二はいった。

「だってよ、歌手だろ、有名人じゃん」

「まだそんな売れてねえよ」

「わかんねえだろ。歌手なんてお前、一発ヒットだしゃ、すぐメジャーじゃねえか」

「そんな甘くねえよ」

「何気どってんだよ。いいじゃねえか、紹介してくれよ」

平瀬は半ば本気で耕二をにらんだ。耕二はにらみかえした。

「別にかまわねえけど、妙なことというんじゃねえぞ」

「何だよ、妙なことって。東京の女だからってカッコつけることねえだろ。女はみんな同じだよ、お前。酔わせちまってよ！」

「何考えてんだよ！」

「大丈夫だって。俺の必殺テクでいきまくらせてやっからよ。ええ、おい」

平瀬は石渡に目配せし、にやついた。石渡もにやにや笑っていった。

「バンドなら、なんかクスリもってくんじゃないの。葉っぱとか」

「そういうの嫌いな女なんだ」

「お固いのかよ」

「じゃねえけどさ。変わってるのは、変わってるよ」

「そりゃ変わってるに決まってんだろう。ロックシンガーなんていったらよ」

「妙なことするとヤバいぜ」

仕方なく耕二はいった。

「なんで」

「男がいるんだよ」

「いたって関係ねえじゃん。男がくっついてくるわけじゃねえだろ。それとも男は極道なのか」

「その反対だよ」

「反対？」

「刑事《でか》だよ。電話で話したときに聞いたんだ。新宿署の刑事だって」

「何だって、刑事《でか》ぁ？」

平瀬は素《す》っ頓狂《とんきょう》な声をあげた。

「嘘だろ、マジかよ」

「マジだよ」

「なんで刑事なんかとつきあってんだよ」

「よく知らねえよ。だけど、晶の——晶ってのがそいつの名前なんだけどさ——ことさ、つけ狙って殺そうとした変質者みてえのが前いて、そいつがピストルもっててさ。晶が撃たれそうになったときに、あべこべにそいつ撃ったんだと」

「カッコいいじゃん」

平瀬が目を輝かせた。

「そいつ死んだのかよ」

「いや。でもほかに、新宿署の警官いっぱい殺してて、死刑か、一生ム所暮らしだろうってさ」

石渡が不意にいった。

「それ聞いたことあるぞ。週刊誌かなにかに載んなかったっけ」

「わかんないな」

耕二は首をふった。

「その刑事ってさ、新宿署の防犯の奴じゃない?」

「知らないよ。名前とか、別に晶もいわなかったからな」

晶、と呼びすてにしてる自分に、耕二は妙な誇らしさを感じた。平瀬の言葉ではないが、晶はじき本物の有名人の仲間入りをするかもしれない。自分は、その友人だったのだ。

そして確かにたった一度だが、寝たこともある。

「でもよ、刑事の女なんて最悪だよ」

石渡がぼそっといった。

「まあな」

仕方なさそうに平瀬が合わせた。

「かかわりあったらロクなことねえな」

「じゃ、くんのやめるか」

耕二は訊ねた。

「別によ、歌聞きにいくのは関係ねえからさ。だってお前、へんな演歌とかよ、そういうのは、そこらの温泉でドサ回りしてんのいるけど、ロックは、コンサートでもいかねえとめったに聞けねえじゃん。耕二も弾くのかよ」

「ああ」

声がたかぶるのをおさえられなかった。

「それも見てみてえしさ」

「俺、やめとくよ」

あっさり石渡がいった。

「俺、ロックって駄目なんだ」

「お前、オヤジなんだよ」

確かに石渡は、耕二や平瀬より一、二歳上だった。

「まだ演歌のほうがいい。うるさいよ、ロックは」

石渡は珍しく自己主張していた。だいたい年長のくせに、石渡は平瀬に頭があがらないようなところがあるのだ。耕二はその理由を、たぶん平瀬の腕力を恐がっているからだろうと思っていた。

平瀬は女好きなだけでなく、昔から粗暴だった。中学生や高校生の頃の平瀬は、今よりもっと粗暴だった。組に入った前後は、いつもヤッパやナイフをもち歩き、何かというとすぐに見せびらかした。

この車にも、あるいは木刀くらいは積んでいるかもしれない。

ただ粗暴ではあっても、根は単純でいい男なのだった。少なくともあの頃の平瀬はそうだった。高校を中退したあとの平瀬は、寂しかったのか、よく高校の近くの、耕二たちのたまり場だった喫茶店に姿をあらわした。

お茶をおごってくれたり、パチンコ代を貸してくれたりした。耕二が高三のときに、車でソープ街まで連れていってくれ、筆おろしにつきあってくれた。そのときはもう、組の見習いになっていたので、兄貴分の顔のきく店で、人気のある女をあてがってくれた。その女が、兄貴分の飼っている女だというのを、耕二はあとから知った。しかも、平瀬は一時、そのソープ嬢に惚れていた。

平瀬が組を抜けた理由を、耕二は知らない。が、抜けた今でも、兄貴分とつきあいはあるらしいし、組のことを「うちの」と呼んだりはする。

平瀬は平瀬なりに、やくざとしての自分の未来に見切りをつけたようだ。いつだったか、耕二がこの街に帰ってきて、平瀬と再会し、初めて飲みにいった晩、いったことがある。

「結局よ、極道も頭よくねえと駄目なんだ。馬鹿な兵隊は使い捨てだからよ。俺もさ、頭よくねえし、勉強、嫌いだからな。一流の極道なろうと思ったら、法律とかよ、やたら勉強しなきゃなんねえんだよ。あかん、と思った。才能ねえわって」

それを聞いたとき、高校中退のワルで、田舎で煙たがられていた平瀬の、自分が数少ない友だちであったことを、耕二は思いだしたのだ。耕二自身はそれほど不良というわけではなかったが、ロックが好きで、髪を伸ばし、いつもギターをひとりで弾いていた。その点では、クラスメイトから浮いた存在だったといってもよい。

耕二も平瀬も、自分の中にある〝人とはちがった可能性〟を試してみようとして、それがうまくいかなかった。プロのバンドになるのにも、やくざになるのにも、才能が少し足りなかったのだ。

再び平瀬とつきあうようになった。今の平瀬は仕事をしていない。ときたま、昔の組関係から回ってくる運送の仕事やガードマンの真似ごとのようなバイトをして小遣いを稼いでいる。ただ、七年ばかり会わないうちに、前よりは人を利用したりハメたりすることに、ためらいを感じない性格に変わってきているような気がする。何かというと人を殴ったり、喧嘩を売る傾向がおさまった代わりに、狡賢《ずるがしこ》く立ち回ることの必要性を、四年間のやくざ生活のあいだに身につけたようなのだ。そうした点にふと気づかされるとき、耕二はわずかな不安を感じることがあった。

「じゃ、お前はこなくていいよ」

平瀬が石渡にいい、石渡は無言で頷いた。

「いつくんだよ、その晶って女」

平瀬は訊ね、クラウンのサイドブレーキを外した。助手席の背もたれに左手をかけてふりむくと、クラウンを素早くターンさせる。

平瀬の運転は荒っぽいが巧みだった。暴走族出身でもこれほど運転がうまい男はめったにいないだろう。「狂闘会」——確かそんな名の族だった。初代のアタマが、耕二が高校二年のときに事故って死に、勢力が弱まって分解したのだ。平瀬はそのアタマに心酔していた。

「来週の土曜」

「じゃ、まだ十日あんじゃん」

平瀬はいって、猛スピードで港湾施設のあいだを走り抜けていった。マリーナに人けはないが、漁港のほうには、すでに活気がある。暗いうちにでていって網をあげた漁船がぽつぽつ戻ってきているのだ。

窓をおろすと、薄陽のさしはじめた海面をそれらの漁船のエンジン音が渡ってくるのが聞こえ、潮の香りが徹夜明けの頭に鋭くさしこむのを耕二は感じた。

14

香川運送株式会社の本社ビルは、市の中心部からやや南寄り、県警本部とＵＨＦテレビ局とのあいだに建っている。県内にはもう一カ所、配送センターがあり、こちらは高速道路のインターチェンジから一キロほどの位置にコンテナのためのモータープールを擁している。

ビルは八年ほど前に建てられ、その最上階である九階に「会長室」と「社長室」があった。

香川運送の会長は、香川の本家当主である香川彦一郎《ひこいちろう》が他の香川グループの会長とともに兼任しているが、実際に「会長室」を使用することは、年に二、三度しかない。

午後九時、進は、兄の昇とともに「社長室」にいた。

「社長室」は、北と東の壁面が大きなガラス窓になっている。北側の窓からは、市の中心部が見渡せ、その光の配列で、県庁舎、駅ビル、「かがわやデパート」などと、建物をひとつひとつ判別できる。

　進が小さな頃は、この香川運送のビルも六階建ての細長い造りだった。六階の端にあった父の部屋から、よく駅舎に流れこみ、そしてでていく国鉄の列車を眺め、一両、二両、と貨車の数を数えたものだ。

　街の明かりは、このビルからおよそ一キロの地点を中心に半径数百メートルの範囲に密集している。そこから二キロも離れれば、とたんにまばらになり、さらに遠くなると、数えられるほどに少なくなる。

　東側の窓は、もっと光が少ない。が、八キロほど離れた位置を高速道路が走っていた。進は、その直線的な光の配列が好きだった。ランプの光の連なりを見ていると、かつて父の仕事部屋から駅舎をでていく列車を眺めていたときのことを思いだすのだ。

　父の仕事場を、そう何度も訪れた、という記憶はない。兄の昇は、長男ということと、七年ものあいだ次の子供が生まれなかったという理由もあって、いくどもあの部屋に連れていかれたらしい。

　進の記憶にあるのは、初冬の寒い日の午後のことで、夜からは雪になりそうな冷たい雨が降っていた。父の「社長室」では、大型の石油ストーブが燃えていて、そのかたわらから進は、白い蒸気を吹きあげる機関車を眺めていたのだった。

　今は冬になると、機関車の代わりに建ちならぶビルの屋上から、ボイラーの白い煙を何本も数えることができる。

進は東京への電話をかけるために、昇を迎えにきたのだ。

香川運送のビルには、地下と二階までには店舗が入り、三階から五階を他企業に貸している。実際はこのビルのすべてが、香川グループの不動産管理部門の所有物であり、香川運送も借りているにすぎないのだ。今、六階から九階までの香川運送の社屋には、五名の宿直社員以外は、誰も残っていなかった。彼らは皆、七階にいて、六階と八階の窓はすべて明かりが消えているのを、ついさっき車でやってきた進が確認したばかりだった。九階で明かりがついているのはこの部屋だけだ。

東京・品川《しながわ》区の大森《おおもり》駅の近くに、小さなアパートを、香川運送はもっていた。アパートは全部で六部屋あり、そのうちの四部屋は、香川運送の社員が東京で宿泊するときのための寮となっている。使われていないふた部屋のうちのひとつに、転送機をとりつけた電話がおかれていた。

その番号に電話をかけると、転送機が作動し、自動的に四谷のマンションにある留守番電話へとつながれる。

藤野組が進に連絡をとりたいと望んだときには、そこへ伝言を吹きこむ手筈になっていた。転送電話のおかれているアパートの部屋は、香川運送が、鈴木年男《すずきとしお》という男に貸していることになっている。鈴木年男は架空の人間だが、家賃は、定期的にふりこまれていた。

今日の午後、自宅から四谷のマンションに電話をかけ留守録音を再生させて聞いた進は、角が連絡をとりたがっていることを知った。約束のひと月の期限まで、あと二週間が残っている。連絡を望んでいるのは、何かよくないことの知らせにちがいなかった。

こちらからかける場合は、角が連絡をよこした翌日の晩、十時、という取り決めがあった。かける先は、角の自宅である。

「よし、いいぞ」

デスクに向かい、無言で書類に目を通していた昇が顔をあげ、いった。机上のスタンドの光を縁なしの眼鏡のレンズが反射している。兄貴も白いものが増えたな――進は思った。昇には、家に帰れば、県下最大の病院長の娘である妻と、ふたりの小さな子供がいる。

「いくかい」

進はすわっていたソファから立ちあがった。

電話はいつも、高速道路のサービスエリアにある公衆電話からかけていた。インターから下り線に入って四キロほどの地点にあるサービスエリアだ。

角に万一のことがあった場合、恐いのは電話の逆探知だけだった。角は、進の本名も住所も知らないのだ。

昇と並んで「社長室」をでた進は、昇が戸締まりをするあいだ、エレベータのボタンをおし、待った。

エレベータはふたりを乗せ、地下駐車場まで下降した。その箱の中で進は兄を観察した。昇は進に比べ、一〇センチ近くも身長が低かった。ほっそりとした華奢《きゃしゃ》な体つきで、バランスよく顔も小さい。眼鏡の奥にある目は瞳が大きく、一見気弱そうだが、実際は何を考えているのか読みとらせないようなところがある。慎重で思慮深いが、いちど決断すると自分にはとうてい及ばないような行動力がある――進は兄をそう理解し、地上の誰よりも尊敬していた。この街に住み、この兄と組んでいるかぎり、自分は不安を感じることはないだろう。

地下駐車場には白のワゴンが、香川運送の営業車と並んで止まっていた。ふだん進が乗っているBMWでは目立つので、仕事のときはこのタイプを使うのだ。ワゴンはこの街でも何十台と見かける国産車だった。

兄を助手席に乗せ、進は発進した。無駄口をほとんどきかない兄は無言でシートに背中を預けている。

高速道路のインターチェンジに入ったとき、初めて昇が口を開いた。

「新宿署の刑事の件、明日、報告書が届く」

「手こずったのか」

進は訊ねた。

「さあな。だが相手は刑事だからな。いくら腕のいい興信所でもそうそうは簡単に調査できんだろう」

角が嫌っていた刑事について調べようと考えたのは、昇だった。角との関係が悪化した場合、その刑事をうまく使えるかもしれない、と踏んだのだ。

「どうやるんだい」

「データを見てみなけりゃわからんさ。金で話がつきそうなら、こっちの味方にしてしまう手もある。そうでなきゃ別の弱みを見つけるさ」

「弱みなんてあるのかな」

「ない奴はいない。出世したけりゃ、上司には弱いだろうし、結婚してりゃ、女房の親戚には気を使う。たとえば仲人あたりが、警察の幹部じゃなく別の業界の人間なら、そっちから攻めていく手もあるだろう」

「で、その刑事を何に使う？」

「別に今すぐ、何かに使うってわけじゃない。万一のための保険みたいなものだ」

サービスエリアの入路が見え、進はウインカーを点滅させた。減速し、すべりこむ。

数台の大型トラックが休憩のために止まっているのを除けば、車の姿はない。

そのまま公衆便所に近い電話ボックスの前に、ワゴンを横づけにした。

エンジンを切らずサイドブレーキを引いて、進はドアを開けた。

「いってくるよ」

昇は頷き、窓を細めにおろした。無表情に駐車場を見渡している。

電話ボックスに入った進は、テレホンカードをさしこみ、角の自宅の番号をおした。

十時二分過ぎだった。三度ほどベルを鳴らしたところで、角本人が受話器をとった。

「原田です。電話をいただいたみたいで」

「ああ、お手数かけてすみませんね」

角は申しわけなさそうにいった。

「いや、それほど急ぐ用でもなかったんですが、いちおうお知らせを、と思いましてね」

「何です？」

「いや、何から話したほうがいいかな。とりあえず、この前の件なんですがね、少し早まりませんかね」

「なぜですか」

「お互いにそのほうがよさそうなんですわ。ちょっとばかりトラブルがありまして」

「トラブル」

「電話じゃあ、話しにくいんですがね……」

進は黙った。角もそれ以上しゃべるようすはない。仕方なく、進はいった。

「誰かが病気になったとか」

「まあ……早くいや、そういうことです」

不安がこみあげた。

「近い方ですか」

「いや……ぜんぜん近かないですよ。うちの下請けの、そのまた下請けみたいな連中だ」

「連中？　ひとりじゃないんですか」

「二、三人、てとこですかね」

角の口調は淡々としていた。

「で、おたくの身内の方はまだ？」

「ええ、そりゃもう。ぜんぜん大丈夫ですけどね。ただまあ、病気が広がるとしばらく動きがとれないんで、今のうちに品物を納めておいてもらったほうが……と、ね」

「だったら、しばらく納めないほうがいいんじゃないですか」

「いや、それは困るんですよ。うちもまあ、資金ぐりとかありますんでね。できりゃ新しい下請けのためにも早めに品物を受けとっておいたほうがありがたいんです」

「すると、病気になった方が品物を――」

「そういうことです」

角はいった。

売人が数名、逮捕された。しかも彼らは皆、アイスキャンディをもったままだった、と角はいっているのだ。

「代金はどうなっているんです?」

「引き換えの奴もいますが、そうでないのもいるんですよ。だからうちとしちゃ、そっちが痛い」

「しかしもともと、あれは半値でおたくに卸した品です」

「半値だって、痛いのは痛い。品物はもってかれちまうわ、代金はまだだわ、じゃね」

角は声を低くした。

「できりゃ早いとこ、新しい品物を回していただいて、商売にとりかかりたいんです。うちとしちゃ、この先の計画もいろいろとあるんで」

「病気のほうは大丈夫なんですか。他の人にうつったりとか……」

「そりゃあまあ、さっきもいったように心配はしていないんですよ。万一の場合は、うちのほうで完全にストップさせますから」

「………」

「それはお約束できますよ」

きっぱりと角はいった。

「――じゃあ、少し時間をいただけますか。こちらもいろいろとありますんで」

「ええ。あ、先にお願いしておきますとね、もし次、もってきていただけるなら、五十万は最低、欲しいんですよ」

五十万錠——かつての値でも二千万、新しい値ならば八千万だった。売り値が五億、というわけだ。

「考えさせてください」

「ええ。どうぞ。連絡、お待ちしていますから。ここでも、事務所でも、どちらでもけっこうですから……」

五十度数のテレホンカードの残りが、十を割っていた。進は受話器をおろした。

信号音とともにカードが吐きだされる。それを抜きとり、進は車に戻った。

昇が無言で進を見た。進はサイドブレーキをおろし、ワゴンを発車させた。

高速道路に合流すると、話した。

「——問題外だな」

聞きおえ、昇がいった。

「そんな無謀な取引に応じられるわけがない」

「だよな」

「あたり前だ。売人が捕まって、キャンディが押収されているというのに、新たな品をもっていく馬鹿がどこにいる。角のところが本当に安全かどうか確認できるまでは、とても取引を再開などできないぞ」

「俺もそう思うよ。角の奴、何を考えてんだか」

「ケツに火がついたのかもしれん」

「だったらよけいヤバいんじゃないの」

「奴は、前回十万錠を仕入れた。その分の品物をきちんとさばけば、二千万から二千五百万の金になっていたはずだ。代金引換えで渡した品物がその半分だとすると、一千万くらい焦げつきがでていることになる」

売人に、すべて代金引換えで品を卸すわけにはいかないときがある、と角が話したことがあった。仕入れの際に半金、残った半金は売ってから、というケースもあるようなのだ。売人が、一括で卸しの代金を支払えない場合は、それをうけいれざるをえない。確かに、数百万の金を右から左に用意できるようなら、ハナから売人などにはならないだろう。

「焦げつきは、結局、組うちに納める金に響く。上からの覚えをめでたくしておくためには、なるべく早く回収しなけりゃならん、というわけだ」

「でも俺たちがそれにつきあう必要はないよ」

「当然だな。が、それをはっきり奴にいったら、納得すると思うか」

「わからない」

進は息を吐いた。キャンディが欲しくなっていた。今夜のように緊張したり、頭を使う問題が生じたりすると、キャンディが欲しくなる。

キャンディをなめれば、頭がすっきりとして、名案をひねりだせるような気がするのだ。

だがそれを兄にいうわけにはいかない。絶対にいけない。取引以外のときは、もち歩くことすら禁じられているのだ。

「どうする？」

進は煙草に火をつけていった。

「いっそ藤野組を切っちまおうか」

「それはまずい。景子とのからみもある」

昇の言葉で思いだした。キャンディを東京でさばこうと決めたとき、どの組に卸すかの道筋をつけたのは景子だった。

当時景子は、年に数回の海外旅行の行き帰りに、東京で派手に遊んでいた。そのときの遊び仲間の六本木のゲイボーイから、角を紹介されたのだった。ゲイボーイは角に惚れていて、角にいい顔を見せたいばかりに、自分の大物の客である景子を、角に引き合わせた。角がやくざであることを知った景子は、それ以上近づかなかったが、そのルートを進が利用したのだ。

景子の知り合いということで、角と接触し、キャンディの卸しをやらないかともちかけた。景子をあいだに介したのは、危険でもあったが、同時に保険にもなった。角は景子のバックがどれほどの大物かを知っているので、それ以上、進について深い詮索をしようとはしなかった。反面、その気になれば、角は景子の線から進の正体に探りをかけることも可能ではある。しかし景子にちょっかいをだすのは、角にとっては組うちでの立場を危険にする可能性も秘めていた。

——やくざは絶対に政治家には手をだせない

昇はいった。香川の本家は、政治家を何人も配下においているのだ。角からすれば、とても太刀打ちできる相手ではなかった。

「景子を引っぱりこんだのは、あんたの考えだぜ」

進はいった。

「それはそれでいいんだ。景子と俺たちが運命共同体であることは大切なのだから」

昇は落ちついていた。

兄が景子をどう思っているのか、進にはわからなかった。兄からすれば六歳下の景子は、一時、弟の進以上にいっしょに過ごす時間の長かった従妹《いとこ》なのだ。

景子の夫だった役人と昇は、いくどか会う機会があった。

——どんな人だい？

景子の結婚式でしか顔を合わせなかった進は、訊ねたことがある。対する昇の返事はにべもなかった。

——つまらん奴さ。肩書以外、何の価値もない男だ

それを聞いたとき、進ははっとした。昇が血縁でない人間について、ここまで感情のこ

もった表現を口にするのは初めてだったからだ。

景子に惚れていたのじゃないか——そんな疑問が頭をもたげた。が、進はそれを口にだして訊くことができなかった。そのことだけは、なぜかはわからないが、昇に訊ねてはならないような気がしたのだ。

やがて景子が離婚し、この街に戻ってきた。それを知ったときの昇は、何の変化も見せなかった。

兄弟は、景子と、月に一、二度は顔を合わせている。いっしょに会うこともあれば、別々に会うときもあった。

進は景子と、一度だけ、寝た。景子が戻ってきて、まだまもない頃だった。今はふたりとも、そんなことはまるでなかったかのようにふるまっている。

昇はどうだったのだろう。自分がいないとき、景子から誘われてベッドを共にしたことはないのだろうか。

それももちろん、訊ねることのできない質問だった。

いずれにしても、兄の昇が景子に対し、複雑な気持ちを抱いていることだけはまちがいない。それは愛情かもしれないし、ひょっとしたら憎しみですらあるかもしれない。

その気持ちが、アイスキャンディの事業に景子を引きずりこませたのだ。

景子は、「東京のやくざを紹介してほしい」という、兄弟の頼みに、驚いたようすを見せなかった。何のためだ、と訊くこともしなかった。

——さがしとくわ
そういい、翌日「K&K」を訪ねた進に、角の名刺をさしだしたのだ。

——わたしからの紹介って、いっていいわよ
挑むような目で進を見つめ、いった。進はその晩、昇から話してよいと許可を受けた範囲まで、景子に語った。

——おもしろそうじゃない
それが景子の反応だった。おもしろそうじゃない……香川家の本家当主の娘は、覚せい剤の密造を、そういったのだ。

昇もわからない人間だが、景子もわからない女だった。ちがうのは、進は昇を尊敬し、景子にはどこか畏《おそ》れのようなものを感じている、ということだ。

それが景子の性格に対するものなのか、家柄に対するものなのか、正直にいって、進自身にもわからない。

「どう処理する?」

「二日ほど引き延ばそう。そのあいだに、藤野組に関する情報を集めるんだ。角のケツにどれくらい火がついているのか確かめたほうがいい」

進の問いに昇は答えた。

「もし本当に火がついていたら？」

昇はすぐには答えなかった。

「難しいな」

つぶやいた。進はいちばん近いインターチェンジでワゴンをUターンさせ、街へと戻る高速道路を走らせていた。

「奴が泣くか、俺たちが泣くか、だ」

「俺たちが泣いた場合はまた、貸しか」

「いや」

昇は首をふった。

「今度のは、貸しにはならんだろう。奴は困っている、助けてくれ、とはいってない。売人が捕まったのも、自分の落度ではないようなふりをしている。互いのためだ、ということでやり過ごすつもりだ。もし俺たちが断われば、角はそれを俺たちの借り、ととるだろう」

「冗談じゃないぜ。全部、向こうの都合じゃないか」

「そうさ。俺たちは安全圏にいて、角は体を張っている。だから何かトラブルが生じたら、角のほうが強い態度にでられるというわけだ」

「そんなに落ちついている場合かよ」

進はいらだち、いった。不安はかえって強くなった。

「要は、角がいなおるかどうかだ。いなおるようだったら、今回は俺たちが泣いたほうがいいかもしれん」

「それはないだろう。こっちに弱みはないんだ。とぼけちまえば、奴は何もできないんだ」

「奴が五十万という数字をだしてきた以上、俺たちの弱みを、何かしらつかんでいるという自信があるってことだ。進――」

「何だよ」

昇が見つめていた。

「危ないことは本当に何もないか。景子の線以外で」

「ないって。本当だ」

「奴に本名や住所を教えてないだろうな」

「そんなわけないだろう！　相手はやくざだぜ」

昇は息を吐いた。シートに深く背中を預け、前方にまったく車影のない高速道路の彼方を見つめた。

「つっぱるか……」

「つっぱろうぜ」

進はいった。

「進」

昇がつぶやいた。

「何だよ」

「お前を信じるぞ」

「あたり前だろ」

怒ったように進はいった。が、心の中では兄を、恐いと感じていた。

15

吉祥寺《きちじょうじ》の駅に近い喫茶店に鮫島はいた。二階の席からは、店の前にずらりと並べられた自転車の列が見えた。今、そこの一角に五〇ccのバイクを止めようとしている若い男がいた。皮のブルゾンにジーンズをはいている。脱いだフルフェイスのヘルメットを、シートの下にしまい、上に顔を向けた。オールバックの髪をグリースでてかてかに光らせている。鮫島に白い歯を見せ、ビルの外側にある階段を駆けのぼってきた。

「いらっしゃいませ」

ガラスの自動扉をくぐり、若い男は鮫島のほうにまっすぐ歩いてきた。

「ちわっす」

ぺこっと頭を下げた。

「やってるか」

鮫島の問いに頷き、両手を広げた。

掌には黒っぽいインクの染みがとびちっていた。男は鮫島の向かいに腰をおろし、近づいてきたウエイトレスにアイスコーヒーを注文した。

「どうだった？」

「やっぱ、かなりきついみたいすね。ちょうどひとり、『マルセイ』で取り立てやってたっていうのが、俺のダチの連れでいたんすよ。『てめえんとこあったためにいってやろうか』てのが得意のセリフで……。そいつはもうアガったんすけど、共栄会はここんとこ上納きつくてすげえらしいんですよ。下の組はどこも、音《ね》あげちゃってて……」

男の名は速坂《はやさか》といった。年齢は二十五で、三年ほど前に、鮫島が歌舞伎町で逮捕したのをきっかけに、暴力団の準構成員から足を洗った。

ボクシングをかじり、バイクが大好きな男だった。速坂は、足を洗うとき組員である兄貴分に脅迫されていた。足を洗いたければ、五百万を用意するか、指を詰めろ、といわれたのだ。

速坂にはもうひとつ特技があった。それは漫画を描くことだった。そのために専門学校に通い、話作りや人物を描くのは得意ではなかったが、銃や車などのメカを描かせると一流なのだった。暴力団に引っぱられたのも、バイクを買う金欲しさに、仲間からいいバイトがあると、キャッチバーの用心棒に誘われたのがきっかけだった。

兄貴分は速坂に、左手の小指ではなく、右手の人さし指を落とせ、と迫った。もし人さし指を失えば、精密なメカニズム画は描けなくなる。

それを知った鮫島は、すぐに動いた。

速坂には何も知らせず、兄貴分をマークし、覚せい剤を使用していることをつきとめ、刑務所に送り込んだのだ。兄貴分は二年の実刑を食らい、組を破門になった。速坂は完全に足を洗って、今では売れっ子漫画家のアシスタントを務めている。

速坂が二度とやくざ社会に戻る気がないのを、鮫島は知っていた。が、速坂のチンピラ時代の仲間は、今でも多く新宿で暮らしている。

鮫島が頼んだわけでもないのに、速坂はときおり、電話などで入手した、仲間からの情報を知らせてくれるのだった。それは、鮫島が兄貴分を〝排除〟したことへの、感謝の気持ちのようだった。

速坂からの情報で、鮫島が直接、誰かを逮捕した、ということはなかった。それは速坂のようなタイプの善意の情報提供者と接するときの鉄則である。速坂は密告をしたいのではなく、鮫島の役に立ちたいだけなのだ。

したがって鮫島は、速坂からのものも含め、自分が得た情報を自宅のワードプロセッサに打ちこみ、分類、記録するにとどめていた。が、それらの情報は、新宿の暴力団の動向を分析するのに、おおいに役立っていた。

今回、鮫島は初めて速坂に、「マルセイ金融」とその元締めである藤野組に関する情報収集を依頼したのだった。

自分が目を動いていることを角が知った今、のんびりとかまえてはいられなかった。角が、自分が目をつけられている理由をキャンディだと見抜いたかはわからない。が、頭の悪いやくざではない以上、なりをひそめるか、大仕事を打ってしばらく姿を消すかのどちらかの動きに出る可能性があった。

「藤野組のようすはどうだ？」

「変わらないんじゃないすかね、よそと。今はみんなひいひいいってるって話ですから。ただ、そういや、あそこがよそに比べていいってのがひとつあったな」

「何だ？」

「差入れ、じゃなかったすかね。つとめてる組員に、いろいろ差し入れるじゃないすか。藤野組は、なんか差入れには金をばんばん使うっての、聞きました」

やくざは見栄を張りたがる。それは服役していても同じか、それ以上である。現金での差入れも、房内で読む雑誌や菓子類などの代金として必要である。刑務所という、自由のきかない空間でしょぼくれることを、やくざたちは恐れる。だが、しゃばでは肩で風を切っていた彼らも、服役したとたんに、女に逃げられたりして小遣いなどに不自由するようになる。

今はかつてとちがい、服役中の組員の面倒をみる組は少ない。みたくとも、その余裕がない、という状況なのだ。服役しているあいだは少なくとも、飢え死にする心配はないし、病気になったとしても医師にもかかれる——しゃばで苦しい思いをしている組員からは、半ば冗談でそんな言葉が聞かれる時代である。

「差入れに金を使う？」

「ええ、内縁ですけど、入ってるの奥さんがいて、その人のところに金を届けにいったって話があるんですよ。風呂敷に包んであったけど、四、五百、あったんじゃないかって」

鮫島は真壁のことかもしれない、と思った。もちろん、服役中のすべての組員にそんな大金が使えるはずはない。が、真壁は角の兄弟分である。いちどは上納される種類の金とはいえ、稼いでくる角が、兄弟分に回してやってくれといえば、組の上層部も文句がいえないのではないだろうか。

その話を聞いたとき、鮫島は角がキャンディを扱っていると確信した。角が稼いでくるからこそ、藤野組は、服役中の組員に篤《あつ》いのだ。

「キャンディについてはどうだ？」

「さっぱりっすよ。元締めは相当、用心深く動いてるんじゃないすかね。売ってんのは知ってるし、流行ってんのもみんなわかってんだけど、どっから流れてくんのか見当つかないって感じで」

鮫島は頷いた。

「いろいろありがとう」

「何いってんすか。ほかに何かないすか」

鮫島は考え、いった。

「じゃ、あとひとつだけ頼まれてくれないか」

「いいっすよ」

「藤野組に角という男がいる。若いがのびすじだ。その角がふだん連れ歩いている、ボディガードとか運転手の名がわかるかな」

「そりゃ簡単です。『マルセイ』にいたのに訊きゃ一発だ」

「頼む」

「鮫島さん」

「何だ」

「今度、頼んでいいすかね」

速坂はあらたまったいい方をした。鮫島は苦笑した。

「そっちの番か、何だい」

「暇なときでいいすから、うちの先生に会ってもらえませんか」

「先生……ああ、漫画家の人か」

「そうです。前にいちど、新宿署に知ってる刑事さんがいるって話したら、会わせろ会わせろって、すげえうるさくて……。自分もそういうの描いてるもんですから」

「そういうのって、刑事の漫画を？」

「ええ。『野良犬』って書いて、ストレイ・ドッグっていうんです。人気あるんすよ。一匹狼の渋いデカで」

「拳銃バンバン撃つんだろ」

「そっちは俺、得意っすから。グロック17使ってんすよ」

「グロック17？」

「知らないんすか。部品のほとんどがプラスティックでできてて、X線にもなかなか引っかかんないって、『ダイ・ハード2』でブルース・ウィリスがいってたじゃないすか、オーストリア製、九ミリ弾がダブルカラムマガジンに十七発入るんすよ」

「十七発だと」

「ええ。鮫島さん、もってるの、何すか？」

「今はもってないが、ニューナンブだ」

ちっちと速坂は舌を鳴らした。

「遅れてんな。ハンドガンは今や九ミリが主流ですよ。ベレッタ、グロック、ステアー、全部、九ミリすからね。装弾数もみんな十五発以上だし。ニューナンブじゃ三八スペシャルでしょうが。弾だって五発っきゃ入んないし。勝てませんぜ、そんなんじゃ。撃ち合いになったら」

「撃ち合いなんかめったにない。それにそういうときは、機動隊がでてくる」

「遅れてるよな、日本の警察はさ」

速坂はため息をついた。鮫島はにらんだ。

「だからいいのさ。我々がそんな重装備をしなければならなくなるということは、君らも、それだけ撃たれる危険に始終さらされているってことになる」

「でもそのうち入ってきますよ、何たって円は強いすからね。三八口径のしけたリボルバーで撃ち合いなんかやってたら、絶対、勝てっこないすから」

「そのときはそのときだ」

「『新宿鮫』がそんなこといってどうすんすか」

「別に俺は死刑執行人じゃない」

「いや、マジで。武装化はどんどん進みますよ」

「わかった。その話は、お前さんの先生と会ったときにつづきをやろう」

「会ってくれます？」

「かまわないさ、ぜんぜん」

「先生喜びますよ。じゃ、俺、その『マルセイ』のに訊いてみますから……」

速坂は腕時計をのぞき、

「いけね」

と立ちあがった。

「これで今日から三日は、先生のところに泊まりこみっすよ。巻頭カラー入ってるから、今週は地獄だな」

鮫島は笑って頷いた。

「がんばれよ」

速坂がとびだしていくのを眺め、鮫島は煙草に火をつけた。そういえば、真壁と初めて会ったのが吉祥寺だった。そのとき真壁は、まだただの若い衆だったが、すでに若頭を力量からいって越えていた。相手が刑事だと、ひるむやくざが多い。真壁にはみじんもそんなようすはなかった。真壁はその気になれば、刑事だろうと平気で刺すにちがいない。

が、今のやくざ社会では、そこまで肝のすわった男はなかなか出世をしない。チャンスは与えられる、それはまちがいない。しかし、肝がすわっているがゆえに、命を落としたり、長い刑をたてつづけに食らったりしてしまうのだ。

真壁がでてこられるまでには、最低でもあと三年はかかる。もしそのときに藤野組が解散などで消えていたら、真壁はどうするだろう。

腕を惜しんだ上に引っぱられ、系列の別の組に移るか。が、そこでは外様《とざま》であることを理由に、楽な思いはできないだろう。それに耐えてのしあがるか。それとも、あっさりと足を洗ってしまうか。

真壁のような男は、往々にして、自分にはやくざ以外の生き方はできないと思いこんでいる。また、だからこそそのしてもいける。

しかし、そういう人間が本気で足を洗い、まっとうな稼業につくなら、成功者となることも珍しくはないのだ。困難なのは、その過程で、足を引っぱったり、甘い汁を吸おうとするかつての仲間たちの手をふりきることである。〝俠気《おとこぎ》〟がある、というのを最大の美徳とするやくざ社会で生きてきた者たちにとり、足を洗ったとはいえ、かつての仲間の願いや頼みを拒《こば》むのは、容易なことではない。

真壁にそういう機会が訪れればいい、と鮫島は思った。が同時に、新宿という〝戦場〟の、さまざまな闘いを見つめてきたベテラン兵士の本能は、それがかなわぬ夢であることも悟っていた。

16

進と昇は、ふだんは別の場所で仕事をしている。昇は本社で、進は配送センター内にある配送管理部だ。進の肩書は、専務取締役配送管理担当、となる。提携している他県の運送業者や倉庫業者との打ち合わせのため、出張する機会が多い。

その夜、日帰りの出張をすませた進は、昇の自宅を、夜十時過ぎに訪ねた。煖炉《だんろ》のある豪華な居間は、それだけで二十坪ほどの大きさがある。食事をすませてきた進に、昇の妻は簡単なつまみと酒の用意をして引っこんだ。子供の弁当の仕度などで朝が早いため、昇の妻は十一時には就寝する。

その夜は冷えた。ポロシャツに薄手のカーディガンを羽織った昇は、煖炉の前の、皮張りのソファにいた。煖炉には火が点っている。

「今年最初か」

向かいに腰かけ、炎を眺めて進はいった。

昇は小さく頷き、いった。

「やけに冷えるんでな。入れてみた。ちょっと暑いかな」

「そんなことはないよ。俺も車のヒーターを入れてきた」

進は答えた。昇はソファのかたわらにおいてあったブリーフケースを膝の上にのせた。

「興信所の報告、読むか」

進は首をふった。長時間の運転のあとで、おっくうだった。

「何かでたかい」

「角が嫌がるだけのことはある。相当の男だ」

「エリート崩れなんだろ」

「上級公務員試験を通っている。本当なら今ごろは警視正だ。新宿署の署長と同じ階級で不思議はない」

「年は?」

「俺と同じだ」

「若いな……」

進はいった。何となく、四十代後半から五十にかけての、しつこそうな中年男を想像していたのだ。

「ああ。それに独身だ」

「今度の調査は、元刑事がやっている興信所に任せた。よく調べたと感心する」

「危なくないのか。元警官だろ、つながっているかも――」

昇は首をふった。

「大丈夫だ。いろいろあってクビになった男なんだ。パイプはあるらしいが、商売だから口は固い」

進は煙草に火をつけた。運転しながらなめていたキャンディの効果が切れかけ、体の芯にどんよりとした重みがある。

「で、何かあった？」

「女だ。つきあっている女がいて、これが刑事としては、ちょっと変わり種だ」

「ホステスか何かか」

「ちがう。歌手だ。それもプロのロックバンドのボーカルだ」

「なんてバンド？」

「『フーズハニイ』。デビューしてまだ、一年ちょっとだ」

「知らないな」

「あまり売れちゃいないらしい。だがロックバンドてのは使える」

「なんで？」

「しっかりしろ。ロックシンガーだぞ。しゃぶやL・S・D、マリファナなんかをやってもおかしくないだろう」

「そうか……」

「ましてこの男は防犯の警部だ。恋人がヤクに引っかかったらメンツは丸つぶれだ」

「やってるのかな、その女は」

「わからん。今、その女のことを調べさせている。もしやってれば、その証拠で、刑事を締めることができる」

「かばう？」

「そりゃかばう。恋人だし、ばれりゃ刑事としておしまいだ」

「やってなかったら？」

「やらすさ」

冷ややかに昇はいった。

「やらしてしまえば、こっちのものだ」

「ロックシンガーね」

進はあくびをした。昇の目が鋭くなった。

「何だ、そんなに疲れてるのか」

「うん。なんだか今日は疲れた」

「まだ新宿の話が残ってるぞ」

「わかってるよ」

進はすわりなおした。あまりだらけていると、昇にキャンディのことを疑われそうだった。

「藤野組のことだ。角はやはり、組うちではいい顔になっているらしい。稼ぎ頭といわれている」

「やっぱキャンディがきいたんだな」

進はいった。ひどく眠い。

「そうだ。だがいい顔になりすぎて引っこみがつかなくなっているところがある。特に奴は、服役中の兄弟分の面倒をみるのに金を使いすぎている」

「その話はあいつから聞いた。兄弟分をパクったのが、例の新宿署の男だろ」

昇は頷いた。眼鏡のレンズが炎の赤い光を反射させている。家の中は静かだった。昇の妻と子供が寝ている二階からは、何の物音も聞こえない。

「売人がパクられたって話は本当のようだ。だがやったのは警察じゃない」

「どこだい」

昇の声が低くなった。

「麻薬取締官事務所だ。だからそっちは情報がとれずにいる。警察とちがって、あそこは話が洩れにくいらしい。藤野組に内偵をかけているかどうかもはっきりしない」

「何だよ、それ」

「だがこれだけはいえる。角はこれまでどおりにはやれない。品物は、このあいだの分はすべておさえられたとみてまちがいない。だから奴には思ったほど金が入っていない。今度の五十万は、奴は掛売りを要求してくる」

「話にならないぜ」

「ああ。話にならん。キャッシュじゃなけりゃ、危なくてつきあえない。この一週間、奴は金をそろえようとして走り回っている。だが五十万といや、新値で八千万だ。どこにもそんな金はない」

進は昇を見た。

「結論がでたってわけか」

「そういうことだ。角の要求には応じられん」

進は新しい煙草に火をつけた。頭を考えに集中させようとした。

「あと、どのくらいあったっけ」

「商品にして三十万。原料は百万分だ」

「次はいつ、船をだす？」

「来週の週末頃を考えていたんだがな。お前の予定はどうだ」

「別に今のところ何もない。土曜にゴルフをやらないかという話はあったけど……」

昇は頷いた。

「別に急ぐことはないんじゃないか。角の要求を蹴るのだとしたら……」

進はいった。

「奴がそれで引っこめば、だ。うまくいかなかったときのことも考えておいたほうがいい」

「やけに弱気じゃないか。なぜこじれると思うんだ？　大丈夫だよ」

進は不安になった。兄らしくない。慎重なのは慎重な人間だが、今回はあまりに悪い可能性を考えすぎている。

「今まではとにかくちがうからだ。値あげをもちだしたばかりで売人が捕まった。角もしんどい立場にいる。つらいときに我慢する人間ばかりなら、堅気の世界と何のちがいもない。俺たちが相手にしているのは、そういう世界じゃないんだ」

「わかった。明日、角に電話をしてみる。奴がどんな出方をしてくるか。確かにわかったものじゃない」

昇は頷いた。

「何となくだが、嫌な予感がする。足もとに毒蛇が近寄ってきているのに、まるで気づいてなくて踏んづけかけているような」

兄がそんなことをいうのは初めてだった。

「毒蛇っていうのは、角のこと？」

「かもしれんし、まるでちがう奴かもしれん。とにかく、何が起こってもあわてないようにしていたいのさ」

「あんたなら大丈夫さ」

「俺だけじゃない。お前もだ」

昇は炎から進に目を移した。進は口ごもった。

「俺？　俺は大丈夫さ。あんたがいてくれるかぎりは」

ちょっと照れて笑った。

「頼りにしてますぜ、兄貴」

昇は頷いた。だがその顔に笑みはなかった。

17

それが角の声だとは、初め進は気づかなかった。それほど角の声は低く、剣呑《けんのん》な響きを伴っていた。

「原田といいますが――」

とたんに角の声が変わった。その変わりぶりは、わざとではないかと思えるほどだった。

「どうも。お電話お待ちしていましたよ」

「ちょっと時間がかかってしまって……。申しわけないです」

「いえ。無理をいってるのはこっちなんで……。それで、いかがです？」

「いや……。いろいろあれからやってみたんですが、このあいだの今日、ということで、五十万というのはちょっと――」

「そろいませんか？」

「はい」

「ええ」

「じゃあ、どれくらいならそろいます？」

「いや、今のところ、まるで手持ちのない状態で……」

「でも、前にお会いしたときの話では、あと十日もすれば、次の品物が——」

「それなんですがね」

進は角の言葉をさえぎり、いった。

「こっちのほうで一部、慎重論が出ているんですよ」

「例の病気の件ですか？」

角は即座にいった。

「ええ。そのとおりです」

「あれならまったく心配はいらないんですよ」

「いや、私はそう思っているんです。けれど——」

「いや、それはわかります。ただ、こちらとしても、そこを何とかしていただきたいんですよ。頼みますよ、原田さん。俺とあんたの仲じゃないですか」

昇のいったとおりだ。〝仲〟を角はもちだしてきた。

「本当に、私もそう思ってます。角さんのために何とかしたいって、この二、三日、一生懸命やったんですよ」

「それで、どうだったんです？」

「やっぱり、慎重論が勝っちゃって……」

早く電話を切りたい、と進は思った。角はあきらめてくれそうだ。

「せっかくのこれまでの信頼関係を壊さないためにも、角さん、今回は勘弁してもらえませんか」

角は重いため息を吐いた。

「そうなっちまうか」

残念そうにいった。進はほっとした。

「で、今回は駄目だとすると、次はいつになるんです？」

「最低ひと月は時間が欲しいらしいんです」

「ひと月……。うーん、長いなあ」

「ええ。こっちのほうはこっちのほうで、いろいろあって、思ったより品物が集まらなくて」

「がんばってどのくらいです？」

「……やっぱりひと月になってしまいます」

「原田さん、きつくないかい？　それって」

「え？」

「だってそうでしょう。早めに回してほしいというのが駄目なのは仕方ないにしても、もともとの約束よりも二十日以上かかるとなったら、俺とあんたのあいだでのやりとりは、何だったたってことになっちゃうよ」

「いや、でもそっちの病気が――」

「だからそれは大丈夫だといったでしょう。病気のことだって、こっちからでてこなけりゃ、そちらは知らなかったわけだ。いわばうちの誠意だよ。それを引っくり返してくれちゃったら、つらいなあ」

「引っくり返すなんて、そんな――」

「原田さん、俺は命がけだよ。あの品のことについちゃ、いろんな意味で俺は命をかけてる。だから本当だったら教えたくないような、悪い話についても知らせた。そこのところの俺の覚悟を、少し甘く見てやしないかい」

「何をいってるんですか、角さん。私が嘘をついてると?」

「嘘とかそういう問題じゃないんだ。たとえ原田さん、あんたのいってることが全部そのとおりだとしても、俺はそこにあんた個人の誠意が何も感じられないっていってるんだよ！」

「私の誠意……」

「そうさ。難しくても難しいなりに、あんたなら何とかしてくれるだろうって、馬鹿だから俺は期待してたんだ」

進は絶句した。角がゆっくりと牙をむきはじめるのを感じた。そのとき、テレホンカードの残り表示数が「1」となり、ブーッという信号音が鳴った。

「あの、もう少ししたら、また電話します。カードがなくなっちゃって……」

「切ってもいいよ。こっちから電話するから」

角はいった。

「そっちから?」

進の声は驚きに高くなった。それに対する角の返事は聞けなかった。表示が「0」になり、電話が切れたからだった。

信号音とともにカードが吐きだされた。受話器を握りしめたまま、進は呆然と立ちつくした。


その夜、進はひとりで電話をしに、パーキングエリアに車を走らせてきた。電話ボックスをでた進は、乗ってきたBMWに戻った。

テレホンカードは、もちろんまだ余分にある。だが今すぐ角にかけなおすと、相手のおどしに屈服することになる、と思った。

まず、昇に相談することだ。時計を見た。

午後十時十分だった。ダッシュボードに手を伸ばした。携帯電話が入っている。それをとりだし、奥に手をさしこんだ。ドロップの四角い缶がある。

手にとって硬貨で金属の蓋を開いた。キャンディが掌にこぼれ出た。一錠を口に含んだ。効きはじめるまで待とう、そのほうがいい。進は自分にいい聞かせた。

シートに頭をもたせ、息を吐いた。最近は反射作用なのか、キャンディを口に含んだだけで、両手や両足の先がすっと冷たくなるような気がする。実際にキャンディの成分が血管に溶けこむまではもっと時間がかかるはずなのだ。このところ、キャンディを一日に一錠は食べている。そのせいだろう。体が実際の効果よりも早く反応するのだ。そのうちに、ただのドロップを口に入れただけでも同じ反応が起きるようになるかもしれない。

問題は、この街にいるかぎり、キャンディの快感を分かち合えるセックスの相手を見つけられないことだった。注射で摂取する覚せい剤とちがい、メタンフェタミンの含有量の低いキャンディは、慣れてくると、効果が長時間、持続しない。したがって今は、女と会う前になめたのでは、セックスの最中に効き目が切れてしまうのだった。

キャンディを使ったセックスを楽しむためには、どうしても、女を前にしてからキャンディを口にする必要があった。

キャンディを始めてすぐの頃は、女と会う前になめても、効果はセックスのあいだじゅう、持続した。

自分の体質が変化してきていることに、わずかな不安はある。が、何といっても、キャンディが含んでいる覚せい剤成分は本当に微量なのだ。それに食事もきちんととっているし、今のところ内臓などのどこにも不調はない。

進はまばたきし、息を吐いた。沙貴とのセックスのことが頭に浮かんでいた。下半身が固くなってくるのを感じた。

今ここに沙貴がいたら、うむをいわさずにまたがらせているだろう。荒い息を吐き、進の髪をかきむしりながら沙貴は腰を打ちつけてくるにちがいない。そして最後は、一滴残らず、進の体から放たれた生命を飲みつくす……。

電話が鳴った。それは不意のことで、どこか現実離れをした響きを立てていた。

進はフロントグラスの彼方に呆然と向けていたまなざしを車内に戻した。鳴っているのは、開いたダッシュボードの扉にのせた携帯電話だった。

電源を入れたまま、ダッシュボードの奥にしまいこんであったのだ。扉を開けたので、電波が受信可能になったようだ。

進は手を伸ばした。

「はい……」

自分でも虚《うつ》ろに感じる声で応答した。

「本当に切っちまうとはひどいよな、原田さん。香川さんだっけ、お国もとじゃ」

角の声が耳に流れ込み、体が凍りついた。

「角さん……」

しまった、と思った。番号ちがいで通せばよかった。こういうときは、頼りになるはずだ。キャンディの効いてきた頭をフル回転させた。

「よくこの番号がわかりましたね」

今度は落ちついた声が出た。

「そりゃ、長いつきあいだからね。いろいろと調べる方法はありますよ。ねえ、香川進さん」

「……名前もですか」

「まあね。だけどこちらにとっては、あんたが原田さんだろうが香川さんだろうが、かまやしない。大事なことは、キャンディ五十万をいつごろ、運んでもらえるかってことだから」

「だからそれはいったとおり――」

「じゃ、こうしよう」

角は進の言葉がまるで聞こえなかったようにさえぎった。

「来週のどっか、半ばごろがいい。こっちにきてもらえませんか」

「いくのはいつでもいきますよ。ただ――」

角は笑い声をあげた。

「俺は別に香川さんの恋人ってわけじゃないから、体ひとつできてもらってもしようがない。体で喜ぶのは、俺じゃなくて六本木の彼女でしょうが。香川さんに惚れてる――」

そうか、そうだったのか。進は目を閉じた。沙貴だ。沙貴からこの番号や本当の名を、角は手に入れたのだ。

「そうだ、もしきてくださるんなら、彼女といっしょに迎えにいきますよ。彼女、香川さんに会えると聞けば、店休んでもくるんじゃないかな」

角の声は明るかった。しかし、まぎれもなく恫喝だった。

「彼女のことはいいですよ」

進はいった。掌が汗ばみ、電話機が滑る。

「いや。あの子はいい子だ。うちで預かってもいい、と思ってるんですよ。うちでね」

角の声が低くなり、遠のいた。そのあと、何もいわない。

沙貴を人質にする、といっているのだ。

「しょせんホステスじゃないですか」

やっと、進はそれだけをいった。

「そう。しょせんね。消耗品ですわな。消耗品」

殺す、というのか。

「あの体なら、うちで預かればうんと稼いでくれるでしょう」

ゆっくりと血の気が引いていく。

「ちょっと恨まれるかもしれませんな。香川さんは冷たい、って……」

「ほっといてくれませんか」

「もちろん、何もしませんよ。人の恋路の邪魔をする野暮はしたかない」

進は深呼吸した。予想外だった。角がこんなにもきわどい出方をしてくるとは。沙貴を人質にとって、キャンディとの交換を要求してくるとは。

「角さん」

「え？」

「もってくのは何とかしてみます。ですが代金のほうは――」

「そいつは心配しないでください。用意しますから」

角はきっぱりといった。本当か？　問い返したいのを進はこらえた。角は今、怒りの爆発をわざとおさえこみ、楽しんでいる――そんな気がしたのだ。角がいいがかりととるような言葉を、今進が吐けば、薄い地表をつき破ってマグマが噴出するように、角は声を張りあげて脅迫にかかるにちがいなかった。

「――わかりました」

「こっちから連絡しますよ」

素早く角はいった。

「しばらく、動き回るんでね。香川さんには、俺がつかまえられないかもしれない」

「そう、ですか」

「ええ。じゃあ、よろしく頼みますよ」

角はいって、電話を切った。

切れた携帯電話を進は握りしめた。昇か、それとも沙貴か……。

とりあえず、沙貴の店の番号を押した。もし沙貴がでていたなら、すぐにでもどこかへ逃げろといわなければならない。この街へこさせてもいい。とにかく角の手の及ばない場所に。

「――はい、ありがとうございます。クラブ『メヌエット』でございます」

男の声が答えた。

「沙貴さんをお願いします」

「申しわけございません。沙貴さん、今日はお休みをいただいております」

「今日は？」

「はい」

「原田だけど」

「あ、どうも、原田様。沙貴さん、風邪をひいちゃったらしくて、きのうからお休みしてるんですよ。今、どちらに？」

「旅先」

「そうですか……。どうしましょう？」

「いいよ。また電話する」

「申しわけございま――」

進は電話を切った。沙貴のマンションの番号をおした。二回呼び出しをすると、応答があった。

「もしもし！」

「はーい。だあれ？」

「俺だ――」

「なーんちゃって、いると思った？　ごめんね。沙貴ちゃんはおでかけ中であります。ですからして、お約束の信号音が鳴りましたら――」

電話を切った。

沙貴はすでにさらわれてしまっている。唇を嚙み、携帯電話でハンドルを殴りつけた。

沙貴。進は胸が詰まるのを感じた。

沙貴。なんてことだ。俺は沙貴に惚れている。キャンディとセックスの楽しみだけでつながっていると思っていた、あの女に。

わけもわからず、涙が溢《あふ》れてくるのを進は感じた。どうしたんだ。どうしてこんな、涙がでるのだ。

沙貴がさらわれている。角のあの、下品で粗野な手下どものもとにおかれている。

沙貴の叫ぶ声が聞こえるようだった。身をよじり、犯そうとする男たちから逃れようと泣きわめく姿が見えるようだった。

沙貴。必ず助けてやる。

18

コンビニエンスストアの自動扉をくぐって、坊主頭のずんぐりとした男が現われた。派手なブルゾンを着こみ、ひと目でやくざと知れる服装をしている。両手に白いビニール袋をひとつずつぶらさげていた。ひとつからは、清涼飲料水のペットボトルがのぞいている。競馬新聞がぐるりとそれを巻いていた。

男の名は唐木《からき》といった。角の運転手兼ボディガードだ。年齢は二十六、七だろう。

鮫島は止めたBMWの中から、唐木がメルセデスの運転席に乗りこむ姿を観察していた。

そこは、唐木の住むアパートに近い、世田谷の桜上水《さくらじようすい》だった。時刻は午後八時。唐木は六時少し過ぎに、百人町にある藤野組の事務所をでて、桜上水のアパートに戻った。唐木が乗っている白のメルセデスは、角の車だった。が、角はいっしょには事務所から現われなかった。角の姿を、この二日間、鮫島は唐木の近くで見ていない。

いったん帰宅した唐木は、三十分とたたないうちに外出した。そしてまず向かったのが、このコンビニエンスストアだった。山のように買い物をして、唐木は車に乗りこんだ。

これからアパートに帰るとは思えなかった。自分のための買い物なら、事務所からの帰りがけにおこなうはずだ。たぶん、帰宅してから、買い物にでる理由が生じたのだ。

メルセデスは甲州街道に合流すると新宿方面へと向かう上り線を走った。大原《おおはら》で環状七号線を右折し、内回りを上馬《かみうま》、目黒方面に向かう。

角の周辺の動きが妙になったのは、三日ほど前からだった。まず、恒例のようになっていた、角とその取り巻きの飲み歩きが中止になった。そして、角の姿が見えなくなり、角の部下のひとりが、鶴巻町の角のマンションに詰めっぱなしになった。角の妻と子供は、前日に、旅仕度をしてでかけている。管理人には何もいいおいていない。

唐木を含む他の角の部下は、何もなかったかのように事務所にでてきてはいるが、飲み歩くことはせず、業務が終わればまっすぐ帰宅していた。明らかに、何かに対し、待機している。

それが藤野組全体にとってのできごとでないのは明らかだった。角のグループを除けば、藤野組の動きに、特に目だつものはない。角とその部下たちだけが、何かをしはじめている。

環七は混んでいた。工事が多いせいであちこちで渋滞が起きている。渋滞は尾行にとり大敵だった。止まっているあいだドライバーは自然にバックミラーに目を向けることが多くなるからだ。

のろのろと進む車の流れの中にあって、鮫島は唐木の乗るメルセデスの三台後ろについていた。コンビニエンスストアをでてからの唐木は、明らかに尾行を警戒してゆっくりと走っていた。そしてときおり道がすくと一気に加速し、車線を縫って数台をごぼう抜きにする。そうして、追ってくる車がいないかを確かめていた。

鮫島は無理な追跡はおこなわなかった。単独捜査を長年していると、尾行している車がどちらに向かっているか一種の勘のようなものが働くようになる。したがって、よほどのことがないかぎり、追いすがることはしないですんだ。特にこの場合、唐木は実際に尾行を確認してふりきろうとしているのではなく、尾行の有無を知ろうとしているのだ。あわてて追うことは、唐木の狙いにはまることになる。唐木がもし尾行に気づけば、ふりきろうとはせず、Uターンして自宅に戻るであろうことは、容易に想像がついた。

メルセデスはまっすぐに環七を走っていた。柿《かき》の木坂《ぎざか》を越え、目黒区から大田《おおた》区へと入る。南千束《みなみせんぞく》を過ぎ、国道一号線をつっきって、東海道《とうかいどう》線をくぐった。大森まであとわずかだ。

鮫島はBMWのダッシュボードからカロリーメイトを出し、かじっていた。ミネラルウォーターのミニボトルをらっぱ飲みする。朝、食事をとって以来、何も口にしていないのでひどく空腹だったのだ。

メルセデスが左へと折れた。南馬込《みなみまごめ》二丁目だった。大森海岸のほうへと向かう道だった。

さらにその先を右折して、山王《さんのう》の住宅街へと入った。鮫島はスピードを落とした。車の数が減り、尾行に気づかれそうな状況だった。

メルセデスは狭い一方通行路を左に折れた。鮫島はあとを追わず、道の手前で停止した。カロリーメイトを口にくわえたまま、ＢＭＷを降りた。

一方通行路の左手に、大型のマンションが建っていた。横長の五階建てくらいで、外装にタイルを使った高級マンションだ。

唐木はガードレールにべったりと張りつけるようにしてメルセデスを止めていた。運転席側のドアが開けられないので、ハザードを点《つ》けたまま、苦労して助手席から降りてくる。鮫島は身を隠した。

降り立った唐木があたりをうかがった。

マンションは一階に駐車場を備えているが、唐木が駐車するスペースはないようだ。駐車場の左側にあるエントランスにつづく階段を、ビニール袋をさげた唐木は昇った。

ガラスの自動扉をくぐり、中に入っていく。

鮫島は時間を見はからって、徒歩でマンションに近づいた。

エントランスが、二重の自動扉構造になった高級マンションだった。集合式のインターホンを備えたオートロックシステムになっている。

「キングダムハイツ山王」という青銅板の表示がでている。二枚の自動扉のあいだには管理人室があるが、夜間は無人のようだ。

十分とたたないうちに、唐木が現われた。ビニール袋は姿を消し、代わりに紙のショッピングバッグを手にしている。かさばってはいるが、中味は軽そうで、衣類か何かだろうと、鮫島は見当をつけた。

メルセデスに乗りこんだ唐木は、一方通行路を奥まで走り、右左折をくりかえして、環七に戻った。

環七から先は、どこへも寄り道はしなかった。桜上水のアパートに帰ると、十二時過ぎには部屋の明かりが消えるのを、鮫島は止めたBMWの窓から確認した。

翌日、鮫島は「キングダムハイツ山王」の管理人に訊きこみをおこなった。「キングダムハイツ山王」は、六年前に億単位で分譲された超高級マンションで、全部で十二部屋を備えていた。この一年以内の、新しい入居者はいないが、三〇二号室と五〇一号室が現在、空部屋になっている。

このふた部屋のうち、三〇二号室は売りにだされているが、五〇一号室は所有権がオーナーから債権者に移ったらしく、オーナーの行方がわからなくなっていた。

鮫島は「キングダムハイツ山王」の管理会社を訊き出し、渋谷にあるビル管理の専門業者を訪ねた。

その結果、五〇一号室の所有者は、新宿の金融会社であることをつきとめた。金融会社の名は、「マルセイ金融」といった。

19

「見えたかよ」

平瀬がいらだったように石渡にいった。耕二は落ちつかない気分で釣り竿を握った左手の腕時計に目をやった。

三人は、漁港の突堤の先端にいた。三十分ほど前、隣り合うマリーナ新港から、クルーザー「KEI」がでていくのを見送ったばかりだった。石渡はそれを追い、どこかで手に入れてきた、大型望遠レンズをつけたカメラで水平線に目をこらしている。

耕二と平瀬は、「カムフラージュ」のための釣り竿を手にしていた。平瀬が小学校時代使っていたとかいう、腐ったようなボロ竿で、ついているリールは油切れと潮でハンドルがほとんど回らず、糸も巻きグセがついてよれよれだ。

それでも何とか、トウガラシウキをセットし、釣り具屋で買ってきたオキアミをハリにさして海面にほうりこんである。

土曜の午後二時だった。耕二が落ちつかないのには理由があった。昨夜、晶から電話があり、今日の夕方に着くと知らせてきたのだ。

「駄目だよ。やっぱ固定三脚をもってくりゃよかった」

石渡がカメラをおろしていった。

「しようがねえな。案外、奴らも釣りしてんじゃねえか、いい天気だからよ」

平瀬がいい、竿をあげた。

「あれっ、またエサがねえや……」

しゃがんでオキアミをハリにさした。

数日前までの冷えこみとはうって変わり、その日はひどく暖かだった。海も凪《な》いで、青い水面がきらきらと光っている。

香川昇の家を張っていた平瀬から召集がかかったのが、午前十一時だった。耕二は、今朝六時過ぎまで景子につきあい、宿酔《ふつかよい》と疲れでくたくただった。

今日、晶がやってくることを知ってか、昨夜景子は、耕二の体を何度も求めたのだった。しかも、シャンペンを飲みつづけて。

サングラスをかけていても、海面からの太陽の反射は、目の奥にずきずきとした痛みを起こした。

香川昇は十時に家をでると、珍しく香川進の住む実家を訪ねていた。そこで一時間ほど過ごし、今度は香川進のBMWで、マリーナ新港へとやってきたのだ。

ふた月に一度くらい、この兄弟が、マリーナ新港に係留されたクルーザー「KEI」を使うことを耕二は知っていた。「KEI」は、景子の船だった。このため、景子は耕二に、一級小型船舶の免許を取得しないか、と求めたことがある。

結局、耕二には暇がなくてとれなかったが、香川昇と進の兄弟は免許をもっていた。昇は大学時代、ヨット部に在籍しており、進はスキューバダイビングの趣味のために、半年ほど前にとったのだ。

「まだ見えるか?」

平瀬が石渡をふりかえっていった。石渡は、一段高くなった突堤の外洋寄り部分にあぐらをかいている。

「ああ……。何とか、な」

カメラをのぞきこみながら石渡が答えた。

「何してやがる?」

「わかんねえ。釣りじゃないかな」

耕二は石渡が望遠レンズを向けている方角を背伸びして見やった。が、ちょうど南東の方向で、太陽の反射がきつく、とても見てとれない。

「どのくらい沖なんだ」

耕二はあきらめ、訊ねた。

「どのくらいかな。そんな遠くはないよ。一〇キロはねえと思うな」

「走ってんのかよ」

「いや、今は止まってるみたいだ」

「やっぱり釣りだな」

舌打ちしたい気分で耕二は平瀬を見た。が平瀬は、何か考えこむような表情で目を細め、水平線の彼方を見つめていた。

「のんびり船出して釣りか？　今、何釣れんだよ」

耕二はいい、竿をあげた。またエサがなくなっている。ボラの子か、小メジナか、上手に殻だけを残して、中味だけを吸いだしていた。

「――釣りにはいい時期だ。カンパチやシマアジなんかが回ってくらあ」

平瀬は顔の向きを変えず、いった。

そして思いついたように石渡にいった。

「よう、奴らのまわりにほかの船、いるか」

「ほかの船？」

「そうだ。小さいのでもでかいのでも、釣り船みたいの、ほかにいないか」

「まわりってどの辺？」

「すぐまわりさ。声をかけりゃ届くぐらいのとこだ」

「待ってろよ」

石渡がカメラをゆっくりと動かした。しばらくしていった。

「いや……。ぜんぜんいねえ。少しこっち寄りを漁船みてえのが走ってっただけ」

「一隻も？」

「一隻もいねえ」

石渡はカメラから目を外すと、疲れたように首をぐるぐる回した。

「妙だな」

平瀬がつぶやいた。

「何が妙なんだよ」

耕二は訊ねた。石渡は耕二を見やり、釣り竿をもちあげた。石渡の竿もエサを盗られていた。

「船釣りでも磯釣りでもよ、釣りってのは、ただ水ん中にハリ落としゃいいってもんじゃねえよ」

「ポイントのことか」

「ああ。沖のほうだってよ、何もねえまったいらな海の底には魚はいねぇ。根とかあるような、魚がつくポイントがあるんだ。だからちょっとでも釣り知ってる奴なら、船をポイントの上にもってく。第一、魚探を積んでねえはずねえんだから」

「魚探ででたんじゃないのか、魚の群れが」

「だったら玄人の漁師が放っとかねえよ。漁師でも釣り船でも、沖じゃ大体同じところに集まってるもんなんだ。魚のつくポイントにな」

「だって魚ってのは泳いでんだろ。一カ所にいるとは限らないのじゃないのか」

石渡がいうと、平瀬は首をふった。

「確かに魚は泳いでる。けど、魚ってのは、小せえのを中っくらいのが食って、中っくらいのをでけえのが食うって、順番があるんだ。だから魚がつく根まわりには、必ず、小せえのからでけえのまで集まってくるんだ。ましてカンパチやシマアジみてえのは、イワシやアジを食ってるから、根のまわりを泳ぎまわっているのさ」

「つまり、あいつらの船の近くに他の船がいないってことは、そこはポイントじゃないってことなんだな」

耕二はいった。

「そうだ。もし釣りをやってるとすりゃ、大間抜けか、とぼけてるか、どっちかさ」

「間抜けじゃねえのか」

石渡がいった。

「香川の弟のほうはダイビングをやるんだ。そんなこと知らないはずはねえ」

「じゃあ潜《もぐ》ってるとか。漁場で潜ったら、漁師が怒るだろう」

耕二はいった。

「ダイビングだって、何もねえところには潜んねえさ。それにこの時期は水温が高えから、潜っても潮が濁ってて、あんまり見るもんがないはずだ」

「詳しいな」

石渡が感心したようにいった。

「死んだ爺ちゃんが漁師だったからよ」

平瀬は吐きだすようにいった。竿をあげる。竿先がわずかにしなった。

「お、釣れたじゃないか」

石渡がうなった。黒のまだら模様を背中に浮かびあがらせた白い小魚が海面を割った。

平瀬が舌打ちした。

「フグだよ、フグ」

「フグう？　食えんのか？」

石渡がのぞきこんだ。平瀬は左手で魚を握りこみ、ハリを外そうとした。とたんに糸が切れた。フグはハリを呑んでいたのだ。

握りしめられた平瀬の手の中で、フグはたちまち風船のようにふくれあがった。

「フグってのはよ、歯がカミソリみてえなんだ。ハリでも細いのは嚙み切っちまう。それにこんなチビでも毒がある。しかもヌルヌルしてやがる」

平瀬は堤防の上にフグをぽとりと落とした。一〇センチほどのフグはふくらんだまま、尾鰭《おひれ》をばたつかせた。

「食えんのか、毒とれば」

石渡が魅せられたようにその姿を見つめた。

「肝《きも》とったら、身《み》なんか残りゃしねえよ」

ジジィ、と音がした。フグが鳴いているのだ。フグは今やボールだった。思いきり体をふくらませ、鰭を動かして、海に戻ろうとしている。

「最低だよ、エサ盗《と》りとしちゃあ」

平瀬はいい、片足をもちあげた。次の瞬間、ふくらんだフグの上に靴底を落とした。

小さな破裂音がした。耕二は思わず目をそむけた。

「ハラワタがでちまいやがんの」

石渡がいうのが聞こえた。つぶれた魚を平瀬が蹴った。ポチャッという音を立て、耕二の足もとの海に死んだ魚が浮かんだ。ゆらゆらと漂っていく。

「こうしてやるんだよ」

平瀬が楽しそうにいった。

耕二は息を吐き、外海をふりかえった。

「何してやがんだ、だったらあいつら」

「石渡、写真、撮っとけや。そいで、あいつらが戻ってくる前にマリーナのほう、先回りしようぜ」

平瀬がいった。耕二は平瀬を見た。平瀬は口もとに薄い笑みを浮かべていた。

「きっともってくるぜ、あいつら」

20

「もうちょっとしたらホテルでて、会場にいく。終わったらメンバーと別れて、こないだいった友だちんとこ」

晶はいった。

「どこ泊まるんだ」

「わかんね。友だちんとこかな」

晶は鮫島にわざとやきもちを焼かそうとでもいうようにいった。鮫島はうなった。

「上等じゃないか」

久しぶりの休日だった。枕もとの時計は午前十一時をさしている。昨夜は十二時過ぎにベッドに入ったのだが、晶からの電話があるまで、鮫島は目覚めなかった。

晶は喉の奥でくっくと笑った。東京を発《た》つ前より上機嫌だった。やはりステージで歌うことがいちばんのストレス発散になるようだ。

「嘘だよ。ホテルとってあるんだと。代わりにそいつがマスターやってる店で歌うことになった」

「どうせホテル代払ってもらわなくとも歌うんだろうが」

「プロだからさ、ただじゃ歌わないって」

「嘘つけ」

「ホテルの番号、知りたいかよ」

「ああ」

いって鮫島はメモ用紙を引き寄せようと伸びをした。無理な体勢をとったためわき腹のすじがつりそうになった。思わず呻き声がでた。

「何だよ、今の声。誰かそこにいんじゃねえの」

「おう。きのう、歌舞伎町ほっつき歩いてた十六の娘《こ》、補導してな、説諭するためにひと晩泊めた」

「馬鹿野郎。チクってやるからな。刑事が淫行したって」

「そりゃ楽しみだ。で、何番だ？」

「まだわかんねえ」

「何だ、それは」

「いってみねえとわかんねえ。いるのかよ、今日の夜」

「たぶんな。何もなきゃいる」

「信用できねえな。ポケベルに入れようか」

「ああ。それか、留守電でもいい」

「ポケベル切ってたら留守電にするわ」

晶はいった。

「どれくらいそこにいるんだ」

「ひと晩かふた晩。うまい魚でも食ってこようと思って」

「さんざん食ったんじゃないのか、ツアーで」

「冗談じゃないよ。ステージ終わったら夜中近いし、くたくただよ」

「昔の大食いはどうした」

「翌日があるからさ。控えてんだよ。ツアーのあいだは」

「楽しいか」

「やっぱ楽しい。歌ってってときがいちばん」

晶の声は弾んでいた。

「戻ってきたらどうなんだ」

「しばらくオフ。泊まりいくわ」

「こっちは今日で、また当分、休みがない」

「部屋、汚れてんだろ」

鮫島はアパートの中を見回した。

「まあ、な。今日、洗濯しようと思ってる」

「残しといていいぜ。やってやる」

「どうも怪しいな」

「何だよ」

「やけにサービスがいい」

「大馬鹿野郎。何考えてんだよ」

「うまい魚が、どんな代物《しろもの》かと思ってな」

「教えてやんねえよ。ホテル入ったら、ポケベル鳴らすから」

「ああ。じゃあな。最後のステージ、がんばれよ」

「任せな」

晶はいって電話を切った。

鮫島は受話器を戻し、天井を見あげた。本心をいえば、日帰りで車をとばしても、今夜の晶のステージを見にいきたかった。が、角の動向が不穏な今、東京を離れるわけにはいかない。

休日ではあったが、午後からでもまた「キングダムハイツ山王」を張りこんでみようと思っていたのだ。

ベッドから起きあがり、キッチンにいった。冷蔵庫から食パンをだして、ハムとスライスチーズをのせ、オーブントースターに入れた。タイマーをセットして、バスルームに入る。

顔を洗って、コーヒーメーカーの仕度をした。郵便受けから新聞を抜き、ベッドの上に広げた。

部屋の中はひどく散らかっていた。洗濯物も溜まっているので、午前中の残りは、コインランドリーと掃除でつぶれてしまいそうだった。

コーヒーが入ると、晶とそろいのモーニングカップに注いだ。

オーブントースターがベルを鳴らした。二枚の焼けたオープンサンドを皿にのせ、新聞の上で食べはじめる。

晶は今ごろ、「フーズハニイ」のスタッフと会場に向かっているだろう。ステージの打ち合わせをして、音合わせに入り、それがすむと、時間がくるのを待つあいだ、楽屋で雑談をしたり、ヘッドホンステレオを聞いている。

やがて時間が迫ってくる。メイクをして衣裳をつけ、気持ちを集中する。

次のアルバムに詞を書いてくれと頼まれ、鮫島は二本を渡していた。曲は、晶ではなく、バンドリーダーのギタリスト、周《しゅう》がつける。周は、今年二十六になる物静かな男で、髪を伸ばし、眼鏡をかけている。ステージの上での、晶のお守《も》り役といったところだ。
鮫島が晶とつきあいだしてしばらく、周は鮫島に心を開いてはいなかった。
今はちがう。晶が鮫島の〝女〟であることを認め、鮫島の晶に対する態度を理解している。そして、積極的に鮫島に「フーズハニイ」の詞を書くことを求めている。
――才能、ありますね
最後に会ったとき、鮫島が渡した二本の詞を見て、周はいった。
――詞先《しせん》て、あんまやんないんすけど、鮫島さんのなら、いいです
――別に使えないのならほっといてくれてかまわない
――わかってます。一応、今、プロですから
周は笑った。
――けど、晶が書く詞より、いいですから
いって舌を出した。
――晶にないしょ、すよ。ばれたら殺されちまう
――俺はいつも殺されかけてる
――それが鮫島さんの趣味なんでしょう
周は意味ありげにまばたきした。
――俺らみんな思ってます。晶と鮫島さんのこと、どこまでつづくかわかんないけど、

駄目になったらなったで、晶はきっとでかくなるって

——でかくなる？

——やっぱ、泣いた分だけ、女は強くなるじゃないですか

——そうだな。男はどうなんだ？

周は首を傾けた。周には、二十一のときに結婚した年上の妻と、ひとりの娘がいる。

——女には強くなれんでしょう。仕事には強くなれるかもしれないけど

——そんなことを書いてた奴がいたな

——ええ。「泣いた分だけ、男は仕事に強くなる。女は男に強くなる」ってね

——結局、女の勝ちか

——女っていうより、晶の勝ちです

周は遠くを見るような目をして、いった。

電話が鳴った。

鮫島は受話器をとった。

「はい、鮫島です」

一瞬の間《ま》があった。そして、

「塔下です」

男の声がいった。

鮫島はわずかに息を吸いこんだ。晶との会話でゆるんでいた、自分の気持ちが、固く引きしまってくるのを感じた。

「その節はどうも」

塔下は低い声でいった。塔下の声にも緊張がにじんでいた。どんな理由があるにせよ、鮫島の自宅にこうして電話をしてくるには、相当の覚悟がいったにちがいない。麻薬取締官として塔下が鮫島に対しとった態度は鉄面皮だったが、塔下自身がそういう男であるとは鮫島は感じていなかった。

「署のほうに電話をしたのですが、今日は休みということだったので――」

「ここの番号は署で？」

「まさか。別の方法で調べました」

塔下はいった。

「何の用だ」

「会って話がしたいんです」

「そういうことなら公式の手順を踏んでくれ。非公式に捜査情報の交換をすることはできない」

「それは鮫島さんらしくない。ちがいますか」

「どういう意味だ」

「あなたは単独遊軍捜査官だ。あなたが捜査情報を流そうと受けとろうと、怒る人は新宿署にはおらんでしょう」

「何か勘ちがいをしていないか。私は防犯課の一捜査員だ」

鮫島は冷ややかにいった。

「あなたはそう思っているかもしれないが、あなた以外では同じことを思っている人は新宿署にはいない。鮫島さんについては、いろいろと伝説があるようですね」

「どんな話だろうと、あまりうのみにしないほうがいいのじゃないか」

あれだけのことをやった以上、鮫島の反発を警戒し、麻薬取締官事務所は鮫島について調べたにちがいなかった。

「それとも俺をなめているのか」

「そんなことはありません。絶対に」

きっぱりと塔下はいった。

「むしろ逆です。うちはかなりの覚悟をしていました。しかし鮫島さんは動かれなかった……」

内偵中の被疑者を、何の事前承諾もなく挙げられたら、どんな刑事でも怒り狂う。まして、塔下らは、鮫島の筈野に対する内偵を知らなかったではすまされないのだ。

もしこれがほかの刑事なら、本庁を動かしてでも強硬な抗議をし、筈野の身柄を引きあげようとしただろう。それだけでなく、報復として、麻薬取締官事務所の捜査を妨害するようなさまざまな動きにでたはずだ。

「うちの主任は、あなたがはみだし者だから本庁が動かなかったのだと思っています。ですが私はちがう」

鮫島はすわりなおし、煙草に手を伸ばした。食欲は失《う》せていた。塔下は今の言葉で、この電話が私的なものであると匂わせている。

もちろんそれが真実かどうかはわからないが。

「あなたは他人の助けなんて借りなくとも、十分我々にやりかえすことができた。やらなかったのは、あなたにその気がなかったからです」

「だからって俺が仲よくしたがっているとは思っていないだろうな」

塔下が苦笑する気配があった。

「そんなことは考えていませんよ。むしろ次に会うときは一発食らう覚悟をしています」

鮫島は煙を吐きだした。

「そいつはすごく楽しみだ」

「鮫島さんは非常に特殊な形で警視庁に勤務しておられる。しかしそのことと、鮫島さんの捜査能力は別です。筈野をさらわれても、あなたはまるでめげなかった。それどころか今度は角を噛もうというのか。が、筈野からよほど有力な情報が得られたのでないかぎりは、容疑がない。それとも別のルートで容疑を固めたのか。

「会えませんか」

塔下はいった。

「会えば俺はともかく、そっちは譴責《けんせき》を食らうのじゃないか」

「つまらんことです。主任は警察が嫌いです。私は警察官によって嫌いなだけです」

塔下は平然といった。気負っているようには聞こえなかった。

「鮫島さんがあくまでも警察のルールにこだわるというのなら話は別ですが」

「俺のやり方をあんたにとやかくいわれる筋合いはない。どうしたいんだ？」

「今日の午後、そちらの自宅か、こちらの自宅の近くで」

鮫島は考え、野方《のがた》の駅に近い喫茶店の名を口にした。

「わかりました。何時にします？」

「何時でもいい」

「じゃあ……二時に」

「わかった」

鮫島はいい、受話器をおろした。

塔下は、中央高速のパーキングエリアで会ったときと同じような、ジーンズ姿で現われた。ビジネス街でもないのに昼下がりに、スーツ姿の男ふたりが喫茶店で顔をつき合わせればかえって目につく。それを考えた身なりだった。鮫島はコットンパンツにラフなニットジャケットを着けていた。

初めて会ったとき、塔下は大学の研究員のように見えた。こうして向かい合うと、フリーライターやデザイナーのようにも見える。

要は、司法警察職員であることはもちろん、サラリーマンにも見えない、という容貌なのだ。

「感謝します」

塔下は、先にきていた鮫島の向かいに腰をおろし、いった。

その喫茶店は、席と席との間隔が開いていて、いつも適当に混んでいる。他の客や従業員が話の内容に聞き耳を立てる心配のない店だった。

「覚悟はしてきたのだろうな」

鮫島はいった。

「ここじゃやらないでしょう。すぐそこにハコがあります」

交番の方角を目でさし、塔下はいった。鮫島は無言で塔下を見つめた。

ウエイターがきて、塔下はアイスコーヒーを注文した。ウエイターが立ち去るといった。

「いったい角は何を考えているんです」

「わからん。とぼけていっているのじゃない。わからない」

「奴が今どこにいるか知っていますか」

「大森の山王」

鮫島が答えると、塔下はわずかに目をみひらき、頷いた。

「やはりね」

それが鮫島が知っていることに対してなのか、角の居場所についてなのかはわからなかった。

「角がキャンディの卸元だ」

鮫島はいった。

「そうです」

塔下は頷いた。

「あくまでも角です。藤野組全体としちゃ、キャンディの売には嚙んでない」

「ネタ元はどこなんだ」

塔下は鮫島の目を見返した。知っている目だ、と鮫島は思った。

「どこだと思います？」

「この国だ。キャンディは輸入品じゃない」

「私もそう思っています。原材料はともかく、あの形に作っているのは国内です」

「知っているのか」

「まだ完全ではありません。完全にわかっていれば挙げていますよ」

「角を叩かないのもか」

「鮫島さんは？」

鮫島は息を吸いこんだ。ウエイターがアイスコーヒーを運んできた。

「何かが起きると思っているんですね」

アイスコーヒーにストローをさしこみ、塔下はいった。

「そのとおりだ。何かが起きる。そのときは角を叩く。角以外にも叩ける奴がいるはずだ」

塔下は頷いた。しゃべりだした。

「我々は長いこと、キャンディの販売ルートを追っていました。キャンディの売人は、これまでのしゃぶの売人とはちがって、子供が多いのが特徴でした。子供は何人挙げても、しょせん卸元にはたどりつけない。卸元に近づくためには、大人の、タネ銭をたくさんもっている売人を叩く必要がありました。笘野は、そうした売人のひとりである可能性があったんです。しかし、笘野もちがっていました。我々はかなりきつく奴を絞りましたが、結局、奴も目隠しの取引でしか、物を買えていなかった」

「あのとき、他の売人や、ワゴンについても情報をおさえていたはずだ」

「ええ。ワゴンは、練馬に住むトラック運転手の自家用車でした。運転手はアルバイトにサービスエリアでの取引を手伝っていました。話をもちかけたのは、しゃぶで組を破門になった浅草《あさくさ》のテキ屋です。たぶんそいつが、角との連絡係だったのでしょうが、あのあとい、とんでいます。女房子供もいないので、しばらくは国を売っているんじゃないかと思います」

「その線から角にたどりついたのじゃなかったのか」

「ええ」

塔下はいい、ストローからコーヒーを飲んだ。

「キャンディは、新宿と渋谷で、特に広がっています。ですが、もうひとつ別の街で手がかりを見つけました」

「どこだ」

「六本木です」

塔下はさして重大でもない口ぶりでいった。

「六本木は芸能人やスポーツ選手が多い。彼らは客としても特別で、自分では絶対に売に手をださないが、払いがよくしかも口が固い。自然、上客として扱う売人もランクが高くなります。そのへんの子供に売っている売人とは別のタイプがつきます」

「六本木はコカインが主流だと聞いてる」

「コークも増えています。しゃぶはどちらかというと、田舎者の遊びですからね。ただし、キャンディはちがう。六本木でも受けは悪くないのです」

「六本木のルートをつかんだのか」

「ルートといえるほど大がかりなものではありませんでした。一部でキャンディを流行《はや》らせた人間がいたんです」

「流行らせた？」

「ええ。セックスにいい、と。女です」

鮫島は塔下を見つめた。

「それにぶちあたったのはすごく幸運でした。ピンクの宅配をやっている男を密告で挙げたんです。その事務所をガサ入れしたとき、店の女の私物を入れたロッカーからキャンディがでました。女は元ホステスで、前の同僚からもらったと吐きました。その同僚というのに内偵をかけたんです。高級クラブで、客に芸能人やスポーツ選手が多いので知られているところでした。そしてその店の一部のホステスと客のあいだで、キャンディが流行っていました。まだその店には手をつけてはいません」

「『メヌエット』」

鮫島は低い声でいった。塔下は小さく頷いた。

「角は、縄張り外なのに『メヌエット』の常連客です。角の担当ホステスが、その宅配の女にキャンディを渡した人間でした」

ピンクの宅配とは、郵便受けなどに投げこむチラシで客を開拓する出張コールガールのことだ。通常のマッサージと区別するために、「ピンク」とか「宅配」と呼ばれている。

「角がそのホステスにキャンディを渡していると？」

「可能性はあります。そしてそれ以上に我々は、大きなネタをつかんでいます」

鮫島は塔下を見た。塔下は一瞬迷ったように見えたが、すぐに口を開いた。

「我々の組織が警察に比べて小規模なことは、鮫島さんも知っているとおりです。麻薬取締官事務所は、横浜や神戸などの分室を含めても、全国に十二カ所しかない。しかしその分、小さな情報でも回るのに時間はかかりません」

塔下はアイスコーヒーの残りを飲む間、言葉を切った。

「ここから先は非常にデリケートな話になります。ある地方の、政治家にも関係している財閥が関係している可能性があるからです」

「財閥？」

「ええ。うちの主任がナーバスになっているのは、いちばんにはそれが理由です。財閥が支援している政治家の中には、厚生省出身の議員がいます」

麻薬取締官事務所は、司法警察組織でありながら、厚生省の管轄下におかれている。万一、厚生省に影響力をもつ国会議員が身辺への内偵を知れば、まずまちがいなくつぶされる。

鮫島は、塔下が本気で超極秘の情報を伝えようとしていると知った。たとえ鮫島の口からその情報が洩れなかったとしても、塔下が鮫島に語ったという事実が上に知れれば、塔下のキャリアはそこで終わりだった。

「別の暴力団が関係していると?」

鮫島は訊ねた。地方財閥となれば、政界官界のみならず、地元の暴力団へも強力な影響力がある。

塔下は首をふった。

「やくざじゃありません。やくざが手をだしているだけなら、議員や財閥は知らん顔をしていられる。噛んでいるのは、やくざではなく財閥を構成している人間そのものです」

「――考えられない話だな。聞いただけでは」

鮫島はいった。確かに覚せい剤の密売は高額の収入になる。しかしそれは、ほかに高収益の手段をもたない人間たちにとっての魅力なのであって、政官界に影響力をもつような財閥系の人間が手をだすにはあまりにリスクが高い。

万一、司法の手が及べば、贈賄などとは比べものにならないほどの社会批判にさらされるのだ。

塔下はかすかに頷いた。

「我々も同じです。正直いってこの情報を入手したときは半信半疑でした」

「どこからの情報だ」

鮫島の問いに塔下は答えなかった。鮫島は息を吐き、煙草に火をつけた。

「ウラは?」

「問題のホステスには、愛人関係であると思われる客がいます。月に一度か二度、店に現われるのですが、地方から上京してきているようです。この男がクラブ『メヌエット』に角を紹介したのです。そして情報にあがってきた財閥の構成員と男は、容貌に共通点があります」

「男の名前は何というんだ」

「店では原田と名乗っています」

それ以上を塔下は告げなかった。

「原田——」

鮫島は、これまでのアイスキャンディにかかわる捜査であがってきた人名の記憶を探った。

なかった。原田という名は初めて聞く。

「その人物が財閥の構成員であるならば、偽名、ということになります」

塔下はいった。

「原田と角との関係は？」

「『メヌエット』では、友人という形で通しています」

「奇妙だな」

鮫島はつぶやき、塔下を見つめた。麻薬取締官事務所には煮え湯を飲まされた、ともいえる。角と「メヌエット」という、鮫島の手にある具体的な名を除けば、塔下の話には、あまりにとほうもない点があった。それは、覚せい剤の製造に、政治家にすら影響力をもつ財閥がかかわっている、という部分だった。

そうした財閥が地方に実在することには、疑いはない。むしろ地方であるからこそ、基幹産業と呼ばれるような事業を一手に一財閥が支配し、結果、その地方選出の政治家に対し圧倒的な支配力をもつ、という場合もある。

また政治家と暴力団の関係においても、地方であればあるほど、その結びつきは固く、複雑化しやすいものだ。

だが、覚せい剤を資金源にした暴力団から、政治家が直接資金を受けとれば、これは命とりになる。政治家が暴力団に求めるのは金ではなく、もっと別個の、目には見えないような影響力である。

さらにその政治家の上に立つ、財閥ともなると、経済的な理由からでは、覚せい剤の密売に手を染めているとは、とうてい考えられない。

もしそれが事実であるなら、よほどの理由がなくてはならないことだった。

「地方というのはどこだ」

鮫島は訊ねた。塔下は無言だった。

「藤野組は、東京の新宿および多摩《たま》地区の一部が縄張りだ。上の共栄会となれば別だが――」

「藤野組全体、あるいは共栄会は嚙んでいないと、我々は見ています。鮫島さん、これはマルBの犯罪ではありません。もっと上のレベルの連中がやっているのです」

「そんなに上のレベルの人間が、どうやってマルBと手を組むんだ？　地元ならともかく、そうじゃない東京では、知り合うことすら難しい。東京にでてきて、街を歩いているそれらしいマルBに近づいて肩を叩き、『あんた、しゃぶを売らないか』とでも声をかけるのか」

鮫島はいった。原田と角をつなぐには、もうひとり、重要な人間がいるはずなのだった。

だが塔下は、その人物についてはいっさい話を触れようとしない。

塔下の頰がわずかに赤くなった。

「もちろん、そんなことを我々も考えていません。鮫島さん、想像力を働かせてください」

「想像力？」

「すべての情報を握っていれば、とうに我々も動いている。この件は、見込みで動くわけにはいかないんです。適当に叩いて、ホコリがどこであがるかを見ているわけにはいかないんだ。慎重の上にもあくまで慎重に我々は動いている。下手《へた》をすれば、所長のクビがとぶくらいではすまない相手を、我々は引っかけようとしているんです」

「あんたの話をデタラメだといってしまうのは簡単だ、塔下さん。鼻先で獲物をさらったうえに、この件には財閥がからんでいるから慎重になんていわれても、俺には、だからどうした、だ。厚生省のお偉方のクビがいくつ転がろうと、俺は知っちゃいない。今の話が、俺の鼻をそらそうという、たわけた煙幕だったら、俺はあんたをほうってはおかない。それはわかっているのだな」

「あなたがそういう人だと思っているからこそ、私も話しているんだ」

塔下の目が鋭さをおびた。

「私は西新井《にしあらい》の薬局の次男坊だ。親の勧めで薬科大に入ったが、薬剤師の資格をとって、親父の店を継ごうかという段になって、考えが変わった。薬局で白衣を着て、近所の人に風邪薬を売るよりも、もっと世の中のために役に立つ仕事があるのじゃないかと思ってね。

やってみてわかったのは、この仕事は、世間で思われているほど派手でもないし、かっこよくもないってことだった。我々がつきあうのは、薬で頭が半分いかれたような売人や売り物の体すらぼろぼろで、とてもじゃないがそんな気になれない売春婦。それに、こすからい運び屋という、クズばっかりだ。あなただって奴らの吐く息がどれほど臭いか知っているはずだ。毎日私は、それを嗅《か》いでる。息を嗅いだだけで、そいつが何かヤクをやっているなら私にはわかるんだ。我々は、一このヤマを、何カ月、ときには何年もかけて追っている。ヤマを追うきっかけは、たいていは密告《たれこみ》だが、マルBに顔のきくあなたたちとちがって、密告一本ですぐには我々はマル被を引きあげられないんだ。あなたたちがやらない、やりたくてもできないやり方で、じっくりじっくり時間をかけて、ネタを集めていく。だがそれでふんじばるのは、何十人と人を殺した野郎でもなけりゃ、何億という銭をふんだくった奴でもない。せいぜいが、マルBの幹部だ。お手柄は、押収した物のかさだけだ。けれども、何十キロという物を押収したって、どうせまた入ってくるとタカをくってやがる奴はたくさんいる。そのとおりだ。次の便でまた入ってくる。ルートをつぶさないかぎり、金を払う奴のところには、また物が入ってくる。だけど我々はほっとする。一〇キロの物を押収すりゃ、どっかで一〇キロ分の患者が減るかもしれないってな、大海の水をスプーンでかきだすような作業なんだ。だが、鮫島さん、あなたなら私はわかってくれると思っている。私が話していることは、与太じゃない。今この瞬間だって、ウラをとろうと、必死で潜っている仲間がいるんです」

「だから笘野を引きあげたと？」

「そうです。あなたの鼻先からかすめとるような真似をしたことはあやまります。しかし、あなたが動きだすずっと前から、我々は時間をかけて、アイスキャンディを追っていたんです。このネタは、本庁の保安もまだつかんでいません。つかまればまちがいなく、議員からの圧力がかかる。いいたかないが、本庁からすれば、麻取はちっぽけな組織だ。邪魔になったらとり除けるよう、いくらでも情報を操作しますよ」

鮫島は塔下の表情を見つめていた。塔下は必死だった。

「角と原田をつないだ人物も、原田の側の人間なのか」

ある予感を感じながら鮫島は訊ねた。塔下は頷いた。

「そうです。それはこちら側で得た情報ですが、その人間のほうがむしろアンタッチャブルの核心に近いといっていいかもしれない。ですが、具体的にその人間が、キャンディの密売で何か利益を得ているとは思えないのです。今度のヤマでいちばん厄介なのはそれなんです。角のようなマルBなら、何のためにキャンディを扱っているかなんてことは、考えるまでもない。けれど、地方側の人間を考えると、いったいなぜそんなことをしているのか、どうしてもわからないのです。完璧な証拠でもあれば別でしょうが、そうでなかったら、事情聴取すらできない相手たちです」

「原田と『メヌエット』のホステスが愛人関係にあると考える根拠は？」

「ホステスはポルシェに乗っています。その車が原田から買い与えられたものだという情報があります。さらに原田は、現金も渡しているようです」

「ホステスの名は？」

「店ではサキという名を使っています。本名は陰山真子《かげやままさこ》。真実の真に子供です。原田との関係は、店の人間にはあるていど知られています。キャンディをサキに供給したのが、角なのか原田なのかは、まだ今の段階ではわかりません」

「あるいは両方か」

「両方？」

鮫島は、「メヌエット」での、角とサキのようすを思い出していた。

「サキが原田と角のふたまたをかけているというんですか」

塔下はいった。

「少なくとも、通常の客とホステスの関係ではない」

「だとすると……」

塔下は言葉を呑みこんだ。

「実は、サキがこの二〜三日、店にでていないのです。角が妙な動きを始めたのと時期が一致します」

「さらったと？」

鮫島は塔下を見た。

「ええ。以前にもお話ししたとおり、角は原田を、原田としてしか知らず、目隠しの取引を強要されている可能性がありました。しかし、角がいつまでもそんな状態に甘んじているはずがないとも思っていました。こじれたとき、一方的に切られるままで、マルBは泣き寝入りなどしませんからね」

「すると愛人関係にあるサキが、原田の正体に近づく鍵だ」

「角がそう思えば、サキをさらい、原田の正体を知ろうとするでしょう。ですが、サキが角ともできているとなると、少しちがってくる」

「原田にとってはちがいはない」

鮫島はいった。

「角とサキの関係を原田が知らなければ、サキが自発的に行方をくらましたのだとしても、原田には圧力になる。もしそうだとすれば、角は、原田との関係を逆転する機会をうかがっていて、サキを材料に、今、手に入れたことになるぞ」

「角が本性をあらわしたのですね」

「きっかけはたぶん、あんたたちの動きだ。末端の売人がパクられて、原田の側がおびえた。手を引くか、別の組織に卸しを任そうとしたのを、角が食いとめるために、サキをさらうか、さらったように見せかけた。それが角が現在、変な動きをしている理由だったんだ」

鮫島はいった。ようやく見えてきたものがあった。

「何かが起きるという鮫島さんの勘はあたっていますよ。きっとそれにちがいない」

塔下も低い、熱のこもった口調でいった。

「角から目を離さないことだ。角が原田の首根をおさえたとき、奴を叩けば、必ず原田の正体も見えてくる」

「監視態勢を強化します」

いって塔下は鮫島を上目遣いで見た。

「協力していただけますか」

「上が何というかな。そっちの上が」

「今回のヤマは、異例なことばかりです。主任は私が説得します」

「塔下さん」

鮫島はあらたまっていった。

「何です」

「なぜ俺を仲間に加える？　麻取がいくら小さな組織だといっても、俺ひとりが加わるのと加わらないのでは、たいしてちがいがないはずだ。まして俺は外の人間だ」

「理由は――そう、鮫島さんのほうが新宿のマルBに詳しいからとでもしておきましょう」

「俺が訊いているのは、上べの理由じゃない。いちどほうり出した俺を、なぜ、合同捜査に戻すのか、あんたの本当の腹のうちだ」

塔下はつかのま沈黙した。鮫島を見つめ、言葉を選ぶように、ゆっくりとしゃべった。

「あなたにいてもらうと、心強い。そう感じたからです。妙なようだが、それが本心です。このヤマはでかい。ひょっとしたら、私が今までに手がけたヤマの中で、いちばんでかいかもしれない。麻取の同僚に信頼がおけない、というのではありません。信じています。皆、腕もいい。でもあなたにもいてほしいんです。角を追いつめ、原田の化けの皮をはいだとき、ひょっとしたらその時点で我々は身動きがとれなくなってしまうかもしれない。さっきいった理由でね。そして、もしそうなったときに、我々に代わって、最後の最後まで、キャンディのネタ元を追っかけていって、ふんじばってくれるのは、あなたしかいないだろう――そう思えるんです。でもそのときになって代わってくれでは、ムシがよすぎる、そうでしょう」

「それが今日、俺を呼びだした本当の理由か」

塔下は頷いた。

「わかった」

鮫島はいった。それ以上はいわなかった。が、鮫島の気持ちを塔下はわかっていた。

「お願いします」

小さく頭をさげた。

21

電話の声は近かった。晶のその声を聞いたとき、耕二は胸が高鳴るのを感じた。

「今、どこにいる?」

「駅。タクシー拾うからさ、道教えろよ」

「迎えにいく」

「いいよ。店あんだろ」

耕二は「K&K」を見渡した。四組の客が入っていた。常連ばかりだった。平瀬はまだきていない。写真の現像があがるのを、待っているのだ。

「時間早いから、空いてんだ」

耕二はいった。じきに景子が姿をあらわしそうだった。その前に迎えにいきたいと思っていた。

「わかった。じゃ、改札口でたとこにいるわ」

「ひとりか」

「ひとり」

「待ってろ」

耕二は受話器をおろした。クロークの電話だったので、キャッシャーの理絵《りえ》という娘と、ふたりのウエイターがかたわらで聞き耳を立てていた。

「きたんですか」

ひとりがいった。

「きた」

耕二は頷いた。そして「K&K」のスタッフが、耕二に負けず劣らず、晶の訪問に興奮していることを知った。

「やったぁ」

「有名人か。ロックシンガーですよね」

ウエイターたちは顔を見合わせ、口ぐちにいった。

「たいして売れてるわけじゃない」

「でも、ドサ回りの演歌なんかとはちがうじゃないですか」

「まあな」

耕二も悪い気はしなかった。晶の歌を彼らに聞かしてやりたい、と思った。自分が東京で何に賭けていたのか、それを晶の歌は教えてくれるだろう。

「駅いってくる」

「歌ってくれますかね」

「K&K」の扉に手をかけたとき、訊ねた人間がいた。孝《たかし》という、いちばん若いウエイターだった。孝は、「フーズハニイ」のデビューCDをもっていた。耕二から聞いて買ったのではなく、もともとロックが好きなのだった。

孝の目が期待に輝いていた。瞬間、耕二は孝をいい奴だな、と思った。

「ああ、たぶんな」

耕二は答え、扉をおした。


駅員のほかは人けのない改札口のそばに晶がいた。皮でできた古いスーツケースにまたがり、煙草を吸っている。スーツケースにはべたべたとシールが貼ってあり、古道具屋かどこかで仕入れてきたもののように見えた。

「よう」

晶は耕二に気づくと、にやりと笑った。変わっていない、と耕二は思った。黒い皮のパンツに白のTシャツを着ている。Tシャツの胸のその大きな盛りあがりを見たとき、耕二は不意に欲望を感じた。晶の胸は、景子の胸に比べ、大きく弾力に富んでいそうだった。

景子の体は、大人の女だ。晶には、どこか少女のような固さが残っている。

あの一瞬を、耕二は思いだした。振り分け式の二DKの、四畳半におかれた二段ベッドの下だった。ほとんど言葉も交わさずに互いの衣服をはがし合い、体を重ねた。晶の体からは、陽なたにおかれた洗濯物のような乾いた香りがした。

「変わってねえな」

晶はぴょんと立ちあがり、いった。

「お前もだ。髪伸ばしてるのか」

最後に会ったとき、男の子のようだった晶の髪は、今、肩先で揺れていた。

「うん」

いって、晶は顔をしかめた。

「似合わねえ？」

「そんなことはない。最初に会った頃に雰囲気が似てる」

そのとき晶はガソリンスタンドでバイトをしていた。髪にはメッシュが入り、しゃべり方を聞いて、耕二はてっきり女暴走族《レディス》あがりかと思った。

「そういや、そうだな」

晶はいい、にやっと笑った。わずかだが声がかれていた。うんと歌ってきたんだろう、耕二は思い、愛《いと》おしさと嫉妬《しっと》がないまぜになった気持ちを味わった。

「客入ったか」

スーツケースをもちあげた晶に訊ねた。

「まあな。立ち見がでたとこもあった」

「くそっ。いいな」

耕二はいった。複雑な気分は消え、うれしさだけが残った。

「どこにいくんだい」

晶が歩きだした耕二のあとを追って、いった。

「まずホテルいって荷物をおろすか。途中だから」

「いいのかよ、ホテルなんて」

「オーナーがそうしたいっていってるんだ。かまわないさ。すげえ金持ちなんだ」

「ふーん」

オーナーが女性であることを晶にはいっていなかった。

ふたりは駅前のロータリーに止めておいた、耕二の車に乗りこんだ。ホテルまでは、三分も走れば着く距離だ。

ホテルは今年、新しく建ったばかりの建物だった。大理石を貼ったロビーを、ふたりはフロントめがけ横切った。ロビーにも人けはなく、明かりの点《とも》ったフロントに、そろいのブレザーを着けた男がふたりいた。

「あの、香川さんのほうから予約が入っていると思うのですが」

フロントに立った耕二はいった。

「あ、はい。うけたまわっております」

フロント係の顔に、ぱっと愛想笑いが浮かんだ。宿泊カードとペンが、皮の下敷きの上に並んだ。

「こちらにどうぞご記入ください」

晶は頷いてペンをとった。自宅の住所と電話番号を書きこんでいる。その間に、キイが用意された。

耕二は晶の足もとにおかれたスーツケースをとりあげた。たいして重くはない。

「お部屋は八階のスイートをご用意させていただきました」

「えっ？」

晶が目をみひらいた。

「香川さまのお申しつけでございますので」

「そんなの……。いいよ」

晶は耕二をふりかえり、唇を尖らせた。

「いいんだよ、本当に。その代わり、歌ってくれないかな」

「そんなこと。何いってんだよ。いくらでも歌うけどさ――」

「じゃいこう」

いって耕二はフロント係がさしだしたキイを手にとった。

「あの、お荷物のほうをお部屋に――」

「いや、こっちで運びますから」

銀色の、鏡のような扉をしたエレベータに乗りこんだ。外側を向いている壁はガラス張りになっている。

「あんまり、気使うなよ」

晶がぽつりといった。

「使ってねえって」

夜景を見おろしながら耕二はいった。高速道路のランプがまっすぐに、山のふもとを横切っている。黒々とした稜線がはっきりと見てとれた。

エレベータが八階に着いた。カーペットが敷きつめられた廊下にふたりは踏みだした。

「静かだな。誰も泊まってねえんじゃないか」

ひっそりとした廊下でふたりきりになると、耕二は軽い緊張感を覚えた。久しぶりに会ったというのに、晶の雰囲気はあまりにも変わっていなかった。

「ここか」

廊下の突き当たりにある扉の前に立って、耕二はわざとらしくいった。キイをさしこみ、ひねりながらドアをおし開ける。

広い空間があった。布張りのソファセットとミニキッチンを備えたリビングとダイニングルームがひとつになっている。ダイニングテーブルの上にはフルーツバスケットがおかれていた。

「すげえ部屋」

晶がつぶやいた。耕二は驚いていないふりをして、入口の照明のスイッチを入れた。シャンデリアとフロアスタンドが点った。正面の窓にはカーテンがおろされている。中に入った晶がカーテンを開こうとして、リモートコントローラーに気づいた。コントローラーのボタンをおすと、するするとカーテンが畳まれ、市の夜景が広がった。

奥にもう一枚のドアがあり、耕二はそれをおし開いた。バスルームに面して通路があり、その先にもドアがあった。開くと、ダブルサイズのベッドがふたつ並んでいた。

「荷物、こっちへおいとくぜ」

耕二はいった、本当にすばらしい部屋だった。こんなところに、自分は一生泊まる機会はないだろう。

いや、あるかもしれない。平瀬たちとの計画がうまくいけば。が、それを思うと、希望がわくと同時に心の底にあった重たいしこりに気づいた。

これからなのだ。すべてはこれからだ。

ベッドの足もとにスーツケースをおき、もとの部屋に戻った。

晶がぼうっとした表情で窓ぎわに立っていた。手に、フルーツバスケットからとったと覚しいリンゴがあった。

「こんな部屋、初めてだよ」

晶はポツンといった。

「そのうちお前、こんな部屋ばっかり泊まるようになるぜ。ドンペリ、風呂にいれて、つかったりしてさ」

「アホか」

耕二は晶のま向かいに立った。晶は怒ったように耕二を見た。

「よかったな、プロになれて」

「うん」

「今度は売れっ子になれよ」

「無茶いうなよ」

たまらなく愛おしくなった。耕二は手を伸ばし、晶を抱きすくめた。晶は逆らわなかった。が、身を預けてきたわけでもない。

晶の唇に唇をおし当てた。晶は応えなかった。舌先をこじ入れようとしても、晶は唇を開かなかった。

耕二は顔を離した。みひらいた晶の目がにらんでいた。

「久しぶりだよな」

耕二はいった。声がかすれていた。晶が手にしたリンゴを耕二の口におしこんだ。きれいな歯形のついたリンゴだった。

「歌いにいこうぜ」

晶はそれだけをいった。が、その言葉を聞いたとき、なぜかは知らないが、耕二はほっとした。

自分と晶とのあいだには、この何年間かのあいだに距離が生まれている。だがその長さは、自分が想像していた距離とそれほど変わらないものだった。そのことが、耕二をほっとさせたのかもしれない。

それに気づいたとき、今度は痛みを感じた。晶はもう、〝仲間〟ではないのだ。友人ではあるかもしれないが、二度とあんな形で、〝友情〟を確かめ合うことのない存在になってしまった。

しかも、そうなったのは晶のせいではない。東京を捨てた自分のせいだ。

変わったのは晶ではなく、耕二だった。

「K&K」の駐車場にポルシェが止まっていた。それを見たとき、耕二は重いしこりがふくれあがるのを感じた。

景子がきている。

景子は、「K&K」の、ステージの正面にあたる、いちばんよい席にいた。ひとりだった。ファッショナブルなジーンズに薄い皮のジャケットを着けている。上品で洗練されていて、しかし、おばさんだった。

どれほど粋《いき》で、シックで、若々しい姿をしていても、黒い皮のパンツにTシャツを着て、古着のようなトレーナーを腰に結んだ晶と並ぶと、景子には〝無理〟があった。

なぜこんな格好をしてきたのだろう――「K&K」に入ってきたふたりを認め、立ちあがった景子を見て、耕二は思わずにいられなかった。

もっと大人の、もっと金のかかった、スーツかワンピースでも着ていたら、景子は勝っていたろうに。

晶と景子が並んだとき、勝者がどちらなのか、耕二にとっては考えるまでもなかった。景子は若く見せようとし、明らかに失敗していた。素の晶と、装った景子では、勝負にすらなっていない。

晶は自然で、どこにも力みはない。なのに、

「あなたがそうなのね」

微笑みかけた景子の顔にはこわばりがあった。晶を小娘だと思い、侮《あなど》っていたのか。

薄汚ない、チンピラの歌うたいだと見下し、簡単に手なずけられると想像していたのか。

晶は輝いていた。ステージをこなし、歌いつづけてきた、ファンとともに踊ってきた充実感に溢れていた。目もとや立ち方に表われたその疲れぶりすら魅力的だった。

笑顔を見せながらも、敗北感を隠せない景子に、耕二は残酷な喜びを感じた。晶をこうして引き合わせた自分が誇らしかった。

女王様、驚いたかい。

「お気遣いいただいて申しわけありません」

晶はぺこりと頭を下げた。耕二が景子を「K&K」のオーナーだと紹介したからだった。オーナーが女性であることへのとまどいや驚きは、晶からはみじんも感じられなかった。

「とんでもない。耕二くんから聞いて、ぜひ、うちの店にきていただきたいと思っていたのよ。さ、すわって」

景子は自分の横の席を示した。そして立ったままでいる耕二を見やり、

「晶さんに何かおもちして」

と命じた。それは明らかに、もてなすのは景子の役回りであって、耕二はそのしもべにすぎないことを悟らせる言葉だった。

しかし耕二は、まるで腹が立たなかった。

「はい」

にこやかにいい、晶を見た。

「何にする？」

「ビール、いいかな」

晶はいった。

「わかった。腹は？」

「今は減ってない。歌うんだったら、歌ってから……」

「オッケイ」

耕二はくるりと背中を向けた。景子が早速話しかけるのがわかった。知りたがりの女王は、若い人の苦労話が好きだ。晶が今の晶になるまで、そしてなった現在も、何がつらいのかを聞きたがる。

たいへんね、がんばってね、そういいながら、本気で同情し、本気で成功を祈る。だが景子にはわからない。ひとつことに賭け、歯を食いしばってしがみついている若い奴のことなんか、景子には絶対にわからない。

あなたは生まれついての女王だ。金持ちで家柄がよくて、洗練されていて美人なのだ。なのに一度の失敗で、人生を投げだしてしまった。そんなあなたには、叩かれて泥まみれになって、唇を嚙み切って戦っている若い奴のことなんかわかりっこないんだ。

結局、あなたも俺と同じように逃げたんだ。地元に逃げかえり、使いなれた権力で人々の口を封じ、居場所を作りあげた。あなたの敗北を、人々は知りながら決して口にはしない。美しさをたたえることはしても、心の中にある奇妙な絶望には気づかないふりをする。たった一回の失敗がどうしたんです——そう笑いとばす人間はひとりもいない。失敗なんてなかった。生まれたときから景子は独身で、ここにずっといる——人々はそうふるまう。

なぜなら、あなたがそれを求めるからだ。

田舎では、要求は言葉にされない。はっきりと求められなくとも、権力者が何を望むか、支配されている人間たちにはわかるからだ。諾々と、笑みすら浮かべ、人間たちはそれに従う。

それは一見、素朴な姿と映るだろう。だがそれはちがう。権力者ににらまれたとき、どんな報復が待ち受けているか、知らないからそう感じるのだ。

従うときに、笑みを浮かべなかった——それだけで干される者すらいる。仕事を失い、情報を止められ、安住の地を奪われるのだ。

もちろん、香川の一族に悪意はない。殿様に悪意などない。君臨する者が誰かに悪意を抱くことなどありえない。

疑問をもつだけだ。

——あの人は、うちのやり方に納得できないのかな?

それですべてだ。疑いを抱かせることは、逆らうことに等しい。香川の一族をとり巻く家老たちが即座に、その人物と家をつぶす手段を講じるだけだ。「K&K」で、景子の不興を買ったために、その目に遭った者たちを、耕二は何人も知っていた。だが景子に悪意はなかったのだ。

——あの方……そう、ちょっとお酒の品がよろしくないかしら

ひと言が息の根を止めるのだ。

悪意はない。しかし結果はわかっている。自分のひと言が何をもたらすかは、よく知っている。そのことにも疑問はもたない。生まれたときから、そういう育てられ方をしてきたからだ。

たぶん耕二は景子を憎んでいる。憎んでいるが、愛してもいる。それは、いちどの失敗で心のどこかを壊されてしまった景子を、憐れだと思う、もうひとりの耕二がいるからだった。

「ちょっと遊んでいいかな」

照れたように晶がいった。

「何？　どうしたいんだ」

「ピアノ、弾かせろよ」

「いいけど……。ギターは？」

「耕二やってくれるんだろ。でもちょっと待っててよ」

「ソロでやんのか」

「うん。バラード」

「バラード？」

「今度のツアーで、アンコールんときに二回だけやったんだ。次のアルバムに入れようかどうしようか、迷ってる奴」

「バラードなんて聞いたことないな」

「いい？」

「いいよ。聞くよ」

「ありがと」

晶はすたすたとステージに歩いていった。孝がすばやくB・G・MのCDを切った。別のウエイターがスポットライトのスイッチを入れた。

晶のことを知らない客たちが、会話をとぎらせた。「K&K」はいつのまにか、満席に近くなっていた。

景子がグランドピアノにすわった晶のかたわらに立った。マイクをとる。スポットライトが、景子と晶を照らしだした。

景子は微笑を浮かべ、落ちついた口調で話しはじめた。

「本日も皆さま、『K&K』にご来店いただきまして、まことにありがとうございます。今日、『K&K』はとても素敵なゲストをお迎えいたしております。『コップ』というアルバムでデビューを飾ったロックバンド、『フーズハニイ』のボーカル、晶さんです。実は、皆さまもよくご存じの、当『K&K』の店長、耕二くんは東京でバンド活動をしていたことがあり、晶さんは、当時、仲間でした。その後、ふたりが所属していたバンドは解散いたしましたが、晶さんはこうしてプロデビューを飾ったというわけです。

ふだん『K&K』にお越しのお客様には、ロックはやや不似合いかとは思いますが、アルバム『コップ』を私も聞きまして、そのすばらしいサウンドに、ファンにさせられました。今夜と明後日《あさって》、晶さんには、こうしてステージで歌っていただけることになり、今はたいへん光栄だと思っております。どうか皆さま、これを機会に、『フーズハニイ』を応援してあげてくださいませ」

拍手が起こった。

最初に拍手が起きたボックスは、ステージから最も遠い位置にあった。「予約席」として扱われることの多い、壁のくぼみにセットされたボックスだ。

そこに香川昇と香川進がいた。ふたりはふだん「K&K」に姿を見せるときとはちがい、ラフなカジュアルウェアを着こみ、ホステスなどのお供も連れていなかった。

香川昇はスポーツジャケットにポロシャツ、香川進はトレーナーにチノパンツという姿だ。テーブルには、カミュのボトルが立っている。

薄暗いボックスにあって、昇の眼鏡がわずかにスポットライトの反射で光っていた。ふたりは陸に兄弟がいることで、「K&K」の客たちの一部に、緊張感が漂っていた。ふたりが晶に興味をもあがると、昇の自宅に寄って着がえてからここにやってきたのだ。ふたりが晶に興味をもったというのが、耕二には意外だった。スターならともかく、デビューしたてのロックシンガーになど、およそ興味を惹かれることなどないように思っていたからだ。

ふたりの来訪は、前もって景子から知らされてはいた。よほど退屈しているのか。それとも、香川兄弟にとってさえ、「東京」の「有名人」は珍しい存在なのか。

いや、そんなことがあるはずはない。多いとはいえないが、この街出身で晶より成功している芸能人も何人かいる。が、香川家がそうした芸能人と仲よくしているという話は聞いたことがない。たとえば香川グループの社員慰労会などで歌ったり挨拶をしたりすることはあるだろう。あるいはゴルフくらいはいっしょにするかもしれない。しかし、それはあくまで、会社としてのつきあいであり、個人との関係ではない。

それならばなぜ、ふたりはここにいるのだろう。ひょっとしたら、景子がふたりを呼んだのか。

なぜだ。また女王様の気まぐれか。「フーズハニイ」が売れていないからこそ、応援しようという気になり、香川兄弟をそれに巻きこもうとしているのか。たとえば、香川運送や香川観光のコマーシャルソングに晶の歌を使おうとするとか。

想像すると、耕二は興奮と不安がふくらむのを感じた。彼らはまだ知らない。自分たちがこれから、予想もしていなかった脅迫にあうことを。兄弟を執拗に監視しつづけ、その〝犯罪〟の証拠を握っているグループの存在を。

どんな計画を景子が立てていようと、そして今まではすべてそれが可能になってきたこの街であろうと、今度だけはそれが実行に移されることはない。景子と耕二の関係も、あと数日で以前とはまったくちがうものになる。

景子は耕二を憎むだろうか。手を咬んだ飼い犬とののしるだろうか。

そのときがくるのを、耕二は恐れながらも楽しみだった。景子が感情を露《あら》わにし、とり乱す姿を見たいのだった。

ベッドの外で、景子が泣く姿を見たいのだ。感じたとき、景子の目が赤く泣きはらしたようになるのを耕二は知っている。しかしそれはいつも、終わってから気づくことだ。その最中には、景子の貪欲な要求に応えるのに懸命で、景子の変化に気づく余裕がないからだ。

晶がぺこりと頭を下げた。いつもより数段ハスキーな声で「K&K」の客に挨拶をしていた。短くぶっきらぼうで、しかしいやみのない言葉遣いだった。晶にとって、これくらいの「箱」は、もっとも歌いなれた大きさであるにちがいなかった。ジャズクラブであろうと、ライブハウスに変わりはない。ライブハウスこそ、晶の歌のよさをわかってもらう最高の場所なのだ。

ピアノの前にすわり、鍵盤に指をのせた。二日前に調律をすませたばかりだった。

「あんまりバラードは歌わないんです」

マイクの位置を調節し、晶はいった。さっと顔をあげ、こぼれてくる髪をふりはらうと、挑戦的に、顔にあたるスポットライトを見つめた。

「得意じゃないって、ずっと思っていましたし――」

息を吸い、指を動かした。

「でもこのお店にはバラードのほうが雰囲気が合うと思います」

微笑んだ。

「本当は、こんなきれいなところなんでびっくりしちゃいました。ふだんあたしは、新宿にいることが多くて、歌ったり、遊んだりするところも、もっと汚なくて狭かったりするんで……」

見つめている客たちの多くに和《なご》やかな笑みが広がった。

「カッコつけてんじゃなくて、気どったりするのが自分は似合わないって、感じてましたし……。けれど、気どるのじゃないお洒落っていうのがあるんだなって、最近、思ってきて……。たとえば、こちらのオーナーの」

景子のほうを見やった。
「いつかこんな女の人になりたいって。生意気かな」
景子は目をみひらき、微笑んだ。晶は息を吸いこんだ。
「とにかく、すごく素敵なところで、耕二もやるじゃん、て。こさせてもらってよかったなって、今、思ってます」
指が動きだした。歌いだした。
『白く　いてついた街　笑い声聞こえない
Shark　凍ったアスファルト踏みしめ
お前　耳をすます
約束もなにもない　戦いの日々
どれほどの数　耐えてきた　Shark
Shark　お前の背中　重い』
耕二は息を詰めていた。晶の指先が躍った。バラードは、ジャージーな雰囲気を漂わせていて、歌詞ほどは感傷に流されていなかった。たんたんと、だがどこかに重い切なさを秘めて晶は歌っていた。
『赤く　溶けだした道　叫び声ひびく
Shark　噛みしめた唇痛みこらえ

お前　心殺す
約束もなにもない　Manhunt City
いくつもの夜　数えてきた　Shark
Shark　つかのまの安らぎ　遠い』
『Shark……』
と晶はくりかえし、フェードアウトした。拍手が起こった。
「どうも」
ちらっと照れたように晶は笑った。
「あんまり評判よくないんですよ、これ。仲間うちじゃ。嘘ですけど。実は、男のこと歌ってて……。のろけ聞かされてるみたいだって、バンドのメンバーがぶつぶついうんです」
いって、晶は耕二をふりかえった。
「じゃ、今度は、久しぶりに耕二にバックとってもらって、アルバムでだした歌、うたいます。カラオケもでてて、ちょっとにぎやかですけど、聞いてください」
耕二は頷き、進みでた。きのう家からもってきたフェンダーを手にとった。耕二に再び拍手が湧いた。
「何いく？」

興奮がいっきにふくれあがるのを感じながら耕二は晶に訊ねた。

「聞いてる？　うちのCD」

おどけたように晶がいった。笑い声が起こった。

「うん」

「じゃ、『ステイ・ヒア』」

孝が両手を拳にしてふっていた。大好きなのだった。

耕二はピックをもった。イントロからすべてコピーできる。「フーズハニイ」の周にはかなわないが、指だってまだかなり動く。

晶がリードをとった。

「ワン・ツウ、ワン――」

イントロに入った。瞬間、すべてが遠くなった。アンプを通してスピーカーから流れでる音に全身が吸いこまれた。

『Get Away!』

晶が叫んだ。

『Get Away!　皆はいう　早く立ち去ったほうがいい！

ここは街のどんぞこだ　泣き叫ぶ声　夜ごと　夜ごと……』

あっというまだった。体が熱くなった。背中からわきから汗がふきだしてくる。頭だけがクールにリズムを追い、ボーカルの間《ま》をとっている。

一番が終わり、二番に流れこみ、そして二番が終わると、晶のピアノとからんだ。アドリブは本当に久しぶりだった。初め少し照れていた指が、すぐにひとりで躍りだし、ついには悪のりまでした。

最後、目を合わせ、一番に戻り、

『Get Away!』

でしめくくった。

どっと拍手が起こった。小さく晶が、

「やるぅ」

と叫んだ。

それからのことは夢の中のできごとだった。アドリブを増やし、昔よくコピーしたブルースナンバーをやった。わずかに指がもたついたこともあったが、客には気づかれなかった。

五曲を弾いた。拍手はなかなか鳴りやまなかった。

終わってステージから降りたあとも、景子まで手を叩きつづけていた。孝がおしぼりを手にすっとんできた。

「最高すよ。めちゃくちゃかっこよかったです、店長」

景子も頷いていた。

「ああ」

と答えて、耕二は晶を見た。晶の顔にも満足があった。

「何、飲む？」

「冷たいビール！」

孝が走っていった。

「ありがとう、晶さん。すばらしいステージだったわ」

景子が晶の手を握った。

「ありがとうございます」

晶はいって耕二をまっすぐ見た。

「ずっと弾いてたのかよ」

耕二は頷いた。晶は耕二の目を見つめ、頷きかえした。その瞬間、痛みとも喜びともつかないものが耕二の胸を駆け抜けた。

孝がビールをもってきた。景子が晶のグラスにつぐ。

耕二はふたりから目を離し、店内を見渡した。香川兄弟がいなくなっていた。そして代わりにひとりで、平瀬がいた。カウンターにかけていた。

平瀬はカウンターに右肘をかけ、体を半回転させ、耕二のほうを見つめていた。唇の端に笑みがのぞき、露骨な好奇心を瞳に浮かべている。耕二に向かって頷いてみせた。

耕二は気づかないふりをして、晶に目を戻した。

「疲れたでしょう。あとはゆっくり飲んでいって。耕二くん、晶さんのこと、ちゃんと面倒みてあげてね」

晶が少し驚いたように景子を見やった。景子は暖かみのこもった笑みを晶に投げかけ、ふたりのそばを離れていった。

「驚いちゃったよ、すげえいい音するんで」

晶がいった。

「ここか。ふだんも生《なま》が入ってるからな」

「金かけてあるよな」

「いったろう。オーナーは大金持ちだって」

晶は頷きビールのグラスを手に、ほかの客の席で挨拶をしている景子を見やった。

「きれいだし、かっこいいよ」

晶の目が動き、耕二の背後で止まった。

「この街いちばんの金持ちで美人なんですよ。なあ、耕二」

耕二の肩ごしに平瀬が話しかけた。水割りのグラスをもったまま、耕二の隣り、晶の向かいに腰をおろしてくる。口もとにわざとらしい笑みが張りついていた。

「俺、耕二の友だちで平瀬っていいます。晶ちゃんのファンなんで、今日、無理いってこさせてもらったんすよ。田舎者ですけど、よろしく」

手をさしだした。晶はグラスをおき、その手を握った。

「よろしく。晶です」

「感激だよな」

平瀬はいった。耕二は思わず険しい表情になって平瀬を見やった。

「そんな顔すんなよ。仲間じゃないかよ。こいつ、すげえばってたんすよ。俺はプロのロックシンガーといっしょにバンドやってたって。冷てえじゃん、耕二」

「そんなこといってないだろ！」

「いいって、照れるなよ」

耕二は怒りをこらえようと努力した。平瀬の厚かましさは予想外だった。この男は本気で晶をどうにかしようと考えているのかもしれない。

「耕二と年、いっしょなんですか」

晶が訊ねた。

「そうすよ。東京いたとき、話聞かなかったですか。よく中坊の頃はつるんでたんすよ」

晶は耕二に目を移し、耕二の気持ちを和《やわ》らげるように笑みを浮かべた。

「悪かったんだろ」

「そうでもないよ。こいつにいろいろ教えられた」

「女教えてやったのは俺なんすよ」

「やめろって」

「なんだよ、カッコつけんなよ」

「そうじゃないよ」

「いいよ。別にガキじゃないんだから」

晶がとりなした。

「ほらぁ。晶ちゃんもああいってるじゃないかよ。それよか、最初に歌った曲、よかったですよ。何ていうんですか」

「『シャーク』」

「カッコいー。『シャーク』って、鮫のことですよね。俺、頭悪いから知んないんですけど」

「鮫です」

「鮫が彼氏なんですか」

平瀬の狙いがわかった。恋人が刑事だと耕二がいったので、それを確かめようとしているのだ。

『鮫』って渾名《あだな》なの」

「すごいな。何やってる人です。極道だったりして」

晶が笑った。

「ちがうよ。極道じゃない」

平瀬の顔がふっと真剣みをおびた。

「極道、嫌いなんすか」

何をいいたいんだ、お前──耕二は平瀬を見た。平瀬は晶の顔から何かを汲《く》みとろうとでもいうように見つめている。

「極道はいっぱい会ったよ。あたし新宿で育ったから。でも、好きになるような極道に会ったことない」

「元極道はどうです？」

晶の目もふっと真面目になった。

「平瀬さん、そうなの？」

平瀬は頷いた。

「俺、悪くて、高校中退して族やってたんですけど、先輩に引っぱられてしばらく組入ってました」

「そういわれると、そう見えなくもないな」

「嫌いですか」

「今は嫌いじゃないよ、平瀬さんのこと」

「やった」

「だって耕二の友だちでしょ」

晶は耕二を見た。耕二は仕方なく頷いた。

「俺の友だちになってください」

「もうなってるじゃん」

「いやあ、いいなあ。かっこいい、やっぱ晶ちゃんて」

「平瀬さんは、なんか弾いてるの？」

「いやあ、俺駄目なんすよ。尺八吹かせるの得意なんすけど。いけね、下品だな」

「平瀬」

「わかったって。とんがるなよ」

平瀬は耕二の肩に手をかけた。

晶が訊ねた。

「こっちでもやってんの、バンド」

耕二は首をふった。

「若い連中のを見ることはあるけど」

「見るって？」

「オーナーが、なんか好きなんだよ。これからっていう連中を応援すんのが」

自然に目で景子を追っていた。今、カウンターの端にもたれかかり、常連の洋服店の社長と話しこんでいた。駅前ほかで、三軒のメンズショップを経営している。

「いいのか、耕二はそれで」

「うん。別に、もう、そうはないな。趣味でたまにやってんのはいいけど」

「そうか」

「でも今日みたいなことがあると、ちょっと熱くなる」

「うん」

晶は頷いた。晶はこれ以上、その話をつづけていいか迷っているように見えた。

平瀬がわりこんだ。

「ここのママって、あれなんですよ。香川財閥ってとこの長女なんです。独り者で」

「財閥、へえ」

晶はさして興味もないようにいった。

「運送会社にデパートに、バス、不動産、テレビ局、新聞。なんでももってるんです。あのママの親父さんて人が全部のオーナー」

「すごいね」

「ばりばりですよ。ポルシェ乗ってて」

「関係ないだろ、そんな話」

耕二はいった。平瀬の話し方が妙にいらだたしい。

「でもあれじゃん。ママは晶ちゃんのことすげえ気に入ったみたいだったからさ、香川運送のＣＭかなんかに使ってもらえるかもしんないじゃん。ママの従兄《いとこ》もきてたんすよ。その香川運送ての社長やってる」

「そう」

「ＣＭ、どうですか、こんな田舎じゃ、流れてもしようがない？」

「別にそんなことない。でも、ＣＭって柄じゃないよね」

「晶ちゃん自身がでちゃえばいいんですよ。でたことあります？」

晶は笑った。

「ないって」

「頼んでみようかな、俺。俺が頼むぶんにはいいんでしょう、ママに」

「よせって」

「ばーか。うまくいくよ、お前。わかるだろ」

「駄目だ」

「応援しようよ、俺たちで。晶ちゃんのこと」

「ありがたいけど、そういうのはいいや」

晶がきっぱりと首をふった。

「なんで？　晶ちゃんに迷惑かけないって。絶対」

「そういう問題じゃなくて」

晶はいい、平瀬を見つめた。そのまっすぐな視線に、平瀬が一瞬たじろいだ。

「わかった」

平瀬はいった。

「乾杯しよう」

グラスをもちあげた。

「俺たちの友情に」

呆れた男だ、と耕二は思った。が、晶は嫌な顔をせず、ビールのグラスをもちあげた。

「乾杯」

「乾杯！」

三人はグラスを合わせた。

22

「なんか……悪かった。妙なのがでてきちゃって」

ロイヤルホテルの玄関で車を止め、耕二はいった。

「何いってんだよ」

晶が笑った。

「おもしろかったぜ」

「ちょっと変わってんだ、あいつ」

「あんたの友だちだかんね。別に驚きゃしない」

「ありがとよ、今日は」

「こっちこそ、ご馳走《ちそう》さん」

「明日、ゆっくり寝てくれよ。昼前くらいに電話して迎えにくるわ。何もないところだけど案内する」

「いいのかよ、迷惑なんじゃないの」

「いや。明日は店も休みだし。魚うまいとこ知ってるから、おごるよ」

耕二はいった。晶は耕二を見つめ、力強く頷いた。

「うん！　期待してる」

晶はドアに手をかけた。

「待ってるんだろ、平瀬さん」

耕二は無言で頷いた。「K＆K」はまだ閉店していない。景子は洋服屋の社長と飲みにでかけていた。

晶が眠くなった、といったので、耕二はホテルまで送るから、と抜けてきたのだ。でていきぎわ、平瀬が、

——このまま消えんなよ、仕事があるからな。帰ってこい
と、耳うちしたのだ。

「いいんだ、あいつは待たせとけば」

耕二は乱暴にいった。

「晶」

ドアを開け、晶は耕二を見た。

「何だよ」

「うまくなったな、お前。俺らの頃とはぜんぜんちがうよ。やっぱ、プロはすげえって思ったよ」

「やめろ」

晶は首をふった。

「お世辞じゃねえ。別にうらやましがってるわけでもない。気を使ってるのはわかる。だけど今日、本気で思った。やっぱ、お前、才能ある。絶対、スターになる」

晶の目が暖かくなった。

「ありがと」

耕二は息を吐いた。

『鮫』って、すげえ奴なんだろ」

晶は肩をすくめた。

「わかんないよ。つきあってるとかえって」

「――会いたくはねえけどな」

耕二は苦笑した。つられて晶も笑った。

「マッポだもんな」

「なんでつきあったんだよ、そんなのと」

晶は意地悪そうににやっとした。

「内緒だよ」

「捕まったのか、お前」

「まさか。そのうち話す」

耕二は頷いた。

「ああ。明日な」

「おやすみ」

晶はいって、身軽な動作で車を降りた。大またでロビーの自動扉をくぐり、歩いていく。

その姿をフロントグラス越しに耕二は見つめた。

晶がこの街にいるあいだは、例の計画をスタートさせたくはない。自分が景子に憎まれ、さげすまれるのはいい。だが、晶をその巻き添えにしてはならない。

たとえ平瀬と喧嘩になっても、今は駄目だ。明後日、晶がこの街をでていく列車に乗ってからなら、何をしたってかまわない。

晶にさえ、知られないですむのなら。

どれだけ汚れようと平気だ。

カウンターにすわっていた平瀬があいまいな笑みを浮かべた。

「早《はえ》えじゃん。服着たまま、やりか」

「馬鹿いってんなよ」

耕二は隣りに腰をおろした。景子はまだ戻っていない。一時を少し過ぎたところで、「K&K」にはふた組の客が残っているきりだ。

耕二はバーテンに合図をした。ビールとグラスが届けられた。

「たまんねえおっぱいだよな。スケベだっつうからよ、お巡りは」

「知らねえよ」

「とんがんなよ」

平瀬は左手で耕二の肩をもんだ。耕二はされるままになってビールを飲んだ。

「――写真、あがってるぜ」

「そいつは月曜だ」

「何だい、どういうことだよ」

「晶がいるあいだはややこしくなる」

「馬鹿、だからいいんじゃねえか。俺、本気だぜ。あの女、気に入っちゃったよ。CMにだせっていおうよ」

「嫌だっていってたじゃないか」

「本気じゃねえって。売れりゃうれしいにきまってんだろ、芸能人だぞ。顔も名前も売れてよ。そうなったときにお前、俺たちのお陰だってのがあるのとないじゃ、ぜんぜんちがうんだぜ」

耕二は平瀬の手をふりほどいた。身を引き、正面から平瀬を見すえた。

「平瀬、わかってないよ、お前」

「何が」

「晶が嫌だっていったのは、本当に嫌だったからさ。あいつはそういう奴なんだ」

平瀬は煙草をくわえた。火をつけ、ゆるゆると煙を吐き出した。伏し目からゆっくり耕二を見た。

狂暴な目だった。極道の目だ、と耕二は思った。

「かっこつけてんじゃねえぞ、この野郎」

低い声で平瀬はいった。

「かっこなんかつけてない」

一瞬、恐怖を感じながら、耕二はいった。

「ありゃ、てめえの女なのか」

「ちがうよ」

「だったら俺のやり方に口だすんじゃねえ」

「平瀬!」

「うるせえってんだよ。俺は決めたっつったろう。あの女、モノにすんだよ。今度の計画もそれに使う」

耕二は深呼吸した。平瀬の目には、今まで見たことのないすわりがあった。

「いいか。ここのママが帰ってきたら、話もちかけるからな」

「やめろよ」

「気どんなよ、この野郎。俺と石渡が、今までどんくらい苦労してきたと思ってやがるんだ。今さらてめえひとりにきれいなツラさせねえからな」

「お前――」

「いいか。てめえが関係ねえっつったって、俺は全部バラしてやる。こういうことはな、早いほうがいいんだよ。いきなりガツンといって、向こうが何していいかわかんねえうちに話を決めちまうんだよ。今日やるぞ。いいな」

耕二は平瀬の顔を見つめた。本気だった。嫌だといえば、何をするかわからない。

「欲しいものを手に入れるんだよ。その手がかりをつかんでるんだよ。何をつまんねえことでびびってやがんだよ」

「晶を巻きこみたくないんだ」

「巻きこみゃしねえよ。俺があいつをやったって、それはそれで、今度のこととは関係ねえ」

「なんであの女にそんなにこだわる」

「タイプなんだよ」

平瀬は突きはなすようにいい、にやりと笑った。

「それにデカの女ってのもいい。野郎がいくら新宿でブイブイいわせてたってな、ここは東京じゃねえんだ。関係ねえってことよ」

「そういう問題じゃない」

耕二がいうと、平瀬はぐるりとストゥールを回転させ、正面から耕二と向き合った。

「お前、何か勘ちがいしてねえか」

「勘ちがい？」

「あの女はよ、東京の女なんだ。東京がお前に何をしてくれた？ あの女にはいいことをいっぱいしてくれたかもしれねえ。夢をかなえてくれたんだからな。けど、お前には何をしてくれた？ いってみろよ」

「晶が悪いわけじゃない」

「そうさ。けど、お前はじゃあ誰も悪くねえからと、一生このまますぶってるつもりかよ」

「晶には恨みなんかないんだ」

「誰も恨んでるなんていっちゃいない。俺は気に入ったからモノにする、そうしてえだけだ」

「晶の意志はどうなる」

「きれいごとほざくなよ。女なんてのはお前、やっちまえばそっからどうにかなるんだよ」

「晶には手を出すな」

「惚れてんのか、お前」

耕二は無言だった。わからなかった。別に晶に愛してほしいとは思っていなかった。刑事だという恋人と、別れてもらいたいとも思わなかった。

ひょっとしたらもう一度、晶がこの街にいるあいだにキスをしようとするかもしれない。あるいは、抱こうと。

しかし拒否されたとしても、自分が傷つくとは思えなかった。ホテルの部屋でのことと同じように、どきどきしてそしてわずかに失望するかもしれないが、それ以上に自分が落ちこむとは思わなかった。

平瀬が立ちあがった。目をあげた耕二に、

「ちっと表いこうぜ。頭冷やそう」

と告げた。

店の人間たちが不安げに、耕二と平瀬を見つめていた。ここでおびえたくはない。

「ああ」

耕二はぶっきらぼうにいって立った。心配げに見守る孝らには何もいわず、出口への階段をのぼった。

駐車場に立った。玉砂利が敷きつめられ、埋めたロープが区画を仕切っている。耕二の車、孝の車、キッチンのチーフの車、それに客の乗ってきたアウディ、そして平瀬の古いクラウンがある。

玉砂利を踏み、ふたりは向かい合った。

「一世一代だからよ」

気負ったようすもなく平瀬は言葉を吐きだした。

「俺とお前のあいだで、話はきっちりつけておきてえんだよ」

「どういうことだ」

半ば予期しながら耕二は訊ねた。声が少し震えているような気がした。

「仕事は仕事として、あの女のことは、俺とお前のあいだで決着つけようや」

不意に夜気が冷たく感じられた。晶はもうシャワーを浴び、ベッドに入っただろうか。ひょっとしたら今ごろ、恋人の刑事に電話をかけているかもしれない。

俺は――。俺はどうしてあのままもう一度、部屋にまでいかなかったのだろう。格好をつけて晶の歌をほめ、のこのこと帰ってきた。そして今、こうして、晶と俺の過去とはまるで関係のない、極道崩れの男と夜の駐車場で向かい合っている。

平瀬の右手が閃《ひらめ》いた。白いものが空《くう》を切ったと思った瞬間、耕二はしたたかに鼻すじを殴られ、よろめいていた。平瀬は耕二の顔の中心にストレートを放ってきたのだ。

顔面が熱く、しびれたようになった。ぬらっとした感触が唇を伝わり、顎から滴った。

耕二は目をみひらき、平瀬を見すえた。平瀬の右手が再び動いた。必死で左腕をあげた。

次の瞬間、鳩尾《みぞおち》を突かれた。前かがみになった。右はフェイントで、左を出してきたのだ。

息が詰まった。平瀬の動きだけがふつうで、自分はスローモーションでしか体を動かせない、そんな気分だった。平瀬が踏みだしてきた。両手が耕二の頭をつかんだ。かがんだまま、顔を押しさげられた。平瀬の右膝がそこへ迫ってきた。

再び衝撃がきた。今度は口のあたりだった。唇がしびれ、平瀬が両手を離したとたんに、耕二は後ろ向きに引っくりかえった。玉砂利が飛んだ。

平瀬が見おろした。恐怖と精神的なショックで耕二は目を閉じられずにいた。あおむけに倒れたまま、平瀬と見つめ合った。

「蹴るんだ」

平瀬はたんたんといった。

「ふつうはな。相手が倒れりゃ勝ちよ。あとは蹴って蹴って蹴るんだ。死んでもいい、と思や、頭やわき腹を思いきり蹴ってやる。死なしちゃマズいと思ったら、肩や足を狙うんだ。わかったかよ」

「な、何がだ」

そういったつもりだった。だが舌がうまく動かなかった。固くて小さいものが口の中にあった。折れた前歯だった。

「耕二の負けだってことがよ。勝負だったたんだからな。負けを認めろよ」

「そんなの――」

「文句あんのか、この野郎」

平瀬が形相を変え、詰めよった。耕二は体をねじって逃げた。平瀬の爪先が耕二の腰を蹴った。

「てめえ、とことんやってやろうか」

「やめろ」

「じゃ負けたって認めろ。負けましたっていえ、この野郎」

「嫌だ」

「何だと――」

光がさしこんだ。平瀬が顔をあげ、耕二も首をねじった。ポルシェの特徴のあるふたつ目が駐車場を見すえていた。景子がブレーキを踏んだ。照らしだされた耕二と平瀬を運転席からフロントグラス越しに、目をいっぱいにみひらき、見つめている。

「ちょっと！」

ドアを開け、半身をのりだしながら景子が叫んだ。

「何してるの⁉　あなたたち」

「立てや」

平瀬が小声でいった。耕二は両手をつき、立った。顎の先から滴った血が、白いシャツの三分の一以上を染めている。景子が車を降り立った。

「何でもありません」

耕二はもつれる舌を回していった。

「何でもなくないわ。ちょっとあなた――」

景子は平瀬を見やった。平瀬は無表情のまま、うっそりと立っていた。

「あなた、耕二くんの友だちでしょう。どうしてこんなことするの」

平瀬は答えず、耕二に顎をしゃくった。まるで叱られ、ふてくされている子供のような仕草だった。

「答えなさいよ！」

怒気を含んだ声で景子はいった。耕二はいった。

「いいんです、ママ。もう、すんだことですから」

「じゃ一一〇番、わたしがするわ」

車の中に手を伸ばした。自動車電話をつかむ。平瀬がのんびりといった。

「一一〇番なんかして、いいんすかね。天下の香川家が泥まみれになっちまいますよ」

「何ふざけたこといってんの」

「なあ、耕二」

平瀬が耕二を見やった。

「耕二はいい奴っすよ。ママのこと、かばおうとしたんじゃないかな。ちょっとだけ」

「何がいいたいの、あなた」

景子は眉をひそめ、平瀬を見つめた。両脚を軽く広げ、恐れげもなく立っていた。

「俺の知り合いなんすけどね。船が好きで、よくハーバーにクルーザーやヨットの写真、撮りにいくんすよ」

「それがどうしたの」

「おいしい商売、やってるじゃないですか。みんな金持ちなのに、そんな稼いでどうすんですか」

景子が黙った。逆光のせいで、耕二からは、どんな表情を浮かべているのか見えない。

やがて低い声でいった。

「何のことだかわからないけど」

「そうすか。じゃいいんです。ママは何も知らない、と。それならこっちから話、します」

「何をどこにするの」

「いいじゃないすか。ねぇ」

「何をどこにするのよ」

景子はくりかえした。平瀬は耕二に合図を送った。

「ママ……」

耕二は右手で口をぬぐった。激しい痛みが突き抜けた。

「香川運送の社長と専務――」

「それがどうしたっていうの」

「知ってるんです、ママ」

「何を？」

「あの……薬のことです」

景子はまったくの無表情になっていた。ただじっと耕二を見つめている。

「だから？」

「だからよぉ――」

平瀬がいいかけた。景子がぴしゃりといった。

「あなたじゃないわ。わたしは耕二くんと話してるの」

「でけえツラすんじゃねえぞ、この野郎！　気どってっとよ、泣くほど後悔させてやっからな」

景子はゆっくりと首を回し、平瀬を見た。

「弱みを握ったつもりなの、それで。そっちこそいい気になっていると、後悔するわよ」

「てめえサツにさされてえのかよ」

「警察が動いたら、あなた死ぬわ」

冷静に景子は告げた。

「おどす気なら、わたしたちの家のことがわかってやってるんでしょ、あなた。この街の恐いお兄さんたち全部を敵に回すつもり？」

「極道なんか恐かねえよ」

平瀬は薄笑いを浮かべた。

「そう。じゃ、わたしもあなたなんか恐くないわ。だから今は耕二くんとわたしの話に口をださないで」

平瀬はツバを吐いた。

「勝手に話せよ、ババア」

景子の表情は変わらなかった。まっすぐ耕二の目を見た。

「あなたも仲間なの」

耕二は目を夜空に向けた。覚悟をしていた瞬間だった。なのに、切なく腹だたしい。何もかもがめちゃくちゃになってしまったような気がした。

耕二は小さく頷いた。

「そう」

景子は低い声でいった。

「じゃ、仕方ないわね」

煙草に火をつけた平瀬を見た。

「ビジネスがしたいの？」

「そういうこったよ」

平瀬は大きく口を開け、ゆるゆると濃い煙を吐き出した。

「条件は？」

「五〇パーセント」

「五〇パーセント、何？」

「そっちの儲けの五〇パーセントを払ってもらいたいってこと。さっきの話みてえに、極道のとこに妙な知恵借りたら、県警本部に写真、届きますよ。耕二と俺のほかにも、メンバーがいるんでね」

冷ややかなさげすみのこもった視線で景子は平瀬を見た。

「即答はできないわ」

「でしょうね。一度、俺らみんな、うまいもんでも食いながら、話し合いって奴をもちたいな。ねえ、ママ」

「とにかく時間をもらうわ」

「どんくらい、すか」

「明日、耕二くんに連絡する」

耕二に目を移した。平瀬を見たときの、冷ややかなさげすみは、その目から姿を消してはいなかった。

「今日はこのまま帰っていいわ。その顔でお客さんの前にでてもらいたくないの」

「ママ、俺、明日――」

晶のことを告げようとして、言葉に詰まった。晶は関係ないのだ。

「ポケベル、あったわよね。昔、オープンするときにもってもらった――」

「はい」

今は使うことなく、自宅でほこりにまみれている。電池が切れているだろう。

「でかけるなら、もってなさい」

耕二は頷いた。

「じゃ、帰って」

車のキイは上着の中にある。そして上着は店の中だ。

「帰って！」

切りつけるように景子は叫んだ。耕二は無言で頭をさげた。

「送ってってやるよ」

平瀬はわざとらしくいい、車のキイをとりだした。

23

進が四谷のマンションに到着したのは、午前四時過ぎだった。本当はもっと早く、向こうをでたかった。一刻も早く角に会い、キャンディを渡し、沙貴の身をとりかえしたかったのだ。

だがそれを許さなかったのは、兄の昇だった。昇は、進の話を最後まで無言で聞いていた。キャンディを沙貴に渡していたこと、沙貴に金を与え、東京での愛人にしていたこと、そしてその沙貴が進の本名・連絡先を知っていたがために、こうして角に正体を知られるきっかけを作ってしまったことを、何ひとつ咎めなかった。

進は、昇に殴られる覚悟をしていた。愚か者とそしられ、叩きのめされても仕方がない、と思っていた。たとえそうなっても、沙貴を救ってくれと、昇に頼むつもりだった。

昇に内緒でキャンディをもちだし、角と取引をすることは考えなかった。角が本性をむきだしにした今、昇という司令塔を抜きで、角と渡り合えるとは思えない。たとえそうして沙貴をとり戻せたとしても、今後の取引は、今までとはまったくちがったものになってしまうだろう。

角はがらりと態度を変えるにちがいなかった。キャンディの原価引きさげを要求し、好きなときに好きな量のキャンディを供給しろと迫るにちがいなかった。そうなったらこれまでの努力はすべて水の泡だ。それどころか、やくざにおどされ、いいなりになるしかなくなってしまう。

何とか、元の形とはいかないまでも、角との関係を五分五分の状態にまでもっていかなければならない。そうするためには、どうしても昇の知恵が必要だった。

昇は、進の話を、火の気のない応接間で、じっとすわって聞いていた。進の話を聞き終えて、まず口にしたのは、

「お前もキャンディをやっているのか」

という質問だった。

「やったことはある。でも、セックスするときだけだ」

進は必死になっていった。これからは本当にそうするつもりだった。この頃、体重が減ってきている。スラックスのウエストがゆるんでいるのだ。昇に気づかれるのは時間の問題になりつつあった。

昇は無表情に頷いた。

「問題はいくつかある。だが、まずいっておきたいのは、今後、絶対に俺のいうとおりにしろ、ということだ」

進は深呼吸し、頷いた。

「そうする。約束するよ、兄さん」

「嘘はつくなよ」

昇の顔が険しくなった。

「一歩まちがえれば、俺もお前も破滅だ」

「わかってる」

進が頷くと、昇はしばらく進の顔を見つめていた。

「沙貴を……沙貴を助けてやってくれよ」

「あきらめられないのか」

「駄目だ」

進は目を閉じた。涙がこぼれるのがわかった。兄の前で泣くのは何年ぶりだろう。

「――惚れてるみたいなんだ。あいつが……あいつに、奴らが何をしているかと思うと、おかしくなっちまいそうだ」

「考えるな。今は冷静になれ。お前がそうなることを奴らは望んでいる。それが奴らのやり口なんだ。おびえさせ、冷静な考えをできなくする、そこにつけこむんだ」

「わかった。やってみる……」

進はしゃくりあげ、頷いた。

「でも、どうすりゃいい？」

「まず、その娘が無事でいるかどうかを確認しろ」

「今かい？」

「今じゃない。東京にいって、角に会う前だ。いいか、今までのような会い方じゃ絶対に駄目だぞ」

言葉を切り、昇は考えていた。進はその顔を見つめた。小さな顔の、秀《ひい》でた額の奥で、猛烈に頭を働かせている――そんな表情だった。

「――取引は、人の大勢いるところでやるんだ。相手に場所を指定させるな」

「沙貴は……沙貴を、どうすればいい？」

「新幹線に乗せろ。新幹線の中から、お前の携帯電話に電話をかけさせるんだ」

「じゃ、こっちに――」

進は目をみひらいた。

「そうだ。こちらにこさせる。東京にいたんじゃ危険だからな。俺が駅まで迎えにいき、無事引きとったら、もう一度、お前に連絡する。そのあいだ、お前は奴らといっしょだ。そうでもしないと、奴らは、その娘を放さないだろう」

「わかった」

「俺からの連絡があったら、お前はあらかじめキャンディを隠しておいた場所に奴らを連れていけ。駅のコインロッカーかどこかで、近くに交番のある場所をさがすんだ」

「代金は？」

「もらう。奴らは値切ってくるかもしれん。それには応じてやれ」

「でもそれからはどうすれば――」

「警察を使う」

「警察を？」

「忘れたのか。鮫島という刑事だ」

「でもどうやって……」

「明日、海にでる。夜、お前は車で東京に向かえ。ただしその前に、俺と『K&K』にいくんだ」

「景子の店に？　なんで……」

「鮫島の恋人がいる」

「恋人って例のロック歌手か」

進は混乱した。なぜ、新宿の刑事の恋人が、「K&K」にくるのか。

昇は頷き、いった。

「おもしろい偶然だ。その女が昔バンドを組んでいた仲間が『K&K』にいる。店長さ」

「店長って、あの景子がペットにしてる――」

「そうだ。鮫島の恋人のバンドはツアー中で、すぐ近くまできている。寄る、という話になったらしい。景子は『K&K』で歌わせたい、と考えたのさ。俺もそれにのった。香川運送のコマーシャルソングをさがしてる、と景子にはいってな」

「景子は知ってるのかい」

「何も知らん。いつもの気まぐれだ。若い者好きのな」

進は昇の顔を見た。兄はいったい何をしようというのか。刑事の恋人を人質にして、角たちをどうにかしようと考えているのだろうか。とすれば、そちらのほうがよほど、破滅しかねない計画のように思える。

が、兄の頭脳を進は信頼していた。もし昇がそうするつもりなら、兄は成功させるだけの計算を立てているにちがいない。

「こちらのことは任せておけ。お前はとにかく、慎重に、俺のいったとおりに動け。いちばん避けなければならないのは、お前が奴らの人質になることだ。女の身代わりは見つかるが、お前の身代わりは見つからん。わかるな?」

「ああ。わかるよ」

「もしそうなってしまいそうになったら、そのときは女を捨てろ。いいな」

「よし。じゃ、明日の夜、『K&K』にいったら、車で東京にいけ。四谷のマンションだ」

「はい」

「俺もいっしょじゃなきゃまずいのかい。その、刑事の恋人の歌を聞くのは――」

「何かが起こったとき、お前はその刑事に、自分が恋人を知っている、ということを教えてやらなけりゃならん。見ておくんだ」

「わかった。早めに東京にいっておいたほうがいいのじゃないかって思ったけど……」

「あわてるんじゃない。お前があわてて動けば、角たちの思うツボだ」

マンションの駐車場に止めたBMWのトランクと後部席から、進は三十万錠のキャンディの詰まった段ボール箱を運びあげた。

キャンディは、五〇センチ四方のシート一枚に六百二十五錠が封入されている。そのシート四百八十枚分で三十万錠だった。段ボール箱は全部で四つあった。一箱に、シート百二十枚、七万五千錠が入っている。

2LDKのマンションの、カーテンを閉じたリビングルームに、今、段ボールは積んであった。

進は長椅子に横たわった。道がガラすきだったので、思ったより時間はかからなかった。だが不安と疲労が、心と体を重くしている。

やめよう、と誓ったはずなのに、進はキャンディを使っていた。「K&K」をでて昇と別れ、高速道路のインターチェンジをあがったとたん、我慢できなくなった。

BMWのグローブボックスに、三錠のアイスキャンディが入っていた。そのうちの一錠を口に入れた。

東京に到着するまでに、三錠すべてを進はなめきってしまっていた。

最後に角と話して以来、眠れない夜がつづいている。そのうえ、「K&K」であの娘の歌を聞きながら、水割りを二杯ほど飲んだのもまずかった。

眠けが襲ってきたのだ。

居眠り運転で事故でも起こしたら、それこそ身の破滅になる——キャンディをとることで睡魔を追いはらえる、そう自分にいいわけをした。

キャンディの効果がすっかり抜けた今は、深い泥の底に埋まったような気分だった。

頭がよく働かない。キャンディをなめはじめてすぐは、冴えた気分になり、思考がスピーディに回転する。なのに、効き目が切れると、まるで木偶《でく》人形のようになってしまうのだった。

うまく動かないのは、頭だけではなかった。体も、すべての関節がぎくしゃくと軋《きし》んでいる。立ったり、歩いたりする動作のひとつひとつが、ひどくおっくうだった。

進は長椅子に寝そべったまま、センターテーブルの上にのった電話機を見た。じきに夜が明けようとしている。カーテンのすきまからのぞく窓の外は、黒から紺に色が変わっていた。

角に連絡をとらなければならない。が、電話でですら角の声を聞くかと思うと、憂鬱な気分になる。沙貴を一刻も早くとりかえしたいという気持ちと、もう何もかもがどうなってもいいという投げやりな気持ちが、頭の中で闘っていた。

不安はふくらむ一方だった。脈絡もなく、角が自分を殺すかもしれない、という恐怖がこみあげてくる。

――今まで大きな顔をしやがって、土下座しろ、この野郎
角がののしる声が聞こえてくる。角の部下たちが自分をとり囲み、足蹴《あしげ》にする。そこには沙貴もいて、おさえつけられている。沙貴の衣服は引き裂かれ肌が露わになっている。沙貴は泣きわめいている。けんめいに救いを求めている。男たちが次々に沙貴にのしかかっていく。血まみれでアザだらけの自分は何もできない。

そして刃物がとりだされる。

角が匕首《あいくち》を手に迫ってくる。

――てめえとはつきあい飽きたぜ
角がいう。匕首の刃先が進の腹に突きたてられる。

進は、はっと目をみひらいた。「思い知ったか、この野郎!」という叫びを確かに聞い

たような気がしたのだ。

全身が汗で濡れていた。ひどい悪臭を放っているにちがいない。

このままではいけない。こんなことでは、うまくやり抜くことはできない。

進はよろめきながら立ちあがった。シャワーを浴びたいが、その気力すらなかった。

沙貴を助けだすまで、しっかりしていないと。

積んだ段ボールに歩みよった。自分にエネルギーを注入するにはこれしかなかった。

段ボール箱は、簡単に中味がとびでないよう、厳重に梱包してあった。ガムテープが幾重にも巻きつけてある。

指先ではがそうと試みた。つるつるとすべって、端をつまむことができない。

何度も何度も失敗して、いらだちがこみあげてきた。喉の奥で、怒った獣のようなうなり声をたて、進は段ボール箱を拳で殴りつけた。

リビングルームを見渡した。サイドボードが目に入った。膝でにじりよると、その引出しを引き抜いた。

社名の入った封筒や便せん、ボールペンなどとともに、中型のカッターナイフが転げて、カーペットの上に散らばった。

カッターナイフを手にした。親指を動かす。チキチキという音をたて、刃先がすべりでた。

進は魅せられたように刃先を見つめ、親指を動かしつづけた。

チキチキ、チキチキ。刃が何度も上下する。チキチキ、チキチキ。

やがて我にかえった。

ガムテープに刃先をあてがい、走らせた。すーっと、ガムテープの表面が裂けた。おもしろいように切れていく。

十文字に貼られたガムテープに切れ目を入れた。刃を引っこめ、はいているチノパンツのヒップポケットにさしこんだ。

ばりっと段ボールの蓋をはがした。銀色に光る錠剤のシートがそこにあった。

沙貴をとり戻すためだ。この薬を飲んで、シャープな頭と身軽な体を手に入れなければならない。沙貴さえとり戻せば、すべてうまくいく。

自分の街に帰れば、もうキャンディには手をださない。沙貴とふたりで、おとなしく暮らす。結婚したってかまわない。兄貴のように家を買い、沙貴を奥さまと周囲に呼ばせるのだ。

めまいがした。目を閉じた。体を支えようとしてついた手が、段ボール箱の中のシートにあたった。

つかんで引きずりだした。

今は、今のうちだけは。自分に許してやろう。いくらでもなめてかまわない。

すべては沙貴をとり戻すためだ。

親指で透明なプラスティックをおした。裏の銀紙が破れ、丸い錠剤がころげでる。口に含む。熱が引くように、すうっと頭の芯が冷たくなっていくのがわかる。

大丈夫だ。大丈夫だ。大丈夫だ。大丈夫だ。大丈夫だ。大丈夫だ。大丈夫だ。大丈夫だ。

うまくいく。うまくいく。うまくいく。うまくいく。

腕時計を見た。すっ、と、軽く腕がもちあがる。体が木偶人形から人間に戻ったのだ。

午前五時三分。

角に電話だ。

待っていろ。

お前たちの思いどおりにはさせない。

24

ポケットベルが鳴ったとき、鮫島は「キングダムハイツ山王」が建つ、一方通行路の入口に止めたBMWの中にいた。ポケットベルは、音ではなく振動で作動を伝えるように切りかえてあった。

作動を止め、液晶の表示を見た。十桁の見慣れぬ数字が並んでいた。

腕時計を見た。午前一時を回ったところだった。細い一方通行路が入りくんだ住宅地の深夜は静かで、鮫島は眠けが体を重くしているのを感じていた。その意味では、このポケットベルはありがたかった。

サイドミラーで周囲を確認し、車を降りた。伸びをして深呼吸する。本当に眠くなったときのため、BMWのダッシュボードにはコーヒーポットのほかに、カフェインの錠剤と歯ブラシが入っている。歯をみがくのも、眠け覚ましには効果があるのだ。ただしこれは、近くに水道があるか、ミネラルウォーターの罎をもち歩いているときに限られる。

いちどだが、水がないのに気づき、近くにはコーラの自販機しかなかったことがあった。ほかの飲料はすべて売りきれていた。結果は最悪だった。ただし、口の中で歯みがき粉とコーラを泡だてた味は、眠けを覚ます効果は抜群だった。

今はまだ錠剤や歯ブラシの助けを借りなければならない段階ではなかった。少し散歩して、電話で話せば、眠けはとれるだろう。

車をロックし、歩いて三〇〇メートルほど離れた場所にあるコンビニエンスストアに向かった。この店はなるべく利用しないことに決めていた。「キングダムハイツ山王」に近すぎるからだ。角やその手下が、ちょっとした買い物にでるならここを使わないはずがない。鮫島は塔下らとちがって、藤野組の組員ほとんどに顔が割れている。こんなところでくわせば、張りこみをおこなっていると教えてやるようなものだ。

コンビニエンスストアは、あたりに皓々《こうこう》と白い光を投げかけていた。店内に暴力団員らしい客がいないことを確認し、鮫島は、入口の自動扉わきにおかれた公衆電話に歩みよった。

携帯電話は、警視庁本庁の捜査員たちには配備されはじめている。所轄署員は、特別捜査本部にでも編入されないかぎり、渡されそうになかった。

緑色の公衆電話のかたわらには傘立てがでていた。夕方から夜にかけての早い時間、雨が降ったのだった。傘立ての底にたまった水は、店内の蛍光灯の明かりを反射していた。

とりだしたテレホンカードを電話機にさしこみ、ナンバーをおした。

呼びだし音が五度ほど鳴ったところで受話器がとられた。男の声でホテルの名を告げた。

鮫島は晶の名をいった。

「お待ちください」

やや間をおき、

「おつなぎいたします」

呼びだし音に変わった。今度はすぐに受話器がもちあがった。晶はポケットベルを鳴らしたあと、電話のかたわらで待っていたのだろう。鮫島は微笑んだ。

「もしもし」

「もしもし。どこにいるんだよ」

「大森のほうだ」

「仕事かよ、結局」

晶の声はかすれていた。つぶれている、というほどではないが、ふだんよりかなりハスキーだった。そのせいでおとなびた響きがある。

「そういうことだ。そっちはどうだ」

「疲れた」

「昔の仲間と会ったんだろ」

「うん。よかった、きてみて」

「変わってなかったのか」

「変わってないってことはない。でもいいふうに変わってた」

「そうか。よかったな」

「うん」

晶はわずかのあいだ黙った。

「歌ったのか、いっしょに」

「歌ったよ。指が動いてた。ずっとやってたみたい」

「練習したのじゃないのか、お前のために」

「かもしんない」

「いい人だな」

「うん」

「明日も歌うのか」

「いいや。明日はそいつが車で迎えにきてくれてあちこち連れてってもらう。そいでおいしい魚、食べにいくんだよ」

「幸せじゃないか」

「だろう。刺身、もってってやるよ」

「よせよ、腐っちまうぞ」

鮫島は目を上げた。背後に人の立つ気配があった。公衆電話は二台あり、もう一台はあいている。

晶の笑い声が耳の奥で響いた。

「そろそろ切るぞ」

「心配してねえな、こいつ」

「何をだ」

「何でもねえよ。また電話するわ」

「おい」

「何だよ」

「うまい魚たっぷり食ってこい」

「わかった」

晶はいって切った。鮫島は受話器をおろし、ふりかえった。塔下と、見知らぬ男が立っていた。

「困るね。メンの割れた人間にうろうろされちゃ」

男はいった。険悪な表情を浮かべていた。四十四、五か。髪をオールバックになでつけているが、頭頂部が薄くなりかけている。チェックのシャツに、明るいグレイのジャケットを着け、ゴルフウェアのようなシングルのスラックスをはいていた。目もとに神経質そうなたるみがあった。

「鮫島さん」

塔下が割って入った。

「主任情報官の板見《いたみ》です」

塔下の上司なのだった。板見は下から睨《ね》めあげるように鮫島の顔を見つめた。

「張りこみのイロハも知らんのかね。新宿署のマル暴は」

「ちょっと緊急の用事がありまして。防犯の鮫島です」

板見はまばたきもしなかった。

「こっちで話しましょう」

塔下が顎をしゃくった。コンビニエンスストアから二〇メートルほど離れた位置に、グレイのワゴンが止まっていた。無線のアンテナが立っている。

ワゴンの車内に入ると塔下がいった。

「鮫島さんに協力をお願いしたのは私です」

「そんなことは関係ない。本庁保安でもない人間がなぜしゃしゃりでてくるんだ」

板見は煙草をとりだし、いった。ラークだった。

「鮫島さんは、藤野組の角をずっとマークしていて、キャンディとの関係にも目をつけていました。ですから協力をお願いしたんです」

「フダはもってるのか」

板見は塔下を無視し、鮫島に訊ねた。

「いえ」

「どうするつもりなんだ。いざとなったら緊逮か。え？　荒っぽいな、やることが」

「今のところ、あのマンションで犯罪が進行しているという、明確な証拠はありませんから」

「じゃ、なぜ張りこむ」

「今後起こりうる可能性を想定して、です」

板見はラークの火先《ほさき》をいらいらしたように灰皿のヘリにこすりつけた。

「新宿署の防犯てのは、そんなに暇なのか。あそこには今、誰がいるんだ？　え、いってみろよ」

「藤野組の角、そして六本木のクラブホステス陰山真子」

「乳くりあってるだけなのを、なぜ張る？」

「主任」

塔下が見かねたようにいった。鮫島は板見を見すえ、いった。

「そのふたりが部屋にしけこんでいちゃついているだけなら、あなた方も私もここにはいない。仮に、ちょっとしたお楽しみでしゃぶを一本か二本射ったていどでもここにはいないでしょう。ここにいるのは、角がさばいているアイスキャンディのネタ元を引っかけられると思うからだ。陰山真子はヒモつきで、そのヒモはキャンディのネタ元だ。つけ加えるなら、真子がそこのマンションにいるのは、二、二、五の可能性が高い」

二、二、五は、警察無線のコードで、誘拐を意味していた。刑法二二五条に由来する。

板見の表情は変わらなかった。

「帰れよ」

「お断わりします。私はあなたの部下ではない」

「お前がぶっこわしたら責任とれるのか。こっちは二十人近く、このヤマにつっこんでるんだ。新宿署のハネ上がりひとりにその責任がとれるのか」

鮫島はゆっくりと息を吸いこんだ。

「前回、そちらが笘野を引きあげたとき、私は邪魔をしなかった。塔下さんのいわれたとおり引っこんだ。今度はこちらの番だ」

「何だ、お前は⁉」

板見は怒鳴った。

「いくらでもいるだろうが。ここはお前の管轄か⁉　新宿いけ、新宿へ。売人でもしゃぶ中でも、いくらでもいるのを引っかけてろ」

「これは私の捜査だ」

「ふざけんなよ、この野郎。手を引けっていうんだよ」

板見は顔をつきだした。

「断わる」

「麻取なめてんのか。え、おい。サツのがでかいからって、貴様、麻取をなめてんのかよ」

「なめるとかなめないの問題じゃないだろう」

「何だと、この野郎！」

板見は鮫島の襟をつかんだ。鮫島はその腕をふりはらった。板見の顔が怒りにどす黒くなった。

「塔下。こいつを逮捕しろ」

「主任！」

「公務執行妨害の現逮だ」

「やってみろ」

鮫島は低い声でいった。

「あんたがくだらんメンツのために、キャンディのネタ元を逃したら、それこそどうやって責任をとるつもりだ？　俺がいってるのは厚生省や警察庁《さっちょう》の問題じゃないぞ。今この瞬間も、キャンディでしゃぶ中にはまっていく、中学や高校の子供たちに、どう責任をつけるんだ？　いってみろ！」

板見は荒々しく息を吐きだした。

「てめえひとりがドジを踏まねえつもりかよ。でかいツラして、マル対のやさのまわりをうろうろしてやがったくせに」

板見の右手がジャケットの裾をはねあげた。手錠ケースの蓋を開いた。

「塔下、お前がやらんのなら、俺がやる」

「バッジがでしゃばってきても、そのでかいツラは変わらないのだろうな」

鮫島はいった。板見の表情が一変した。目が大きくみひらかれ、蒼白になった。バッジとは国会議員のことだった。

「貴様、それをどこで仕入れた」

「答える必要はない。どうなんだ」

板見は歯を食いしばった。

「上司の名前をいえ」

「自分で調べろ」

「貴様、ねじこんでやるからな」

「何をどうねじこむんだ？　バッジが恐くて、適当なところで切るつもりだった捜査を、警察がでしゃばってきたんで最後までやらざるをえなかった、そうねじこむのか」

板見の手が走った。手錠の輪が鮫島の頬骨に命中し、がつっという音をたてた。塔下が板見の手をおさえた。

「まずいですよ、主任」

鮫島は頬に触れた。熱く、しびれたようになっている。血が噴き出した。体がかっと熱くなった。

板見の口もとに満足そうな笑みが浮かんだ。鮫島は素早いジャブを放った。唇を切った板見はのけぞった。

「鮫島さん――」

「心配するな。これ以上は手をださない」

板見はジャケットのポケットからハンカチをだし、唇にあてた。憎しみのこもった目で鮫島を見た。

「俺たちがいがみ合っても、得するのは向こうだけです」

塔下が板見の耳もとでいった。

「やかましい」

板見は低く、おさえた声音でいった。

「塔下、お前はこの野郎にくっついてろ。いいか、この野郎が捜査の邪魔をしようとしたら、かまわねえから足に一発ぶちこんでやれ」

塔下は息を呑み、鮫島を見た。

「お前の仕事はそれだけだ。いいな。わかったな！」

「了解しました」

塔下は唇をすぼめ、いった。

「でていけ」

板見は食いしばった歯のあいだからいった。

鮫島はワゴンのスライドドアを開いた。降りたつと、塔下があとからついてきた。

「塔下」

板見が呼びかけた。ふりかえった塔下に命じた。

「無線おいてけ」

塔下は目をみひらいた。が、くやしげに顔を伏せると、携帯用の無線器をブルゾンからとりだし、イヤホンを耳から引き抜いた。張りこみのカヤの外に出されたのだ。

シートの上に叩きつけるようにおいた。

「見張ってろよ」

板見はいい、内側から勢いよくスライドドアを閉めた。

鮫島は無言で歩きだした。煙草をとりだし、火をつけた。怒りを静めようと努力した。

塔下が口を開くより先にいった。

「すまなかった」

「いいんです」

塔下は聞こえるか聞こえないかほどの小さな声でいった。

「眠けが覚めたよ」

鮫島がいうと、塔下は力のない笑みを浮かべた。

「主任は一本気で血が昇りやすいんです」

「そのうえ、警察嫌いか」

「何度も苦い目に遭ってます」

「立場が逆なら、同じことをやる警察もいる」

「ええ。私もやられたことがありますよ。身分証を見せてるのに、近くのハコまで引っぱっていかれました」

ふたりは並んで歩いていった。BMWに乗りこむと、鮫島はダッシュボードを開いた。コーヒーを詰めたポットを引っぱりだし、その奥の救急キットの入った箱を手にした。ルームミラーを見ながら、頰の血をふき、バンドエイドを貼った。

塔下は無言で助手席にすわっていた。

救急キットを戻すと、鮫島はポットを手にとった。晶がくれた豆を挽いて作ったコーヒーだった。

キャップに注ぎ、無言で塔下にさしだした。

「どうも」

塔下はかたい声でいって、飲んだ。

「うまいですね。奥さんがいれてくれたんですか」

「俺は独身だ」

空になったキャップを受けとり、鮫島も自分の分を注いだ。

「奥さんに電話をしてるのかと思いました」

「いや。だが軽率ではあったかもしれない」

「周辺を確認したんでしょう」

「ああ」

コーヒーをすすった。気分が落ちつくのを感じた。

「彼女はいるんですか」

「いるよ、今、旅にいってる」

街の名を告げた。塔下がさっとふりむいた。こわばった表情だった。

「何をしてるんです？　そこで」

早口で訊ねた。

「観光さ。歌手なんだ。あまり売れてないロック歌手だ。昔のバンド仲間がそこでライブハウスをやってて、コンサートツアーの帰りに寄ってるんだ」

「その街です」

塔下はいった。目に異様な光があった。

一瞬の間をおき、鮫島は理解した。

「あそこなのか」

「ええ。一族のもとは、県令でした。今の総帥の爺さんにあたる人間です」

「何という財閥なんだ？」

「香川です。デパート、運送、不動産、新聞社、テレビ局、交通、すべてを握っています」

「総帥というのは？」

「もう、七十になります。息子がひとりいたんですが、病気で亡くしたそうです。あとは娘で、こっちは出戻りなんです。ですから香川財閥は今でもその爺さんが引っぱっているんです。たぶん、いずれ甥のどちらかを養子にするだろうといわれてますが――」

「甥？」

「ええ。腹ちがいの弟がいて、そこからでた息子がふたりいるんです。その弟は死んだのですが、息子ふたりが運送会社を受け継ぎました。その息子ふたりの弟のほうが、例の原田という男に似ているんです」

「年はいくつだ」

「弟のほう、香川進は、三十ちょうどです」

「兄は？」

「香川昇といいます。三十七です」

「兄弟がキャンディに嚙んでいるというネタはどこから仕入れたんだ？」

「もとは、地元の麻取事務所です。あのあたりはマルBの無風区で、長いこと同じ組が仕切っているんです。飯田組《いいだぐみ》というのですが、当然、香川財閥とはつながっています」

「飯田組」

名前は知っていた。が、東京、新宿までには進出していない。

「飯田組とキャンディの関係は？」

「ありません。県内で流れているしゃぶは、隣りの県からのものです。飯田組が過去しゃぶを扱ったという記録はないんです」

「じゃあ――」

鮫島は塔下を見た。香川兄弟がキャンディとつながっているという証拠を、麻薬取締官事務所はどうやって手に入れたのか。

塔下はぼんやりとフロントグラスの向こうを見ていた。抑揚のない声でいった。

「飯田組を地元麻取が内偵したことがありました。大麻の栽培をやっている組員がいるという情報があったんです。仕事自体はケチなもので、せいぜい一〇〇か二〇〇グラムしかとれないような栽培でした。その過程で、しゃぶに関するでかいネタを拾ったんです」

「でかいネタ？」

「一〇〇キロを越す、メタンがあの県のどこかにある、というものです。先代の飯田組組長は韓国の出身で、当時兄弟分だった男が韓国の当局に追われて逃げてきたとき、かくまったことがある。男はその礼にメタンの原料を一〇〇キロくらい、セメント袋に入れておいていったというのです。もちろん、それなりの金を渡したのでしょうが、それきりその男の行方はつかめていない。生きていたとしても、もう七十くらいになるはずです。先代の組長は原料の処分に困った。警察にもってでるわけにもいかず、かといって捨てるのは惜しい。そこで息のかかった漁師にいって、密封し海に沈めた、というんです。その場所を先代の組長は、恩義を感じていたある人物に伝え、亡くなった。それは今の組長ではなくて、香川運送の前社長、つまり昇と進の兄弟の父親だった、ということです」

「それならば、薬物指紋で韓国産であることが特定されたはずだ」

鮫島はいった。塔下は首をふった。

「男はまだそのメタンをさばいたことがなかったのです。これは私の推測ですが、メタンは製造の一次工程を終えた段階で、製品化されていなかったのではないかと思います。製品化されていなければ売られてもおらず、当然、当局に押収もされていない。押収されていなければ、指紋として登録がありませんから、国籍の特定はできません」

「しかし原料の状態から結晶を抽出するとなると、簡単ではないだろう」

「いえ。難しいのは一次工程で、それがすんでしまった半製品からなら、しゃぶはわりあい簡単に作れます」

いって塔下はいったん言葉を切り、説明を始めた。

「メタンフェタミンを作るには、まず原材料の塩酸エフェドリンを氷酢酸に溶かして、硫酸バリウムなどの触媒と塩酸を加え、加熱します。それから触媒を濾過《ろか》し、濃縮してからエーテルで抽出します。ここまでが一次工程なんですが、原料以外はすぐに手に入りますし、アルコールランプやビーカーでもあれば、誰にでもやれます。ただ難しいのは、この途中で塩化水素が発生するんです。当然、匂いと刺激が強いため、街のまん中ではとても作れない。逆にいえば、一次工程を終えた半製品ならばあとはどこででも作れる」

「あとの工程というのは？」

「硝酸クロロフォルムを加えて冷やすだけです。この冷却工程で結晶がきれいにとれるかどうか決まります。また、その結晶の状態が、どこで作ったものかを読む手がかりにもなります」

「作り方は一種類なのか」

「いえ、まずさっきいった触媒に何を使うかで変わってきます。いっとき香港《ホンコン》からきていたものの中には、赤燐が混じっていたこともありました。結局、不純物が何であるかでも、アシをつかむ材料になるわけです」

「韓国産か……」

韓国産の覚せい剤は、一九八〇年前後がピークだった。当時、韓国で製造された覚せい剤は、台湾製やフィリピン製のものに比べると純度が高く、品質がよいとされていた。一時は、日本国内で出回る覚せい剤の八割が、韓国産によって占められたこともあった。それが今、台湾産にとって代わられたのは、韓国と日本の両国当局による取締まり努力の結果だった。逆に、台湾との〝貿易〟は、当時に比べ、中国製拳銃の密輸ルートの並立もあって盛んになっている。

「韓国産の半製品であれば、非常に純度が高いといえます。一〇〇キロのものから八〇キロは作れます。キャンディ一錠に含まれるメタンフェタミンは、〇・〇〇八グラムですから、八〇キロあれば、一千万錠が作れるわけです。末端で五百円として、五十億」

「ぼろいな」

「ええ。ふつうのガンコロで売るより、はるかにぼろい商売です」

「香川兄弟への内偵は？」

鮫島は気になっていたことをいった。そこまで麻薬取締官事務所がつきとめているのなら、東京だけに捜査区域を限定しているはずはなかった。

「やっていますよ。細心の注意を払ってね」

「潜っているんだな」

「ええ」

塔下はぽつりといった。

「とんでもなくヤバいですよ。潜らせたという事実が明るみに出ただけで、所長のクビがとぶでしょう。香川兄弟がキャンディに嚙んでるという証拠は、地元ではなくこちらで引きあげなければならないんです。地元では、向こうが有利すぎる。何かあれば、あっというまに証拠を消されますからね。はっきりいって、県警の協力も期待できません。一族が動いたら、本部長も逃げだしますよ」

鮫島は煙草に火をつけた。窓をおろし、煙を吐きだした。

今、晶のいる街から、アイスキャンディは運ばれてきているのだった。東京にいた晶があの街にいき、あの街にいた香川進がキャンディを手に東京にやってくる。陰山真子という人質をとり戻すために。麻薬取締官事務所は、香川進を、覚せい剤取締法の現行犯で逮捕しなければならないのだ。それに失敗すれば、多くの責任者の首がとび、潜入している取締官は見殺しにされる。

だからこそ、陰山真子の生命身体に危害が及んでいる可能性を看過しても、「キングダムハイツ山王」に踏みこまずにいるのだ。

いっぽう、一般警察官である鮫島は、今この瞬間であっても、陰山真子の保護を理由に踏みこむことができる。そうなれば、香川進は「キングダムハイツ山王」に寄りつきもしないだろう。

「香川進を待とう」

鮫島はいった。

25

　ＪＲの四ツ谷《よつや》駅には小荷物預かり所がなかった。新宿駅にはあるだろうと思っていたが、それも外れた。

　結局進は、東京駅まで車を走らせる羽目になった。小荷物預かり所が開くのが、八時半。進は、構内にあるコーヒースタンドで時間をつぶした。

　兄の昇とは、携帯電話で緊密に連絡をとっていた。昇は、キャンディを隠してからでなければ、角に連絡をとってはならない、といった。

　だが、キャンディを四谷のマンションで摂《と》ってすぐ、進は角に電話をかけてしまっていた。

　藤野組の事務所に電話を入れると、角はおらず、留守番の人間が折り返し連絡をさせる、といった。進は携帯電話の番号を告げた。角はこの番号をすでに知っている。

　角からの連絡をあてどもなく待つのはつらかった。進は動きだした。動きつづけるあいだ、キャンディをなめつづける。

進のブルゾンの内ポケットには、二十錠以上のキャンディが入っていた。いちどなめてしまった今、すべてが終わるまでは、キャンディを切らすことはできない。

八時十分、コーヒースタンドのテーブルにおいた携帯電話が鳴った。

「どうも。もうこっちにおみえですか」

角の声だった。東京駅の構内は出勤の人間たちで溢れかえっている。

「ああ。いわれたとおり、品物はもってきた」

「けっこうです。五十万、全部?」

「三十万だ。今のところ、それしかそろわない」

「仕方ないですねえ。残りの二十万はいつになります?」

「なるべく早いうちだ。沙貴と話させてくれ」

進は早口でいった。

「いいですよ。ちょっと待ってください」

角はどこにいるのか、声の向こうは静かだった。

「――もしもし」

沙貴の声が耳に流れこみ、進は携帯電話を握りしめた。

「沙貴、どうだ、平気か?」

「うん。大丈夫」

沙貴の声は平静だった。本当に何もされているようすはなかった。進が言葉をつづけようとしたとき、向こうで受話器が移動する気配があった。

「ということで、どちらで会いますか」

「なるべく人の多いところがいい」

「そうはおっしゃっても、三十万もってるんじゃあ……」

「ホテルのロビーだ」

「こちらまできてもらえるとありがたいんですがね……」

「駄目だ」

角はため息をついた。

「信用がないな」

「あたり前だろう！　どうやったらそっちを信用できるっていうんだ」

声が大きくなった。満員に近い、コーヒースタンドの人々が進をふりかえった。

「沙貴を連れて、こちらの指示する場所にきてもらいたい」

角は舌打ちした。

「どこがいいんです？」

「帝国《ていこく》ホテルのロビーだ」

「いつ？」

進は腕時計を見た。午前八時十二分だった。あと十八分で小荷物預かり所が開く。

「九時三十分」

「九時半か。いいでしょう」

「遅れるなよ」

いって進は電話を切った。コーヒースタンドにいる何人かは、まだ進を見ていた。かまわない。こいつらには、俺の今おかれている立場がわかるはずないのだ。

兄の昇の番号をおした。日曜だが昇はすでに会社に着いているはずだ。午前中の予定をすべてキャンセルし、進からの連絡を待ちうけている。

「はい」

落ちついた兄の声が応えた。

「俺だ。九時半に帝国ホテルのロビーで」

「わかった。荷物は預けたのか」

「これからだ。まだ開かないんだ」

「先にすませろよ」

「わかってるって」

「彼女を先に電車に乗せるのを忘れるな」

「ああ」

「また連絡しろ」

電話を切った。

進は立ちあがった。四つの段ボールを運ぶには、四回は、東京駅地下駐車場と小荷物預かり所のあいだを往復しなければならない。

すべてをひとりでおこなうかと思うと、気がめいる。

コーヒースタンドをで、歩きながら、進は新たなキャンディを口に入れた。

段ボール四個すべてを運び終わったのは、九時を数分回った頃だった。キャンディをなめているおかげで、行動がきびきびとして無駄がなくなっているような気がしていた。

ただ、自分がそうなった分、のろのろとしか動けない他人が妙に気にさわった。特に小荷物預かり所の係員がのろまで、進は怒鳴りつけたくなるのをこらえた。

預かり証をポケットにおさめ、進はＢＭＷに乗りこんだ。エンジンをかけ、ルームミラーを見た。

血の気が引いた。ミラーの中に角の姿があった。残忍な笑みを浮かべ、進を見ていた。

「馬鹿かよ、お前」

耳もとでそういった。

進はさっとふりむいた。もういちど、血の気が引くのがわかった。

ＢＭＷの後部席には誰も乗っていなかった。

幻覚を見たのだとすぐに気づいた。生ツバを飲んだ。喉がひどく渇いていた。ちょうど喉の奥だけがひどく乾燥しているような感触があった。

ハンドルにかけた両手を見る。指先がわずかだが震えていた。力をこめ、ハンドルを握りしめた。

助手席に携帯電話をおいていた。昇に電話をしたい――痛切に感じた。だが昇の声を今聞いたら泣きじゃくってしまいそうな気もした。自分の精神状態が少しずつふつうではなくなってきている。それもまた、進の不安を強くしていた。

あとちょっとのあいだだ。角にキャンディをくれてやれば、このいらつきや不安ともお別れだ。

アクセルを踏みこんだ。ＢＭＷは重いうなりをあげ、ずるずると動いた。妙だ。冗談じゃない。こんなときに故障か。

赤いランプが点っている。何が悪い？　目をこらし、気づいた。サイドブレーキだ。サイドブレーキを外し忘れていたのだ。サイドブレーキをおろした。アクセルに足をのせたままだったので今度は勢いよくとびだした。

はっとしてブレーキを踏んだがまにあわなかった。向かいに止まっていた国産車の鼻先につっこんだ。

天井の低い地下駐車場に衝突音が響き渡った。進は舌打ちしてシフトをバックに入れた。BMWのノーズが、安物のバンにめりこんでいる。さほどの衝撃はなかったが、バンのヘッドライトは砕けていた。

金属と金属がこすれ合う、いやらしい音が今度は響いた。どこか神経を逆なでする音だ。

「くそったれが」

進は吐きだし、BMWを引きはがすとハンドルを切って、シフトをドライブに戻しアクセルを踏んだ。タイヤが甲高い音を立てた。ミラーの中に何人かの人影が見えた。

どうせ幻覚だ、本物じゃない。

地下駐車場をでると、目と鼻の先にある帝国ホテルに向かった。何年か前、大学時代の友人と、東京にでてくるたび銀座をハシゴした時期があった。その頃、よく帝国ホテルには泊まったものだった。当時つきあったホステスの名を思いだそうとして、進は忘れていることに気づいた。

仕方がない。進はため息をついた。そのとたん、鼻の奥がつんとなった。涙が溢れだした。

いったい俺はどうなってしまったんだ。

なぜこんなことになっちまったんだ。おびえ、いらつき、昔つきあった女の名すら思いだせない。やくざ者とかかわり合い、脅迫され、奴らのいうなりになってメッセンジャーボーイのように荷物を運ばされている。

このままじゃ駄目だ。奴らに勝たなければ。奴らはきっと俺を陥れる。沙貴をなぐさみ者にし、俺をいたぶり殺すのだ。やくざというのはそういう連中だ。

奴らは俺を甘く見ている。お坊ちゃんの腰ぬけだと思っている。ちょうど中学三年の夏、「狂闘会」のアタマがよそからやってきて、「香川家の進ちゃん」をなめたように。

だが奴はどうなった？　つぶれた。いや、つぶされたのだ。

たかがやくざだ。香川家にかかればどうということはないはずなのだ。兄貴と俺が負けるわけがない。いたぶり殺されるのは奴らのほうだ。

たとえここが、奴らの街東京であっても、香川家の人間は、やくざなどに敗れはしない。俺ひとりであっても、俺の背後には、目に見えない香川家の力がついている。

帝国ホテルが左手に見えた。手前を左折して駐車場への進入路をとる。

見ていろ、香川家の力を教えてやる。

26

「俺だよ、いつ迎えにいくんだ」

平瀬の声はうきうきとして弾んでいるように聞こえた。耕二は枕もとの時計を見た。まだ午前九時前だった。平瀬のうれしげな声を聞いていると、かえって気分が暗くなる。

耕二は平瀬の電話で起こされたのだった。

「迎えにいくって誰を——」

「馬ぁ鹿、決まってんじゃねえか、晶ちゃんをだよ」

「わかんねえよ。まだ寝てるだろうからさ」

「お前いかねえのかよ」

「いくさ。でも時間とか、決めてないんだよ」

「早くいこうぜ。今日はいい天気だぜ」

どんな神経していやがるんだ——耕二は思った。きのう、俺と景子とのあの姿を見ておきながら、いったい何を考えてやがる。

「飯、どこ食いにいくんだ」

平瀬は訊ねた。

「飯って何だよ」

「晩飯だよ、晶ちゃんをどっか招待してやるんだろ。前祝いで、ぱぁっとやろうぜ。ぱぁっと」

関係ないだろ、お前には。そういいたいのを耕二は我慢した。平瀬はきのうの晩から、その本当の危なさをむきだしにして見せはじめていた。楽しげな明るい口調とは裏腹に、怒らせれば何をしでかすかわからない恐さがある。もし晶に近づこうというのを妨害すれば、どんな嫌がらせをしかけてくるかわからなかった。

ホテルに先回りして、晶をうまく口車にのせ、どこかへ連れだそうとするかもしれない。そして少しでも晶が疑いをもてば、何をするか。

平瀬ならやりかねなかった。

「漁港んとこの『かどや』にいこうと思ってたんだ」

「何だよ、あそこはただの居酒屋だぜ、お前」

「魚がいいからさ」

「馬鹿かよ。あそこはお前、鰯《いわし》とか安い魚ばっかじゃねえか」

「でも新鮮だ」

「もっとよう、鯛《たい》とか平目とかさ、いいもん食わしてやれよ。大スターだぞ、お前、未来の」

「そんなの食い飽きてるよ」

「東京でかよ」

いやみのこもったいい方を平瀬はした。

「ああ」

「こっちのよ、最高のもん食わしてやろうって」

「じゃ、どこいけってんだよ」

いらだち、強い口調になった。

「待ってろよ。俺が調べてやっからさ。まだでるんじゃねえぞ」

いっしょにいく気なのだ。耕二は腹の底にあった不安感がふくらむのを感じた。それは寝起きの不快感をさらに増し、生理的にすら下腹部を圧迫した。

「わかったな、耕二」

命令するように平瀬は告げ、電話を切った。耕二は受話器を叩きつけたいのをこらえた。痛む唇を強く噛んだ。

くそ、何てことだ。

耕二は布団の上にすわっていた。部屋は、実家からさほど遠くない、二階建てのアパートの一室だった。

カーテンを閉ざしているため、散らかった室内は薄暗い。

情けない気分で見回した。ハイファイセットのアンプからだらしなくコードが伸びている。ヘッドホンがかたわらに転がっていた。そして、アルバムCD「コップ」。晶がくるのを待ちながら、寝る前に、ギターをアンプにつなぎ、CDの中の晶とセッションをくりかえしてきたのだ。

それが今、こんなことになっている。

耕二は立ちあがった。勢いでつんのめりそうになった。裸足の爪先にヘッドホンが引っかかった。

怒りをこめて蹴った。

ヘッドホンはコードの尾を引きながら、壁にぶつかった。ギターはここにはない。「K&K」においてきざりだ。

窓に歩みより、さっとカーテンを開いた。

確かに天気だった。やりきれないほど青い空に、緑の山並みの稜線が、くっきりと浮かびあがっている。

カーテンを強くつかみ、ガラス窓に顔をおしつける。冷んやりとした感触が、心地よい。

唇と鼻がうずいていた。腫れているのがわかる。平瀬と話しているときも、うまく口が開かなかった。

電話が鳴った。平瀬だ。昔のやくざ仲間にでも店を問い合わせたのだろう。

「はい」

受話器をつかみ、ぶっきらぼうに声を送りこんだ。

「耕二さんかね」

知らない男の声がいった。落ちついた、爺いくさい声だった。本当は四十くらいなのに、年寄りぶったしゃべり方をしているそんな感じなのだ。

「そうですが」

「香川だ」

男はいった。耕二は体が固くなった。

香川。昇か、進か。

そういえばきのうの夜も石渡はこのふたりに張りついていたはずなのだ。

「香川さん、ですか」

「景子から話を聞いた。いちど、会ったほうがいいかもしれないな」

耕二は息を吸いこんだ。何かをいわなければならない。だが何をいっていいか、わからない。

「店は今日、休みだね」

香川はいった。

「はい」

知らず知らず口調がていねいになっている。香川家だ。香川家の人間だからなのか。

「食事をしよう」

香川はいった。うむをいわさぬいい方だった。

「でも……」

「友だちも連れてくるといい。あの――東京の歌手の人もいっしょでかまわない」

「仕事の話をしたいのなら、まず会ってからだ。それから、写真があるといったね」

「あります」

「何を写した？」

何を写した。落ちついていて、冷ややかだった。あんた、何いってるんだ。あんたたちが破滅する写真を俺たちはもってるんだ。

「船からおろすところの写真を」

「何を？」

「覚せい剤ですよ」

「ふうん」

香川はいった。

「もってきたまえ。見てみよう」

平瀬ならいったろう。あんた、そんな強気でいいのか、と。だが耕二はいえなかった。

「君の友人、平瀬くんだったな。彼とは話せるかな。そこにいる？」

「いません」

「電話番号を教えてくれないか」

警戒心が頭をもたげた。この男は本当に香川なのか。香川に命じられた誰かで、平瀬に何かをするつもりではないのか。

たとえば、電話番号から平瀬の居場所をつきとめ、消してしまおうとするとか。

「そっちの番号を教えてください、かけさせます」

俺は平瀬の味方をしようとしている。何てことだ。

仕方がないんだ、仕方がない。平瀬は俺を殺そうとまではしないだろう。だが香川家は……。香川家はどうでてくるか、まるで想像もつかないのだから。

「わかった。いうぞ」

しかし男はためらわず、そう告げた。そして十桁の番号を口にした。

自動車電話か携帯電話の番号だ。耕二は復唱しながらメモをとる紙をさがした。

楽譜だ。楽譜があった。

「なるべく早くかけさせてくれ」

「わかりました」

耕二はいった。

受話器をおろした。

どうなっていくんだろう。沈黙した電話を見つめ、思った。

晶がこの街にきた。そして、平瀬や石渡とあたためてきた〝夢物語〟が現実になった。すべてがわけのわからない状況だった。平瀬が晶をものにしようとし、景子は傷ついて俺を憎んでいる。そして、香川までもが晶を連れてこい、という。

晶を守れるのだろうか。いやそれ以前に、俺は俺を守れるのだろうか。

もう逃げられない。今、俺が降りても、晶は、とり残されてしまう。晶にとっては見知らぬ街の、わけのわからない奴らの中にとり残されてしまう。

恋人の刑事は、何百キロと離れた東京だ。

晶を救うことはできない。

27

メルセデスは練馬ナンバーで、窓の全面をべったりと遮光シールでおおっていた。「キングダムハイツ山王」の地下駐車場から現われたのだった。ナンバーを見てすぐ、塔下が告げた。

「でてきました」

鮫島は頷いた。二十分ほど前、そのメルセデスは、ふたりが乗るBMWのかたわらを走り過ぎ、「キングダムハイツ山王」の内部に入っていったのだ。運転席にいたのは唐木だった。

鮫島は腕時計をのぞいた。九時七分だった。

「動いたってわけですか」

塔下はいった。メルセデスは一方通行路をふたりの目から遠ざかっていた。一方通行路の出口には、麻取のバンが張りこんでいるはずだった。

「いかないんですか」

塔下は鮫島の顔を見た。

「もう少し待とう」

鮫島はいった。その意味を、塔下は即座に理解した。

「オトリ？」

「可能性はある」

もちろん、あのメルセデスに、唐木以外には誰も乗っていない、というのを見たわけではなかった。だが、張りこみや尾行が想定される場合、囮《おとり》を使って監視者の目をあざむくのは、プロであるやくざの手口だった。まして、今回は誘拐としゃぶという、ふたつの大きなヤマを角は踏んでいるのだ。無防備に姿をさらすはずはない。

「うちの人間は気づくかな」

塔下はつぶやいた。

「まだオトリと決まったわけじゃない」

「もしオトリじゃなかったら」

「それはそれで尾行はついてる」

鮫島は冷静にいった。塔下が再び鮫島を見た。

「いいんですか」

鮫島は答えなかった。メンツの問題じゃない、というのは今さら口にするのも無意味だった。

十分が経過した。

「オトリと思わせて本物かな」

七時半を過ぎたくらいから、それまでに「キングダムハイツ山王」の地下駐車場を、何台もの車がでていっていた。が、どれも鮫島の勘に触れてくるものではなかった。角はまだこのマンションの中にいる。

九時四十分。赤のアウディクワトロが地下駐車場から姿をあらわした。運転者は、鮫島の知らぬ男だった。

「奴だ」

鮫島はいった。あきらめ気味のようにコーヒーを飲んでいた塔下が体を固くした。

鮫島はイグニッションキイに手を伸ばした。次の瞬間、

「伏せろ」

と小声で叫んだ。アウディクワトロは、「キングダムハイツ山王」の前の一方通行路を逆走し、まっすぐ鮫島らの乗るBMWに向かってきたのだった。

アウディクワトロはBMWのかたわらで停止することなく走り去った。

後部席に誰かが乗っているかどうかを見届けることはできなかった。

が、鮫島は素早く行動を起こしていた。ＢＭＷのエンジンをかけ、シフトをバックに入れると後退した。ターンし、アウディの走り去った方向にアクセルを踏みこんだ。

「なぜ、奴だと――」

塔下がいった。

「角のメンを割ったあと、いろいろと調べた。角は今の女房の前に、内縁関係だったソープランドのホステスがいた。その女は、赤のアウディに乗っている」

「今の車が？」

「ナンバーまでは確認できなかったが、たぶんまちがいないと思う」

アウディに追いついたのは、環状七号線だった。外回り車線を走っている。

「いた」

四、五台先にアウディを認め、鮫島はつぶやいた。アウディの窓も、べったりと黒くシールが貼られている。自動車電話のアンテナが鬼の角《つの》のように屋根に立っていた。

そのアウディが南千束の交差点を右折した。中原《なかはら》街道に入ったのだった。都心に向かう道で、まっすぐ進めば五反田《ごたんだ》に到達する。

中原街道は、五反田駅の手前で国道一号線と合流した。そのままいけば目黒、白金《しろかね》方面だ。

が、アウディは山手《やまて》通りとの交差点で左に入るウインカーを点した。スピードはさほどだしていない。

山手通りは、環状線である。

外側から、環八、環七、山手通りとその輪は小さくなっていく。

山手通りでもアウディは外回りを走った。さらに今度は玉川《たまがわ》通り、国道二四六号とぶつかると左へ折れて、下り車線に入る。

奇妙な走り方だった。二四六に入りたいのならば、そのまま環七の外回りを走っていればよかったのだ。それをいったん内側に入り、さらにもう一度外側にでるという方法をとっている。

二四六号も中原街道も、東京の中心部から、山手通りや環七、環八をつっきって外へ放射状に伸びている道なのだった。

が、アウディはさらに不可解な進路をとった。二四六号から環七に再び合流したのだ。

つまり元の道に戻ったのだ。

わざと遠回りをしていたことになる。

尾行を警戒しての走り方にちがいなかった。

世田谷区の上馬から環七に合流したとき、鮫島はアウディクワトロとはさらに距離をおいていた。ぴったりと同じ車線につき、あいだに常に五台以上の車をはさむようにした。

アウディは環七に戻ると速度をあげた。どうやら尾行には気づかれなかったようだ。

甲州街道とぶつかる大原の交差点で右折した。新宿方面へ向かうコースだ。

「新宿か……」

塔下がつぶやいた。が、単に新宿にいきたいだけなら、あのような走り方はしない。

「まさかこれで組の事務所なんてことはないでしょうね」

「とすれば、俺たちが引っかかったほうがオトリだったということになる」

角が香川と会うとすれば、そこが藤野組の事務所であるはずがなかった。踏みこまれれば、組員全員に何らかの容疑がかけられるのだ。

アウディは新宿駅の手前で左に曲がった。超高層ビル群のある、新宿副都心に入っていった。

28

十時五十分になろうとしていた。

進はいらだちながら、帝国ホテルのロビーをこれで何度めか見渡した。沙貴や角の姿はもちろん、角の使いと覚しいやくざ者すらここにはいない。

何かがあったのだ。昇に電話をしよう。

ホテルのロビーは人の出入りが激しく、それだけで進をいらつかせた。あちこちで交わされるいろいろな国の言葉の声高《こわだか》なやりとりが、まるでおろし金のように神経を削り、痛みを起こさせる。

頭痛がする。英語が耳につき刺さる。

うるさい！　と叫びたいのを進はけんめいにこらえていた。

電話だ、電話。携帯電話をとりだした。電源は入っている。不意にその窓に数字が浮きでたような気がして、進は目をこらした。

ここにかければ沙貴がいる——そう教えているのだろうか。何の操作もしていないのに数字が浮きでるはずはないのだ。

突然電話が鳴りだし、進は驚きに電話を投げだした。電話はカーペットを敷かれたロビーの床に転がった。

かたわらのソファにいた白人が拾いあげた。進にさしだす。進は何もいわず、引ったくった。白人が目を丸くした。

「はい！」

進は返事をした。周囲の人間が進を見た。大声だったのだ。だが、かまいはしない。

「進ちゃん？　あたし」

沙貴の声だった。

「どこにいるんだ!?」

進はさらに大声を出した。お仕着せをつけたボーイが何かいおうか迷ったような顔で進を見ている。進はそれをにらみつけた。俺を誰だと思っていやがる。

「新宿のヒルトンホテル」

「何だと!?」

「手ちがいがあったの。お願い、こっちきて」

電話は切れた。

進は呆然と携帯電話を見た。あれほど帝国ホテルにこい、といったのに。いったい俺を何だと思っているんだ。ふざけやがって。

「……さま」

「お客さま」

進はふりかえった。ボーイが立っていた。

「申しわけございませんが、もう少し小さなお声でお願いできませんでしょうか」

「何だと？　何がだ」

「その……お話を――」

ボーイは困ったようにいった。

「話？」

いいかえして進は気がついた。自分は声にだして気持ちをしゃべっていたのだ。あたりを見回した。ロビーにいる人間全員が進のほうを見ていた。嗤《わら》っている。覚せい剤中毒の狂人だと知って、嗤っているのだ。

「馬鹿にするなっ」

進は叫び、走りだした。走りながら呪《のろ》いつづけた。くそっ、くそっ、くそっ、くそっ。奴らは俺をコケにしている。沙貴を使えば、猿まわしの猿のように扱えると思っていやがるんだ。

駐車場でBMWに乗りこんだ。料金所の係員がこちらを見ていた。あいつも俺を嗤っている。お前らなんかに嗤われる筋合いはない。俺はお前らの何十倍、いや何百倍も大物なんだ。

駐車券とくしゃくしゃに丸めた一万円札を窓から投げ出した。アクセルを思いきり踏みこむ。

新宿。新宿。どうやっていけばいいんだ。

東京の道を思い出そうとした。目の奥がひどく痛んだ。考えを集中できない。吐きけもするし、体じゅうが粘つく汗でおおわれている。

ハンドルから片手を離すと、キャンディをポケットからとりだした。シールをむしりとり、一錠を口におしこむ。さらにもう一錠、そのうえにもう一錠を口に入れ、嚙み砕いた。

効け。早く効くんだ。

激しかった動悸が少しおさまりだした。進は携帯電話を手にとった。

昇の番号を押した。

「――はい」

落ちついた、昇の声を聞いたとたん、進は泣きだしていた。

「兄貴、あいつら、俺をコケにしてる」

泣きじゃくった。

「どうしたんだ、落ちついて話せ」

「帝国ホテルにこいっていったんだ。帝国ホテルだ。帝国ホテルに。ちゃんといったんだ。ちゃんと。なのにあいつら、今、新宿にいるんだ……」

「何？　何だと。きちんと説明しろ」

「だから帝国ホテルだっていったんだよ」

「品物はどうしたんだ」

「預けた」

「どこに」

「東京駅だよ、東京駅の小荷物預かり所」

そのとき、少しだがようやく、キャンディが効きはじめた。全身の不快感がやわらぎ、気分がよくなってきた。それは、今までの吐きそうなほどの気持ちの悪さが嘘のような、変化だった。

「ああ……」

進は息を吐いた。

「どうしたんだ、大丈夫なのか」

「大丈夫だ。あに、兄貴にはわからないのさ。そっちで、ぬ、ぬくぬくとしてる兄貴には」

しゃっくりがでた。

「何をいってるんだ、進」

「何でもないって」

アクビを嚙み殺し、進はしゃっくりをくりかえした。

悲鳴をあげた。ハンドルにかけた右手の指が薄気味悪い芋虫に変わっている。深いくびれのある、茶と緑色をした芋虫だ。

「おい！」

目をこらす、芋虫の姿がぼやけ、指に戻った。よし、これは幻覚だ。戻れ、と念じれば元に戻る。俺は大丈夫だ、大丈夫だ、大丈夫だ。

「大丈夫だ」

「進、お前、変だぞ」

「変じゃないって」

進はくすくす笑った。もし指が芋虫になっていたといったら、昇は何というだろう。

「今どこにいるんだ」

「新宿さ。新宿にいくんだ」

「やめろ」

「どうして⁉ このまま引きさがれっていうのかよ」

「向こうはお前をハメる気で、わざと場所を変えてきたんだ。新宿なんかいっちゃいかん」

「奴らにはやりたいようにやらせてやるさ。沙貴が帰ってくればいい。それから……そのあとで、奴らに思いしらせてやろうぜ」

「進」

いったきり、昇は沈黙した。

「何だよ。何だっていうんだよ」

「——お前、ふつうじゃないぞ」

「ふつうさ」

「いや、おかしい」

きっぱりと兄はいった。

「何かやってるな。キャンディを……」

「やってなきゃもたないんだ」

早口で進はいいかえした。昇は何もいわなかった。

「車を運転しているのか」

やがて訊ねた。

「そうだよ。新宿へいかなきゃ」

「進、頼む。事故を起こすなよ」

「大丈夫だよ、俺が運転うまいの知ってるだろ」

「いいか、決めた計画を忘れていないだろうな」

「忘れてないよ。沙貴を新幹線に乗っける。兄貴からの電話を待つ、だろ」

キャンディの効き目が切れてきた。三錠もかじったというのに。もうだ。血がのぼってくる。冷めていた血がぐつぐつと煮えながらのぼってくる。

「兄貴、俺を病院に連れていってくれよ」

進は泣きだした。

「俺おかしい。変なんだ。病気だよ。病院に入れてくれよ。治してくれよ」

「わかってる。心配するな、進。わかってる」

なだめるように昇はいった。

「いいか、お前がやるのは簡単なことだ。彼女に新幹線に乗れ、という。それだけだ」

「うん、新幹線だろ」

「そうだ。俺から電話があったら、角に小荷物の預かり証を渡せ。それだけでいい。そうしたらお前も新幹線で帰ってこい」

「高校のときみたいに？」

「ああ。高校のときみたいにだ」

「帰るよ、兄貴。帰る。待っていてくれよな」

「待ってるさ。待ってるとも」

心ではなく、体が新宿を覚えていた。新宿への道のりを。都庁の建物が進の目にも見えてきた。

29

入口の扉をくぐるとすぐにあるヒルトンホテルのロビーはごったがえしていた。ちょうど外国人旅行客の団体が着いたばかりで、ひどく混み合っている。スーツケースやトランクがベルキャプテンの足もとにところ狭しとおかれ、フロントの前には行列ができていた。二階とをつなぐ階段の下にカフェテラスがあり、そこにも大勢の客がいた。ちょうど階段の裏側にあたる位置に、角はいた。六本木のクラブホステス、陰山真子を、もうひとりの男とはさむように腰かけ、あたりに目を配っている。その斜め向かいに、塔下がひとりですわっていた。

鮫島はフロントの中にいた。西新宿にある、ほとんどのホテルのフロント係とは、顔馴《かおな》染《じ》みだった。だが互いに用のないかぎりは、声をかけ合うことはしない。それが接客を仕事とするホテルマンと刑事との暗黙の了解なのだ。

ホテルのロビーやティールームは、新宿に事務所をもつ多くのやくざたちにとって〝商談〟には格好の場所である。地方から上京してきた〝取引相手〟と待ち合わせ、縄張り《しまうち》へとくりだしていくのだ。それに網を張るため、刑事たちもひんぱんにホテルを訪れるようになる。自然、フロント係とは顔馴染みになっていく。とはいえ、ホテル側が客の情報を警察にすすんで流すことはまずない。客の秘密は、たとえそれが犯罪者であっても、直接ホテルに対しての犯罪でないかぎり、ホテルは守りぬく。

鮫島は今、ホテルのカウンターの内側で、角の目にはとどきにくい低い姿勢をとっていた。カウンターに並ぶ客たちには奇異に映るだろうが、そんなことにかまってはいられない。角が鮫島を知っている以上、絶対に近づくことはできなかった。

アイスコーヒーを飲んでいた塔下が立ちあがった。角たちに背中を向け、カウンターに歩みよってくる。

鮫島のいる位置とは数メートルずれた外側に立った。気づいた女性フロント係が歩みよろうとすると小さく首をふり、鮫島には目を向けず、しゃべった。

「電話をしたいんです。ここをうちの人間に知らせたい。無線をおいてきてしまったので」

「公衆電話が左のほうにある。三人のようすはどうだ」

鮫島はいった。

「落ちついています。女のほうもマル害には見えません。緊張はしているようですが、笑ったりしていますから」

鮫島は角たちに目を向けた。遠いのと、他の客にさえぎられるため、表情の変化までは見てとれない。

「原田の顔は知っているのか」

「ええ。写真で見ました。送ってきたのがあったので……」

「――たいへんですね」

フロント係のひとりが鮫島の背後をすり抜けながら声をかけていった。

「悪いね」

「いえ」

心の中ではひどく迷惑がっているだろうがそれをおくびにもださず、笑みを浮かべていた。

鮫島は塔下を斜め下から見あげた。

「もし原田がきたらどうする？　現逮か？」

塔下はためらった。

「ここでは避けたいですね」

鮫島も頷いた。これだけ多くの人間がいる場所では危険だった。といって、原田と角らが別々になってしまうと、証拠をおさえるのが難しくなる。この場に原田がアイスキャンディを運んでくるとは思えない。

「たぶん全員がそろったところで場所を変えるだろう。そこを狙おう」

塔下はかすかに顎を動かした。

「うちの者を駐車場に配置します」

カウンターを離れ、公衆電話の方角に歩き去った。

鮫島は再び角たちに目を戻した。塔下もいっていたが、確かに三人のようすは鮫島が予想したものとはちがっていた。第一に、陰山真子が強制的に角らのもとにおかれているとすると、ホテルのロビーのような人目につく場所に連れてくるはずがない。ホテルを使うなら、少なくとも客室で原田を待っただろう。

となると、真子は何のために角と行動をともにしているのか。

「キングダムハイツ山王」に角とこもっていた理由は何だったのか。

考えられるのはひとつだけだ。真子は、原田から角に〝のりかえ〟たのだ。そして原田を締めつける角の計画に同調するため、角と行動をともにし、原田に不安を与えたのだ。角と真子がここにこうしているのは、誰かを待つのが目的であるのは明らかだ。その誰かが原田であることもほぼまちがいない。

しかし原田が脅迫されてでなく、ここにやってくるとするなら、真子の存在の理由がわからない。

やはり原田は、真子を〝人質〟にとられたと信じてくるのだ。

真子の裏切りに原田が気づけば、どんな状況が生じるか、見ものだと鮫島は思った。角は原田をなめている。もし原田が角と同じ筋者であったなら、こんな大胆で危険なやり方はとらなかったろう。

角は、原田からすべてを奪おうとしているのだ。アイスキャンディの取引に関する主導権だけではなく、女までも奪い、原田を徹底的にコケにしようとしている。

角の目的は、原田の牙を折り、人形に仕立てることにある。原田がどれほど良家の出で、背景に権力者がいようと、一個人としてやくざと対等に張り合うことは不可能なのだ。

角が頭のきれるやくざであると、鮫島は気づいていた。そして頭のきれるやくざを敵に回したら、カタギの人間はひとりでは決して勝てない。

角は原田をとことんおとしめるだろう。骨抜きにし、いたぶって笑い者にするだろう。原田はカタギである自分の弱さを思い知らされ、結局角にひざまずく。そうなったが最後、原田には無間地獄が待っている。進むも地獄、退《ひ》くも地獄だ。キャンディから手を引こうとしても、角はおいそれとはそれを許さないにちがいない。

服役するのを〝オツトメ〟と呼び、仕事の一部と考えるやくざと、前科を負うことそのものを社会的生命の終わりと考えるカタギでは、同じ犯罪に互いに手を染めたとき、失うものの大きさがあまりにちがいすぎる。

原田がどんな動機でキャンディの卸元になったにせよ、そのことで社会的な地位を奪われる覚悟まではしていなかっただろう。犯罪者として裁かれる立場におかれるのだけは避けたいと願っているにちがいない。その一点で、原田は決して角には勝てない。角は原田を立て、へつらいもしてきたかもしれない。わがままを聞き、ときに愚かなふりをしてみせたろう。原田に利用される単純なやくざを演じたのではないか。
が、それらはすべて牙をむくときのための布石にすぎない。コケにされたことで原田がたとえ怒り狂っても、「でるとこへでましょうか」とひとたびいえば、勝負はつくのだ。

角らやくざのいい方を借りるなら、原田は〝殺されて〟いるのだった。原田が何としてもその関係を逆転しようと願うなら、もてる権力をすべて動員せねばならないだろう。

しかしそのときは、どれほどの犠牲が払われるか想像もつかない。塔下が危惧《きぐ》するように、厚生省に圧力をかけ、麻薬取締官事務所を封じこむ手は十分に考えられる。その次は警察だろう。そうして闇の中で、権力者から権力者への取引がおこなわれる。

やがてはどこかにほころびがでる。不用意なひと言や不自然な金の動きを誰かに嗅ぎつけられる。政治家であれ官僚であれ、彼らが恐れるのは逮捕され服役することではない。彼らにとり、そんな事態は、悪夢のそのまた上をいくものである。彼らが恐れるのは、はるかそれ以前の、〝うわさ〟であり、関係したかもしれないという〝疑惑〟である。それだけで、首相の座をあきらめ、あるいは政界に打ってでることや、政務次官のポストを放棄する羽目になる。上昇志向のかたまりともいえる政治家や官僚にとっては、それは〝死〟に等しい。

だがもちろん、鮫島はそうした権力者たちの精神的な〝死〟だけで終わらせたいなどとは思っていなかった。法のもとではすべての民は平等であるの喩《たと》えどおり、犯した罪にはそれに見合う刑を科されるべきなのだ。

犯罪を暴かれ、出世の道を断たれた彼らは、一般の人間が考える以上に傷手をこうむっている。しかしそれで十分だとは鮫島は考えなかった。社会的な責任の大きな人間が、その責任を裏切る犯罪を犯したなら、その科《とが》は重いものでなくてはならない。

刑罰を恐れさせ犯罪をなくす、という考え方は司法関係者のおちいりやすい罠《わな》ではある。しかし、その法を自らが作ったものだからというような思いあがった考えを抱く者に対しては、自らが作った茨《いばら》の冠を被《かぶ》らせて当然だった。

塔下が公衆電話を離れ、カフェテラスに戻っていった。

カフェテラスの受付にある内線電話が鳴った。ブレザー姿の係員が受話器をとり、ロングスカートをつけたウエイトレスに何ごとかを告げた。

「——さま、角さま……」

ウエイトレスが各席のあいだを動き回り、呼びだしをおこなった。

角が立ちあがった。真子ともうひとりの男を席に残し、受付に歩みよった。角は受話器を耳にあてながら周囲に厳しい視線を注いだ。

ふた言み言話し、受話器をおろした。残してきた男に目顔で合図を送った。男は真子とともに立ちあがった。

塔下の連絡はまにあいそうもない。角らがここをでて動くのなら、鮫島は駐車場に先回りをしなければならない。塔下はすぐには席を立てないからだ。

角らがアウディを止めた地下駐車場に向かう確率は二分の一だった。他の場所へ向かう場合は塔下が追うだろう。鮫島は素早く判断し、フロントカウンターを抜け出した。角らの目につかないよう、従業員用の階段に走った。ホテル内での張りこみの際には、たいてい従業員用の出入り口を使っているのでその位置は把握している。

角らが乗ってきたアウディクワトロは地下駐車場のエレベータホールに近い一角に止めてあった。鮫島はBMWを出入り口に近い場所に止めていた。

角らの先回りをした鮫島は従業員用の出入り口から地下駐車場に出た。走りだした。エレベータホールが気になった。角らと鉢合わせの危険はおかしたくない。できればBMWを先に駐車場の外に出しておきたい。

BMWに乗りこんだ。キイをさしこんだ。そして再びエレベータホールの方角を見やった。男がひとり立っている。

皮のブルゾンにツイードのスラックスを着けていた。鮫島の脳裏で何かが閃いた。男は後ろ姿を鮫島に向けているのだが、どこかが引っかかった。

何かをやろうとしている。男の背には奇妙な緊張感がみなぎっていた。鮫島はイグニッションキイから手を離した。男があたりを警戒するようにふりかえった。色白の端整な顔立ちをした男だった。が、即座に鮫島はその男に何が起こっているかを悟った。

てんぱっている。男の目には、しゃぶ中独特の狂気の色があった。

なぜここにしゃぶ中が——思い、答えを出す暇もなく、エレベータの扉が開いた。角を先頭に真子ともうひとりの男の姿が現われた。

男の手がさしこまれていたブルゾンのポケットから引きだされた。次の瞬間、女の甲高い悲鳴が地下駐車場に響き渡った。

30

昇がすべて計画を立てた。お前はロビーにいってはいけない、地下駐車場で待つんだ——兄はそういった。

昇がヒルトンホテルの電話番号を調べ、角を呼びだす。そして地下駐車場で進と落ち合うよう、角に指示を与えたはずだった。

向こうの用意した状況の中で取引を進めてはいけない、昇はいった。たとえロビーから地下駐車場へと場所を移すだけであっても、角が仕掛けているかもしれない罠《わな》をくぐる効果があるからだ。とにかく相手のいうがままに動くことだけは避けろ。

進はBMWの中で待っていた。電話が鳴った。

「俺だ。今、連絡をつけた。そちらに降りていくそうだ」

昇は進に、車を降りることなく、ロックしたままで、窓越しに角らと話し合え、と命じた。人けの少ない地下駐車場に相手をいざなった以上、向かい合う危険をおかしてはならない。

それは、角を恐れている考え方だ、進は思った。やくざの暴力におびえているのと同じだ。奴らには思いしらせなきゃいけない。たとえひとりでも、香川家の人間を相手に回したらどんなことになるか、わからせてやるのだ。

殺《や》られる前に殺るべきだった。たとえこの場を、安全に離れられても、角はきっと自分を殺そうと追っ手を放つにちがいなかった。沙貴と俺を東京から逃がすまいとするだろう。

そう思ったとき、進はすべてが見えたような気がした。角は沙貴を手に入れたかったのだ。沙貴のあの、とろけるようなセックスが欲しかったのだ。だからこそ沙貴をさらったのだ。

とすれば、この何日間か、角が沙貴に何もしなかったはずはない。奴は沙貴を閉じこめ、その体をむさぼったにちがいない。薄汚ないやくざが、沙貴の体をおし開き、むりやりわけ入っていったのだ。角は俺を殺し、キャンディと沙貴の両方を手に入れるつもりだ。

怒りが、視界が赤く染まるような怒りが、進を突き動かした。手が体を探った。あったはずだ、あったはずだ、あったはずだ。

カッターナイフの柄《え》のひらべったい、固い感触を右手でしっかりと握りこんだ。

車を降りた。勝ったつもりの角の鼻をこれであかしてやれる。意表をついた反撃に奴はびっくりするだろう。形勢は一気に逆転する。

車のエンジンをかけ、ドアを開け放したまま、まっすぐエレベータホールに向かって歩いていった。

エレベータのランプが点っている。下りの矢印をつけ、降りてくる。中に奴らが乗っている。そして沙貴も。

やっと会える。やっと救いだせる。

エレベータが扉を開いた。角が見えた。沙貴も。そしてもうひとりの見知らぬ男。角が驚いたように目をみひらき、そしてすぐに立ちなおって薄笑いを浮かべた。

「原田さん」

馬鹿にしたその口調に、進は我を忘れた。カッターナイフを引き抜いた。

沙貴が大きく目を開けた。悲鳴がその口からあがった。

「てめえっ」

角の連れが叫び声をあげた。進は右手を大きく走らせた。

気づくと角があっけにとられたような表情で進を見あげていた。左手を強く顎の下におしあてている。しわがれた声で、

「この野郎……」

つぶやいた。みるみる左手の指のすきまから血が噴きだした。一閃させたカッターナイフが角の喉を切り裂いたのだ。

「思い知ったか。なめるんじゃないぞ！」

進は怒鳴った。そして沙貴を見た。

「沙貴、こっちへこい！」

「てめえこんなことして只ですむと思ってんのかっ。若頭《かしら》っ」

「やめろっ」

突進しようとした手下を角は右手で制した。エレベータの壁に手をつく。血の手形が残った。

「沙貴っ」

「いやっ」

沙貴が激しく首をふった。そして角を見た。

「大丈夫!?」

そんな馬鹿な。が、沙貴の目には、恐怖と怒りがあった。どうして――。

「沙貴、お前を助けにきたんだ。こっちへこい！」

「馬鹿っ。何いってんだよ！」

沙貴が怒鳴った。

なぜだ――その思いが言葉にならず、喉につかえた。沙貴は角にすがっている。

「大丈夫、ねえ、救急車呼ばなきゃ、救急車……」

それを見ているうちに、進のまわりの世界が、赤からじわりじわりと灰色に変わりはじめた。色を失っていく。すべてのものが色を失っていく。

「てめえ、そこどけえっ」

角の手下がわめいた。肩を角の腕の下に入れている。角の顔は蒼白で、灰色に染まっていた。

背後から声が聞こえた。何やってる、そう叫んでいる。何やってる？　何やってるだって？　沙貴を助けにきたんじゃないか。

不意に背中をつきとばされた。再び怒りが赤く視界を染めた。また俺をコケにするのか、この野郎。

進は叫び声をあげた。カッターをふり回した。今度は何も切り裂かない。見知らぬ新たな男の顔が見えた。また角の手下がきたのだ。負けてたまるものか。エレベータの中に突進した。沙貴の腕をつかんだ。

「沙貴っ、こいっ、こいっ、こいっ、こいっ」

「いやだって、放してよ！」

沙貴が身をよじる。何かをされたんだ。そうだ、薬を射たれたにちがいない。怒りが体を軽くする。

何かが左肩を打った。痛みは感じない。きっとなってふりかえった。新たな男が特殊警棒を手に立ちはだかっていた。

「殺すぞおっ」

カッターをふった。沙貴の悲鳴がまたもあがる。沙貴を救わなければ。沙貴の体から薬を抜いてやらなければ。

男がさがった。

「カッターを捨てろ！　警察だ」

「薬を抜かなきゃ駄目なんだよっ」

進はいい返した。

「いいからカッターを捨てろ。病院に連れていってやる」

「俺じゃないよ、馬鹿！　沙貴だよ、沙貴の体から抜くんだ！」

「てめえ何いってやがる」

やくざが吼《ほ》えた。

「あたしじゃない、あたしは薬なんかやってない！」

「いいからこいっ」

沙貴を引きずった。なおも抗《あらが》うのでカッターを顔につきつけた。沙貴は息を呑み、おとなしくなった。

進は涙がでそうになった。もう少しだ、もう少しだ、沙貴。じき、お前の体から悪い薬を抜いてやる。助けてやるからな。

はっとした。忘れるところだった。取引だ。ブルゾンから小荷物預かり所の預かり証をとりだした。エレベータの床にすわりこみかけている角に投げつけた。

「ほらもってけよ！」

角が灰色の顔をもたげた。そのとき、角を介抱していたやくざが我慢しきれなくなったように立ちあがった。上着の裾から何かをとりだした。

進はかまわず走りだした。半ば沙貴を引きずっていることにも気がつかなかった。轟音が地下駐車場を駆け抜ける。何だ？　何だっていい。とにかく沙貴を連れてこの場を逃げるのだ。

「捨てろ！」

叫びが背後から聞こえた。何を捨てるんだ、何を捨てろというんだ。

沙貴の体が重かった。それでも進は渾身《こんしん》の力をふりしぼって沙貴を引きずっていった。ドアを開け放したＢＭＷが見えた。

再び轟音。またも叫び声があがった。もう何をいっているかわからない。

沙貴をＢＭＷの助手席におしこんだ。

「助けてやるからな、助けてやるからな、助けてやるからな……」

進はひっきりなしにつぶやいていた。助手席のドアを閉め、運転席に乗りこんだ。アクセルを思いきり踏みこんだ。

BMWは蹴とばされたように発進した。急ハンドルにタイアが悲鳴をあげる。

やったぞ、やった。駐車場の出口にあるゲートを突破し、地上に躍りでた。このまま、このまま、つっ走ってやる。家まで。故郷まで。

「沙貴――」

隣りを見た。恐怖が進の心臓をワシづかみにした。沙貴のベージュのブラウスが、血でまっ赤だった。

31

エレベータホールで向かい合ったとき、鮫島は角の手下の名を思いだした。佐瀬《させ》という男だった。血の気が多く、ふだんは藤野組の傘下にあるデートクラブの支配人をしている。佐瀬は蒼白だった。そしてその佐瀬よりもっと青ざめていたのが角だった。エレベータの入口に立ちはだかった男の手の中にあるものを見たとき、鮫島は何が起こったのかを知った。角が切られたのだ。

男のカッターナイフは角の喉をとらえていた。すわりこんだ角の足もとには、みるみる、大量の血溜まりができつつあった。

佐瀬が怒号をあげた。鮫島は特殊警棒を引き抜いた。まずくすると、佐瀬が男を殺す。先に男を逮捕するべく、警棒で男を打った。効かなかった。男は完全にてんぱっていた。

「殺すぞ!」

男が叫んだ。目が吊りあがり、口の端で唾液が泡のように白く盛りあがっていた。

「カッターを捨てろ！　警察だ」

鮫島は無駄だと思いながらもいった。案の定、男は無意味なことを口走った。が、その内容から、男が原田であると鮫島は察した。

原田は妄想状態におちいっていた。陰山真子の体から薬を抜く、といいはっている。原田は真子の腕をつかみ、連れていこうとした。佐瀬は角にとりすがっている。ひと目見て、鮫島は角が死にかけているのがわかった。

不意に原田が紙きれを投げつけた。何かの預かり証のように見えた。一枚が角の体の下にできた血溜まりの中に落ちた。

「ほらもってけよ」

甲高く、勝ち誇ったような声で原田がいった。瞬間、佐瀬の表情が切れた。立ちあがり、上着の下、背骨の横から拳銃を引き抜いた。銀色のリボルバーだった。制止する暇もなく、佐瀬は発砲した。

「捨てろ！」

鮫島は叫んだ。最悪の事態だった。鮫島は拳銃を携行していない。佐瀬は完全に血がのぼってしまっていた。

佐瀬は鮫島の警告が聞こえなかったように、なおも発砲した。佐瀬が鮫島の顔を知らないはずはなかった。が今は、原田を殺すことしか頭にないのだった。

「佐瀬っ」

鮫島は怒鳴りつけた。原田を追いたいのだが、佐瀬をおいて走るわけにはいかない。原田に追いすがれば、佐瀬の火線に身をさらすことにつながる。

「どけっ」

佐瀬は絶叫して走りだそうとした。鮫島は危険を覚悟でその前に立ちはだかった。佐瀬の発砲は、原田だけでなく真子をも傷つける可能性があった。

「銃を捨てろ、佐瀬。新宿署の鮫島だ！」

「うるせえ、どきやがれ！　どかねえと、てめえもぶっ殺す！」

銃を鮫島に向けようとしたとたん、鮫島は警棒をふりおろした。警棒は佐瀬の右手首に命中した。骨を砕いた音がして、佐瀬は呻き声をあげ、銃を落とした。

「この野郎――」

それでも佐瀬は鮫島にとびかかってきた。目の前で兄貴分を切られた怒りに逆上し、手負いの獣のように暴走している。鮫島は佐瀬の肩を顎の下に食らってよろめいた。

「やめんかっ」

「邪魔すんじゃねえっ、くそお巡りがっ」

つきとばされ、コンクリート製の柱に背を打ちつけた鮫島は息を詰まらせた。さらに左手で佐瀬は鮫島の喉をつかんだ。それを下から払いのけ、鮫島は佐瀬の鳩尾《みぞおち》を警棒で突いた。佐瀬が前のめりになったところで、首すじに警棒をふりおろした。そのうえで頭をかかえ、顔面に膝蹴りを食らわす。

佐瀬の鼻がつぶれ、ぱっと血を噴きだした。佐瀬はようやく尻もちをついた。目がくらんだようだ。

鮫島はその右手をつかみ、両脚のあいだにはさみこんでひねりあげた。ベルトケースから引き抜いた手錠をかけ、佐瀬の体を引きずると、近くに止まっていたバンのバンパーにもう片方の輪を使って留めた。

「鮫島さん！」

声にふりかえった。塔下が拳銃を手に走ってくる。

「救急車を！　原田が逃げた！」

塔下は目をみはり、エレベータの中を見つめた。

鮫島は佐瀬をその場に残し、走りだした。原田が真子を引きずっていった方角は、鮫島がBMWを止めた位置とは、エレベータホールをはさんだ反対側だった。

途中、通路に飛び散った血痕に鮫島は気づいた。原田か真子のどちらかが受傷したのか。それとも原田が真子を傷つけたかだ。

タイアの悲鳴が聞こえた。衝撃音がつづく。出入り口の方角だった。鮫島は踵《きびす》を返し、走った。

衝撃音はゲートで起こった。一方通行を逆走し、進入路を出入り口に向かって走った車がゲートを突破していったのだ。原田だ。

鮫島は自分のBMWに向かって走りだした。

「どこ行くんです、鮫島さん⁉」

塔下が叫んだ。角の体を抱え起こしている。

「原田を追う！」

鮫島は叫び返し、BMWに乗りこんだ。エンジンをかけ、壊れたゲートをくぐって地上への坂を昇った。だが地上にで、ブレーキを踏んだ。

鮫島は原田の乗っている車の種類すら知らないのだった。

行き交っている車に、見渡すかぎり、異常は感じられなかった。暴走している車も、クラクションを浴びせられるような危険な運転をしている車も見あたらない。

鮫島は唇を噛んだ。佐瀬のために原田を見失ってしまった。

だが原田は終わりだった。たとえ原田がどれほど権力の擁護を受けていようと、逮捕を逃れる術《すべ》はない。

ただひとつ、鮫島を不安にさせていることがあった。それは、てんぱった状態の原田がおちいっている被害妄想だった。角を傷つけた今、原田の妄想は現実化する。暴走する原田には、この先みさかいなく人を傷つける可能性があった。

32

ロイヤルホテルの駐車場に平瀬の古いクラウンを見つけたとき、耕二は自分の悪い予感が的中したことを知った。

落ちつくんだ——自分にいい聞かせながら車を止め、ロビーに入っていった。人けのないがらんとしたロビーに陽の光がさしこんでいる。その光の輪を避けるようにして、平瀬が円形のソファにひとりすわっていた。手にスポーツ新聞をもっている。

ガラス扉をくぐった耕二の気配に目を向けてきた。

「よう」

何でここにいるんだよ——その言葉を耕二は呑みこんだ。もう自分の気持ちを平瀬に悟らせてはならない。

「待ちくたびれたぜ。そろそろくるとは思っていたけどよ」

平瀬は何ごともなかったかのようにいった。香川からの電話のあと、耕二は平瀬に電話をかけずすぐアパートをでたのだ。晶を帰す――それしかいい方法が思い浮かばなかった。晶を起こし、なるべく早く東京いきの上り列車に乗せてしまう、そうすることがいちばんだと思ったのだ。さもないと、とてつもなく悪いことが起こる予感があった。晶を救うには、この街を離れさせるほかない。

が、もうそれはできない。平瀬はまるで、耕二のその考えを見越したように、ホテルに先回りしていたのだ。

耕二が電話を待たなかったことを平瀬は咎めるようすもなく、いった。

「電話がかかってきたんだ」

耕二はさっと平瀬を見た。

「誰から」

「決まってんじゃねえか。あいつからさ。お前が俺に電話をよこさなかったんで、向こうで俺の番号、調べたらしい。簡単だわな。小せえ街だからよ」

そしてからみつくような視線で耕二を見た。

「取引、ぶっこわすつもりなのか、お前」

怒っているようには聞こえない口調だった。

「別に。別にそんなつもりじゃないよ」

耕二はいった。

「じゃあ、ちゃんと電話してこいよ。俺たちのチームワークが悪いと、向こうさんも困るじゃねえか」

平瀬は新聞を丸め、それで耕二の頭を軽く叩いた。ポン、と乾いた音がした。耕二は怒りをおさえた。平瀬は昨夜来、まるで耕二の兄貴分にでもなったかのようにふるまっている。

「飯、どこ食いにいくんだよ」

耕二はいった。すると平瀬は歌うような口調で答えた。

「予定変更」

「変更？」

「晶ちゃんをまず、向こうさんのところに連れていく。会いたいんだってさ、とにかく」

「なんで？」

「そんなこと俺にわかるわけねえじゃねえか。惚れちゃったのかな」

平瀬はいって、にっと笑った。

「どこで会うんだって？」

「いいから。ま、電話しろよ」

平瀬は質問に答えず、フロントデスクにおかれた内線電話を目で示した。

「どこ連れてくんだよ」

「うるせえな。早く電話しろって」

耕二は息を吸いこんだ。

「平瀬、チームなんだろ。俺ら」

平瀬は舌打ちし、面倒くさそうにいった。

「マリーナ?」

「そう。クルーザーに乗っけて、海から見た我が街をご覧に入れようってわけさ。それから、うまいもん食いにいくんだよ。何たって、向こうが考えてるうまいもん屋だからよ、俺らとはわけがちがうって」

耕二は息を吐いた。それほど悪いことにはならずにすむかもしれない。香川がいっしょなら、平瀬も強引なことはできないだろう。

「電話しろよ」

「ああ」

晶が何というかはわからない。だが今はとりあえず、こちらのいうことを聞いてくれと頼むほかなかった。

耕二は電話をした。平瀬もいっしょなんだ、と告げると、晶は、別にいいよ、とだけいった。もう朝食をすませ、部屋で待っていたのだった。

晶が降りてくるのを、耕二は平瀬と待った。エレベータの扉が開き、ジーンズの上下を着けた晶が現われた。ジーンジャケットの下は黒のタンクトップだった。大きく盛りあがったその胸に、平瀬がうっとりしたように、

「いいねえ」

とつぶやいた。

エレベータから踏み出した晶は立ち止まった。まじまじと耕二の顔を見つめた。

「どうしたんだよ、その顔」

「別になんでもないよ」

耕二はいって視線をそらした。思いだした。

「ケンカしたの？」

晶は平瀬を見やった。平瀬は薄気味悪い笑いを浮かべていた。

「そうじゃないよ。きのうあれから浮かれちゃってさ、こいつ。飲みすぎて大騒ぎしたんだ」

「誰かに殴られたのかよ」

「酔っぱらいだよ」

耕二はいって、晶に目を戻した。

「大丈夫だって。たまにあるんだ、飲みすぎたお客さんがさ」

晶は納得していなかった。が、それ以上は追及してこなかった。

「ふうん」

「じゃ、いこうぜ」

平瀬はいった。

「俺の車でいこうや。二台でいっても馬鹿らしいからさ。耕二のはここにおいていけよ」

耕二は頷いた。

「どこいくの?」

晶が訊ねた。

「海なんてどう? きのうきてたお客さんで、晶ちゃんの歌にすごく感動して、クルーザーに招待したいって人がいるんだ」

平瀬はいった。

「な、耕二」

「うん。オーナーの友だちなんだ」

耕二は仕方なく話を合わせた。晶がいった。

「別に無理しなくていいんだ、耕二。あたし、車でもいいし、歩いたっていい」

「そんなんじゃないよ、晶ちゃん。その人、晶ちゃんに会いたがってんだ」

晶は平瀬を見つめた。

「それってきのうの話のつづきじゃないよね」

念をおすような口調だった。平瀬はあわてたように手をふった。

「ちがう、ちがう。CMうんぬんは関係ない。本当に、ただ晶ちゃんに会いたがってるだけ。変な人じゃないぜ。な、耕二」

耕二は髪をかきあげ、横目で平瀬を見ながら頷いた。

「いこう」

平瀬は晶と耕二のあいだに回りこみ、両手をふたりの肩にかけた。平瀬におされるようにして歩きだした晶が耕二を見た。耕二は晶の顔が見られなかった。

平瀬は晶を助手席にすわらせ、クラウンを走らせた。途中、街のあちこちを説明する。その中には、耕二すら知らなかったことも含まれていた。

平瀬は、この街を驚くほど知っていた。いったいその知識をどこで仕入れたのかと思うほどだ。

同じことを思ったのか晶が質問した。

「平瀬さん、詳しいね、ずいぶん」

「でしょう。高校んとき、歴史研究会だったから、てのは嘘。俺が前、組に入ってたことは話したよね」

「うん」

「組にいると勉強になることもある、特に地理は徹底的に覚えさせられる。何丁目の何番地に、何ていうビルが建ってて、持ち主が誰で金回りがいいとか悪いとか。選挙のときは誰に投票してる、とかね。県政や市政の歴史は勉強したよ。そういうことはね、知っとかないと駄目なんだ。市会議員の誰がどこから銭もらってるとか、あいつはアカで組合系だけど、麻雀は大好きだ、とかね。そういうのが頭に入ってくっと、これから金もうけするには何がいいか、わかるようになるんだ。マンホールの蓋とかさ、そんなのを卸すルートに食いこむだけで、すげえ金になったりする」

「金ばっかりなのかよ」

耕二はいった。

「そりゃそうさ、お前。やくざは全部、金だよ。金くれるところにつくのさ。考えてみろよ、やくざになる奴は、ほかに何がある?」

「何って?」

「俺がそうさ、学校も成績悪くていかねえし、先公にも嫌われてさ。家が金持ちならともかく、貧乏だろ。このままいったって、ろくな人生にならねえよ。うまいもん食ったり、いい車乗ったり、きれいな女抱いたりできっこないんだよ。やくざは自分らが嫌われているることは百も承知だよ。でもそれが全部かなうんだ。人がペコペコするし、金が入ってくる。金しかないって」

「じゃなぜ、やくざやめたの?」

晶が訊ねた。クラウンは海岸通りを走っていた。広大な埋立地が区画割りされ、まだほとんど何も建っていない。ここの埋立て工事は、地元出身の議員が国に働きかけ、予算を県と折半する格好でおこなわせたものだった。県側からでた工事代金は、ほとんど香川財閥系の企業のものだ。

香川家はまずマリーナを作った。そしてそのすぐそばにリゾートマンションを建てる工事が今、おこなわれている。さらにホテルも建つ予定なのだ。

今の空地の大半も、香川財閥系の倉庫会社や運輸会社の持ち物になっている。この街では、公共事業と名がつけば、すべて香川財閥を肥やすための事業を意味している。耕二ですらそれは知っていた。

すべてをとり仕切っているのは、景子の父である。しかし景子の父は今は、ほとんど人前に姿をあらわすことはなかった。

会えるのは、何人かの香川系企業の社長と国会議員、そして景子だけだ。

埋立地にぽつぽつと建つ、プレハブの建物は、すべて「香川」の名のつく看板がでていた。

『五年もするとこの辺はすごいぜ。一大シーサイドリゾートさ。マリーナの横に砂を入れいの金観、部、全、て、沖にテトラを沈める。そうすると波のこない大きな海水浴場ができる。倉庫みたが建ってるだろ。あれは今だけさ。シーサイドリゾートを作るとなれば、また自治体がをだす。香川系の不動産会社がこのあたりの土地を自治体に買わせるのさ。それでもって工事をまた香川系の建設会社が請け負う。できたリゾート地域は破格の値段で香川系の光会社が買い戻すんだ。たんびたんびに何十億、何百億って金が香川家に流れこむ。本家さ。ママの親父の懐ろだぜ』

以前、平瀬が耕二に説明したことがあった。

「――極道やめた理由、すか」

晶に訊ねられ、わずかのあいだ黙りこんでいた平瀬は、おどけたようにいった。

「いいたくなきゃ、いい。ごめん」

「才能ないから、だろ」

耕二はいった。

「才能って?」

「頭がよくないってこと」

「そんな」

「だけじゃねえんだ、本当は」

平瀬がいったので、耕二は驚いた。

「やくざはやめようと思ってたんだ、ハナから」

「初耳だよ」

「だろうな。いったことねえもんな」

平瀬はルームミラーで耕二を見やり、笑ってみせた。親しみなどこれっぽっちも感じない笑顔だった。

「だってよ、やくざやったって、すぐにでかい銭が入ってくるわけじゃねえじゃん。兵隊ずっとやらされて、そのあいだは目腐れ金さ。銭が自由になんのは、三十半ば過ぎて、カシラクラスになるか、さもなきゃツトメいく覚悟でやばいシノギするかだ。高校生のときはよ、やくざになった先輩が、財布の中に十万円入れてるとすげえって思ったけど、二十《はたち》過ぎてみると馬鹿みたいなもんだぜ。俺は銭もうけしたかったんだ。そいでそのノウハウをさ、学ぼうと思ったわけ」

平瀬の言葉が真実なのかどうか、耕二にはわからなかった。晶の前なので、いかにもやくざを利用する頭のいい人間のふりをしているのかもしれない。

誰も口を開かないでいると、平瀬がいった。

「あともう一こある」

「もう一こ？」

「ああ。どうしても知りたいことがあったんだ」

「何だよ」

「じきわかるって」

平瀬はいって、またも笑った。

耕二は気がついた。クラウンはマリーナへの進入路を通り過ぎていた。まっすぐいくと漁協の新しいビルで、その先は使われなくなった倉庫で行き止まりになっている。

「おい、マリーナ、通り過ぎちゃったぞ」

「知ってるよ。この先でUターンすんの」

平瀬は漁協の入口に建った漁協の新しいビルの前を走り過ぎた。

道幅が狭くなり、舗装がいっきに悪くなる。道の両側は有刺鉄線を張った柵がつづいていた。

「行き止まりだって」

「心配すんな」

道は暴走族の侵入を防ぐため直角にクランクしていた。クラウンはクランクを曲がった。正面に鉄のゲートがあった。道はそこで途切れている。

そのゲートが開いていた。

「開いてるだろ。だからUターンできるんだよ」

平瀬はいって、ゲートをくぐった。舗装のない埋立地の中に入った。人間の背ほどの高さまで雑草が伸びている。しかしときおり関係者の車が入るのか、轍《わだち》の幅だけ、土が踏み固められていた。

平瀬はしかしUターンさせるようすもなく、車を走らせていた。この先は海しかないのだ。その手前に廃棄された倉庫がある。漁協ビルを新築するときに資材などを工事関係者がおいていた建物だった。

雑草の林が切れた。正面に海が、そして左手に廃棄された資材倉庫が見えた。

平瀬は倉庫の前でクラウンを止めた。

「はい。ごめんね、晶ちゃん」

平瀬はいって、不意に助手席に腕を伸ばした。グローブボックスの蓋を開けた。

平瀬の手がとりだしたものを見て、耕二は息が詰まった。白木の匕首《あいくち》だった。

「何すんだよ――」

平瀬は答えず、鞘《さや》を払った。

「ふたりとも車、降りろや」

「何だよ――」

「うるせえ！　降りろ！」

平瀬が怒鳴った。

33

「——ねえ、連れてって……連れてって、病院……」

沙貴はうわごとのようにくりかえしつぶやいていた。

「大丈夫だ、かすり傷だよ、ほら……」

進は恐怖を必死におし殺しながら沙貴を抱き起こした。

新宿から四谷のマンションまで、どうきたのか、まったく記憶がなかった。マンションの駐車場に着き、沙貴をシートからかかえおろしたとき、ＢＭＷの助手席の床に溜まった血溜まりに進は吐きそうになった。

沙貴の左わき腹を弾丸は射抜いていた。背骨の少し横から入った銃弾は、二〇センチほどわき腹の肉をえぐり、でていったのだ。ＢＭＷにあったタオルを沙貴のわき腹にあてがい、進は部屋に運びこんだ。

血がいっぱいでている。でもこれはいいことなのだ——そう自分にいい聞かせた。血がでればでるほど、沙貴の体の中の悪い薬が抜けていく。

沙貴は今、カーテンを閉ざしたリビングの、皮張りの長椅子に横たわっていた。センターテーブルには、キャンディのシートが数枚、投げ出されている。

「痛いよ、痛いよ、進ちゃん」

「大丈夫、大丈夫、すぐ治る」

「連れてってよ、お医者さん」

進は沙貴のかたわらにひざまずいていた。やさしく首をふった。

「沙貴の病気はさ、お医者さんじゃ治せないんだ」

そしてセンターテーブルのキャンディに手を伸ばした。

「食べるか？　ん？」

ひとつを破り、進は自分の口に入れた。そのようすを沙貴は苦しげに薄く開いた目でじっと見あげていた。

キャンディはまるで効かなかった。たった一錠では駄目なのだ。

沙貴が咳きこみ、あわてて進は首の下に手を入れた。沙貴が吐いた。進の胸に吐いたものがかかった。茶色っぽい液体だった。

「気持ちわるい……。死んじゃう、死んじゃうよ、あたし」

「大丈夫だって。もっと吐いていいんだ。悪い薬がいっぱいでるから」

「おかしいよ――あんた」

「おかしいのはお前さ。角に何された」

進はキャンディをもう一錠とり、口に入れた。さっきの一錠と合わせて、噛み砕いた。

「なんにも……」

「嘘つくな！」

進は怒鳴って沙貴の体を揺さぶった。沙貴は目を閉じ、あああ、と老婆のような呻き声をあげた。

進の中にあったやさしさが消え、すべてを灰色に閉ざす激しい怒りが再び燃えあがった。

「お前は角に悪い薬を射《う》たれたんだ！ あいつのオモチャにされたんだ。俺はお前を助けようと思ってきたんだぞ！ キャンディを積んで、ひと晩じゅう車を走らせて！」

沙貴は目を閉じ、答えなかった。進は沙貴のブラウスのボタンを荒々しく外した。ふたりきりになったときからしたくて仕方がなかったことだった。

紫色のブラジャーに包まれたまっ白く大きな胸が露わになった。ブラウスに染みた血が、ブラジャーの下の部分を変色させている。

目をみひらいた。胸にいくつものキスマークを見つけた。まるで獣が噛んだように、いくつもいくつも、乳房の白いふくらみに残されている。

「こいつは何なんだよ!? こいつは何なんだよ!?」

沙貴は返事の代わりに呻いた。

「角とやったんだろ、やったんだろ、やったんだろ、やったんだろ」

沙貴が薄目を開けた。まるで化け物を見る目だった。恐怖とさげすみがこもっていた。

「――田舎《いなか》者《もん》」

切れぎれに沙貴がいった。進はその頬を拳で殴った。沙貴の首がぐらりとかしいだ。とたんに進は後悔した。

「沙貴、ごめん。お前のこと、好きなんだよ、愛してんだ。結婚してもいいくらい、愛してんだ」

「だったら……病院、連れてってよ……」

「だからいったじゃないか。悪い薬抜かなきゃいけないって」

進は沙貴の白い胸に額を押しつけた。

「悪い薬って……なに」

「お前が角に射たれた奴さ」

「は」

沙貴がいった。

「は、は、」

沙貴は笑っていた。

「あんた、本当に、どうしようもない田舎者だね」

吐き出すようにいった。

「あんたのキャンディなんて、ぜんぜんよくない、んだよ。あんたのアレといっしょで」

「――どういう意味だよ」

心が凍りついた。

「角さんはさ、もっといいネタ、くれたよ。すっごく、効く奴。アレもむちゃくちゃいいよ」

「お前！」

進は叫んだ。声が甲高くなった。

「お前!!」

「注射すんだよ。びんびんにとんがるんだよ。あんたのキャンディなんて……ガキのおもちゃさ」

進は唾を飲んだ。喉がめちゃくちゃに渇いていた。ここに戻ってきてから、何リットルも水を飲んだ。

「やっぱり角とやったんだな！」

沙貴は冷ややかな横目で進を見た。

「もう、ずっと前からだよ」

進は息を吸いこんだ。渇いた喉がふくらんで詰まり、うまく吸いこめない。口を開こうとしたとき、携帯電話が鳴りだした。

34

「この馬鹿野郎がっ」

鮫島が車を降りようとドアを開けたとき、怒鳴り声が地下駐車場に響き渡った。怒鳴ったのは麻薬取締官事務所の板見だった。板見は顔をまっ赤にしていた。かたわらには塔下が立ち、こちらは蒼白だ。ふたりの目の前では、警視庁捜査一課と新宿署刑事課による現場検証がおこなわれていた。

少し離れた位置に、桃井と警視庁保安二課の下居《しもい》という警部補が立っている。下居は、覚せい剤事犯専門の班の責任者だった。下居の班員も現場検証に立ち会っていた。

鮫島は板見と塔下に歩みよっていった。板見が鮫島に気づき、鼻白《はなじろ》んだ。

「鮫島さん！」

塔下がいった。

鮫島は救急車を追って、角が運びこまれた病院に同行していたのだった。

板見が一歩進みでた。

「貴様、覚えてろよ。うちの張りこみをぶち壊しやがって」

鮫島は鋭く板見を見た。

「オトリに引っかかったのはそっちだ」

「何だと、この野郎⁉」

今にも殴りかかりそうになった板見を塔下がおさえた。

「主任！」

「離せ、この野郎！」

鮫島は厳しい口調でいった。

「塔下さんから無線器をとりあげたのは誰だ。それとも黙って角をいかせてやればよかったのか」

板見はかっときた。いきなり鮫島に組みついた。鮫島はその腕をふりはらった。さすがにそれ以上は手をだそうとせず、板見は荒々しく息を吐いた。

「この件は厳重に抗議を入れるからな」

人さし指を鮫島につきつけた。検証中の警官たちが何ごとが起きたのだというように、手を休め、三人を見つめている。

「どのような抗議でしょう」

声がした。桃井だった。下居もかたわらにいた。

「あんたは何だ」

「新宿署防犯課長の桃井さんです」

下居がいった。下居と板見は互いを知っているようだった。

「お前んとこの部下なのか、この野郎は」

板見が憤然と怒鳴った。桃井は平然と聞き流した。

「部下といわれましても、階級は同じですからな……」

「だったら新宿署長を連れてこい！　こんな野郎は外勤にでも回して、ハコに立たせとけや」

桃井の表情はまったく変わらなかった。

「その件は考慮しましょう。ところで麻薬取締官事務所では、角を切った犯人に関する情報をお持ちですな」

「原田という偽名を使っていた男だ。本名は香川進」

鮫島はいった。板見はそっぽを向いた。

「知らんね」

上着から煙草をとりだし、くわえた。

「とりあえず、線は張ったんですよ。鮫島くんから聞いた人台をもとにね。しかし詳しい情報があるのなら、お分け願えませんか」

「断わる」

板見はいった。

「香川はうちが長年、追っかけていたほしだ」

「今は殺人のほしでもある」

鮫島はいった。はっとしたように塔下が板見を見た。

「出血多量だ。病院には、藤野組の連中も集まってきている。香川を早く確保しないと、藤野組に先を越されるぞ」

鮫島は告げた。板見の表情は変わらなかった。

「主任――」

「うるさい」

下居が口を開いた。

「板見さん、香川をネタ元らしいとつきとめたのは、確かにおたくの功績だ。だが卸元の角が死んで、香川までもしいかれたとなったら、キャンディのルートが解けなくなってしまいます」

「うちで解くさ」

「一刻を争うんだ」

鮫島はいった。

「逃したのはお前だろうが。それなのにでかいツラして仲間をどかどかよこしやがって」

「これは殺しなんだ」

「殺しは関係ない。香川はうちのほしだ」

板見は煙草を唇からはがすと踏み消した。

「香川は逃走するときに、何かの預かり証らしき紙を投げ捨てていった。それは今、殺しの証拠になっている」

鮫島はいった。板見がさっと鮫島をふりかえった。

「だから？」

「香川はキャンディを角に渡すために運んできた。陰山真子をそのキャンディでとりかえすつもりだったんだ。だが香川自身がキャンディを食いすぎて、てんぱっていた。だから角を切ったんだ」

「預かり証は今、こっちの手もとです」

下居がちらっと鮫島を見やり、いった。

「取引をしようってのか」

「預かり証をたどれば、まちがいなく大量のキャンディをおさえられる。だがそのときに香川が消されていたら、そこから先のルートは追えない。ネタ元は、香川にすべてをおっかぶせるでしょう」

下居がいった。

「その前にうちがネタ元をおさえる」

板見はうそぶいた。

「できるかな」

鮫島はいった。

「どういう意味だ⁉」

板見は再びかっとしたようにいった。

「香川は厚生省に圧力をかけられる家の人間なのだろう。もし今この瞬間にでも香川が実家に連絡をとっていたら、おたくは動けなくなるのじゃないか。潜っているおたくの人間も含めて」

「なめるなよ、この野郎」

板見は鮫島に詰めよった。塔下がいった。

「主任、鮫島さんのいってることはまちがっていません。とにかく香川を早くおさえないと、どんどんやりにくくなる。そのためには警察と組んだほうがいい」

「腰抜け！」

板見は塔下をののしった。

「そんなにサツがいいなら、サツにいきやがれ」

塔下は息を呑んだ。鮫島は叩きつけるようにいった。

「腰抜けはどっちだ」

「何だと」

「そっちの腹は読めてる。香川の手配に協力しないのは、もうすでに、あんたの上に圧力がかかりはじめているかもしれないからだろうが。警察に情報を渡せば、止めようがない。だからあんたは、麻取だけで香川をやろうとしているんだ」

板見の顔色が変わった。鮫島は板見の正体がようやくわかってきたのだった。板見の中にあるのは、反警察感情だけではなかった。それよりも、香川という〝大物〟をめぐる、上層部の対応が気になっているのだ。鮫島にことごとく食ってかかるのも、自分の思ったように捜査をコントロールできなくなったことへの焦《あせ》りからなのだった。その焦りの根源には、上部機構に対する〝畏《おそ》れ〟がある。

麻薬取締官すべてが板見のような人間であるはずはなかった。要するに板見は、警察にも、それ以外の官公庁でも、どこにでもいる、典型的な役人根性の持ち主なのだ。

しかし、そこまではっきりと指摘した人間はこれまでにはいなかったのだろう。下居はあきれたような顔で鮫島を見つめた。

「あんたがそういうふうだと、麻取全体がなめられるだけだぜ」

板見は言葉に詰まったように、荒々しい呼吸をくりかえした。そして不意に天井を見あげた。歯を食いしばり、いった。

「預かり証を渡せ」

「香川のいどころと交換です」

下居が素早くいった。板見は警察官たちのほうを見ず、いった。

「香川が役員をしている運送会社は品川区にアパートをもっている。それと、香川自身が学生時代、東京で暮らしていたときのマンションが今でも残っているはずだ」

「アパートの住所は？」

「大森だ」

「学生時代のマンションというのは？」

「わからない。香川進の名で登記はされていない」

「香川の出身校は？」

鮫島は塔下を見て訊ねた。塔下は上司を見やりながら答えた。私立の名門大学だった。

「香川は付属高校からそこに進んでいます」

「当時の学籍簿を当たればわかる」

鮫島はいった。板見は答えなかった。そんなことはとうにわかっていたはずだった。なのにやっていなかったということは、板見が、内偵を悟られるのを極度に恐れていた証しだった。

「動きます」

　鮫島は短く、桃井にいった。

「一課が怒りますよ」

　下居があわてたようにいった。鮫島は告げた。

「一課が追っているのは、角殺しのほしだ。私は、塔下取締官といっしょに、六本木のクラブホステスで覚せい剤常用者の陰山真子を追う」

「そんな無茶な」

「香川がそこにいるとわかれば手をださない。一課に引きつぐ」

　下居は息を吐き、桃井を見やった。

「知りませんよ」

　桃井はまったく答えなかった。

「主任――」

　塔下は板見を見た。

「勝手にしろ」

　板見は吐きだした。塔下は何かに耐えるように板見を見つめていたが、

「失礼します」

とだけいって目をそらし、鮫島に向きなおった。下居が信じられない、というように小さく首をふり、

「どうなってるんだ」

つぶやいた。

「鮫島警部」

桃井が口を開いた。

「署に寄って、拳銃を携行したまえ。てんぱっているほしも危険だが、藤野組の追いこみも危険だ」

「了解しました」

鮫島はいって、BMWに向け歩きだした。

「待った、待った！」

下居が叫んだ。走って追ってくる。

「くそ、捜査本部《ちょうば》もまだ立ってないってのに。鮫島さん、こいつをもっていってください。連絡を頼みます」

携帯用のデジタル無線器をさしだした。

「ほしのやさが割れたら必ず連絡を頼みますよ。じゃなきゃ一課に殺されちまう」

鮫島は受けとり、微笑んだ。

「必ず連絡します」

BMWの運転席の扉を開け、塔下を見やった。塔下はまだ何かいい残したことがあるように上司の板見を見つめていた。

板見は顔をそむけている。

塔下はぐっと奥歯に力を入れ、無言で鮫島の隣りに乗りこんだ。

「あんたには申しわけないことをした」

車で地上にでると鮫島はいった。塔下は答えなかった。

やがて小さく息を吐き、いった。

「鮫島さんがふつうの刑事さんじゃないとはわかっていましたけど……」

「俺も少しかっとした」

塔下は鮫島を見ていたが、低い声でいった。

「誰かがいつかはいったでしょう。ただ、外の人にいわれたのは、正直いって応《こた》えます。主任はあれで、けっこういい麻取なんです。結局、私がつっ走ったようなものですから」

鮫島は視線を前に向けながらしゃべった。新宿署はもうすぐそこだった。

「これがふつうの会社なら、人間同士の関係のほうが、仕事よりもときには優先されることもあるかもしれない」

塔下はあきらめたように笑った。

「鮫島さんは骨の髄《ずい》まで刑事なんですね。どうしてキャリアなんかになったんです？」

「キャリアになったときは、自分がこんなに刑事の仕事にはまるなんて思ってもいなかったさ」

塔下は不思議そうに鮫島を見つめた。だがそれ以上は訊ねようとしなかった。

鮫島と塔下が新宿署の防犯課に入っていくと、ちょうど昼休みのせいで、課内にはひとりしか刑事がいなかった。

鮫島は習慣で自分の机を見た。メモが何枚かのっている。そのうちのひとつに、

「男性より数回入電。緊急の用とあるが、姓名、連絡先については回答ナシ」

とある。

壁の時計は十二時四十分をさしていた。

「待っていてくれ」

鮫島はいいおいて、拳銃の保管庫に足を向けた。保管庫でホルスターを装着し、三八口径の実包を五発装塡《そうてん》したニューナンブの二インチ銃身をさしこんだ。

課に戻ると、当直をやらされていた新人の刑事が受話器を耳にあてていて、いった。

「電話です。例の何度もかけてきた奴です。でますか」

「でる」

鮫島は切り換えを待って、自分の机の電話をとった。

「鮫島です」

「やっとつながったよ」

若い男の声がいった。かすかに訛《なま》りがあった。

「そちらは？」

「誰でもいいんだ、別に。名前に意味なんかないからさ」

男はいった。鮫島は口調を変えた。

「いうな。いったいどんな用だ」

「あんたんとこで、今、追っかけてる人間がいるだろ」

「いつでも誰かを追っかけてる。それが仕事だからな」

鮫島の椅子にすわった塔下が鮫島を見あげた。

「じゃあ……原田っていえばわかるかな」

「原田さん？　あんたの名か」

塔下が緊張した表情になった。

「冗談じゃないよ。俺は原田さんには会ったこともないよ。ただ、頼まれたのさ。原田さんの知り合いに」

「何をだ」

「今、その電話、あんた以外に誰か聞いてるか」

「いや。みんなそれほど暇じゃないんでね」

「じゃ、いうぜ。あんたの大好きな女の子が旅行から帰るのが遅れるかもしれない」

鮫島はすっと頭の後ろが冷たくなるような気がした。冷静を装い、いった。

「まるで意味不明だな」

「仕方ない。俺もその人に頼まれただけだもんよ」

「その人の名は何てんだ」

「知らねえんだ。ただのメッセンジャーって奴でね」

「かっこつけてるとひどい目に遭うぞ」

「恐えなあ、『新宿鮫』は」

男はいった。

「用事はそれだけか」

「細かい話をあとからしたいんだけどな」

「こちらにはする気はない」

「じゃ、旅行からずっと帰れないな、彼女」

「何年食らうかわかってるのか、そんなメッセージを取り次ぐだけで」

「関係ないよ。とにかく原田さんがうまく東京からでられるようにしてほしいんだな。そこんとこよく考えておいてくれや。な、鮫島さん」

男は早口になり、電話を切った。

鮫島は深呼吸し、受話器を戻した。

「どうしたんです？」

塔下が訊ねた。

「何でもない。ちょっとすまないが待っていてくれ」

手帳をだし、「フーズハニイ」のメンバーの番号をさがした。

防犯課をでて、廊下にある公衆電話からかけた。リーダーの周を二本めで捕まえた。

「鮫島だが」

「どうも。帰ってきました？　あいつ」

「いや、まだだが、そっちに何か連絡あったかな、今日」

「いえ、別に」

「あいつの友だちがやっているという店の名前、聞いてるかい」

「いや……。聞いてない、と思いますよ。何かあったんですか」

「いや、そうじゃない。ありがとう」

鮫島はいって、切った。晶から教えられたホテルの番号をポケットベルの表示に呼び出した。番号を記憶しているのだ。

かけた。部屋につないでもらう。返事はなかった。

「新宿鮫」――男はそういった。鮫島のことを知っていると告げたかったのだ。

晶が人質になっている。鮫島は唇を嚙んだ。あの街にいた晶が。

だがなぜだ。晶はアイスキャンディとは何の関係もない。ましてや、晶が鮫島の恋人であるなどということを知っている人間はひとりもいないはずだ。なのに、原田とつながるキャンディのネタ元は晶を人質にしている、といった。

はったりかもしれない。警察官の恋人を誘拐し、人質にして、仲間を見逃せと要求するなど、少なくともやくざやプロの犯罪者が考えることではない。

プロにとって、逮捕や服役といった事態は、あるていど織りこみずみのリスクであって、重要なことはその場合の被害を最小限におさえる、という点だ。警官やその身内を傷つけたり、人質にする、という発想は、当局者を〝敵〟と見る反政府主義の過激派などがとることはあっても、思想的な背景をもたないプロにはありえない。

アイスキャンディのネタ元に左翼的な過激思想をもつ人間が加わっている可能性がある――晶を奪われたかもしれないという恐怖と並行して、鮫島の頭にその考えがかすめた。だが塔下から得た情報とその考えはまるで一致しない。原田こと香川進は、出身地の政財界に支配力をもつ一族の構成員なのだ。

それにしても、なぜなのか。いったい誰が鮫島と晶の関係を知ったのだ。唯一考えうるのは、かつての晶のバンド仲間だったという友人だ。その男がキャンディのネタ元と関係があり、そこから情報が流れた、と判断するしかない。

しかし晶が、そんな犯罪に加担する男とかつて仲間《バンド》を組み、今も親しくしているなどとは、考えられないし考えたくもない事実だった。それが本当なら、晶が人質にされていることと同じくらい鮫島にとっては衝撃だった。

ちがう世界で生きてきた。そんなことはわかっている。同じものを見ても感じ方はまるでかけはなれていた。だとしても、鮫島は晶を信じ、愛している。

二年前、危うく晶を失いそうになった。あのとき、鮫島ははっきりと、自分にとって晶という人間がもつ価値を知ったのだ。それは、晶自身が鮫島にどう思われたいと望んでいるのかとはまったく別に、鮫島にとって、本当にかけがえのない、決して取り替えのきかない存在である、と思い知らされたできごとだった。

未来永劫《えいごう》かどうかはわからない。少なくとも今は、あのときとまるで変わっていない。

なんてことだ、そうとしかいいようがない。なぜこんなことになったのだ。

理由よりも、だが混乱のほうが今、鮫島の心の中で勝っていた。ただひとつだけ、今はっきりしていることがある。

どれほど不安だろうと。どれほど恐ろしい可能性におびえようと。

今は絶対にこの脅迫を第三者に告げてはならない。

この先どんな不測の事態が香川進を逮捕にもちこむまでの過程で起ころうと、鮫島が〝弱み〟を握られていることを、捜査関係者を含むすべての人間に知られてはならない。香川進が逮捕されるまでは。逮捕という結果を、変えることは絶対あってはならない。使命であるわけでも、職務に対する忠誠心であるわけでもない。信念だった。

塔下を伴い、新宿署をでた鮫島は、香川進の母校に向かった。大学ではあるいは令状を要求されるかもしれず、令状の発行理由には何の問題もないにせよ、時間を節約したいという理由で、ふたりはまず、学内に併設されている付属高校の教務部を訪ねた。

ここで香川進の高校時代の住所が判明した。念のため鮫島は、香川進の係累が同じ学校に籍をおいた記録があるかどうかを確認した。あった。香川進にとっては大叔父にあたる人物が卒業生で、大学の理事を務めていた。

ただしその人間が理事を務めたのは、二十年前までであり、さらに本人は数年前に他界したことを鮫島は同時に知った。

香川進の高校時代の住所は、新宿区四谷一丁目のマンションだった。当時の学籍簿には、同居人として「兄、昇」と記載されている。電話番号もあった。

それらをすべて書きとめ、鮫島は塔下とともに四谷に向かった。

マンションが賃貸であったなら、十五年近くを経た今、別の人間が住んでいる可能性が高い。

しかし記載されていた住所は、四ツ谷駅にも徒歩数分で、さらに赤坂の迎賓館《げいひんかん》も間近にある、都内超一等地のマンションだった。当時でも賃貸ならば多額の家賃がかかったにちがいなく、むしろそれを負担と感じない香川家の財力ならば、分譲で購入していたと考えるほうが妥当だった。

四谷と、新宿にある藤野組の本部は、車で十分もあれば移動できる距離だった。もし香川進がそのマンションに潜伏していて、それを藤野組がつきとめていたなら、一刻の猶予も許されない。

藤野組にとって香川進は、幹部を殺した犯人であるばかりでなく、アイスキャンディの売という、組にとっての生命線のひとつともいえるシノギの実態について情報をもつ人物である。しかも藤野組と香川進の関係が友好的であるならともかく、こうなった今、進が逮捕されれば、不利な証拠はもちろん、進が負うべき犯罪に至るまで藤野組が背負わされる可能性がある。

〝幹部殺し〟という大義名分がある以上、組としては、進の口を封じたい。警察よりひと足早く——あるいはいざとなれば同時でもかまわない——進を殺そうという動きが始まっている。

警官の制止をふりきってでも進を殺し、あとは「兄貴分の仇をうちたかった」という動機で自供を通せばすむことなのだ。そのための人間など、藤野組には何人でもいる。

藤野組も今は、進の居場所を知ろうと躍起になっているだろう。

進が角を殺し、逃亡したことは、佐瀬が逮捕された今、知れわたっている。

「もし香川がそこにいたら、どうします？」

高校から四谷へと向かう車内で塔下は訊ねた。

「まずいるかどうか確認するのが先決だ。もしいるとなれば、すぐに連絡をする。藤野組が襲ってきたら、我々ふたりでは守りきれない。今度ばかりは、藤野組は、刑事が張りこんでいるとわかっていても容赦はしない。組がつぶれるかどうかの瀬戸際だ」

「キャンディの売で、組長までもっていけますか？」

「それは難しいだろう。だがトルエンの売でうまくいっていた藤野組は、真壁という幹部候補生が服役《はい》って、いっとき駄目になりかけた。そのあと、バブルがきて売春《おんな》のほうでもちなおした。バブルがふっとんだ今は、キャンディにかなり力がかかっていたろう。しかもキャンディに関して責任者だった角が殺されたので、上は、どこまでもっていかれるかの歯止めがきかせられない。死んだ角ひとりにおっかぶせるためには、香川を殺すほかないんだ」

「しかしそれをやれば、香川家の報復もあります」

「報復を恐がるのは、もっと上の〝本家〟からの圧力がかかってからだ。しかし〝本家〟だって、下手に香川がしゃべれば尻に火がつく。香川家がどうでようと、何かの動きがある前に藤野組が香川の息の根を止めてしまえば、『喧嘩両成敗』という格好になる」

「藤野組の上は――」

「関東共栄会だ。老舗だよ。政治家から圧がかかったってそれくらいの腹芸はこなすさ」

「なるほど。上意下達に要する時間を利用するってわけですね」

塔下の言葉に鮫島は頷いた。香川進にも藤野組にも、残されている時間はあとわずかだ。今日中に、ケリをつけようと藤野組は必死だろう。

そして晶がいる。

鮫島はそっと唇を嚙みしめた。もし藤野組が先に香川進を殺してしまったら、晶はどうなる。脅迫者は何を考えるのか。

香川進を逃亡させるのは論外であるとしても、藤野組に先を越されるのは最悪だった。香川進が死ねば、晶を助け出す手がかりすら失われかねない。

車は四ツ谷駅の前にさしかかっていた。鮫島は、四谷《よつや》第一《だいいち》中学の角を左折した。めざすマンションは、中学の裏側にあたる一角に建っているはずだ。

「あれですね」

塔下が指をさした。八階建てのどっしりとした建物だった。ここ数年にできた新しい高級マンションとちがい、ごてごてした外装はないが、ひとつひとつの部屋が大きく、長方形の窓が迎賓館から赤坂にかけての方角を見おろしている。地下に駐車場があることを示す、緑色のランプが点っていた。

高校、大学と、香川進はこのマンションの七〇一号室から通学していたのだ。

「七〇一」という部屋番号から推測して、そこは、七階のどちらかの端である可能性が高かった。

鮫島は車を止め、双眼鏡を出した。窓をおろして、目に当てた。

向かって左端の部屋にはカーテンがおろされている。反対の右端は開け放たれていたが、角度の関係で天井しか見ることができない。

「これだけのマンションなら管理人がいますよ」

塔下はいった。そのとおりだった。だが安アパートとちがい、こうした高級マンションの管理人は、住人との結束が固い。下手に訊きこみをおこなうと、本人に通報されるおそれがあった。

鮫島と塔下は車を降りた。マンションが建っているのは、片側一車線の道路沿いだった。エントランスは、地下駐車場への進入路のわきにあり、張りだしたひさしの下にガラスの大きな扉がはまっている。

数段ある階段を昇って、そのガラス扉をくぐった。内側はロビーになっていて、右側に集合式の郵便受け、左手に管理人室がある。奥が、エレベータホールだった。二基並んでいる。

ロビーの中は薄暗く、冷んやりとしていた。静かで落ちついた印象を与える。

管理人室の窓にはカーテンがかかっていた。

「先に郵便受けだ」

鮫島はいって、郵便受けに歩みよった。七〇一の銀色の箱には、何の表示もない。中をのぞくことはできない。番号錠が扉をロックしていた。

「やはり管理人ですかね」

塔下はいった。鮫島も仕方ないと思った。七階にあがって直接確認するよりは、まず管理人に確かめたほうがいい。

カーテンの閉まった小窓のわきにインタホンがとりつけられていた。塔下がそのボタンをおした。

ブザー音が窓の向こうで響くのが聞こえた。それほど建物の中はひっそりしていた。

返事はなかった。

「日曜だから休みなのかな」

塔下が鮫島をふりかえった。鮫島は無言だった。

そのときエレベータの扉が開いた。右側のエレベータだった。ジーンズをはき、ニットのトレーナーを着けた四十くらいの男が降りた。サラリーマンには見えない。陽焼けしていて、裕福そうな印象を与える。男はいらだった表情でまっすぐ鮫島らのほうに向かって歩いてきた。ふたりの目の前で管理人室のインタホンのボタンを押した。返事がないと知ると、舌打ちし、

「参っちゃうな、まったく」

とつぶやいた。

「どうされました？」

鮫島は訊ねた。男は鮫島と塔下をふりかえり、けげんそうな表情を浮かべた。

鮫島は警察手帳を提示した。とたんに男の口が勢いよく動いた。

「下の駐車場の僕のスペースに知らない車が止まってるんですよ。刑事さんならどうにかなりますか」

「知らない車？」

「ええ、頭にきちゃいますよ。ほんの三十分ばかりでかけていて帰ってきたら、堂々と止めてあるんだもの」

「どんな車です」

「ベンツですよ。下品な奴。金色のエンブレムつけて、窓まっ黒にして。ここの人間じゃないでしょう。管理人に文句いってもらおうと思って――」

再びインタホンを押した。

「管理人さんは、いつもはいるんですか」

「いますよ。ここは住みこみだから。必ず誰かいます。おかしいな」

「鮫島さん」

塔下が緊張した表情になった。鮫島は、窓のかたわらにあるスティールドアに歩みよった。ノックする。

「もしもし、いらっしゃいませんか。警察です」

そして小窓を見やった。カーテンが揺れた。ちらっと男の顔がのぞき、すぐに引っこんだ。が、それを見た瞬間、鮫島はエレベータに向かって走りだした。

「急げ、塔下さん」

そのとき、激しく管理人室の扉が開いた。

「何だ、うるせえな、この野郎！」

ひと目でやくざとわかる男がとびだしてきた。塔下が向きなおった。

鮫島は直感した。管理人室は藤野組の追っ手に占拠されているのだ。合鍵を奪った別働隊が七階に向かっている。今でてきたのは、警察という言葉を聞き、少しでも鮫島らをここで足止めしようと考えた見張りにちがいない。

「お前――」

「何だ、この野郎！」

塔下にやくざがつかみかかった。

「ほっとけ、ほっとくんだ、塔下さん。そいつは時間稼ぎだ」

「何⁉」

あとふたりのやくざが管理人室からとびだしてきた。ひとりの顔に見覚えがあった。藤野組の組員だった。

塔下はつかみかかったやくざの腕を払い、

「麻薬取締官事務所だ、抵抗するかっ」

と叫んだ。

「やかましい！」

ジーンズの男はあっけにとられたようにあとじさった。自分の住むマンションの管理人室からいきなり、血相を変えたやくざたちがとびだしてきたのだ。無理もなかった。

残りのふたりが鮫島に突進してきた。ひとりが鮫島の腰にしがみつき、もうひとりが体当たりを食らわした。

鮫島は勢いで、エレベータホールの廊下に倒れた。

「刑事《でか》がどうしたってんだ、この野郎！　やるのか、おい！」

鮫島の上に馬乗りになろうとしながらやくざは叫んだ。

「くっ」

受け身をとったが、腰と左肩を強く打ち、鮫島は呻いた。右手が腰のニューナンブに伸びた。こいつらは公務執行妨害で逮捕されるのを覚悟で鮫島らにとびかかってきたのだ。ということはつまり、別働隊が七階に向かってからまだあまり時間が経過していないということになる――痛みをこらえながら頭の隅でちらりと思った。

ニューナンブを引き抜いた。鮫島の胸にのしかかったやくざは、額に銃口をつきつけられ息を呑んだ。

「撃てよ！　撃ってみやがれ！」

いいながらも鮫島から離れた。鮫島は立ちあがった。塔下が最初のやくざと格闘をくりひろげていた。本気で鮫島らを傷つける意志がないことは、当然もってきているはずの刃物や銃をふり回していないようすからも判断できる。

上に向かった連中はもちろん武装している。

鮫島は足もとに向け、ニューナンブを発砲した。銃声がロビーの空気をつんざき、そこにいた者全員が凍りついた。

「次は貴様らの体をぶち抜くぞ！」

鮫島は怒鳴った。

塔下が鮫島のかたわらにきた。唇が腫れ、額が切れている。やくざたちをにらみつけながら、腰から拳銃を抜き出した。ブローニングの七・六二ミリ口径だった。衣服の下につけても目だたない小型のオートマチックで、警視庁では、SPが多く着装している。

鮫島はエレベータのボタンをおした。扉が開いた。下居から預かった無線器をつかみだし、塔下に渡した。

スライドを引き、第一弾を薬室に送りこんだ。

「使い方はわかっているな。応援を要請するんだ」

塔下は目をみひらいた。

「鮫島さん！」

信じられないようにいった。

「ひとりでいくつもりですか」

「こいつらも上の連中も、パクられるのを覚悟できている。つまりそれだけ香川を殺したいってことなんだ」

「無茶ですよ、ひとりでなんて」

わかっていた。だが晶のことが頭にあった。キャンディのルート解明だけのためだったら、果たしてひとりで上に向かうかどうか、鮫島にはわからなかった。

「こいつらをほってはいけない」

「それはそうですけど――」

いいかけ、塔下は口を閉じた。鮫島の顔から、切迫した何かを感じとったようだ。

鮫島はそれ以上何も告げず、エレベータに乗りこんだ。七階をおした。

エレベータの扉が閉まった。上昇を開始する。

大きく深呼吸した。吐く息が喉で震えた。恐ろしかった。今度だけは、藤野組のやくざたちも、鮫島に抵抗し、反撃を加えてくるだろう。腹の底に力を入れた。

これほどの恐怖を感じるのは、新宿御苑での銃撃戦以来だった。あのとき鮫島は、鮫島とともに戦って死んだひとりの台湾人刑事の遺志を引きついでいた。何よりも強い使命感に突き動かされていた。

今は――。今は使命感ではなかった。いや、厳密にいうならばこれも使命感かもしれない。しかし、この使命感とは、警察官としての使命感ではなく、愛する者、晶を救わなければならないという使命感だった。

鮫島の左手が無意識に、財布の入った内ポケットに触れた。そこには、死んでいったふたりの台湾人が写った写真が入っている。毒猿こと劉鎮生《リユウツエンシエン》と、刑事郭栄民《グオヨンミン》のものだった。

唇を噛んだ。写真に語りかけたい気持ちをこらえ、鮫島は自分に気合いをいれた。

エレベータが七階に到着した。

35

それは突然にやってきた。進が、昇との電話をつづけている最中だった。

進が角に切りつけたと聞き、昇は絶句した。

「なんでそんなことになったんだ⁉」

「仕方なかった、仕方なかったんだよ！」

「奴らが何かしたのか」

「したなんてもんじゃないよ、俺を殺す気だったんだ……」

進の声は途中から泣き声になった。自分でも、もうどうにもならなかった。兄にすがり、子供のように泣きじゃくりたかった。そして、夢だから、全部夢だから、となだめてほしかった。

「怪我は、怪我はどうなんだ」

「俺は大丈夫だ、俺は。でも、でも、奴らは、撃ったんだ、沙貴を撃ったんだ……」

電話の途中から、沙貴の具合が悪くなりはじめていた。目は開いているが、一点を見つめているだけで、進が手をまさぐり、握っても反応がない。

「いいか、落ちつけ。落ちつくんだ」

昇は、進にもそして自分にもいい聞かせるようにくりかえした。

「手は打った、打ってあるんだ。大切なことはお前が、そこを、東京を、抜けだすことだ。こっちにさえくれば、何とかなる」

「駄目だよ。もう駄目なんだ。沙貴をおいちゃいけないし……。俺は、人を殺しちゃったんだよ」

「しっかりしろ！　お前がそこでギブアップしたら、何にもならない」

「きっと警察が追ってくる。兄さん、俺、死ぬよ。兄さんや香川の家に迷惑をかけないように、ここで死ぬ。沙貴といっしょに死ぬ」

「馬鹿野郎、何いってんだ。お前が死んだって、何ひとつ解決しやしない。いいか、そっちの刑事に手を打った。聞け！　聞いているか」

「ああ……聞いている」

進は洟《はな》をすすりながらいった。寒けがして、ひどく具合が悪かった。体じゅうの皮膚の表面がざわざわする。肌の細かな毛穴がぶつぶつと立っているような気がした。立って、まるで生き物のようにうごめいているのだ。

吐きけもした。とにかく気分が悪いとしかいいようがない。

兄がしゃべっていた。

「――島だ、鮫島だ。新宿署の。いいか、そこに刑事がいっぱいきたら終わりだ。今なら何とかなる。鮫島にやくざたちをおさえさせる。そのために連絡をした」

「連絡？　何の連絡？　兄貴がしたの？」

「ちがう。こっちでも妙な連中がいて、脅迫をしてきたんだ。お前が帰るまで話すのをやめようと思っていたが仕方ない。景子の店の店長と、そいつの仲間だ。チンピラのような奴さ。金めあてなんだ。そいつを使った。キャンディの仕事に嚙ませろといってきたんだ」

「何したの？　どうやったの？」

舌もうまく回らない。

「鮫島の恋人をおさえた。晶だ。いいか、ショウだぞ。晶という名前を覚えておくんだ」

「しょ、晶だね」

「そうだ。人質にしてある。鮫島はお前を助ける。もう動いているはずだ。だから――」

兄がそこまでいったとき、玄関で激しい音がした。

「待って。誰かきたよ」

「鍵は、鍵はかけてあるのか」

兄の声は甲高くなった。

「ある。チェーンも。でも——」

進は携帯電話を手に廊下にでた。とたんに凍りついた。

ドアが開いていた。

かけておいたはずの玄関のドアの鍵が開いていた。

そして内側におしこまれるようにして開いたドアが、チェーンロックで止まっていた。すきまから手がさしこまれ、ロックの留め金をまさぐっている。

解けないと知ると、激しくドアを揺さぶった。何度も閉めては、思いきり開く。チェーンが重みでぴんと張ってはゆるむ。台座が抜け落ちるまでくりかえそうというのだ。

チェーンが張るたびに、大きな音がして、部屋のガラスがびりびりと揺れた。

「鍵が開いてる。チェーンを外そうとしてる！」

「野郎！　開けんか、こらっ」

「開けろっつってんだよ！」

怒号がドアの向こうで重なり合った。

「やくざだ、やくざだよ。仕返しにきたんだ」

「一一〇番だ、一一〇番しろ！」

「でも——」

「いいか、警察は何とかする。こうなったら藤野組の上のほうにも手を打つ。今は一〇番がいちばんだ」

「捕まる、捕まっちゃうんだ、警察は。兄さん、俺は人殺しなんだ」

「死んだとは決まっていないし、相手はやくざだ。向こうにもお前を傷つける気があった。それに人質をとっていた。大丈夫だ、お前の罪は軽い」

進は、小さな携帯電話と玄関のドアを交互に見やった。兄の声がすぐそばにある。なのに今、チェーンロックを留める台座は下のほうがめくれあがりはじめている。あれが外れれば自分は死ぬのだ。やくざたちがなだれこんできて、自分をめった刺しにする。

進の喉から悲鳴とも叫びともつかない甲高い声があがった。

進はくるりと身をひるがえし、リビングルームに駆け戻った。センターテーブルの上のキャンディのシートをつかみあげた。ありったけのキャンディを両手の親指の腹でおしだし、口がいっぱいになるまで頬ばった。

がりがりと噛み砕き、喉におしこんだ。途中でつかえ、激しく咳きこんだ。胃から突き上げるものがあった。

嘔吐した。しかしでてきたのは、白っぽく糸を引く唾液と溶けかけたキャンディのかけらだけだ。

「進、どうした、進！」

センターテーブルにおいた電話が叫んでいた。玄関からの物音はひっきりなしにつづいている。

進は横たわった沙貴に近づき、ひざまずいた。べとべとする口もとをぬぐい、動かない沙貴の胸に額をおしつけた。

「なんでこんなことになっちゃったんだろうな……」

つぶやいた。沙貴は返事をしなかった。

「おかしいな、おかしいな」

沙貴が少し体を動かした。進ははっとして顔をあげた。沙貴がじっと進を見ていた。目の中にはもう、怒りやさげすみの色はなかった。

進は見つめ返した。

沙貴の口が動いた。苦しそうなかすれ声で、耳を近づけなければ聞きとれない。

「みんな、ばかなんだよ……」

「そうなのかな」

進は震え声でいった。沙貴はその言葉には返事をしなかった。

「でも、沙貴、俺はお前が好きだよ。お前みたいな女、田舎にはいない。すごく好きだよ。いっしょになりたいよ……」

沙貴は答えなかった。

36

エレベータが扉を開いた。その瞬間、喚声が廊下を走った。喚声があがったのは、カーペットを敷きつめた広い廊下の、降りて右の突き当たりだった。

鮫島がそちらを見やったとき、内側に向かって開いたスティールドアの奥になだれこんでいく男たちの姿が見えた。

鮫島は走った。

罵声《ばせい》と叫び、悲鳴が一体となった激しい物音がそこから聞こえてきた。重い物の倒れる音、ガラスの砕ける響きが入りまじっている。

とびこんだ。

外れた台座をぶらさげたチェーンが、内側に大きく開いたドアのノブの下で揺れている。人間のかたまりが室内でもつれ合っていた。

「そのまま動くな！　警察だっ」

鮫島はニューナンブをかまえ、叫んだ。かたまりが崩れた。その中心にカッターナイフをつかんだ手で顔をおおい、うずくまっている男の姿が見えた。

「何だ、お前はぁっ」

すぐに男の姿が隠れ、匕首《あいくち》を手にした若い戦闘服の男が鮫島めがけ突進してきた。

「抵抗するかっ」

鮫島はニューナンブを下に向け、引き金を引いた。轟音が走り、男の右膝の少し下がぱっと弾けた。男は足をさらわれたようにもんどりをうって倒れ、

「いってえっー」

と叫び声をあげ、転げ回った。

「野郎っ」

複数の銃声が重なり合った。中心の男の姿が再び鮫島の視界に入った。立ちあがり、めちゃくちゃにカッターナイフをふり回している。銃声が再びして、黄色い閃光が走った。男の体がくの字に折れ、ねじれるようにして倒れた。

「やめんかあっ」

大型のコルトの軍用オートマチックをもったやくざが、さらに、倒れた男の体に狙いをつけた。室内にいるやくざは、戦闘服のチンピラとその男、そして匕首と銀色のリボルバーを手にしているあとふたりだった。

鮫島はニューナンブの銃口を上に向け、発射した。銃弾は正面の、カーテンがかかったガラス窓を撃ち砕いた。軍用オートマチックの男はよろめき、びっくりしたように鮫島を見やった。顔面蒼白で目が吊りあがっている。

「死ねえっ」

それでも倒れた男に再度狙いをつけた。鮫島はもういちど撃った。今度は男の腕に命中した。両手でかまえたオートマチックがあさっての方向にくるりと向きを変え、銃弾を吐きだした。そのまま男はすわりこんだ。

「捨てろっ、捨てるんだっ」

鮫島は怒鳴りつけた。やくざたちは顔を見合わせ、武器を捨てた。鮫島はニューナンブを顔の正面いっぱいに伸ばした両手でかまえ、室内に踏みこんだ。残弾はあと一発だった。

廊下には倒れた大きな壺や、廊下とリビングを仕切るガラス扉の破片が散らばっている。それらが鮫島の靴の下でばりばりと音を立てた。

鮫島は拳銃の狙いをじっとやくざたちにつけていた。倒れている男に駆けよってようすを見たかったが、危険でやくざたちから目を離せなかった。投げ捨てられた拳銃や匕首は、まだ彼らのほんの足もとにあるのだ。

突然、鮫島は周囲がひどく静かであることに気づいた。すぐ目の前に倒れている戦闘服のチンピラがあげている低い呻き声のほかは、何の物音もしない。

建物全体がたった今までの怒号と銃声の交錯におびえ、息をひそめている。

鮫島を含め、立っている者全員が、肩で息をしていた。

やくざのある者は鮫島をにらみつけ、ある者は伏し目になって、鮫島からは見えない位置に倒れている男を見つめている。

鮫島は動かなかった。いや、動けなかった。喉がからからで、銃をかまえた両手をまるで石膏で固められてしまったかのように動かせない。

対峙はほんの数分のことだったかもしれない。が、鮫島にとっては、何時間にも思えるような長さだった。

突然、鮫島をにらみつけていたやくざの表情が変わった。憎しみといらだちのこもった目が、明らかにふてくされたように鮫島をそれた。

その理由を鮫島は理解した。いくえにも重なり合い、反響しながら近づいてくるパトカーのサイレンが聞こえてきたのだった。

サイレンは耐えられないほど大きくなり、そして不意に途切れた。機動隊と防弾チョッキを着けた刑事たちが部屋になだれこんできたのは、それからわずかのあいだのことだった。

拳銃をおろすのに骨がいった。部屋が警察官でいっぱいになってもしばらく、鮫島の両腕は硬直していた。だが激しい意志の力でゆっくりとおろした。

救急車が到着するには少し、間があった。

鮫島は警察官に囲まれた男に歩みよっていった。男の頭の下には枕がわりに防弾チョッキがさしこまれている。

「動かせませんよ」

下居が鮫島を見あげた。防弾チョッキは下居のものだった。

男は文字どおり、血だるまだった。何発かの銃弾を受け、刺されている。それがどこに受けた傷なのか判別できないほど全身が血に染まっていた。薄く目を開き、はっはと浅い呼吸をくりかえしている。

下居は鮫島から男に目を戻した。下居は泣きそうな表情だった。男に命をとりとめてもらいたいと心底、願っているのだ。

部屋にはもうひとり、瀕死の状態の人間がいた。陰山真子だった。真子は、どす黒く血を吸った長椅子に寝かされていた。捜査員のひとりが上着をかけてやっている。

鮫島は男のかたわらにしゃがみこんだ。

「香川！　聞こえるか、香川！」

呼びかけた。

閉じられかけていた男の瞼《まぶた》が痙攣《けいれん》した。

「香川！」

焦点のはっきりとしない目が鮫島をさがした。

「あ、ああ」

呼びかけに応えたものなのか、単なる呻き声なのか、男は声を出した。

「鮫島だ、わかるか⁉ 新宿署の鮫島だ！」

下居が驚いたように鮫島を見つめた。死にかけている男に、なぜ鮫島が名を告げているのか理解できないのだ。

だが香川が反応した。まばたきのような痙攣が激しくなり、鮫島をとらえようとした。

「キャンディのネタ元はお前だな」

「あ……」

男は口を動かそうとした。紫色の唇が開き、舌が何かをさがすように上下した。

「し、し……」

下居がさっと耳を近づけた。

「しょ、う……」

男はそれだけをいって、目を閉じ、呻いた。呻き声が長く伸び、止まった。下居がさっと脈をとった。

「すごく弱いですよ……」

昏睡状態に入ったのだった。鮫島は無言で香川の顔をにらみつけていた。

しょう、確かに、男はしょうといった。晶のことだろうか。

とすれば、どうやって晶の名を知ったのだ。この男は、きのうから東京にいたか、遅くとも昨夜のうちには、地元を離れていたはずなのだ。

晶が誘拐、監禁されているとしても、それは、昨夜遅く、鮫島が電話で話したあとのことだ。この男が現場に立ち会ったはずはない。

鮫島は室内を見回した。この男、香川がキャンディのネタ元であったとしても、すべてが単独犯行ということはありえなかった。今現在も、晶をおさえている共犯がいるにちがいない。

救急車が到着した。隊員は香川と真子にすぐに止血処置が必要だと判断し、再び室内は騒然となった。その場で香川と真子の衣服が脱がされていく。

鮫島は室内を見回した。乱闘と銃弾が調度をめちゃくちゃに破壊していた。奇妙に生活の匂いが乏しい部屋だった。応接セットを含む家具は、いかにもおざなりにあつらえたという印象がある。

ガラスを張ったセンターテーブルにヒビが走っていた。アイスキャンディのシートがその上に散らばっている。

そのテーブルの下に、転がっている携帯電話を見つけた。

鮫島は手袋をつけた。現場保全の観点からいうなら、規則違反になる行為だった。が、せずにはいられなかった。

携帯電話を拾いあげた。表示板に明かりは点っていない。が電源は入っていることを示す棒グラフのような表示が出ている。

耳に当てた。サァッという雑音が聞こえ、鮫島ははっとした。この電話はどこかとつながっている。これが香川の電話ならば、香川は襲撃を受ける直前、共犯の人物と話していたのだ。しかもその人物は、ずっと襲撃のもようを電話を通して聞いていたことになる。

「鮫島さん」

下居が声をかけた。救急隊員が止血処置を施している途中で、香川が死亡したのだった。

聴診器を香川の胸に当てていた隊員が、

「駄目だ」

と首をふるのが見えた。真子のほうはすでに運び出されていた。

「駄目だなんていわないで、何とかしてくれ！　こいつに死なれたらたいへんなんだ！」

保安二課の刑事のひとりが大声でいった。

「そんなことといったってね、あんた――」

「わかった、いいからとりあえず病院に連れてってくれ。その時点で駄目だったらあきらめるから」

下居があいだに入った。

「あのね、心停止、瞳孔拡大、脈搏なし、この人はどう見ても臨終だ――」

「頼む!」

下居は怒鳴った。救急隊員はぐっと口を閉じ、相棒を見やった。香川の体を担架に載せ、固定した。

「手伝え」

下居が捜査員にいった。気まずい雰囲気だった。ふたりの捜査員が救急隊員を手伝って、香川を運びだした。

「――聞こえたか」

鮫島は電話に向かって語りかけた。いちかばちかの賭けだった。向こうはひと言もいわず通話を切ってしまう可能性もあった。

電話の向こうは静かだった。だがそこに鮫島は人間の気配を感じていた。耳に強く押しあて、息を殺している人物の存在を確信していた。

「私は新宿署の鮫島だ」

室内にいた捜査員全員が、手を止め、鮫島を見ていた。

「聞こえているのだろう、私の声が」

下居は目をいっぱいにみひらいていた。目での問いかけに、鮫島は小さく頷いた。

「──どうなったんだ」

不意に男の声がいった。新宿署に電話をかけてきたのとはまるでちがう、落ちついた声だった。

「香川進のことか」

「そうだ」

鮫島は緊張にぎゅっと胃がねじれるのを感じた。真実を告げるべきなのか。告げた場合、晶はどうなる。

「たぶん助からない」

「……………」

電話の向こうは無言だった。やがていった。

「お前がやったのか」

「やったのはやくざだ。俺は──止めようとした。まにあわなかった」

「──覚悟はしているのか」

「何のだ」

「それならいい」

「待て！」

「お前は守らなかった、こちらの要求を」

「そんな要求に従えるか。そちらこそもっと罪が重くなるんだぞ」

「お前のせいだ」

ちがう、といいかけ、鮫島はこらえた。今はこの男の怒りを自分にすべて向けさせるべきだ。晶よりも自分に。

「――そうかもしれんな」

感情をこらえ、鮫島はいった。

男がそっと息を吐きだした。

「どうするんだ？」

鮫島は畳みかけた。

「俺が憎くはないのか」

男は答えなかった。

「お前らはもう終わりだ。いずれにしても」

それに対しても返事はなかった。意を決し、鮫島はいった。

「俺に会いたくはないか。香川進に何が起きたのか、知りたくはないのか」

「お前なら説明できる、のか」

男の声が詰まった。鮫島ははっとした。男は泣いていた。

「ああ、できるとも」

声に力をこめ、鮫島はいった。

「ならば、くるがいい。俺のところに。それまでは預かっておく」

男はいい、そして電話を切った。

鮫島は電話を耳から離した。

「切れた」

「貸してみてください」

下居がいい、鮫島は手渡した。

「リダイアルのボタンがあります。それをおせば、前に誰と話したのかわかるかもしれない」

下居はボタンを押した。

「でました。いいか――」

捜査員が急いでメモをとった。

「〇三、三二三二――」

そこまで聞き、鮫島は興味を失った。表示されたのは、東京の番号だった。メモをとった捜査員がくりかえした。

鮫島は手帳をだし、開いた。

「どこの番号だかわかりますか。新宿あたりのようですが」

最後の相手は、藤野組の本部であったというにすぎない。

「藤野組の本部だ」

リダイアルは、こちらのほうからかけた場合のみ、番号を覚えている。香川からかけた最後の相手は、藤野組の本部であったというにすぎない。

あの男が藤野組の本部にいるはずはなかった。

「これはあとでゆっくり調べるぞ。記憶させてある番号がほかにもあるだろう」

下居がいって、証拠品の袋に携帯電話をおさめさせた。

「ちょっと下にいってくる」

鮫島はいった。現場検証には立ち会わなければならない。が、その前にしなければならないことがあった。

エレベータに乗り、一階に降りた。そこではひと足早く現場検証がおこなわれていた。

塔下がいた。ロビーにおかれた椅子に所在なさげにすわりこんでいた。

一階の検証は、管理人室を中心におこなわれていた。そこに立ちよった鮫島は、藤野組の特攻隊が管理人夫婦をおどして七〇一号室の鍵を奪い、縛りあげていたことを知った。

夫婦に怪我はなかった。

ロビーの階下でおこなった、威嚇射撃の発砲に関する事情聴取を鮫島は短時間受けた。

このあと七階でも同じことがおこなわれ、そしてあらためて審問会が開かれるかもしれなかった。

事情聴取が終わると、鮫島は塔下の向かいに腰をおろした。警察官ばかりのここでは、誰も塔下に話しかける者はいないようだった。

塔下は黙って鮫島を見た。疲れ、傷つき、無表情になっている。

「事務所には知らせたか」

鮫島は訊ねた。塔下は頷いた。

「主任は今日じゅうに藤野組にガサをかけるでしょう。私は外されています」

「その先は？」

塔下は目を上げ、鮫島を見つめた。ぼんやりとした光が徐々に鋭くなった。

「そちらしだいじゃないですかね。いずれにしろキャンディのネタ元はこれで終わりだ」

「警視庁が動かなければ、麻取が動くことはない？」

「断定はできませんよ。ただ、香川が死んじまった今、仲間はブツを全部処分して、すべてを香川におっかぶせることができます。それに死んじまった人間の名誉にまでは、上も圧はかけんでしょう」

それは捜査の引きどころという問題だった。香川進に関しては、殺人も犯し、アイスキャンディを服用していた事実からしても、捜査当局に圧力がかかるおそれはなくなった。だが、それは香川進が死亡しているからであって、今後、生存している香川家関係者に捜査の手が伸びれば、圧力は十分、考えられる。

「――それでは終わらない」

鮫島はいった。塔下はいぶかしげに鮫島を見た。

「どういうことです？」

「香川の共犯は、土壇場で人質をとって、俺に香川を逃げさせようとした」

塔下は目をみひらいた。

「じゃあ――」

鮫島は頷いた。

「どうやって知ったのか、奴または奴らは、俺の恋人を人質にしている、――たぶん」

晶がすでに殺されている可能性もあった。もしネタ元の犯人グループがこのまま事態の終息を願うのなら、晶の命は危険だった。

「そんな……」

呆然としたように塔下はいった。

「なぜ、それを――」

「いったところで状況は変わらない。藤野組の報復まではおさえこめなかっただろうからな」

塔下は信じられないような顔をして鮫島を見つめていた。

「なんて人だ……」

「もちろんこのままでは終わらせない。俺は奴らに会いにいく」

鮫島はきっぱりといった。

「これからですか」

鮫島は頷いた。

「そりゃ無茶です。こんなことがあって、警視庁《ホンチヨウ》があなたをいかすはずがない」

「方法はある」

鮫島はいった。塔下は首をふった。

「信じられない人だな、本当に……」

そのまま足もとを見つめていたが、不意に顔をあげた。鮫島の顔を見すえた。

「わかりました。腹をくくります」

塔下はいい、手帳をとりだした。メモをし、破りとったものをさしだした。

「この男と連絡をとってください。私のほうからも連絡しておきます。きっと鮫島さんの役に立つ情報を提供してくれるはずです」

鮫島は紙を見た。「石渡照久《てるひさ》」という名の下に電話番号が記されていた。

「うちの潜入捜査官です」

塔下はいった。

37

昇は受話器をおろすと、椅子の背もたれに体を預けた。かすかに軋《きし》む音がした。目を閉じた。

進が死ぬ。

馬鹿な奴。甘ったれで世間知らずで、本当は気が小さいくせに、すぐに強がった。

馬鹿な奴。あるときまで昇は進が本物の乱暴者だと思いこんでいた。恐れることはなかったが、まったく別の人生を歩くにちがいないと信じていた。同じ人生を歩きたいなどと思ったことはなかった。

それが変わったのは、あの夏からだった。

東京の夏。内心閉口しながらも、進と過ごした、東京の夏。

あのときはもう、すでに、昇は香川家とはつながりのない人生を歩こうと決めていた。

本家の傘のもとで、分け前の一部にありつくことでいつまでもそのかげに甘んじる人生とだけは、縁を切りたかった。

アルバイトをして金をため、四谷のマンションをでるつもりだった。それから学費すら、可能なら自らの手で得る覚悟を決めていた。

昇にそれを決意させたのは、その年の夏が始まる直前だった。かつてないほどの決心と勇気が、あの日、こっぱみじんに砕かれたのだ。プライドが深く傷つき、その苦しみが、独立の決意をうながしたのだ。

そしてその決意を、あの夏の進がくじいた。七歳下の弟の面倒をみることが、決意のための行動の時間を昇から奪った。

今思えば、決意は感傷の産物でしかなく、進が時間を奪ったとするのも、自分の行動の詰めの甘さだった。

しかし、昇は、あの夏が自分の運命を変えたことは事実だと思っていた。その馬鹿げた言動に不快感しか感じていなかった弟を駅まで迎えにいってやり、いきたいと願う場所に連れていき、食事の世話をした。

行きつけの定食屋で、進が東京で最初の食事をしたときのことは忘れない。

――まずいな、これ！

進は頼んだハンバーグ定食を半分以上も残し、大声でいったのだった。昇は黙々と食べた。

親もとから離れ、この街で暮らしはじめてから三年以上が過ぎていた。初めてひとりで食事をしたとき、昇もまったく同じことを思った。何てまずいのだろう、と。

だが今は思わない。慣れたのだ。東京での暮らしに慣れるということは、まず家庭での温かなおいしい料理から、定食屋の冷えたまずい飯に舌を慣らすところから始まっていた。

――嫌なら食うな
昇はいった。進はそっぽを向いた。テーブルに積みあげられた、表紙の汚れたマンガ雑誌に手を伸ばしかけ、いった。

――兄ちゃん、煙草もってる？

それは妙に媚《こび》を含んだ口調だった。昇は箸を止め、弟を見た。それから今度は定食屋の店内を見渡した。誰も兄弟に目を向ける者はいなかった。客のほとんどが連れのいない若い男で、手もとにおいたマンガを読みながら黙々と口を動かしている。

――兄ちゃん、煙草もってる？

あのときの進のひと言から、兄弟の本当の絆《きずな》が始まった。昇はシャツのポケットからマイルドセブンとライターをだしてやった。進は慣れた仕草で一本抜き、火をつけた。

誰も煙草を吸う中学生を咎めなかった。

田舎にいれば、進も昇も、常に誰かの注目を浴びていた。昇は、「香川の分家のやさしいお兄ちゃん」として、進は、「暴れん坊の進ちゃん」として。

東京では、ふたりはありふれたただの若者でしかなかった。

それから幾日もたたないうちに、昇は、進の本質が、つっぱりの甘えん坊であることを知った。知ったと同時に、弟の信頼と尊敬を得ていた。進は昇にすべてを話した。高校にあがれば、今のようにいばっていられない。よそ者が新しく作った暴走族に狙われるかもしれない。それが恐い、と。

進はおびえていた。痛めつけられることに対してもだが、それによってこれまでの「香川家の進ちゃん」に対する周囲の目が変わってしまうことを、より恐れていた。

それを知ったとき、昇は、弟もまた、香川家の軛《くびき》にとらわれていることを知った。そして進の恐怖をなんとかしてやりたい、と思った。

やがて昇は、進の恐怖の対象をとり除いてやることができた。だがそれは皮肉にも、昇がかつて逃れでたいと願った、香川家の傘によるものだった。

そのときはもう、昇は香川家の傘を逃れでることを考えていなかった。

あの夏の初め、香川家の傘をでたい、と決意するきっかけになったできごとを、昇は誰にも告げていなかった。

進は恐怖の対象を話した。昇はそれをとり除いてやることができた。しかし昇が進に何を話したとしても、進が昇のために何かをできることはありえなかった。

だから話さずにいた。

兄弟の関係は一方的なものだった。進は昇を信じ、頼りきっていた。昇は進を頼ってはいなかった。その弱さと愚かさを知りつくしていたからだ。だが進を愛していた。かわいいと思っていた。

今、その進が死ぬと知ったときの動揺は大きく、悲しみの深さは果てしなかった。まちがいなく、昇は進を、妻よりも愛していた。

ただちに東京に駆けつけ、進のそばにつきそってやりたかった。

しかし動くことはできない。

昇は目を開いた。すわり慣れた、香川運送の社長室の椅子に、自分はいた。子供の頃から変わることのない、山の景色が窓からは見えた。

結果を憎む気持ちはある。だが後悔はない。これから自分に降りかかってくる運命は、なんとしてもうけとめてやる。

あの夏の初め、すべてを捨て生きていこうと決意したときと変わらないくらいの、苦しみと悲しみだった。いや、今のほうがはるかに苦しいかもしれない。だが自分はそれに勝つ。

地位も名も、もはや惜しいとは思わない。惜しいと思っていたら、こんなことは始めなかった。

社長室のドアがノックされた。

「はい」

昇はひからびた声で応えた。ひそやかにドアが開かれた。あの夏の初め、昇にその決意をさせた張本人が立っていた。香川景子だ。

ふたりはしばらく無言で見つめ合っていた。景子はこれまで一度も見たことがないほどひどい状態だった。

髪が乱れ、化粧もほとんどしていない。目の下に黒ずんだ隈《くま》があり、それも初めてのことだがその隈と下のたるみが、景子を実際の年以上に老けて見せていた。

「――どうなったの」

やがて景子が口を開いた。日曜出勤をした秘書の許可なくまっすぐここへきたのだな――昇は景子の顔を見ながら思った。景子にはそれが可能だ。景子とその父だけが、この街で可能な人間だった。あの老いぼれは、じきに死ぬ。

「進が死んだ」

昇は告げた。景子はぱっと目をみひらいた。ささやくような、しかし激しい口調でいった。

「なぜ⁉」

「東京に食われたんだ……」

景子はよろめくように進みでた。

「何いってるの――」

昇は手をさしだした。

「煙草をくれないか」

煙草をやめたのは長男が生まれたときだった。決して昇には言葉を返さない妻が、一度だけ、赤ん坊の前で煙草を吸わないでくれと、強い口調でいった。

景子は手にしていた小さなバッグから煙草とライターをとりだした。

昇は火をつけ、深々と吸いこんだ。肺が抵抗し、息苦しくなった。視界が涙でぼやけた。

「教えて。何があったのよ」

景子が強い口調でいった。昇は景子を見上げた。

「だからいったろ。死んだんだ。殺されたのさ」

「誰に⁉」

「たぶんやくざだろう。警察じゃない」

「――どうして」

「取引がうまくいかなかった。奴らの手下が捕まって、俺たちは手を切ろうとした。奴らは進が東京でつきあっていた女を人質にしたんだ」

景子は大きく目を開いたまま、昇を見ていた。

「進はその子を助けるために、あるだけのキャンディをもって東京に向かった。きのうの、あのあとだ。奴は……奴は……やくざの幹部を傷つけた。馬鹿なことをしたもんだ。さっさとキャンディを渡して女の子を引きとってくればよかったんだ。あいつは臆病なんだ。臆病だから、弾けちまった……」

「――警察は？」

「じきにくる。俺は何とか助けようとした。きのうの、あの歌手。新宿の刑事の恋人だ」

「何ですって」

「鮫島という刑事だ。あの歌手の子を使って、鮫島にプレッシャーをかけようと思った。まにあわなかった」

「いったい、何をしたの？」

景子の目には信じられないような表情が浮かんでいた。

「お前のかわいがっていた坊やと、その仲間のチンピラだ。奴らに、話にのりたければ手伝えといった」

「耕二くんに何させたの⁉」

景子の声が厳しくなった。昇は景子を見た。景子の目は怒りに輝いていた。

「惚れてるのか、あの坊やに」

「いって！　耕二くんに何させたの⁉」

「手を咬まれても、まだかわいいのか」

「そんなこと訊いてない！　あの子に何をさせたのよ！」

昇は微笑み、首をふった。

「あの娘を連れださせ、監禁させた」

「どこにいるの、今」

昇は答えず、新しい煙草に火をつけた。

景子は立ちつくしていた。なぜ殴りかかってこないんだ——昇は思った。殴りかかってこい。殴られてやる。そうしたらその一瞬、俺たちの肌は触れ合える。

「知ってもしようがない」

「何いってるのよ。そんなことして……」

「大丈夫さ。本家に迷惑はかからない。全部、俺と進がかぶる」

「そんなこといってるんじゃないわ——」

「そんなこといってるんだよ！」

昇は怒鳴った。

「もうどうにもならないんだ。やくざが死ぬか死にかけて、進も死んだ。段ボールいっぱいのキャンディは警察だ！　もうどうにもならないんだよ！　俺は刑事と話した。電話でな。そして、進がいったいどんなことになったのか、教えにここへこい、といったんだ。

もし恋人の命が助けたかったら」

景子は黙りこんだ。景子の喉が鳴った。こみあげてくるものをおしとどめようとするように喉を鳴らした。

「——なぜなの」

昇は景子を見やった。

「初めて訊いたな。なぜだって。お前はずっと俺に訊かなかった。東京のやくざを紹介しろといったときも。キャンディをそいつらにさばかせているって知ったときも。なぜだって訊かなかった。それが今、ようやく訊いたよな」

景子はのろのろと目をあげた。

「あなたが、したいって、思っているのならって、思ったからよ」

「どうして俺のいうことを聞いたんだ。分家の頼みだからか。本家の務めだからか」

「そんなこと関係ないわ」

景子は目を閉じた。

「そうか。——変わったんだな」

「恨んでるの、まだ」

「恨んでいるわけないだろう」

「——あやまればよかった。ずっと、ずっと、あやまればよかったって、思ってた」

「でもあやまれなかった。本家の人間は、分家の人間になんか、頭をさげられなかった」

「やめて、そんないい方」

「そういういい方だった。いとこ同士、そういったな。だがいとこ同士なら、結婚だって認められてる、そう俺がいったのを覚えてるか」

景子は無言で頷いた。涙がみひらかれた瞳からこぼれ落ちた。

「そうしたら、お前がいったのさ。でも分家のお嫁にいくわけにはいかないわって」

景子は涙が溜まった目で昇を見つめた。

「――ずっとなの？」

「そうさ」

昇は低い声でいった。あの夏の初め、高校二年になった景子を誘い、レンタカーに乗ってでかけた。景子はもう処女ではなかった。さんざん遊んでいるらしいことを、昇はうわさで聞いていた。都内の女子大付属高に通いながら、六本木で遊び回っていた。そのときですら、派手で、まぶしいほどきれいだった。

昇をつまらない男だから、と拒否してくれればどれほどよかったろう。ださいから抱かれたくない、そういってもらえれば、救いはあった。

ずっと好きだったのだ。小さな頃から。

「お前があのくだらない男と離婚して、よかった」

「どうして助けてくれなかったの」

「助ける？　何から助けるんだ。しもべが女王様をどうやって助けられるんだ⁉」

景子は息を吐いた。長く深い息だった。

ふたりはしばらく無言だった。香川運送の社屋は静かで、まるでふたりのやりとりに固《かた》唾《ず》を呑み、耳をすませているかのようだ。

もちろんそのはずはない。ここでのやりとりは、廊下にすら洩れでることはない。

「どうなっていくの、これから」

景子がいった。

「なるようになるさ」

昇はいった。そして口にした瞬間から、ひどく身軽な気持ちになっている自分に気づいた。

そうか。抜けだしたのだな。今になってようやく、香川家の傘から抜けだしたのだ。

犯罪者という別の衣をまとうことで。

たとえれば、それは汚れた合羽《かっぱ》のようなものだ。内側は素肌に貼りつき、悪臭が漂っている。冷たい雨が叩けばその感触は直接体に伝わるだろう。そしてところどころが破け、雨水が流れこむ。

だとしても香川家の傘の下ではない。

昇はそうなった今を、いずれはいつかくることと確信していた自分を知った。同時に、そうなることでしか香川の傘の下を逃れでられなかったであろうと、気づいた。

このことが世間に知れ渡ったとき、街の人間たちが驚くさまを想像できた。

——なぜ、そんな馬鹿なことを

——何が欲しかったんだ

そんな声を容易に聞けるだろう。

「親父さんに話すんだ——ただし、俺と進のことはいい。お前と本家にだけ、火の粉が及ばないよう、手を打つんだ」

「そんな勝手ってないわ」

「勝手？」

「そうでしょう！　あなたと進は好きなことをした。そして進が死に、あなたは破滅する。だからお前はどこかにいってろなんて、勝手すぎるわ！」

昇は景子を見つめた。景子のいいたいことがよく理解できなかった。

「何を心配しているんだ」

「心配しているのじゃない！」

景子は激しくかぶりをふった。

「あなたの勝手が許せないのよ！」

「——分家の分際でしたことだからか」

「ばかっ」

景子は叫んだ。そしてとびかかってきた。デスクの上の電話を倒し、ペン立てを払いのけて昇に打ちかかった。

「ばかっ、ばかっ、ばかっ、ばかっ……」

固い拳がいくども肩を、顔を、額を打った。その痛みの中に、昇はずっと聞きたかった言葉を、知りたかった気持ちを、感じた。

幸福だった。

38

「──どうして、なんだ……」

耕二は切れぎれにつぶやいた。もう、指一本、動かせなかった。少し大きく息をしようとしただけで、胸にさしこむような鋭い痛みが走る。肋骨が折れているのだ。油の染みがあちこちにある、ホコリの溜まった古い倉庫の床に倒れたあと、平瀬がいくどもいくども蹴ったのだ。

──死ね、この、死にやがれ
何度も叫び、何度も蹴った。本当に殺す気だったとしか思えない。恐怖がこみあげ、耕二はすすり泣いた。

「クライアントの要求だからさ。晶ちゃんを閉じこめとけって」

耕二はのろのろと目を動かした。平瀬は今、横倒しになったドラム缶のひとつに尻をのせ、足を組んでいる。

かたわらに携帯電話がおかれていた。晶の姿はなかった。ここにきてすぐ、平瀬は晶を、倉庫の奥にある小さな事務所跡のような小部屋に連れていったのだ。

そこで平瀬が晶に何をしたか、耕二にはわからなかった。十分ほどして戻ってきたとき、耕二は平瀬にくってかかった。

――なんでこんなことすんだよ、晶は関係ないだろうが

その答えが、こうして血まみれになり、顔を腫《は》れあがらせてうずくまっている自分だった。

平瀬は落ちつき払っていた。耕二を痛めつけているあいだ、いちども晶がいるはずの倉庫の奥のことを気にしなかった。その意味がもつ可能性に耕二はおびえていた。

「やるときにはやるんだよ、俺はよ」

平瀬はいい、煙草に火をつけた。

「恐く、ないのか……」

「何が？　お前、俺のバックは天下の香川一族だぞ。国会議員だって土下座よ。警察だろうが何だろうが、恐いもんなんかねえよ」

平瀬は倉庫の天井を見あげ、煙を吐きだした。ビニール板を鉄骨に張った天井からは、黄色い光がさしこんでいた。がらんとしていて、饐《す》えたような機械油の匂いがこもって

いる。

平瀬は煙草を投げ、かたわらの携帯電話を手にとった。番号をおし、耳に当てる。しばらくそうしていたが舌打ちして、元に戻した。

いくども同じことのくりかえしだ。平瀬が何をしたいのか、耕二にもわかっていた。石渡と連絡がつかないのだ。

石渡はかしこい。平瀬があまりに無茶をするのでかかわり合いになるのを避け、逃げだしたにちがいないのだ。

利口な石渡はどこかにいってしまい、馬鹿な俺は、ここでこうしている。体じゅうを殴られ、死ぬほど痛めつけられ、そしていちばん大切にしていた友だちにまでひどい思いをさせて――。ひどい思い。晶が殺されていたらどうしよう。

「なあ、平瀬、頼むよ。晶は関係ないだろ。だしてやれよ」

「馬鹿、まだそんなこといってんのか。蹴るぞ、この野郎。関係ねえわけねえだろう。今だしてみろ、どうなる」

その言葉を聞き、耕二はわずかだがほっとした。晶は殺されていない。

「くそう、石渡のくそが」

平瀬はつぶやき、靴の踵《かかと》でドラム缶の横腹を蹴った。その靴の爪先には、乾いた耕二の血の染みがとび散っている。

平瀬はゆるゆると首を動かした。

「晶ちゃんここに連れてきてよ、マワしちゃおか……」

「やめろよ……」

平瀬はぽんぽんと膝を叩き、身をのりだした。

「お前、本当は晶ちゃんとやったことあんだろ？」

「ねえよ」

平瀬がドラム缶をおりた。じりじりと歩みよってくる。距離が狭まるにつれ、耕二の体は恐怖に固くなった。

平瀬はかがみこんだ。ベルトにさした匕首の柄が見えた。耕二の前髪をつかみ、顔を引き起こした。

「嘘つくな。やったんだろ」

耕二はまばたきした。また涙がこみあげてきそうだ。

「……やったんだろが！」

髪をつかみ、激しく揺さぶられた。痛みが駆け抜ける。

「やったよ」

ようやく答えた。

「どうだった？　おいしかった？」

平瀬は舌なめずりせんばかりの表情になった。

「覚えてないよ、昔のことだから」

「よく濡れた？　締まった？」

「忘れた……」

「とぼけんな、この野郎！」

額を床に叩きつけられ、目がくらんだ。止まっていた鼻血がまた激しく噴き出した。

「てめえだけいい思いしやがってよ。いいか、あの女、どうせ殺されんだよ。殺す前に、俺がやりまくってやらあ。見てろよ、よがり泣きさせてやっからよ」

「あ、あ……」

耕二は呻いた。呻くよりほかにできることがなかった。

「——そういやよ、ママはどうだ？　三十女だもんな。しつこいだろう」

平瀬はその呻きがまるで聞こえていないかのようにいった。

「お前ばっかりよ、いい思いしてるよな。俺もいつか、ママともやりてえな。すっげえ、うまそうだもんな。とろけっちまうんじゃないの。え、おい」

耕二の伏せた頭を指先でつつき、いった。

どこかで笛が鳴っていた。ピリリ、ピリリ、と鳴っている。

「お」

平瀬が立ちあがった。笛と思ったのは、携帯電話だった。

「はいはい」

平瀬が電話をつかみ、いった。

「はい、いわれたとおり、やってますよ。いつこれるんですか、こっちに――」

眉根を寄せ、耳を傾けた。

「はい。わかりますよ。いいんですか、でも……。あ、はい。あ、そいで、今回のギャラのことなんですけどね――え、いくら？　いいすねえ。キャッシュでくれます？　いつ？　今日？　最高っすよ。アフターサービスもばっちりすから。……わかりました。待ってます」

電話を切って、かたわらに戻した。

「とりあえず、二千万だとよ。おいしいね。そっからじっくり、しゃぶのビジネスの話をしようってさ」

歌うようにいった。そしてすぐにまた携帯電話をとりあげた。石渡の家にかけている。でないと知ると、舌打ちした。

「まったく……。馬鹿が多くて困るよ」

平瀬は新たな煙草に火をつけた。いらついているようにたてつづけに吹かす。考えをめぐらせているのか、真剣な表情になっていた。

「——まあ、やっぱりこうなるわな。結局のところが、器《うつわ》じゃねえってことだよ」

ひとり言のようにいった。そして耕二を見おろした。

「ま、お前らもそれなりに役には立ってくれたよ。お前はママとのつゝ、なぎになったし、石渡はよく動いた」

「何、いってるんだ……」

耕二はかすれた声でいった。

「だからいってるじゃねえか。ここまできた道のりのことだよ」

「平瀬……お前、変だよ」

「わかんねえ奴は黙ってろって」

平瀬は怒ったようすもなくいった。

「じきにお前にも全部わかるよ」

39

四谷のマンションにおける現場検証が終わり、本庁捜査一課による簡単な事情聴取を受けた鮫島は、新宿署防犯課に戻っていた。

「はい」

鮫島は頷いた。

「今すぐ、私を停職処分にしてください。理由は麻薬取締官事務所の抗議を受けた、という形でけっこうです」

「署長の判断を仰ぐ必要がある」

桃井は机の前に立っている鮫島を見あげ、いった。

「停職処分？」

桃井は眉をひそめた。

「今、すぐかね」

「時間がありません。おそらく今日の件に関して、本庁の保安二課と捜一は、私のつかんでいる情報を洗いざらい欲しがるはずです」

「それが嫌なのか？」

「いえ」

鮫島は首をふった。

「何が起こったかについて話す時間は、今でなくともたっぷりあります。しかし起きつつあることについては、それを食いとめる時間が限られているのです」

桃井は老眼鏡を外した。課内には数人の刑事たちがいた。

「食堂にいこうか」

鮫島は頷いた。桃井は椅子の背にかけていた上着をとった。

歩きながら訊ねた。

「拳銃の使用について、判断はどうだ」

「問題はなかったと思います。香川進を助けられなかったのが残念ですが」

「捜一の反応は？」

鮫島は桃井の顔を見た。

「私が警官で残念そうでした」

「たっぷり絞られたか」

「これからでしょう」

桃井の目もとに苦笑のような皺が刻まれた。

当然だった。香川進も、香川進を狙った藤野組の特攻隊も、捜査一課の獲物となるはずだった。せいぜいが保安二課と捜査四課がその分け前の限界である。それを所轄新宿署の一防犯課員がすべて引きずり回してしまったのだ。今後、香川進を助けられなかったのは鮫島の責任だという論議がふきでてきても不思議はない。

捜査一課の刑事たちは、鮫島に対する怒りを隠そうとしなかった。たとえ鮫島が落ちこぼれとはいえ、〝キャリア〟であろうと、彼らにしてみれば、「何さまのつもりだ」という気持ちなのだった。

本格的な事情聴取はこれからであり、その過程で、鮫島に、職権職務における規定違反がなかったかどうか、徹底的に調査がおこなわれることは明らかだ。

それはかまわなかった。どれほど調べられ、絞られても、現段階では鮫島が警察官の職を失うほどの落度は見つけだせないはずだ。

ただ今はその時間がないのだ。香川進の共犯者は、晶を人質にとっている可能性があり、その解放を条件に名指しで鮫島との対決を望んでいる。

その犯人の論理を、この段階で警察当局がうけいれるはずはなかった。晶に対して進行中の犯罪は、新宿署はおろか、警視庁管内ですら起こったものではない。

県警本部に協力を要請するなら、すべてを説明することを要求されるだろう。しかも、地元の名門がかかわっているとなれば、県警上層部があらゆる関係者に働きかけ、情報を収集し、事実確認をおこなうであろうことは目に見えていた。

その結果、事実無根として協力を拒否される可能性はある。よしんば協力を了承してきたとしても、事実確認に要する時間は、最低一昼夜を見こまなければならない。しかも、情報はまちがいなく共犯者側に洩れる。

鮫島は、男との電話で感じとったものがあった。それは、共犯者の中でも、あの男は、香川進と特に親しい関係であり、少なくとも電話の時点では、すべてを香川進にかぶせようという意図はなかった、ということだ。

すなわち、麻薬取締官事務所が懸念した捜査当局への圧力を、あの男は考えていない。だがそれは裏返すなら、仲間を失い、恐れるものをなくした犯罪者の開きなおりともとれる。

だからこそ、鮫島は相手の条件に従う必要性を感じているのだった。共犯者は、香川進が死亡したことで、捜査の手をかわし事件を終息させようとは考えていない。むしろ自らを破滅へと追いこむ道をひた走っている。

それがいったいなぜなのか、鮫島にはわからなかった。

あるいはその理由にこそ、晶がかかわっているのかもしれない。

香川進がやくざを利用しようとして、あべこべにとりこまれ、自滅したように、共犯者のあの男の身にも意図しないできごとが生じたのか。

香川進にすべてをかぶせたうえに、名門の政治力をもってしても、もはや破滅を逃れられない運命を悟っているかのような行動といえた。

それを解く鍵を握っている人物がいるとすれば、麻薬取締官事務所が潜入させている捜査員しかない。

共犯者にこちらから接触する方法も含め、石渡という捜査員にすべてを託すほかなかった。


食堂の隅で、ふたりきりで向かい合い、桃井は訊ねた。

「時間がないという理由は?」

「香川進には、地元に共犯者がいます。あるいはその人物が主犯格かもしれません。その男と話しました」

「話した?」

「香川進のマンション内に通話中の携帯電話が落ちていました。香川はこちらでの行動を逐一、共犯者に報告していたようです」

桃井は鮫島の顔から目を外した。食堂の入口の方向を見やり、訊ねた。

「君は主犯格と覚しい、その男を自分で逮捕したいのか」

「いえ」

鮫島は深く息を吸い、素早くしゃべった。

「晶がその男の人質になっています。奴は初め、晶の解放を条件に、私に香川進を東京から逃亡させるよう要求してきました。しかし香川が死亡したのを知った今、何が起こったのかを説明するのを、私に望んでいます」

桃井はしばらく無言だった。顔の筋肉をいっさい動かさず、同じ方角を凝視していた。

やがていった。

「厄介だな、それは」

「ええ」

「君を逆恨みしているのか」

「可能性はあります。私が香川を助けなかった、と」

「どこだ？」

鮫島は街の名を告げた。

「保守王国か……」

「はい。香川家は政官財、すべてにつながっているようです」

桃井はゆっくりと息を吸い、吐きだした。

「時間がない、――そうだな、確かに」

「時間が経過すれば事態は悪化します。あの男は香川進と非常に親しい関係であったと思われます」

「しかし親しかったとしても、香川家の人間でないのなら、その力は簡単には使えまい」

「奇妙なんです」

「奇妙？」

「警察官の恋人を人質にして、共犯者を見逃させようという発想です」

「確かに妙だな。マルBなどの考え方ではない」

「共犯者も香川家にゆかりがある人間ではないかと思われます」

「なぜそう思う？」

鮫島はわずかの間をおき、口を開いた。

「これはすべて私の勘です。香川家がどのような家柄であるか、私は塔下取締官から聞かされました。それによると、地元での香川家は絶大な支配力をもっています。当然、マルBも香川家の傘下にあります。にもかかわらず、香川進は地元のマルBを通さずに、偽名を使ってまで東京の藤野組とじかに接触していました。ひとつの考え方としては、香川進は、香川家の力に頼るのを嫌った、というものがあります。しかしむしろ、これは、香川家がしゃぶの密売という犯罪にかかわっているのを地元の人間に知られたくなかったと解釈するべきだと思います。

そして、香川進に火がつくと、共犯者は、何らかの方法で晶が私の恋人だと知って、誘拐し、それをテコに私を動かそうとしました。このやり方は、ある意味で警察という組織を知らない稚拙な方法に思えます。しかもそれは香川進の発想ではなく、ずっと地元にいる共犯者の計画であるようです。

まず私が思ったのは、共犯者は左翼過激派の活動経験があるのではないかということでした。もしそうではないとすると、いったいどんな人間がそんな考え方をするのか。それは、支配しなれた立場の人物ではないか。利害関係がはっきりとしていて、強者が歴然としている地方で、常に自分の意志に相手が従ってきた、というよりは、こちらから行動を起こさなくとも、物ごとが自動的に有利に展開していくことに慣れた人物です。そういう人物が、通常の自分の影響力が及ばない相手を従わせようとしたとき、身内をおさえて圧力をかけるというのは、比較的思い浮かべやすい計画なのではないでしょうか」

「それならばやはり政治力を使ってくるか」

桃井は疲れを感じさせる声でいった。

「ええ。ですが、私に直接会うことを要求したのは、もうその政治力を行使する気がないからだ、とも思えます」

「捕まってもいい、と？」

「香川進の死が大きなショックを与えていて、しかも無関係であったふりのできない立場にいる人間ならば、そう考えて不思議はありません」

「香川進にすべておいかぶせたらどうだ」

「何らかの理由で、それができなくなっているのです。麻取の内偵に気づいたのか、あるいは別のアクシデントが生じたのか」

「アクシデントとは？」

「わかりません」

桃井は嘆息した。

「彼女が人質になっていることは確かなのか」

「昨夜遅く以降、連絡がとれません。何かあれば私のポケベルを鳴らすのですが、それもありません」

桃井は険しい目になった。

「彼女の生命に危険が及ぶ可能性はあるのか」

「もし、共犯者の気持ちが変わり、すべてを香川進にかぶせて知らぬふりをしようとするなら……」

それは起こりうる最悪のシナリオだった。共犯者は晶を殺し、死体を始末して、無関係を装い抜く。

「停職処分が必要な理由は何かね」

「捜一に今、足止めを食らいたくないのです。警察手帳と手錠は、ここでお預けします。拳銃は、本庁鑑識がもっています。預かり証はここに――」

鮫島はポケットに手を伸ばした。桃井がさえぎった。

「その必要はない。アイスキャンディの密売ルート解明は、本署防犯課の懸案でもある。私は、彼女の人質の件については、聞いていないことにする。君には、死亡した香川進の犯行の裏づけ捜査をおこなってもらいたい。向こうの県警には、私のほうから連絡を入れる。ただしそれは明朝とする。君はただちに出張するんだ」

「課長」

鮫島は驚いて桃井を見つめた。桃井の表情は厳しかった。

「すでに本庁捜一と保安からは県警に連絡がいっているはずだ。もし君が考えるように共犯者が香川進の身内なら、時間はあまりないぞ。いずれにしろ、地元県警より先に、共犯者と接触するんだ」

「それは駄目です。捜一が黙っていません。責任問題が課長にまで及びます」

「私は新宿署防犯課の課長であって、本庁捜査一課の意思とは関係なく、部下に命令を下す権限がある。階級は同じ警部だが、君も本署防犯課員である以上、私の指示に従わなければならない。君に対する停職処分については、署長と審議のうえ、決定する。しかしそれは、麻薬取締官事務所なり、本庁捜査一課なりから、正式な処分要求があった場合だ」

桃井はきっぱりといった。鮫島は桃井を見つめ、頭をさげた。

「ありがとうございます」

「急げ」

それが桃井の返事だった。

40

「――わざわざありがとうございます。お手数をおかけいたしました……」

昇はいって、受話器をおろした。県警本部の刑事部長からの電話だった。警視庁捜査一課からの照会があり、弟の進が死んだことを知らせる内容だった。死因は銃で撃たれ、刃物で刺されたことによる出血多量。犯人はその場で逮捕されている。

刑事部長は、ていねいな口調で悔やみをいい、なぜそのような事態になったのか、詳しい事実関係が判明ししだい知らせる。そしてもし必要になるようなら、身許確認は、香川運送の東京支店の人間に代行してもらってもかまわない。遺体は解剖をおこなう関係上、数日は戻ってこないと告げた。

たぶん刑事部長は知っただろう。進がアイスキャンディを東京の暴力団に卸していたことを。明日にでも、また馬鹿ていねいな口調で電話がかかり、話をうかがいたい、といってくるにちがいない。

ひょっとしたら進のマンションも調べたい、といってくる。

すべてを教えてやってもかまわない――昇は、ローズウッドのデスクの上で固く組んだ自分の拳を見つめ、思った。

いずれ県警も共犯者の割りだしに本腰を入れなければならず、おそるおそる自分に対する取調べをもちだしてくる。

けっこうだ。応じてやる。警察が共犯者を欲しがるなら、この身をくれてやる。それがいちばんだ。そうなれば、景子にまでは及ばない。

また本家を守るのか。

ちがう。本家ではなく、景子を守るのだ。一生のあいだに、ただひとり、本気で好きになった女を。

昇は閉じていたゲートを開き、車を乗り入れた。自分で車を運転し、外出するのは久しぶりだった。この街でメルセデスは目だつ。妻が買い物用に使っている国産車のセダンを昇は選んだ。

ゲートの鍵は、今日の昼前に平瀬を香川運送本社に呼びだし、携帯電話とともに与えたものと、今自分が手にしているもののふたつだけだ。電話での耕二の口調から、耕二が自分を信用していないと感じとった昇は、直接、平瀬に電話をした。

耕二に、平瀬に連絡をさせるよう求めたのはテストだった。昇は昨夜遅くに景子から連絡を受け、すぐさま香川運送の総務部にいる、ある男に連絡をとっていた。

男は、社と、警察ややくざとのトラブル防止のために雇い入れている警察OBのひとりだった。

運送会社には、よく暴走族あがりの若者が就職してくる。中にはタチのよくないのがいて、仲間と共謀して、荷抜きをおこなったりするのだ。それを防ぐために採った、県警防犯部少年課の元刑事だった。

男はあっというまに平瀬について調べあげてきた。耕二に電話をかけた時点で、昇の手もとには平瀬の電話番号も住所もあったのだ。にもかかわらず、先に耕二に連絡をしたのは、これまでの「K&K」での耕二の働きぶりと、景子から聞いた恐喝の話が結びつかなかったからだ。

景子が耕二を〝ペット〟としてかわいがっていることは知っていた。あるいは耕二には、ほかの者には決して聞かさないような内うちのことも話していたかもしれない。が、耕二がその立場を利用して金儲けを考えるような人間だとは、さほど会ったことはないにせよ、昇には思えなかった。

いや、むしろ、こう考えるべきだ。

耕二が仮に金のために裏切りを平気でおこなえる人間だとして、そんな男を景子がそばにおいているとは、昇は思いたくなかったのだ。

そこで昇は、景子から聞いた、もうひとりの平瀬という男のことを調べさせたのだった。平瀬は申し分のない経歴の持ち主だった。暴走族、高校中退、暴力団行儀見習い。そしてやくざとしてすら一人前になれなかった。

「でかいことをやってやる」が口癖で、飲酒と暴力癖のある父と男にだらしない母のもとを、高校中退と同時にとびだしている。

兄貴分だったやくざたちは、平瀬のことを、「何をやらせても半人前のハンパ者」と見る者、「妙に度胸がすわっていて、腹の中で何を考えているかわからない薄気味の悪い奴」と嫌う者、それぞれだった。だがいずれにせよ、組織の中で伸びていくとは評価されていなかった。正式な盃をもらう前に平瀬がやくざ社会をでていったのも、それを感じとったからかもしれない。

たとえ盃をもらって組員になったとしても、平瀬は「厄介者」になっただろう、と元刑事の男はいっていた。世の中の厄介者を集めたやくざ社会ですら、もてあますような人間がいるのか――昇は奇妙な感慨を覚えた。

いったいどのような人間がそういった「厄介者」になるのだと、元刑事に訊ねた。元刑事の答えは明快だった。

――カタギの社会と同じですわ。組織のタテマエよりも自分の本音を優先させる奴です。

あるていど偉くなってからなら、それでも通りますが、チンピラのうちからそんなだったら、はじきだされます。行儀見習いといったって、そういうはねっ返りをきちんとしつけできるほど、今のやくざ者は余裕がありませんから

すると、恐喝の計画を立てたのは、平瀬なのだろうか。平瀬が耕二をそそのかしたのか。どちらが強い立場にいるのか。

それを知るために、昇は先に耕二に電話をかけてみたのだ。平瀬と耕二のチームワークがどれほど固いのかを探る意味もあった。

答えはわかった。平瀬が主犯なのだ。

であるなら好都合といえた。新宿署の刑事の恋人を人質にとる、という計画には、野心に足もとを見失うような馬鹿が必要だったからだ。平瀬はそれにぴったりの人物だった。

香川運送の社長室で会ったとき、平瀬はすでに昇と対等であるかのような口をきいていた。

それには昇は少なからず驚かされた。土地の人間であるなら、たとえどのような立場にいようと、香川の名に意識をもって当然なのだ。そういう点では、電話での耕二のぎごちなさはまさしく、典型的な反応といえた。

ともあれ、平瀬は別だての〝ギャラ〟を条件に、晶を連れだし、鮫島への連絡係すら買ってでてくれたのだ。

平瀬は、自分が沈没するはずのない豪華客船の一等船室のチケットを手に入れたのだと思いこんでいる。金と、香川のあらゆる後ろだてを手にした、と。今やそれは滑稽《こっけい》な思いちがいでしかなかった。

平瀬が乗った船は、片方の艫《とも》の部分がすでに水につかり、かろうじて舳先《へさき》がつきでているだけの、沈没寸前の状態だった。

船の名は、「香川兄弟丸」。平瀬にとっては、「タイタニック号」と呼ぶほうがふさわしいかもしれない。

廃棄された倉庫のすぐかたわらまで車を進めると、平瀬の車が止まっているのがようやく目に入った。伸び盛った雑草は、格好の目隠しとなっている。

この土地は、港湾事業をおこなった香川建設から今年の初め、香川運送がゆずり受けたものだった。いずれこうした土地が必要になると判断した昇は、ゲートの鍵を総務につけ替えるよう命じた。利用目的が定まっていなかったその時点ですら、部外者を寄せつけないための予防策だった。

香川家の人間であるがゆえに、この街では、守られる秘密と守るのが難しい秘密がある。

車を降り、倉庫の内部に昇は足を踏み入れた。倉庫は、敷地面積が四〇〇平方メートルを越す縦長の建物で、鉄骨で組まれ、奥の部分が港の高い堤防と隣接している。堤防の高さは海面から八メートル近くあり、海側からこの土地に入ってくるのは不可能だ。

倉庫に扉はない。が、入ってすぐの位置に、巨大な糸巻のような、電線を巻く木製のドラムが積み上げられているため、奥のようすを見てとることはできなかった。そのあたりは天井がトタン板なのでひどく暗い。

明るい屋外から入った昇は、一瞬、足もとに不安を感じ、立ち止まった。内部から、話し声が聞こえてきた。抑揚に乏しい高い声は、平瀬のものだ。

ドラムを回りこむと、明るい一角にでた。屋根がビニール板になっていて、黄色い光が天井からさしこんでいるのだ。鉄骨の梁《はり》と梁のあいだに半透明の変色しかけたビニール板が張り渡されている。そして油の染みや水溜まりのできたコンクリートの床から、その梁に向かって何本もの鉄柱が伸びていた。

平瀬は最奥部に近い位置に転がったドラム缶に腰をおろしていた。そこから二メートルほど離れた位置に耕二がうずくまっている。

平瀬が気配に気づき、言葉を途切らせた。昇は近づいていった。

平瀬の顔に笑みが浮かんだ。勢いをつけ、ドラム缶からとびおりた。

「ご苦労さんです」

昇は立ち止まった。

「どうしたのかね、これは」

耕二はひどい状態だった。血まみれで、ほとんど動くこともできないほど痛めつけられているように見える。

「別にたいしたことじゃないすよ。方針の相違って奴を是正したんです」

耕二を見ているうちに同情と快感の混じった奇妙な気分になり、昇は目をそらした。

「彼女はどこにいる?」

「奥です。静かなもんすよ」

そう答えたときの平瀬の目に、暗い期待があった。

「ギャラはもってきてくれましたか」

「ここにある」

昇は手にさげている紙袋をもちあげた。本当に現金で二千万円が入っていた。

「そりゃどうも」

昇は耕二に目を戻した。

「生命は大丈夫なのか」

「さあ、どうすかね。別に死んでもいいんじゃないですか」

平瀬は投げやりにいった。

「どうも使えない奴が多くて困りますよ」

まるで上司が部下の不出来を嘆くような口調だった。

昇は嫌悪感がこみあげてくるのを感じた。が、それを外にだすまいと努力した。このチンピラに人間的な弱みを見せてはまずい。

「どうするんです、これから」

平瀬は訊ねた。

「とりあえず、私は彼女に会ってくる。君はここにいてくれ」

平瀬は頷いた。昇は奥の小部屋に向け、歩きだした。背中を向け、数歩進んだところで平瀬がいった。

「あの――」

「何だ?」

昇は足を止めずに訊き返した。

「『狂闘会』って覚えてますか」

昇は立ち止まった。聞き覚えのある名だった。が、すぐには思いだせなかった。

「何という会だって?」

「『狂闘会』ですよ」

平瀬がくりかえした。昇はふりかえった。

「アタマ、つぶしたの、香川さんでしょ」

平瀬の目が輝いていた。昇は思いだした。進を狙っていた暴走族だ。地元のやくざに話をつけ、始末をさせた。もう十年も前のことだった。

「何のことかわからん」

「とぼけないでくださいよ」

平瀬の顔が笑み崩れた。だが目はまるで笑っていなかった。

「俺、かわいがられてたんすよ、あのアタマに」

不意に昇は胃のあたりが冷たくなるのを感じた。恐怖だった。昇は、この平瀬というチンピラに恐怖を感じていた。

「何がいいたいんだ？」

昇は動揺を悟られまいと努力しながら、平瀬を見つめた。

「知りたいんすよ。香川さんがやったのかどうかをね」


「俺じゃないな、それは」

昇は恐怖をおさえつけ、いった。

「やったとすりゃ、弟だろう」

「――そうすか」

平瀬はあっさり頷いた。

「今度、じゃあ、進さんに会ったら訊いてみますよ」

もう二度と会えないんだ——そういいたいのを昇はこらえた。

平瀬の表情に変化はなかった。それは、昇の言葉を信じたというより、予期していたとおりの答えが返ってきたからにすぎないように昇には思えた。

「訊いてどうするんだ」

いけないと思いながらも昇の口は動いていた。

平瀬はすぐには返事をしなかった。その目が虚ろになって床に向けられていることに昇は気づいた。

「知っといてほしいんですよ」

平瀬はうつむいたまま、いった。

「何を——?」

「俺が『狂闘会』にいて、あのアタマにかわいがられてたってことを、です」

昇はそっと唇を湿らせた。ひどく喉が渇いていることに気づいた。

「恨んでるのか」

平瀬は顔をあげた。妙に表情に乏しい顔になっていた。今までの陽気ともいえる態度がすべて演技だったのではないかと思えるほど、平瀬の顔に表情はなかった。

「だとしても、何もしませんよ。知りたいだけです」

昇は深呼吸した。思わぬことになっていた。今、この男に背を向け、鮫島の恋人と話をできる状況ではなかった。ただの愚か者と信じていたこのチンピラが、ひどく危険であることに昇は気づいた。総務部の男から聞かされた、元兄貴分のやくざの言葉にもあったように、平瀬の心の中には、妙に薄気味の悪いところがあった。何をしでかすかわからない恐怖を感じさせるものが潜んでいた。

「何といったかな、そのアタマは」

「前田《まえだ》さんです」

前田、そうだ。確かに前田といった。父親が自動車販売会社の社員で、その転勤にともなって県外からやってきたのだ。ダンプカーを使った。ガードレールにおしつけられ、つぶされて死んだのだ。深夜の国道だ。

――カタ、つきましたから
そういう連絡を電話でもらったのが、翌日の朝だった。ダンプの運転手は自首し、今はもうこの街ではないどこかで暮らしている。

警察も被害者が暴走族なので、さほど厳しい取調べはしなかった。

「かたきをとりたいのか」

「まさか。ずっと大昔のことじゃないですか」

平瀬は笑った。が、その瞬間、昇は確信した。こいつは、このチンピラは、そのずっと大昔から、自分たち兄弟に狙いを定めていたのだ。恐喝も、復讐《ふくしゅう》のためなのだ。

「じゃあ何がしたい」

「ないすよ、別に。こっちの条件は、もう話してあります」

「五〇パーセントか」

「そういうことです。ビジネスパートナーに加えてもらえりゃ、それでいいんで」

そしていつか乗っ取る――それが目的なのだろう。そのことに思いがいったとき、昇は恐怖が薄れていくのを感じた。

「何がおかしいんすか」

「おかしい？」

「笑ってますよ、香川さん」

「おかしいことなんか何もない」

「だって笑ってるじゃないですか」

平瀬は眉をしかめた。不安を感じとったのだ。

「そうか」

不意にすべてが馬鹿ばかしくなった。なぜ自分は鮫島に、ここへこいと呼びつけたのだろう。会ってどうしようというのだ。進の最期《さいご》のようすを聞いて何になるのだ。

あの娘はほうりださせよう。今さら何の役にも立たない。

ふと気づくと、平瀬が目前にまで迫っていた。はっとして身を引こうとした。が、遅かった。平瀬の手が昇の襟をつかんでいた。

「何があったんすか」

「放せ。何もない」

平静を装い、いった。白い光が平瀬の手もとで走った。匕首が鼻すじにおし当てられていた。

「聞かせろよ。何があったんだよ」

顔つきも口調も、すべて変わった平瀬がそこにいた。

41

新幹線は、午後四時二十分にホームにすべりこんだ。その駅で列車を降りたのは、鮫島を除き、数人の乗客しかいなかった。日曜の夕刻ということもあって、車内もさほど混んではいなかった。

ホームに降り立った鮫島は、まっすぐ出口階段に向け歩きだした。塔下から教えられた潜入捜査官とは連絡がとれていない。が、鮫島の腹は決まっていた。香川進の兄、昇に会いにいく。そこで何かが得られるはずだ。

出口階段近くのベンチに腰かけ、新聞を読んでいた男が立ちあがった。自然な仕草で歩きながら鮫島と並んだ。

「鮫島さんですね」

鮫島は足を止め、男をふりむいた。年齢は二十八、九だろう。髪を七・三に分け、野暮ったいプラスティックフレームの眼鏡をかけ、ネクタイを結んでいる。

「そうですが――」

男は小さく頭をさげた。

「塔下さんから連絡を受けています。自分は石渡です」

鮫島は安堵を感じると同時に疑問を抱いた。

「どうしてここに――？」

「ずっと私が捕まらなかったので、塔下さんが非常用の連絡法を使って、あなたの乗る列車を知らせてくれたんです」

確かに東京駅から鮫島は塔下に電話を入れていた。教えられた石渡の番号はいくど鳴らしても返事がなかったのだ。

「でかけていたのですか」

「いや。そうではないんです」

石渡は表情の乏しい、どちらかというと陰気な顔つきをした男だった。

「車が下にあります。詳しい話はそこで」

新幹線の駅は、在来線の駅とは別に建設された新しい建物だった。周辺部に、まだそれほどの建築物はない。一見、がらんとしているように感じる駅前のロータリーにハッチバックの国産車が縦列駐車されており、それが石渡の車だった。

石渡は運転席に乗りこむと慎重にシートベルトを着け、車を発進させてから口を開いた。

「必要があって、連絡をとれなくしていたのです」

「必要？」

石渡はため息をついた。そうすると今にも泣きだしそうな表情になった。

「あなたの彼女です。私の仕事は、香川昇、進が、アイスキャンディの卸元である証拠、つまり、キャンディの密造工程をつきとめることでした。ある段階までそれはうまくいっていました。ふたりは、いとこである香川景子の所有するクルーザーを使って、キャンディを精製し、錠剤化する作業をおこなっていたようです」

「船で？」

「ええ。クルーザーといってもかなり大型で、半製品状態のしゃぶに混ぜものを加えて錠剤化するくらいの工程なら、キャビンで十分まかなえるだけの広さがあります。沖にでて、アンカーさえうってしまえばいいのですから」

「するとキャンディを作っていたのは――」

「兄弟ふたりだけです。他の人間が製造にかかわっていたようすはありません」

「ふたりだけで……」

「鮫島さんはぴんとこないかもしれませんが、この土地では、あのふたりがそんな仕事をするのに第三者の協力を求めることなど考えられません。それくらい特別な人間たちなのです」

「梱包はどうなんだ？　売られているキャンディはプラスティックのシートに入っている」

「それは別だと思います。たぶん県外の小さな専門業者にでもやらせているのでしょう」

「それで、連絡をとれなくした理由というのは？」

車は市のメインストリートと覚しい道を走っていた。県庁舎、市庁舎、テレビ局、警察本部などの建物が並ぶ一角を過ぎると、今度はデパートや大型のスーパー、銀行などが目につくようになった。

「一昨日、私は香川兄弟がクルーザーから梱包ずみのキャンディが入っていると思われる箱を運びだすようすを写真撮影しました。このときにいっしょにいた人物がいます。平瀬直実《なおみ》という男です。元マル走で、地元の暴力団、飯田組を行儀見習い中にとびだした粗暴な奴です。平瀬はどうやら香川兄弟に個人的な恨みがあるらしく、やくざ時代に仕入れた知識で香川兄弟に目をつけ、恐喝の材料をさがしていました。単に粗暴なだけでなく、妙に知恵の回るところもある、扱いにくい男です。飯田組を別件で内偵していた私は、キャンディが香川兄弟とつながっているかもしれないと考え、この平瀬と組むことにしました。奴は、私の薬物についての知識を欲しがっていましたから。飯田組の中には、香川兄弟とキャンディの関係について薄々気づいている人間がいたとしても、掘り返すほど度胸のある者はいなかったからです。その点、香川兄弟に恨みをもっているらしい平瀬は平気でした。平瀬にはもうひとり、香川兄弟の周辺情報の情報源になっている仲間がいました。国前耕二という中学時代の同級生です。国前は、あなたの恋人のかつてのバンド仲間で、今は香川景子のツバメのような存在です」

「するとこの街でライブハウスをやっているのは――」

「国前耕二です。正確には、国前は店長で、店のオーナーが香川景子なのです。店の名は『K&K』といいます。昨夜、あなたの恋人が『K&K』に出演し、その直後、香川進が東京に向かいました。私は途中まで車で尾行したのですが、奴が異常にとばすので見失ってしまいました。そして今朝、平瀬が私のアパートに電話をしてきました。昨夜遅く、平瀬は、香川景子に、兄弟がキャンディを扱っている証拠を握ったと脅迫しました。もしスキャンダルにされたくなければ、キャンディの卸元として商売に噛ませろと要求したのです。その時点で、私の仕事は終了したようなものでした。東京に撮った写真をもって帰り、今まで仕込んだ材料と合わせて香川兄弟に任意同行を求めれば何とかなりそうだと思えるところまではきていたのです。ところが、平瀬はあなたの恋人を誘拐する仕事を香川昇から請け負ったといい、それについての協力を私に強制してきました。こいつは潜入捜査の限界を越えています。事態が不測の領域に入りこんでいると判断した私は、東京の主任情報官に連絡をとりました」

そこで石渡は言葉を切った。鮫島の顔を見やり、いった。

「あなたは主任情報官をむちゃくちゃ怒らせたようですね」

「かもしれない」

鮫島は晶についての情報を一刻も早く問いただしたい気持ちをおさえ、答えた。

「主任情報官の判断は、待機せよ、でした。もちろん誘拐の共犯行動をとることは厳しく止められました」

鮫島は奥歯を嚙みしめた。板見は、晶が誘拐されることを知っていたのだ。にもかかわらず、ひと言も鮫島に警告を発さなかった。

塔下は知らなかった。つまり、板見はすべてを胸のうちにかかえこんでいたのだ。

もし晶に万一のことがあったら、板見をただではすまさない。

ようやく石渡は鮫島の表情の変化に気がついた。

「先にいうのを忘れていました。鮫島さんの彼女は、身体生命に異状ないと思われます。香川昇の命令は、彼女を絶対に傷つけるな、でしたから」

それを聞き、わずかだが心に余裕が生まれた。

「それであなたは連絡をとれない状態にしたのか」

「ええ。ですが塔下さんから連絡があり、いったい東京がどんなことになっているのかを聞かされて、鮫島さんと接触する腹を固めたんです。鮫島さんがいなかったら、私がこれまで苦労してとった内偵情報を主任情報官は握りつぶしたかもしれない、と塔下さんに教えられました」

「それはどうかな」

「その問題は別にしても、若い女性が誘拐、監禁されている情報をもちながら、何もしないでいろ、といわれるのは私自身にとってもやはりしんどいですから。いくら職務には関係ないとはいえ……」

「たいへんな仕事をしていたんですね」

鮫島は口調を改めた。

「こういうキャラクターですから」

石渡ははにかんだような笑みを見せた。

「誰もそうは見ないので、それほどつらくは……」

確かにそうかもしれない。若いが暗い顔つきをしたこの男が麻薬取締官であるとは、誰も思わないだろう。が、だとしてもこの男に課せられていた任務が孤独で過酷なものであったことはまちがいない。

「で、今現在は、私が連絡をとれなくしてしまったため、彼女を平瀬がどこに連れていったのか不明なんです。たぶん香川昇の指示を受けて、どこかに監禁していると思われます」

「国前耕二は?」

石渡は首をふった。

「こちらも連絡がとれません」

鮫島は思いつき、訊ねた。

「香川昇はどんな声をしています？」

「直接話したことはないので……。その香川昇ですが、駅に向かう前に自宅のようすを見にいったんです。すると、垣根越しなのですが、奥さんのほうの車がなくて、本人の車はあるんです。香川昇は出社するときは、運転手が別の車で迎えにきています。ところがその奥さん本人は、庭で子供と遊んでいるんですよ」

鮫島は考え、訊ねた。

「香川昇の車は何です？」

「メルセデスベンツです。奥さんのほうは、ディアマンテで」

「するとなくなっていたのはディアマンテ？」

「ええ」

「知り合いに貸したのか、それとも香川昇本人が目だたないほうの車を選んだか……」

鮫島はつぶやいた。

「今はとりあえず、あなたの彼女が泊まっていたロイヤルホテルに向かいます」

鮫島は頷いた。わずかだが、晶の行き先を暗示する手がかりが残されている可能性があるのはそこしかない。

「ここは市でいちばんクラスの高いホテルです。もちろん香川財閥の持ち物です」

メインストリートにロイヤルホテルはあった。奥に広い敷地をとっており、少し引っこんだ形で建つホテルの前庭に駐車場がある。

駐車場に車を乗り入れた石渡が、並んでいる一台の前でブレーキを踏んだ。

「国前の車です」

古いタイプのＲＸ―７だった。

その隣りの空きスペースに石渡はハッチバックを駐車させた。ふたりは車を降りた。石渡がＲＸ―７のエンジンボンネットに掌をあてがった。

「冷たいですね」

駐車場に係員はいなかった。ふたりはホテルをめざした。

ガラスの自動扉をくぐると、大理石を床に貼った横長のロビーが広がっていた。シャンデリアが柔らかな光を投げかけている。

フロントに歩みより、鮫島は警察手帳を提示した。

「こちらの宿泊客で青木《あおき》晶という女性がいらっしゃいますね」

「青木さま――」

フロント係はブレザーを着けた若い女だった。鮫島の警察手帳に気づき、同じブレザーの三十代の男が進みでた。手もとのコンピューターの端末を叩いた。

「八一〇一にお泊まりのお客さまですね。はい。ただ今おでかけになっていらっしゃいます」

キイを入れた棚をふりかえり、いった。

「部屋には誰もいませんか」

石渡が訊ねた。

「ええ。いらっしゃらないと思います」

「でかけるときのようすを、見た方はいますか」

「ええと……。確か、お迎えにこられた方がいらして、その方たちといっしょに……」

「何時頃です？」

「昼前くらいだったような……」

「迎えにきた人間というのは？」

「おひとりは、チェックインのときにごいっしょにいらした方でした。もうひとりは――」

人相を聞き、平瀬だと石渡がいった。晶は、国前と平瀬の三人ででかけたのだ。

「何か変わったようすはありませんでしたか」

「別に……。何もなかったように思います」

「部屋をちょっと拝見させていただけませんか。ホテルの方がいっしょでけっこうですから」

鮫島はいった。フロント係は一瞬迷ったが、了承した。

カウンターをでたフロント係とともに、三人はエレベータに乗り込んだ。八階でエレベータを降り、廊下を進んだ。八一〇一は、廊下の突き当たりにある部屋だった。

「こちらはスイートルームでございます」

フロント係はいって、鍵をさしこみ、ドアをおし開いた。鮫島と石渡は足を踏み入れた。すでにメイドが入っていて、広い室内は整えられていた。ダイニングを兼ねたリビングルームを抜け、ベッドルームに入った。スーツケースがクローゼットのかたわらにおかれ、目につく私物といえば、ベッドサイドにおかれたヘッドホンステレオだけだ。

鮫島はヘッドホンステレオを聞いた。中に入っていたのは、「フーズハニイ」の新しい曲のデモテープだった。

「すごい部屋ですね。一泊、いくらくらいかかるんです」

石渡が訊ねた。

「七万円になっております」

フロント係は警戒した表情になった。

「部屋代は青木さんが――？」

鮫島は訊ねた。晶の姓を口にするのはどれだけぶりだろう、と思った。

「いえ……」

フロント係は言葉を濁した。

「誰方《どなた》が払うんです？」

石渡が訊ねた。フロント係はためらった。

「それは、ちょっと——」

「青木さんが重大な犯罪に巻きこまれた可能性が高いと我々は見ています」

鮫島はいった。

「——香川さまです」

「香川、誰です？」

「景子さまです」

フロント係はいってうなだれた。石渡が鮫島を見た。鮫島は頷き、部屋をでようと促《うなが》した。

車に乗りこんだふたりは、香川運送の本社に向かった。本社ビルはロイヤルホテルからさほど遠くない位置にあった。だが香川昇は、でてはきたが、午後四時に退社したと告げられた。運転手の話では、まっすぐ自宅に送り届けたという。

石渡がその場で自宅に電話を入れた。香川昇の妻は、夫は帰ってきてすぐにでかけた、と答えた。いき先についてはわからない。

「どこにいきます？」

車のハンドルに手をおき、石渡はいった。

「香川昇は、進の死亡について、すでに正式な照会を受けているはずだ」

「すると、今は鮫島さんの彼女といっしょにいる？」

「おそらく。平瀬直実と国前耕二もそこにいるだろう」

「どこでしょう」

石渡は唇を噛んだ。このおとなしい麻薬取締官が責任を感じていることを鮫島は悟っていた。板見の指示に従わなければ、晶がどこに監禁されているかを知る機会があったのだ。

「知っているかもしれない人物がひとりはいる」

鮫島はいった。

「香川景子ですか」

石渡が鮫島を見やった。

「そうだ」

42

奥の小部屋の床だけが板張りだった。その床板に匕首《あいくち》が刺さっていた。

「参ったよな、マジかよ、それ」

平瀬は呻くようにいって、髪をかきあげた。香川昇はひどく落ちついた表情で平瀬を見つめている。平瀬は両足を開いてしゃがみこみ、香川は正座させられていた。それでも香川には、ある種の威厳があった。その威厳は、髪が乱れ、頬に鋭い傷が作られ、そこからじくじくと血を流していてすら失われていない。耕二はそのさまを見ながら不思議な驚きを感じていた。

耕二は晶の膝にもたれかかっていた。ひどく気分が悪く、ひっきりなしに激しい吐きけと頭痛にみまわれていた。血の混じった嘔吐物が小部屋の隅に溜まっている。

「この街をでていったほうが、お前のためだ」

香川がいった。

「お前なんていうんじゃねえ！　この野郎！」

平瀬が叫び、匕首を引き抜くと香川の喉もとにあてがった。低い声でいった。

「てめえだぞ、てめえの兄弟が全部ぶっこわしたんだぞ」

香川は目を閉じた。

「二千万は手に入れたろう」

「目腐れ金だろうが。てめえらしゃぶでいくらもうけたんだよ」

「もうけはない、ほとんどな」

「何？」

「これからもうける予定だったのだ。最初は損を承知で安い値段で卸していた」

「ふざけたことをいってんなよ」

「本当だ。それが進があいうことになって、すべてが終わった」

香川が目を開いた。涙がにじんでいた。自分とともにこの小部屋に引きずりこまれた香川が、平瀬の拷問に近い問いに答えて語った物語を、耕二は信じられない思いで聞いた。

香川兄弟がしゃぶを扱っているという証拠をつかみ、大金を手にする機会がやってきたと思ったのもつかのま、弟は殺され、警察が動いている。

「警察なんざどうにでもできるだろう！　お前なら」

「こうなった今は、もう無理だ」

「それでも何とかなるだろう」

「動いているのは、県警じゃない。警視庁だ」

「警視庁が何だっていうんだよ！　大物だろうが」

「私は警視庁の刑事と電話で話した」

「鮫島か。どうってこたあねえよ、あんなもの」

晶の膝が動くのを耕二は背中で感じた。

「だからあたしをさらったの」

晶が口を開いた。平瀬と香川が同時にふりむいた。

「そうだ」

やがて香川が口を開いた。

「進とやくざのあいだがこじれたとき、何とか助けてもらおうと思った。鮫島刑事のことを調べたところ、君が恋人だとわかった」

「耕二、あたしを呼んだのはそのためなの」

「ち、が、う……」

かろうじて耕二は答えた。晶の目は真剣だった。香川がいった。

「偶然だ。君がこの街にくるというのを、偶然、知った」

平瀬が煙草をくわえ、火をつけた。

「お前はよ、結局、てめえの手を汚さねえやり方ばかりしてやがった。さすがに香川家の殿さまだよな。弟を使って、俺を使って。かしこいこったよ」

吐きだした。

「あいつは何ていったの？」

「あいつ？」

「鮫」

晶がいった。その〝鮫〟という言葉には、何かいいようのない暖かな響きがあった。香川もその響きに気づいた。晶をみひらいた目で、魅せられたように見つめ、そしていった。

「会いにくる、と。私に会う、といった」

「じゃ、あいつはくるね」

晶はいった。あっさりとした、まるで暗い空を見あげ、雨が降るね、というのとまったく変わらない口調だった。

「馬鹿いっちゃ駄目だよ、晶ちゃん」

平瀬が猫なで声を出した。

「ここは東京じゃないの。東京の所轄署の刑事さんは、何もできないの、ここじゃ。だからこれないよ。ねえ」

香川を見やった。香川は無言だった。

やがて晶が口を開いた。まるでさとすようないい方だった。

「あんたは、あいつを知らない。あいつがくるといったら、きっとくる」

平瀬は顔を笑いで崩した。

「惚れてんのね、晶ちゃん」

「――俺が憎くはないか、そういった」

香川がいうと、平瀬はさっとそちらを見た。香川は言葉をつづけた。

「進を助けられなかった俺を、憎くはないか、とな」

「格好つけやがって」

平瀬はぺっとつばを吐いた。そして上目遣いに晶を見た。

「東京のデカが何をほざこうと関係ねえよ。こっちはこっちでやらせてもらうからよ」

「――きっとわかるさ」

低い声で晶がいった。

「うるせえ！　くそアマ。てめえ気どってってとつっこんでよがり泣きさすぞ！」

晶の表情が変わった。ずっと今まで落ちつきはらっていたのが、まるで手負いの獣のように目がきらめいた。

「やりたきゃやれば。あんたのそのお粗末な代物で思いどおりになると考えてんなら大まちがいだよ、田舎もん」

平瀬がすっと息を呑んだ。次の瞬間、晶の顔に拳が叩きこまれた。晶の唇が裂け、血しぶきが飛んだ。晶は後ろにふっとんだ。

「今この場で教えてやらあ！」

耕二は必死になって平瀬のスラックスをつかんだ。

「や、めろ！　やめろって――」

平瀬が耕二を見た。静かな声でいった。

「てめえ死ね」

そして匕首をふりあげた。

43

メインストリートを高速道路の方角に向かった。市の東側に「K&K」があった。「K&K」はビルではなく瀟洒《しょうしゃ》な一戸建ての店だった。木枠にガラスをはめ込んだ正面部分に「K&K」という小さな看板が立っている。看板に灯は入っていなかった。

裏手に玉砂利を敷きつめた駐車場があった。黒いポルシェが一台、止まっているきりだ。

「香川景子の車です」

石渡がつぶやいた。

ふたりは車を降りた。石渡が腕時計をのぞいた。

「今日は休みのはずです」

秋の陽が急速に落ちかけていた。玉砂利に長い影が伸びている。

「いってみよう」

鮫島はいった。駐車場を回りこみ、ポーチを備えた「K&K」の正面に向かった。

「K&K」の内部には明かりが点っていた。ガラス窓のぎりぎりに、ぎっしりと観葉樹の鉢が並び、暖かさを感じさせる間接照明に葉が輝いている。

入口の扉の前に立った石渡が鮫島をふりかえった。

「鮫島さん」

扉のガラスに手書きの女文字で、貼り紙がされていた。

「都合により、当分の間お休みをいただきます『K&K』店主」

鮫島はかすかに息を吸い、扉をおし開いた。

照明の点った正面部分から、奥に向かって細長い廊下が伸びていた。廊下の両側にはワインラックがあり、ぎっしりとボトルが埋めている。

正面部分は、いわば待合室のような存在なのだった。明るいのはそのあたりだけで、奥に進むにつれて内部は暗くなっている。

店内に人けはなかった。鮫島はワインの積まれた廊下をくぐり抜けた。

廊下の先は広くなっていた。正面奥がカウンターで、中央にグランドピアノをすえたステージがあり、左右の壁ぎわが一段と高くなっていて、豪華な皮張りのソファセットがある。入ってすぐの左手に黒いカーテンを張ったクロークカウンターがあった。

グランドピアノにピンスポットが落ちていた。あとはすべての明かりが消えている。

鮫島は廊下をくぐり抜けたところで立ち止まった。グランドピアノに落ちる鋭い光の帯の向こうに人の気配があった。

煙草の煙が帯の中を漂っている。静かで、まるで真夜中に迷いこんだような錯覚をおぼえた。

人の気配が動いた。光の帯のすぐ外側に、黒いワンピースを着た女が立った。化粧けのない、しかし整った顔だちで、片手で額に流れ落ちる髪をかきあげている。

「申しわけございません。本日はお休みをいただいております」

伏し目がちのまま、いった。ひそやかな声だった。かきあげた髪が肩先でうねり、美しく輝いた。

「香川景子さんですか」

鮫島はいった。女が顔をあげた。正面から向き合った。華奢《きやしや》な、ガラス細工のようなもろさを感じさせる美しさだった。その上に高貴さをまとっている。大きな瞳に比べ、すき通るような鼻筋や唇、顎にいたるまで、すべてが白く、そして細かった。

女は目をみはり、鮫島を見つめた。

「はい」

「東京の警視庁新宿署の鮫島と申します。こちらは、関東信越地区麻薬取締官事務所の石渡さんです」

女の瞳がわずかに広がった。黒のワンピースの深い襟ぐりからのぞく白い鎖骨が輝きなから上下した。

「香川昇さんがどこにおられるか、ご存じですか」

鮫島はいった。女は無言で鮫島を見つめていた。答えるべきか迷っているというより、言葉をさがしているように見えた。

「――あなたが晶さんの――」

「そうです。晶は私の恋人です」

ためらいがちにいった香川景子の言葉にかぶせるように、鮫島は告げた。香川景子は深く息を吸いこんだ。

「わたし、あの――昇さんがどこにいるかはわかりません。訊いたけど教えてくれませんでした」

「香川さんは晶といっしょにいるとお考えですか」

「……はい」

「国前耕二はどうです」

香川景子ははっとしたように目をあげた。

「たぶん……いっしょだと思います」

言葉とともに目を伏せた。

石渡が進みでた。

「クルーザーをお持ちですね」

「はい」

「香川昇さんと進さんの兄弟がよく使っておられたのはご存じですか」

「ええ。わたしは船舶免許をもっていませんので、ずっと昇さんか進さんに乗せていただいてましたから」

「ほかにクルーの方はいなかったのですか」

「いましたけど……」

「クルーザーは今、どこですか」

「マリーナだと思います」

「のちほど中を見せていただいてよろしいですか」

「どうぞ。わたしはここしばらく、乗っていません」

いって、香川景子は沈黙した。目はステージの床を見つめていた。

「ご旅行の予定はおありですか、これから――」

石渡が訊ねた。香川景子は首をふった。

「いいえ。ありません」

「わかりました」

石渡が鮫島を見やった。鮫島はじっと香川景子を見つめていた。

「彼女は――」

香川景子が口を開いた。

「きのう、ここで歌ってくださいました。すばらしい歌でした。才能をおもちだと思いました」

顔を上げ、鮫島と目を見交わした。

「プロの方にこんないい方をしたら失礼かもしれませんけれど――」

「歌がすべてなんです」

「あなたは？　あなたの存在はどうなんですの？」

「歌に比べれば小さいと思います」

「あなたにとっては、いかがですの？　仕事と彼女と……」

鮫島は沈黙した。

やがて答えた。

「たぶん、晶を失っても、警官はつづけると思います。しかし、そのとき自分がどんな状況になるか、想像がつきません」

「なぜご自分のものになさらないの？　結婚して、そばにおいて――。自信がおありじゃないの？　それとも」

鋭い目になって鮫島を見すえた。

「ロック歌手と結婚しては、警察官としてマイナスだから結婚なさらないの？」

「ちがいます」

鮫島はいった。

「私は、警察官としての将来にさほど希望はもっていません」

「どうして？　わたし官僚の方を何人も存じてます。警察関係の方は知りませんけれど、たいていは皆さん、将来に強い希望をもっていらっしゃるわ。刑事は別なの？」

「刑事が別であるかどうか、私にはわかりません。ただ私はちがうのです」

「何かミスをなさったの？」

「――かもしれません」

鮫島は静かに答えた。

「鮫島さん、階級は？」

「警部です」

香川景子はまばたきをした。

「警部といえば、幹部ですよね」

「そうですね」

「わたしの別れた夫は通産省に勤めておりました。上級職として通産省に入省しました。すばらしく頭のよい人でした。でも、女性を幸せにすることについては、無能でした。あなたが彼女と結婚しないのも、幸せにする自信がないから?」

「……彼女の幸せは、彼女が決めることです。結婚は、私ひとりが望んでも彼女ひとりが望んでも、幸福にはつながらない。彼女は今、結婚をしてしまったら自由に歌うことができないと思っています。それが事実であるかどうかではなく、彼女がそう信じている。ということが私にとっては重要なんです」

「まちがいを正そうとは思わないの?」

「まちがい?」

「結婚をしたら自由に歌えなくなる、というのは、あなたにとってまちがいではないの?」

「歌っているのは、私ではなく彼女です。歌手である彼女の幸福が、彼女の恋人である私の幸福と一致しないとしても、どちらを選ぶかは、彼女の権利です。まちがいであるとか、まちがいでない、というのは、この場合、さほど意味をもちません」

香川景子は小さく息を吐いた、

「鮫島さん、とおっしゃいましたわね」

「そうです」

「鮫、と呼ばれていらっしゃるの?」

「そういうこともあります」

「彼女はあなたのことを歌っていました。バラードでした。それはとてもすてきな」

ゆっくりとステージを見渡した。

「この店は私の宝物です。宝物は、ひとつだけではないけれど、この店を失《な》くしたら、生きていく勇気をなくしてしまいそう」

「――誰かがあなたからとりあげようとしているのですか」

「わからない」

香川景子は首をふった。そしていった。

「昇さんがどこにいったかはわからないけれど、知る方法はあると思います」

匕首が刺さった。が、それは耕二のわき腹から数センチ離れた床板だった。目をみひらき見つめている耕二に、平瀬はにんまりと笑ってみせた。

「嘘だよ。友だちのお前を殺すわけねえじゃねえか。そんなことしたら、晶ちゃんに嫌われちゃうよ」

そして昇をふりかえった。

「しゃぶはまだ残ってんだろ」

「錠剤化してないものがある」

「どんくらいだ」

「四〇キロ」

平瀬はにやりと笑った。

「おいしいねえ。船かよ」

44

「ちがう」

「どこだい」

昇は唇を引き結び、平瀬の顔を見つめた。ここが正念場だった。狂暴なだけでなく、知恵も回る、この危険な男ともういちど立場を逆転させる、唯一のチャンスだ。

「どこだって聞いてんだよ」

「今の状況では教えられないな」

「何だと、この野郎」

「その刃物をこっちに渡せ。そうしたら教えてやる。覚せい剤はお前のものだ。あの二千万も。だがそうしなければ教えられん」

「おっさん、馬鹿か。このヤッパ、お前に渡したら、俺がおしまいだろうが」

「お前を殺しても、私が得することは何もない」

「お前って呼ぶなっつったろう！」

平瀬は怒鳴った。昇は目をそらし、耕二を見やった。耕二は倒れている娘に這い寄っていた。殴られ、倒れたときのショックで娘は失神しているようだった。口の周囲が血で染まっていた。

「どうなんだ」

昇は訊ねた。

「おっさん」

平瀬は昇の顔をのぞき込んだ。

「まだ社長のつもりか、あんた。俺はお前の部下じゃねえ。それとも殿さまだからって、誰でも自分のいうことを聞くと思ってるんじゃねえだろうな」

娘が呻き声をあげた。耕二がその肩をゆすった。

「晶、晶……」

娘が目を開いた。脳震盪《のうしんとう》を起こしているようだ――ぼんやりとしたその視線に、昇は思った。娘は咳きこみ、口の中に溜まった血を吐いた。

「ごめんね、晶ちゃん。俺、ついかっとしちゃってさあ」

平瀬がわざとらしくあやまった。その顔に目を向け、徐々に娘の顔に表情が戻ってきた。

不思議だった。娘の顔には恐怖はなかった。初めからそうだった。ここで最初に会って以来、娘の顔にはいちども恐怖は浮かんでいない。あるのは怒りと、そして何にかはわからないが、もどかしさのようないらだちだ。

「嫌われちゃった？　俺」

おどけて平瀬はいった。

「歯が折れたよ」

それが晶の返事だった。

「なんでそんなに強気なの、ねえ晶ちゃん。びびってよ。泣くとこ見たいな、俺。じゃないと泣かせちゃうよ」

「いい加減にしろ」

昇はいった。平瀬はふりかえった。

「覚せい剤をもってさっさとでていけ。今ごろ、警察が私をさがしている」

「でてくときは、お前らみんな殺してからだよ」

そのとき電話が鳴りはじめた。小部屋の中は薄暗くなっていた。その薄闇の中で床におかれた携帯電話が光っている。

全員が沈黙した。鳴りつづけている携帯電話を見つめた。

「誰がかけてんだ?」

平瀬がいった。

「もともと私のものだ。私をさがしている人間だろう」

「でるんじゃねえぞ」

電話を見やり、昇は平瀬に目を移した。

「覚せい剤が欲しくないのか」

「偉そうにいいやがって!」

電話は鳴りつづけていた。

「電源、切っとくか――」

平瀬が手を伸ばした。そのときだった。耕二が床から電話をすくい上げた。

「この野郎！」

どこにそんな体力が残っていたのかと思うほどの素早さだった。電話をつかみ、つんのめるようにして、小部屋の扉から外に転げでた。足を引きずりながら倉庫の中を逃げた。

平瀬が匕首を手に追いすがった。

「もしもし、もしもし！」

耕二が電話に向かって話しかけた。

昇は立ちあがり、小部屋をでた。平瀬が、

「馬鹿野郎っ」

と叫び、匕首をかまえて耕二につっこんでいった。

「ママ！」

耕二があえいだ。

「ママなんだ。ごめん、俺、耕二です……」

耕二がよろめいた。わき腹に匕首が突き刺さっていた。

「今、港の倉庫跡んとこ、います……」

「電話離せ、この野郎！」

平瀬が両手で耕二の右腕をつかんだ。耕二は膝を折った。

「ママ……すいません、本当に……」

耕二は泣きだしていた。

「許してください、ママ……」

平瀬が耕二の腕を揺さぶった。それでも耕二は必死に携帯電話を耳におし当てていた。

昇はたまらずに走りだした。平瀬の背に体当たりを食らわせた。

平瀬はたたらを踏み、ふりかえった。目が吊りあがっていた。何もいわず、昇の腹を殴りつけた。前かがみになった昇の髪をつかみ、膝蹴りを浴びせかけた。重たい衝撃と鼻骨の砕けるゴリッという音が昇の顔面から後頭部を走り抜けた。かっと顔が熱くなり、同時に目の前が暗くなった。昇は尻もちをついた。

遠くでガシャッという音が聞こえた。まばたきをした。顔の下半分がしびれ、熱い液体がほとばしっていた。

昇は鼻をおおい、目をみひらいた。壊れた携帯電話が床に落ちていた。うずくまる黒いかげとなった耕二に、平瀬が蹴りを浴びせていた。際限なく耕二を蹴っている。ガツッ、ガツッという嫌な音が倉庫内に響いていた。

耕二の体がそのたびに揺れた。しかし頰をベッタリと床におし当てた耕二は、それ以外の動きをしようとしなかった。

45

「耕二くん！」

受話器を耳におし当てていた香川景子が悲鳴のような叫びをあげた。

「もしもし、耕二くん、耕二くん⁉」

息を呑み、かたわらに立つ鮫島の顔を見た。

「港です……。たぶん、マリーナの奥にある古い建築資材置場。昇さんの会社が、今年の初め、うちの父のところから買った」

鮫島は石渡を見た。

「わかります」

石渡が頷いた。

「一一〇番をしてもらえますか――」

鮫島は香川景子に訊ねた。香川景子は頷いた。鮫島は香川景子の手から受話器をとり、耳に当てた。ツー、ツー、という話し中の信号が流れこんだ。

46

「耕二よう……馬鹿だな、お前……」

べったりと床にすわりこんだ平瀬がつぶやいていた。

「本当に殺しちまったよ。殺しちまったじゃねえか。お前が悪いんだぞ。俺のいうこと聞かねえから……。いっしょにやろうと思ったのに……」

平瀬は両肘まで血に染まっていた。その先に耕二の体から引き抜いた匕首の刃が光っていた。

倉庫の中は暗闇に閉ざされかけていた。四方八方から降るような虫の音が聞こえていた。めまいを感じるほどだ。

「耕二！」

叫ぶ声がした。娘が小部屋の扉にもたれかかり、動かなくなった若者を見つめている。

次の瞬間、平瀬に向かって突進した。昇はあわててその体を抱き止めた。

「いけない！」

「離せよっ」

娘は身をよじった。闇雲な怒りにかられ、平瀬にとびかかろうとしているのだった。

「何だよ。何だってんだよ！」

昇をつきとばし、娘の着ているジーンズのジャケットをつかんだ。娘の体を引きずり回した。ジャケットが脱げた。

「この野郎――」

手に残ったジャケットを投げすて、平瀬は娘のタンクトップを引きちぎった。ブラジャーに包まれた豊かな胸が露わになった。その胸に平瀬は匕首の刃を突きつけた。

「脱げ」

娘の目がぎらぎらと光っていた。

「やりたきゃてめえでやれよ！」

「この」

ブラジャーをむしりとった。娘の膝が平瀬の下腹部を蹴りあげた。平瀬は呻いてかがんだ。娘がぱっと身をひるがえした。倉庫の出入り口に向け、走りだした。平瀬は獣のような叫び声をあげ、あとを追おうとした。

「教えてやるっ」

昇は怒鳴った。

「教えてやるから戻ってこい！」

47

ゲートには鍵がかかっていた。フェンスの高さは二メートル以上あって、頂上部から全体にかけて有刺鉄線が張りめぐらされている。

「どうします？」

フェンスの向こう側は濃い雑草の茂みだった。その先までは見通せない。ヘッドライトに蛾《が》や小さな虫が舞っている。

石渡の言葉に答えず、鮫島は車を降りた。かすかな風がフェンスの向こう側から吹いていた。それは湿っていて、潮の香りを含んでいる。

「この反対側はどうなっています？」

「海です。高い防波堤で、立ち入れません」

おろした運転席の窓から石渡がいった。

鮫島ははっとしてふりかえった。かすかな叫び声が聞こえたような気がしたのだ。石渡を見た。石渡も緊張した表情で見かえした。

「聞こえました？」

「聞こえた」

鮫島はいった。石渡は息を吸い、車のギアを入れかえた。

「離れていてください。強行突破できるかどうか、試してみます」

エンジンがうなりをあげ、ハッチバックは後退した。ここに来るまでの道がクランクになっているため、退《さが》れたのは、ほんの四〜五メートルだった。

鮫島は後じさった。石渡がエンジンをふかした。二度、三度とふかし、回転数を上げ、クラッチをつないだ。

ハッチバックが突進した。ガシャッという音を立てて、鼻先がゲートにのめりこんだ。だが、両側の柱が支えになり、ゲートは倒れなかった。

「もう一回、やってみます」

石渡はいい、ハッチバックを後退させた。ゲートの鉄線が車体を引っかく金切り音が耳に刺さった。

再びハッチバックはゲートに衝突した。ゲートがくの字に折れ曲がった。

「そのままで！」

鮫島はいって、ハッチバックのボンネットによじのぼった。折れ曲がり倒れかけているゲートのいちばん上の鉄線に靴の底が届いた。体重をかけた。鉄線は揺れたが、切れるようすはなかった。

勢いをつけ、鮫島はゲートを飛び越えた。

雑草の中に倒れこんだ。

「大丈夫ですか」

「大丈夫だ」

石渡に答え、立ちあがった。轍《わだち》が雑草の林に道を作っていた。

「もう一発で切れそうですから」

石渡がいい、ハッチバックを引きはがしにかかった。

鮫島は轍の上を歩きだした。雑草の高さはゆうに人の背丈ほどもある。もともと水分を含んだ埋立地であることに加え、ほとんど人が入っていないのだろう。

ヘッドライトが轍の先の闇に吸いこまれている。先に進むにつれ、耳を聾《ろう》するほどの虫の鳴き声に包まれた。

そのとき、また叫び声が聞こえた。男の声だった。意味をなさない、しかし怒りと苦痛の混じった、背筋をぞくぞくさせるような叫び声だった。

鮫島は走りだした。走りだしてすぐ地面の凹凸に足をとられ、よろめいた。

衝突音が背後で聞こえた。尾を引くような金属音がつづき、エンジンの音が甲高くなった。

しかしふりむかずに鮫島は走った。轍の道が途中でカーブし、鮫島はヘッドライトの届かない闇の中に踏みこんだ。

「――ってこい」

男の声が聞こえた。その方角に向け、鮫島は進んだ。ばたばたという、駆け足の音がつづいて聞こえた。

突然、雑草の林が途切れ、鮫島は整地された空間にいた。左前方に黒々とした建物が横たわっている。その手前に二台の車が止まっているのも見えた。

さっと光が背後からさしこんだ。ついにゲートを突破した石渡が車を進めてきたのだ。そして鮫島は息を呑んだ。真正面から光を浴び、目を細めた晶が走ってくるのがはっきりと見えたからだった。晶はジーンズをはき、しかし上半身は真っ裸だった。鮫島が「ロケットおっぱい」と名づけた豊かな胸が露わだった。口もとが血で染まっている。

「晶！」

鮫島は叫んだ。晶がはっとしたように目をみひらいた。逆光で鮫島の顔が見てとれないのだった。同時に鮫島は晶のすぐ後ろまで迫っている、もうひとりの男にも気がついた。

パンチパーマをかけ、派手な色のトレーナーの胸におびただしい血を染みこませている。年齢は二十代の半ば。逆上し、周囲の状況がまったく見えていない顔をしている。そして血に染まった匕首をふりかざしていた。

鮫島は突進した。晶と衝突するようにその体を抱きとめ、地面に転がった。晶の胸が鮫島の体に当たってつぶれ、うっという呻き声があがった。

男が雄叫《おたけ》びをあげながら匕首をふりおろした。勢い余って倒れこんでくる。地面に匕首が刺さり、小石が火花を飛ばした。

鮫島は晶をつきとばし立ちあがった。男が匕首を地面から引き抜いた。ひと目見て、両手が匕首の柄から離れなくなっているとわかった。

「何だてめえはっ」

男は金切り声をあげた。その声に聞き覚えがあった。署に電話をしてきた男だった。

だが鮫島に答える気はなかった。腰のケースから特殊警棒を引き抜くと、男の顔面に叩きこんだ。男が匕首でうけとめようとしたが、それを上回る渾身《こんしん》の力を込めた一撃だった。男の額が割れ、血がふきだした。目がくらんだように男はよろめいた。しかし倒れなかった。

「殺してやる」

匕首を上段からふりおろしてきた。鮫島はそれをよけ、男の腰に蹴りを放った。男の体が後方に泳ぎ、止められていたディアマンテに背中を打ち当てた。

鮫島は踏みこみ、男の首すじに警棒を叩きつけながら足を払った。男が尻もちをついた。右手が匕首を離れ、左手一本で握りしめている。さらに男の顔面に鮫島は膝を突きこんだ。

男の頭が鮫島の膝とディアマンテのドアのあいだにはさまり、勢いでドアがめりこんだ。

鮫島はぐんにゃりとなった男の襟をつかみ、引きずり起こした。手から匕首が落ちた。

男の顔は血まみれで、鼻がめりこみ、額が割れ、前歯が数本折れていた。それでも失神はせず、憎々しげに細めた目で鮫島を見つめている。

「教えてやる。鮫島だ。新宿署の鮫島だ」

鮫島は男の顔をのぞき込み、荒々しく告げた。男の表情は変わらなかった。その目が動いた。

鮫島の背後に立った人物を認めた。

「い、じど……やっと、きたか……」

濁った声で男がいった。

「こいつを殺せ、よ、石渡……」

石渡が鮫島の隣りに立った。男は目をみひらき、石渡を見つめた。

「殺せってば、よ……」

「そいつは無理だな」

鮫島は冷ややかにいった。

「なんでだよ、なんでできねえんだ……殺せよ、石渡……」

欠けた歯のあいだからしゅうしゅうと息を洩らし、血の泡を吹きながら男はいった。石渡は答えず、じっと男を見つめながら、上着の前に手をさしこんだ。

「平瀬、俺の本当の仕事は、麻薬取締官だ」

でてきた手に手錠が握られていた。それを見て男は大きく口を開けた。あたり一帯に響き渡るような叫び声だった。叫び声をあげながら石渡につかみかかろうとした。どこにそんな力が残っていたのかと思うほどの狂暴さだった。

鮫島は男の首の下に右腕をかませ、車に叩きつけた。

「その手錠はとっとけ」

男を地面に引き倒すと背中に膝をあてがい、後ろ手に自分の手錠をかませた。男は動かなくなった。

立ちあがり、鮫島は上着を脱いだ。

両手で胸をかかえた晶が立ちつくしていた。上着をその肩にかけた。晶の体は固かった。目をじっと、うつ伏せに倒れている男の背に向けている。

「晶」

聞こえていないかのように動かなかった。

「晶！」

晶はようやく目を動かした。鮫島の胸のあたりを見つめ、それからゆっくりと顔を見あげた。

「ってたよ」

晶がつぶやいた。

「何だ？」

鮫島はやさしく訊ねた。

「何でもねえ」

晶はかぶりをふった。そして鮫島を抱きしめ、子供のように大声で泣きはじめた。

48

鮫島は倉庫の中に入っていった。晶がしっかりとその手を握りしめていた。石渡が懐中電灯を手にあとからつづいた。

晶が立ち止まった。懐中電灯の光の輪が、床にうずくまったままこと切れている若者の顔を照らしだしていた。

何もいわず、晶は鮫島の腰に両手を回し顔を伏せた。

「国前耕二です」

石渡がぽつりといった。三人はしばらく国前の姿を見おろしていた。

床を踏む、じゃりっという物音が倉庫の奥の闇から聞こえた。石渡がさっと懐中電灯をもちあげた。

光の中に、スーツを着た血まみれの男が浮かびあがった。鼻が折れ、上着もワイシャツも血とほこりでどろどろだった。

顔だちは、驚くほど香川進に似ていた。進よりほっそりとして、小柄だが、知的な印象があった。

男はわずかに目を細め、鮫島と石渡を見つめた。

「香川昇さんですか」

鮫島は話しかけた。男は頷いた。傷つき、腫れている唇が動いた。

「どうなったんだ」

「平瀬直実は逮捕しました」

男は小さく頷いた。

「君が……鮫島刑事か」

「そうです」

男の喉仏が動いた。

「申しわけないことをした。……彼女を傷つける気はなかった……」

いったん言葉を切り、目を伏せた。それから顔をあげ、

「進は――」

といった。

「あいつは……ひどく苦しんだのか」

「苦しんだでしょう。正常な状態だったら。だが、覚せい剤で妄想状態におちいっていた。

痛みは感じたかどうかはわかりません」

香川はのろのろと首をふった。

「私が殺したようなものだ。私がすべて考えた。アイスキャンディのことは……。進は、あいつは手伝っただけだ」

鮫島は無言だった。

「卑怯者《ひきようもの》だ、私は。弟は、覚せい剤にやられてはいたが、自分の好きな女を助けようとして、東京に乗りこんでいった。私はいつも、ここにいた。ここにいて、あいつにあれをしろ、これをしろ、と命令を下すだけだった……。あげくに、あいつを見殺しにした……」

香川の唇が震えた。

「なぜなんです」

鮫島は訊ねた。

「あなたほどの立場にいる人間が、なぜ覚せい剤なんかを売ったんです？　金のためとは思えない。なぜですか」

香川はすぐには答えなかった。

「なぜだろうな……」

やがてつぶやいた。

「汚したかったのかもしれん」

「汚す？」

「全部、汚してしまいたかった。できあがった、この、私のまわりの世界を」

鮫島には理解のできない言葉だった。鮫島は首をふり、晶を抱き寄せた。晶の体のぬくもりと震えが伝わってきた。

香川は息を吸いこんだ。

「残っている覚せい剤がある。表の車の中だ。進のマンションから私がもってきた……」

石渡がさっと鮫島を見やり、懐中電灯をさしだした。鮫島が受けとると、外へ駆けだしていった。

やがて戻ってきて、いった。

「あの覚せい剤はあなたのものですか？」

「そうだ。処分するつもりだった」

香川はいい、頷いた。石渡は手錠をとりだした。

「覚せい剤取締法違反の現行犯であなたを逮捕します」

手錠が懐中電灯の光の中できらきらと輝いた。石渡は香川の両腕に手錠をかけた。抵抗はなかった。

晶が鮫島の体を離れた。ふりかえると、国前耕二の遺体の前でしゃがみこんでいた。鮫島は無言でそのかたわらに立った。

「――すまなかった」

鮫島はいった。晶がさっとふり仰いだ。

「俺のせいだ」

「ちがうよ」

晶はいった。固い声だった。

「あんたのせいじゃない、絶対に。でも、悲しい――」

声が途切れ、泣きじゃくった。

鮫島は立ちつくし、その姿を見つめていた。晶は動かなかった。

サイレンが遠くから聞こえてきた。やがて近づき、鮫島は虫の鳴き声がぴたりと止まったことに気づいた。サイレンがやみ、大声と何台もの車の甲高いエンジン音がやがて倉庫の内部にまで届いた。

晶が身じろぎをした。おずおずと手を伸ばし、国前耕二のみひらいた目を閉じてやった。

それから立ちあがって、鮫島の肩に顔を埋め、静かに泣きつづけた。

謝　辞

以下の本を参考にさせていただいた。

『覚せい剤精神病　臨床と基礎』
佐藤光源・柏原健一著　金剛出版
『麻薬中毒　覚醒剤からコカイン、マリファナまで』
森田昭之助著　健友館
『これが麻薬だ　写真で見る現代の病根』
剣持加津夫著　立風書房
『シャブ！　知られざる犯罪地下帝国の生態』
趙甲済著・黄民基訳　ＪＩＣＣ出版局

また日本経済新聞社の野田幸雄氏には貴重なお話をうかがった。
「週刊読売」編集部、中村良平氏、同元編集長伏見勝氏、読売新聞出版局、吉弘幸介氏にお世話になり、光文社カッパ・ノベルス編集部の「鮫番」渡辺克郎氏には今回もいろいろと相談にのっていただいた。
お礼を申しあげる。ありがとうございました。

大沢在昌

新宿鮫との出会い

あとがき――カッパ・ノベルス版刊行にあたって

大沢在昌

「あとがき」と称するものを書くのは、私のデビュー作である『感傷の街角』の単行本以来のことである。「後記」という、やや事務的なものはいくつも書いてきたが、「あとがき」となると、ややなまなましいような気がしないでもない。

いくつかの場で喋《しゃべ》ったことだが、私が光文社カッパ・ノベルス編集部と書きおろしの約束をかわしたのは、一九八三年だった。デビューが七九年であるから、丸四年を経過し、五年めに入ったときだったろう。

このときの担当者は、現在もカッパ・ノベルス編集部にいるT氏だった。T氏は性格温和で忍耐強い人である。当時私は、エスピオナージ的な作品が書きたくて、「一見さえない中年サラリーマン、実は凄腕エージェント」というキャラクターを考え、T氏に提示した。T氏はにこやかに、「よろしいですね。では原稿をお待ちしています」といって、待ちの態勢に入った。

そして、それきりだった。私が悪いのである。今も本質的にはかわっていないが、私はひどい怠け者である。締切りがあってないに等しい書きおろしの原稿は、「明日書こう」「明日書こう」と思っているうちにどんどん先延べになっていく。その間に雑誌の締切りなどがやってくると、さすがにそれは守るので、「ああ、ひと仕事した」という気分になって、自分に休暇を与える。つまりその休暇がちょっと長びくと、次の雑誌の締切り日がやってきてしまい、書きおろしの原稿にとり組む時間がなくなってしまうのである。

こうした場合の編集者には、ふた通りのタイプがある。作品を果実にたとえるなら、果実の木のたもとに立って、熟れた実が落ちてくるのをじっくりと待つタイプ。もう一つは、まだかまだかと木の幹を揺さぶるタイプだ。

T氏は前者のタイプだった。

私の書きおろしは一向に進まないまま、四年が過ぎた。私自身の信用(そんなものはもうないか)のためにつけ加えるなら、その間、他社と約束した書きおろしの原稿も、一枚も書かれていなかった。

カッパ・ノベルスの「鬼」と呼ばれるS編集長は業《ごう》を煮やし、W氏に、担当をかえた。W氏は、T氏とは正反対、思いきり木を揺さぶる、いざとなればチェーンソウをもちだして幹をぶった切り、果実をもぎとっていく(相手にもよる、これは私の場合)タイプだった。当時彼はまだ二十代でもあった。

W氏はひきつぎを受けるや、早速、毎週のように私の仕事場に電話をよこし、さらに月に一度はやってくるようになった。

話してみると、彼は熱狂的な冒険小説・ハードボイルドのファンで、さらにマンガや音楽に関する趣味も私に近く、その上呑んべで料理好きという、私がもうひとりいるような（まあ、酔ったときの彼は、私とはあまり似ていない、と思うが……）人物だった。

ほぼ二年間、彼とは海外ミステリや映画、マンガなどの話ばかりをしていた。彼の出現は、私にとってはある種の息抜きともいえた。

が、ついにW氏の怒りが爆発した。あるとき、彼は叫んだ。

「大沢さん！　大沢さんがうちと書きおろしの約束をかわしたのは、僕が入社する前なんですよ！」

その言葉に私はぎょっとした。彼は、私にとって最初の年下の担当者ではあったが、四歳しかちがわず、同世代の友人とも思っていたからだ。

「え、そんなに前だっけ……」

うろたえる私に、彼は指を折って、経過した年数をつきつけてみせた。

その頃、私は脳外科医を主人公にした「パニック医学ミステリ」のようなものを考えていた（つまりT氏と話したアイデアは、とうに忘れていたのだ）。

それを恐る恐る、彼に話すと、彼は、

「取材いきましょう、取材」

と叫んで、私はしかたなく知人の脳外科医のもとを彼と訪れる羽目になった。

ここで書いておきたいのだが、私は小説のための取材、特に人と会って話を訊《き》くのが大の苦手である。

若いときにデビューしたせいもあり、また作家として知名度が低いと、なかなか未知の人は話を聞かせてくれないものなのだ。ややもすると、同行した編集者（こちらは社名入りの立派な名刺をもっている）にばかり話をして、かんじんの私には、

「ふん、何だ、お前は」

という顔をされる。いくどかそういう経験をしたことがあって、人間相手の取材となると、すぐ私は気が重くなってしまうのだ。

それでも一応の取材をすませ、私は頭の中でアイデアを煮つめていった。医学ミステリは、私の好きなジャンルで、それに病院ジャックをからませ、さらにタイムリミット・サスペンスで盛りあげ、その上、過去を背負った外科医の再生という、実に欲張りなアイデアだった。

だが正直、手術シーンの細かな描写、さまざまな専門用語のやりとりを考えただけで、逆にどんどん気持ちはなえていった。

その頃、私は磯釣りを始め、そのおもしろさにのめりこんでいた。一方では結婚をして、

家族が増え、仕事と収入の増加も検討しなければならない事態に立ち至っていた。結婚は前からの予定ではあったが、計画性のない私は無暴にもその前年に別荘を購入してしまい、預金残高がすっからかんという経済状況でもあった。

さらに結婚式で媒酌人をつとめて下さった、大先輩、師匠、親分の生島治郎《いくしまじろう》氏にあるところで、

「お前ももう三十を過ぎたんだ。作家としての看板をもて。そのためには書きおろしが一番だ。今年中に書きおろしを書くと約束しろ。編集者との約束を破れても、俺との約束は破れないだろう。書け。いいな、書けったら書け！」

と脅迫までされた。

そんなとき、私は「アクション映画のようにすかっとする小説がいいなあ」と、ふと思った。かっこいい主人公がいて、かわいいヒロインがいて、そのヒロインの命を守るために主人公が大暴れする。ヒロインはロックシンガーで、コンサート会場がクライマックス。主人公は刑事かな、といった単純なアイデアである。

ちょっと考えただけで、いかにも陳腐《ちんぷ》、ありふれたアイデアである。その後『ボディガード』という似たようなコンセプトの映画が作られたが、それがなくても、誰でも思いつくような話なのだ。

誰でも思いつくような話を、誰が読んでもおもしろいと思わせるにはどうすればよいだ

ろう、と私は考えた。その結果、浮かんだ答えは、「会話」だった。なまなましい、いかにも本物の刑事や、本物の犯罪者が喋りそうな会話。誰かに説明をしているようではなく、下品で、そのぶんリアルな会話である。海外作家では、エルモア・レナードが抜群にうまい。

その「答え」の部分を含め、私はW氏に話した。外科医の話はやめだ、といわれ仰天したW氏だったが、意を決したように、

「わかりました」

というと、翌日には大量の警察関係の資料が届けられた。もう一歩も退《ひ》かないぞ、という、決意の証《あか》しだった。

私はしかたなく届けられた資料を読み始めた。ミステリの世界で警察官は始終扱われるが、その組織構造、職制など、外部からはひどく複雑でわかりにくい。まあ、これを機会に少し勉強するか、という気分だった。

調べれば調べるほど、警察という組織は厄介《やっかい》だった。やはり実際の警察官に会って取材する他はないか、とも思ったが、以前、別の作品の取材のために桜田門《さくらだもん》を訪ね、広報の警部補に、ケンもホロロ、のらりくらり、とにかく質問をかわされた苦い思い出がある。秘密主義の塊《かたま》りのような警察が、私の興味を感じた「キャリア制度」についての質問になど、とても答えてはくれないだろう。

そこでひたすら文献だけで、私はイメージを作っていった。鮫島《さめじま》のモデルとなるキャリアの年表をノートに書き、年齢に応じたその階級と配置を想定した。「キャリアの落ちこぼれ」という主人公設定は、チームプレイの刑事を書いてもつまらない、リアリティのある一匹狼刑事を作ろう、というところから発したのだ。

やがて主人公像は固まった。その名前については、当面の目標である「かっこいい奴」にふさわしいものにしなければならない。何にしようか考えたとき、自然に浮かんだのが、「鮫島」という名だった。実は、外房に「鮫島」という磯釣りの名ポイントがあり、無意識のうちにそれが浮かんだようだ。

名前通り、鮫のようにおっかない刑事——こう考えただけで、またしても「えげつないなあ」という気分になった。だがどうせ、陳腐なストーリーをかっこよく書こうと決めたのだ。この際とことん、えげつなくなってやろうと腹をくくった。とばされる先の所轄署も、自分の地元、六本木《ろっぽんぎ》の麻布《あざぶ》署も考えたが、どうせなら全国的に知られた盛り場、新宿《しんじゆく》にしてしまえ、だから「新宿鮫」。どうだ、笑いたきゃ笑え、殺さば殺せ、もってけドロボー！　という開き直りである。

だが開き直ったとたん、おもしろいように物語の細部がふくらみ始めた。特に「マンジュウ」桃井《ももい》のキャラクターを思いついたときは興奮した。桃井は、それじたいがハードボイルドの主人公たりえるキャラクターである。それを贅沢《ぜいたく》にバイキャラに使おうというのだ。

晶《しょう》のイメージは、実はモデルはいない。いろいろと皆さん勘ぐられるが、要は、これまでのハードボイルドのヒロイン（髪が長くてアンニュイで大人の女）とは正反対にしてやろうというところから生まれた。お転婆《てんば》ではねっかえりで、それでいて火の玉のようにセクシーな女、をめざした。

書いている最中は、とにかく自分が興奮していた。二カ月半が実質の執筆期間だったろう。燃えたぜ、という感じだった。各キャラクターがストーリーの中をぶんぶん動き回った。ラストの晶の「ファック・ユー！」など、書きながら、ここまでやるか、おい、という感じだった。

作品に対する自信はあった。だが、売れるとか、認められる、という期待は、正直いってゼロだった。そういう期待を自作に求め、みごとな空振《からぶ》りは、それまでの十一年間の物書き人生でたっぷり味わってきたのだ。

本が発売され、初版部数は、「永久初版作家」の私としては、「悪くはないが、まあこんなもんだろうな」といったあたりだった。

二週間後に重版がかかった。その知らせを、私は留守番電話で聞いた。W氏の、「大沢さん！　重版かかりましたぁ」という、我がことのように（我がことだ）弾んだ声が吹きこまれていたのだ。

そして本屋さんで、カッパ・ノベルスの新刊コーナーに立つと、なぜか『新宿鮫』だけがない、という光景を目にするようになった。

「売れねえから俺のだけ返本しちゃったのかな」当初はそう思っていた私も、どうやらそうではないらしいと知ったのは、その後の三刷、四刷に至るまでのスピードだった。

いったい、どうして読者は、私のこの本だけは、さっさと買っていってくれるのだろう、首をひねった。アンケートなどのベストテンや、各賞の受賞などのはるか前のことである。

かくして、『新宿鮫』は、私の人生を大きく変えてしまった。もちろん、幸福な方向にだ。今でもときどき、私は、

「『新宿鮫』なんて小説、本当はなかったんじゃないか。ベストセラーも各文学賞も、全部自分の、こうなったらいいという空想の産物だったんじゃないのかな」

と不安にかられ、本棚を見ることがある。

幸いなことに、『新宿鮫』は、確かにそこにある。

『新宿鮫』一冊について長々と書いてしまった。『毒猿《どくざる》』や『屍蘭《しかばねらん》』そして本書についてもさまざまなエピソードがある（たとえば、『毒猿』のラストを生《なま》原稿で読んだときの、W氏午前三時の涙とか、いい話だよ）。だが、それはいずれかの機会にしよう。

鮫のV《ファイブ》は、一九九五年の夏に出版される予定である。

また、本書が読売新聞社出版局から最初出版されたことについては、いろいろな方がい

ろいろな憶測をされたが、要は「週刊読売」に連載されたから、という以外、何の理由もない。そして「週刊読売」に連載された理由は、当時の同誌編集長伏見勝氏が、元「鬼の警察回《サツまわ》り」で、『屍蘭』の執筆に際し、多大で貴重な情報を私に与えて下さったから以外に何もない。

伏見氏の、刑事コロンボのごとき、向かいあっている間は決して核心の話はせず、別れ際になって、さも今思いついたばかりのような、

「あ、ところでうちの連載、鮫、もらえますかね」

という手口に、まんまとはまってしまった結果である。それを快く承諾して下さった光文社カッパ・ノベルス編集部にも、そして今また、カッパ・ノベルスへの移籍にも快く了承して下さった読売新聞社出版局にも、多大な感謝をしている。

当初の「一年で移籍」という両社間の約束は、本書の幸運な直木賞受賞という、予想外のできごとにもかかわらず、摩擦なく履行《りこう》された。

昨年に鮫を二点書き、少々くたびれた私だが、また久しぶりに書きたいなという気持が、もやもやと疼《うず》いている。仕込みはそろそろ始めている。

来年まで、どうか忘れることなく待っていて下さるよう、読者の皆さんには、伏してお願いする次第だ。

九四年、梅雨明けまぢかの六本木にて

解説

桜井哲夫《さくらいてつお》
（東京経済大学教授）

本書は、当初「新宿鮫」シリーズ第四作として『週刊読売』誌上で連載された。一九九三年十月に読売新聞社から刊行され、第百十回直木賞を受賞している。翌年七月に加筆修正されてカッパ・ノベルス版が出版された。

おそらく、本書で「新宿鮫」シリーズに初めて出会うという読者は少ないのではないだろうか。また本文庫に収められている第三作までの解説で本シリーズの見所《みどころ》は十分語られていると思うので、ここでは私なりの新宿鮫の読み方について語りたいと思う。

私は、かつて本シリーズを「貴種流離譚《きしゅりゅうりたん》」としてとらえられると指摘したことがある（「私が愛した名探偵—新宿鮫」『朝日新聞』一九九九年十二月十三日夕刊）。神や貴い身分の者（貴種）が故あって田舎を流離して歩くという、国文学・民俗学者の折口信夫《おりくちしのぶ》が命名した古代伝承の話型の一つである。スサノオノミコトの高天原《たかまがはら》追放から在原業平《ありわらのなりひら》の東下《あずまくだ》り伝説、源義経《みなもとのよしつね》主従の流浪などを想起してほしい。

貴種であるというのは、むろんこの場合、鮫島《さめじま》警部がキャリア警察官だからである。キャリア出身の所轄署の刑事という、ふつうは絶対あり得ない設定こそが、このシリーズの最大のポイントなのだ。

日本の警察というのは、非常に不思議なキャリア制度を持っている。神奈川県警の不祥事に続いて、新潟県警本部長と警察庁関東管区警察局長をめぐる不祥事で、この奇妙なキャリア制度がようやくクローズアップされたばかりである。今年一月二十八日に九年間監禁されていた女性がついに発見されたというのに、県警本部長が、監察に来た関東管区警察局長の温泉宿での接待を事件の陣頭指揮よりも優先したという、あまりの出来事に世間の人々は言葉を失ったのである。

どうもキャリア警察官の常識は、通常の警察官の常識とは違うようだ、と人々が感じ始めたとも言える。全国の警察官は、現在二二万五八三一人で、うち国家公務員I種試験合格者で警察庁に採用されたキャリアは、全部でわずか五二〇人。キャリアは毎年十数人しか採用されないという(『毎日新聞』二〇〇〇年三月一日)。

キャリアは、大学を卒業して任官と同時に警部補の身分となり、「四年目に警視」となり、警視で県警に行き、捜査二課長として指揮をとる(鍬本《くわもと》實敏《みとし》『警視庁刑事』、講談社、一九九六年)。警視庁の人員構成(一九八六年度)では、警視は、警官全体の二パーセントにすぎない。警視正になると、地方公務員身分から国家公務員身分となる。警視正の上が警視長、そして警視監、トップの警視総監となるのだが、この上級幹部の比率はわずか

○・二パーセントにすぎないのだ（百瀬《ももせ》孝《たかし》『事典　昭和戦後期の日本』、吉川弘文館、一九九五年）。

つまり、警視庁の警官一〇〇〇〇人中わずか二人しかこの国家公務員身分になれないことになる。ところが、ふつうの警官の場合、鍬本實敏の体験（一九五七年）によれば、巡査部長試験は、七千五、六〇〇人が筆記の一次試験を受けて、最後の面接まで通ったのは、わずか一二一名にすぎなかったという。名刑事とうたわれた鍬本の場合、四十歳で警部補となったが、警部となったのは、六十歳での定年退職の三カ月前にすぎなかった。

久保博司《くぼひろし》（『警察官の「世間」』、宝島新書、一九九九年）によれば、警官昇任試験のための受験雑誌に載った投書には、以下のようなものがあった。

「おかげさまで、勤続二十年、試験を十八回受け、面接三回で合格しました。石の上にも十八年……」

つまり、キャリア警察官というのは、一般の警官からみれば、貴い身分の人なのである。雲上人《うんじようびと》なのである。新潟県警のノンキャリアの幹部が、キャリアに参加しろと言われたらさからえない、と言うのは、強固な階級社会の警察ならではの述懐だろう。

だから鮫島の場合、三十代後半という設定だから、国家公務員身分の警視正になっていても決して不思議ではないはずなのである。そのキャリアが所轄署の防犯（のち生活安全）課の警部だということ自体、異常な話なのだ。階級社会の逸脱者でありながら、公安幹部の腐敗の証拠（自殺した同期入庁の宮本《みやもと》警視から託された告発の手紙）を握っているため、粛清されないという不可思議な位置にいる。

外部の犯罪者だけではなく、内部にも敵がおり、キャリアゆえに同僚のノンキャリア警察官からも煙《けむ》たがられている。鮫島をかばう新宿署防犯（のち生活安全）課長の桃井《ももい》警部は、「警察というのは縦と横、そのふたつしかない組織だ」と述べている（『新宿鮫』）のだが、鮫島は、縦（階級制度）にも横（仲間意識）にも反している。この設定が実にうまいと思う。

さらに、鮫島の内部の敵として設定されているのが警視庁公安部というのも、敵役の設定としてはうまい。公安部を背景にした警察物としては、逢坂剛《おうさかごう》の「百舌《もず》」シリーズなどがあるものの、あまり日本の刑事物の世界では一般的とは言えないだろう。なにより公安の世界が表には出てこない世界だからだ。

悪名高い特別高等課（特高警察）は、一九四五年の敗戦後、消滅したが、治安警察復活のもくろみが進行し、一九五四年六月、新たな警察法案が国会で強行採決された。この警察法によって、警察庁長官が各都道府県警察の幹部の人事権及び所掌《しょしょう》事務について指揮監督権を持つことになった。かくて警察業務は極端に中央集権化し、人事と枢要な予算を握った警察庁は、各都道府県警察を実質的にコントロールできることになった。以後、キャリアが就任する各都道府県本部長や幹部たちが、警察庁の幹部の顔色をうかがうばかりとなったのは当然だろう。新潟県警本部長や幹部の、関東管区警察局長への卑屈《ひくつ》な対応は、当然の反応だったわけである。

　しかも公安警察の機能が拡大強化されることになった。公安予算は、国庫から支出され、自治体警察は一切知らされることがない。そして公安部門は、エリートコースとして設定されている。第十七代警察庁長官関口祐弘《せきぐちゆうこう》までのうち、公安担当の警備局長出身者は八人で、警備局長経験者でなくとも公安関係とみられる人物まで含めると一〇人を越えるという（青木理《あおきおさむ》『日本の公安警察』、講談社現代新書、二〇〇〇年）。

　ところで、警視庁公安部は、一九五七年四月、警視庁警備二部が改称して成立した。青木によれば、部の名称で公安部を名乗っているのは、警視庁だけだという。本書では、その公安部は出てこないが、第六作の『氷舞《こおりまい》』では、鮫島の敵役として前面に出てくる。時々現れては鮫島にちょっかいを出す香田《こうだ》も公安内部の暗闘にまきこまれることになる。そして、公安は警察庁の本流とはいえ、刑事警察のほうとうまくいっているわけではない。

　久保博司によれば、刑事警察のほうでは、公安のことを「公」の字を分解して「ハム」と呼んで、ハムは百パーセント信用はできないと感じているそうだ。鍬本實敏は、公安は、「おれたちは国家を背負っているんだ、とそんな意識でしょう。刑事なんか馬鹿だと思っている」と語っている。鮫島もまた、第三作『屍蘭《しかばねらん》』で、公安のエリートコースを歩むキャリアたちは、警察官ではなく、「内務官僚」と呼ぶべきだと考えている。またこの事件では、公安部に距離を置く藤丸《ふじまる》刑事部長に救われたことを思い起こしてほしい。

このような対立構図の中で、「貴種」としての鮫島を表現するのは、『屍蘭』の中の次のような言葉だろう。

「私は、警察官というのは、こと仕事にあたったとき、恐れられるのではなく、人から尊敬されるような人間であってほしいと思います。そのためには、タテ構造の中で、いつか機械のように頭を使わない存在になっては、絶対にいけないのです」

あるいは、第六作『氷舞』の中では、犬の吠《ほ》え声《ごえ》がして、夕餉《ゆうげ》の残り香がする路地を歩きながら、鮫島は、「こうした空間における平和をこそ守るのが、警察官という職業なのだと感じ」、「あるいはそれを最も実感できるのは、交番勤務の制服警察官なのかもしれない」と考える。

すなわち、タテ社会のなかで皆の目が上に昇ることしか注がれない状況の中で、下降の志向を持つこと自体が、「貴種」の「貴種」たるゆえんなのである。

そして、かつて政治学者の丸山眞男《まるやままさお》が喝破《かっぱ》したように、明治以来の日本の官僚組織は、組織が横につながって、情報共有や協力関係を持つことがなく、それぞれが孤立したタコツボと化してしまう。本シリーズでも、そうしたエピソードが各巻に出てくる。本書では、麻薬取締官事務所との縄張り問題という形で出てきている。

しかも警察というのは、鍬本實敏の体験によれば、他人の地取《じど》りは侵してならず、知っていても知らないふりをして手柄を人に取られまいとする個人プレーの世界なのだ。だから刑事は孤独で、刑事同士がお互いの家を行き来することなどないという。そのくせ異端者には敏感な社会であり、鍬本實敏がクリスチャンであることが定年退職の時、新聞で報道されると、彼のもとに警視庁のクリスチャンの警官たちから会いたいと電話があったという。警察内部では、クリスチャンであることを公言できず、隠れキリシタンのような存在となっていたのだ。

鮫島が生きるのは、こうした閉鎖社会である。そして私たちが所属する様々な組織もまた、多かれ少なかれ同じようなタコツボと化した閉鎖的な組織なのだ。なればこそ彼のような、タコツボを突き破る「貴種」が実在してほしいという人々の願望が「新宿鮫」シリーズへの幅広い支持を生み出しているのである。

（光文社文庫初刊本から再録）

一九九四年七月　カッパ・ノベルス（光文社）刊
二〇〇〇年五月　光文社文庫

光文社文庫

長編刑事小説
無《む》間《げん》人《にん》形《ぎょう》　新宿鮫《しんじゅくざめ》4　新装版
著　者　大《おお》沢《さわ》在《あり》昌《まさ》

2014年5月20日　初版1刷発行
2023年12月5日　5刷発行

発行者　三宅貴久
印　刷　萩原印刷
製　本　ナショナル製本

発行所　株式会社　光文社
〒112-8011　東京都文京区音羽1-16-6
電話　(03)5395-8149　編集部
8116　書籍販売部
8125　業務部

ISBN978-4-334-76748-8　Printed in Japan

組版　萩原印刷

Osawa Arimasa

大沢在昌
新宿鮫シリーズ

新　宿　鮫　新宿鮫1［新装版］
毒　　　猿　新宿鮫2［新装版］
屍　　　蘭　新宿鮫3［新装版］
無間人形　新宿鮫4［新装版］
炎　　　蛹　新宿鮫5［新装版］
氷　　　舞　新宿鮫6［新装版］
灰　　　夜　新宿鮫7［新装版］
風化水脈　新宿鮫8［新装版］
狼　　　花　新宿鮫9［新装版］
絆　回　廊　新宿鮫10
暗約領域　新宿鮫11
鮫島の貌　新宿鮫短編集